譯想天開

一個詩人的
翻譯實踐和翻譯觀

Flights of Fancy

歐陽昱 著

052

序

歐陽昱

小時候乃至長大後，總是看到《怎麼辦？》這樣的書名，好像還總是由列寧這樣的人物寫成，但卻從來也沒有費心去找來看，所以直到現在，只知有其書，不知書寫啥，也不想再去找來看了。

有天譯一中國大陸詩人的詩時，有了一個小心得，正欲寫進我的《乾貨》一書（上下兩冊已於2017年在台灣出版），小標題是《寂滅》，在敲鍵的那一剎那，卻成了《怎麼譯？》，才寫了幾個字，就覺得，哎，這不是一本書的標題嗎？就像《怎麼辦？》一樣。於是，就有了這本書的原始標題。

此書從2013年2月1號在澳大利亞墨爾本的Kingsbury開始寫，2018年2月24號結束於同地，已經整整寫了五年零二十三天。幾乎天天都寫，凡是接到新書新稿，有心得、有體驗、有感覺，就會隨心隨性隨手記下來。

交給出版社後，出版社建議加一個副標題，我想了兩個，一個是《怎麼譯？——一個詩人的翻譯實踐和翻譯觀》，另一個是《怎麼譯？——詩人歐陽昱的翻譯實踐和翻譯觀》。經過反覆推敲，最後定名為《譯想天開——一個詩人的翻譯實踐和翻譯觀》。

把「詩人」二字突出地放在書名中，也是想藉此說明，詩人的翻譯，跟非詩人的翻譯，是有著本質上的不同的。至於不同在何處，讀者自己一看就明白，毋庸我在此贅述。

（2018年4月2號4.43pm於SUIBE湖濱樓）

（2018年4月4日星期三3.42pm修改於同地）

目　次

寂滅

這個詩人這首詩的第一句是：「空大、寂滅的房間」。查了一下北外出的《漢英詞典》和上海交大出的《漢英大辭典》，對「寂滅」沒有釋義，很讓人失望。

網上有一釋義，說是相當於「死」，我覺得過得去，就把「空大、寂滅的房間／水樣的草葉……溢出花瓶」這樣譯了：

In the room, empty till large, and quiet till dead
Grass-blades, like water...brimming out of the vase

怎麼譯？就這麼譯。

順便說一下，詩人是劉澤球。

所有事物

在劉澤球另一首題為《夢中生殖的手》的詩中，頭兩句是這樣的：「這是一隻漆黑、不可辨認／摸索過所有事物身體的手」，而我，則是這麼譯的：

This is a pitch-dark, unrecognizable
Hand that has touched the body of all things

但很快，我就把「all」刪去了，成了這樣：

This is a pitch-dark, unrecognizable
Hand that has touched the body of things

道理不言自明：英文是一個走小的語言，需吃瀉藥，須消滅到最小單位。不像漢語那樣特別喜歡龐大廢話。

稻草人

如果把「稻草人」按字典譯成「scarecrow」，那當然沒錯，但那太字典，沒有創意，因此，我對「如同麥地陰影裡／機械舞蹈的稻草人」這兩句，就這麼譯了：

Like the strawman, or scarecrow, dancing a mechanical dance
In the shadows of a wheatfield

其實，還可以繼續玩下去，如「strawwoman」，甚至「ricestrawman」和「ricestrawwoman」等。只要記住這一點就行：凡是英文沒有的，我們就認為有創意。凡是英文沒有的，我們就要翻譯。

擠破

「打破夢境」好譯，不就是「breaking the dream」，但「擠破」呢？必須造字。英文沒有的話，就說明更有造字的必要了。

於是，我把「擠破整個夢境……超出我們的城市」這句，譯成了下面這個樣子：

Squeeze-breaking the whole dream......going beyond our city

害怕創造嗎？那我就沒興趣跟你玩了。

（2013年2月1日下午5.28分寫於金斯伯雷）

Piecemeal

在譯一首澳洲女詩人Melinda Bufton的詩，不太好譯，也不太喜歡，不過，翻譯就是這樣，不是自己翻譯的都是自己喜歡的。由於是類似任務的東西，所有也要硬著頭皮譯。

其中出現「piecemeal or the anteroom」這兩個詞，我譯成了「雞零狗碎或軍官餐廳休息室。」正好印證了我的兩個微理論：1、英文未用修辭手段，漢語卻要用暗喻，如「雞零狗碎」，這是英漢翻譯中反譯的一個標誌。2、英簡漢繁，即英文一個字「anteroom」，漢語卻要七個字：「軍官餐廳休息室」，是比較囉嗦的一個語言。

Mindfield

中國人有「心田」的說法，但英語卻沒有「heartfield」，也沒有「mindfield」。所以，Melinda Bufton在這首詩裡把這兩個字硬捏在一起，就產生了新意。如果她懂中文，說不定還可以捏合一個「heartfield」，那就便宜她了。

這句詩「And he would see it with his quick-talking and his mindfield」我是這麼譯的：

「而他要想看到這一點，就得用他的快人快語和他的心田。」

事後想想，要想使詩出新意，可能還是把詩譯得不熟悉的好，於是，改譯成：「而他要想看到這一點，就得用他的快語和腦田。」

Huh

你把下面這句譯一下看看，特別是最後那個「huh」字：

"To put the two together, presumptuous much, huh!"

不好譯吧？其實，做個換位法就行，即把「哈」譯成「吧」，如下：
「把這兩件事放在一起，太放肆了一點吧！」

Point

經常有沒法譯的情況，查字典也沒用，比如下面這句：

"It was never seen as madness, just as the end point to the whole point of existence anyway"

我只能採取上次去海南講學時，遇到的一個也是搞翻譯的人所說的話：「演繹」，不是翻譯，而是演繹，即不再逐字逐句翻譯，而是根據大意來譯，譯得能夠為中方讀者接受即可。於是，我的譯文就成了這個樣子：

「從來沒人認為這是發瘋，不過是針對生存的全部意義，把它作為終極意義提出。」

上文的「這」，指的是愛情。不過，我還是沒有「演繹」，除了「anyway」之外。

...a love so massively houndingly large that it takes over

上述一句如何譯？

它的全句其實是：「which is a love so massively houndingly large that it takes over」。我的譯文是：

「這種愛大而無邊，窮追不捨，結果專斷獨大。」

要點是什麼？什麼也不是，就是福至心靈，貼皮翻譯。

後來又小改一下，似此：「此愛大而無疆，窮追不捨，結果獨斷專行，一愛獨大。」

quality street

我翻譯時，一般不求教於他人，但當這句詩「You probably should only eat quality street」出現時，我求教了。我首先懷疑，「street」是指一種以其命名的「霜淇淋」，但向一個詩人發出求教信後，上網查了一下，發現「quality street」原來是一種糖果。

於是我採取了直譯：「也許應該只吃『高級大街』牌糖果」。

後來查了一下，網上把它譯作「花街」，不錯，但我還是堅持直譯。再說，「花街」令人想起漢口的「花樓街」，據說解放前，那是妓院集中之地。而且，「花街」也讓人想起「花街柳巷」。不好。

they know all the answers

這是詩裡的一句，如果現譯也很容易，即「他們知道所有的答案，」但太boring了。如果知道我的英半漢全理論，就好譯了，即「他們有問必答」，正好把英文只有「answers」，而沒有「questions」補全補齊了。

重口味

我相信英文沒有「重口味」的說法，這當然是向英文輸出中文「重口味」的一個絕好機會。這就是為什麼我在2013年6月即將在美國文學雜誌*Antipodes*發表的一篇文章中，談到莫言時用了「heavy tastes」這個說法。

不過，在譯Melinda Bufton的這句詩「If you still have good taste in kicks you're old enough to seem young」時，我覺得，所謂「重口味」，正是「good taste」，所以就這麼譯了：「如果你口味重，仍追求極度刺激，那你再老，也顯得年輕。」就這麼簡單。

伊拉

一個上海客戶英文還行，常常拋開我這個翻譯，直接用英文跟律師談話。很快我就發現，此人有個特點，愛在英文中摻合上海話，即凡是該用「they」或「them」（他們）的時候，他都用上海話「伊拉」取代。比如，yila said yila would not pay me money。（伊拉說伊拉不肯付我錢）。

對於這種英滬混用的做法，我還真的沒轍。怎麼譯？沒法譯。

令人吃驚的是，那位不懂中文，更不懂上海話的澳洲青年女律師處變不驚，邊聽邊記錄，連一次都沒問我：What did he mean by yila?（伊拉是啥意思呀？）

Harry

我的一個大陸朋友給自己起了一個英文名字，叫Harry。今天翻譯Corey Wakeling的一行詩時，我才又一次被提醒，這個字可以用作動詞，就像人名Sue也可以用作動詞一樣。我曾跟同學們開玩笑說，娶老婆千萬別娶名叫Sue的人，因為她很可能以後sue你，即跟你打官司。

那麼，Harry作為動詞，有一連串不好的意思，如「一再騷擾；使煩惱；在戰爭中攻擊，掠奪搶劫」，等。（見http://www.iciba.com/harry）

這行詩是這麼說的「the wasps harry the cool of the window pane.」我本來譯成：「黃蜂不停騷擾涼爽的窗玻璃，」但立刻又改成：「黃蜂不停騷擾窗玻璃的涼爽。」

道理很簡單：太中文了，沒有詩意。只有讓譯文呈現突兀感，才能讓讀詩者短時停頓，咀嚼一下詩味。至於咀嚼還是拒絕，咀嚼多久，那跟我沒關係。

而要做到這點，直譯是很多方式之一，但若想也把「Harry」（哈裡）的意思也玩譯出來——是的，我稱玩譯——我只能繳械投降，因為辦不到。

to feign

現在譯到Ali Alizadeh的一首詩了，其中有句云：「bamboozled brats to feign intelligence / or its appearance......」。如直譯，那就是「上了當的小傢伙假裝智慧／或假裝智慧的樣子……」，簡直是同義反覆，而且同義反覆得沒有意思。

想想之後覺得，還是不如改為這樣好：「上了當的小傢伙假裝智慧／或者裝B……」。

#wehavemadeknowledgeredundant

上句怎麼譯？

這是我現在翻譯的詩人Liam Ferney一首詩中的首句，讓我想起美國詩人Frank O'Hara也愛如此寫詩，即把英文字與字的間隙消除，使之揉為一體。

諸位如果不信，請做一個小調查，很快就會發現，漢語和英語的一個重大差別就在於此：漢語是貼面舞般一字緊挨一字，英語則非要在二字中間留下一個空隙。漢語不能空開，正如英語不能貼臉，否則就會產生語意混亂。

作為詩人，最大的樂趣莫過於製造語言混亂或語言困境，以便有意導致新意產生，如上所示。

怎麼譯？很簡單，只能走反向之路，即英文牽手貼臉，我就來個譯文分手不貼臉，看看效果如何吧：

#wehavemadeknowledgeredundant

#我 們 已 經 把 知 識 變 得 多 餘 了

目的都是一樣，為了產生新奇效果。

slice

我有個親戚，比我小兩歲，但根據輩分，卻要叫我舅舅。他是滿族，個子魁梧，卻無比心細，特別會燒菜，據他自己講，他能把一隻北京烤鴨片出128片來。對，他用的動詞就是這個「片」字。

譯Liam Ferney譯到這兩句，「and a lone tear sliced down a cheek/as casual as the sociopath's scalpel」，特別是其中「slice」一字時，我想起了我那位外甥的「片」字，就拿來用了，譯作：

一滴孤獨的眼淚片下了臉蛋
像反社交者的外科手術刀一樣隨便

lost its body

我總認為，漢語的「失身」是沒法譯成英文的。比如，說一個純潔少女「失身」，你沒法直接譯成她「lost her body」，那太拘泥了，而且會產生歧義，讓人以為她真的把身體丟掉了，就像我的學生把老師「俯下身子」一句譯成老師「lowered her body」（其實應該譯成「bent over」）一樣。

譯Corey Wakeling的詩時遇到一句說「The weir has lost its body」。儘管可以直譯成「攔河壩丟了身體，」但想起「失身」一詞，覺得放在此處再好不過，就譯成了「攔河壩已經失身」，擬了一下人，還有點像個女的。

其實，我一向認為，失身的對象往往不一定都是女人，也應該包括男性。想想被一個女人玩過的未開包的男性吧，那不是失身又是什麼?!不過，扯太遠了。

用力

給一個病人做翻譯，醫生檢查他受傷的手指頭，用手按住他伸出的拇指，要他用力頂住他的壓按，以此試驗他拇指的力量時，說了一個英文字。

請諸位把這個字譯成英文。

與此同時，醫生還把病人的手指一一壓按，也一一讓病人頂住，用的還是那個字。

老婆說：「是不是give me pressure？」當我說不是時，她就再也猜不出來了，再說，她當時還在做飯，無暇顧及。

我告訴她，這個字簡單無比，僅一個字，即「strong」。醫生每按一次，就跟病人說「strong」，意即頂住、用勁、用力。

漢語怎麼譯成地道的英文？就是這麼學來的。必須親歷，必須從母語者口中掏食、掏語。

眼花

病人告訴醫生，說他老是感到頭昏眼花，一轉臉往後看，就會花眼。我把這譯成：「Whenever I turn around to look, things tend to blur」（每次回頭看，東西就會模糊起來）。

醫生問：你說「東西就會模糊起來」是什麼意思？

病人說：就是「看花眼」的意思。

這次我直譯了，說：「That means I have a blurred vision, or, to be more exact, a flowery vision」。另外兩個在記錄的醫生聽到這兒不覺噗嗤一聲笑了。

下午坐車回家途中，又翻開Charles Bukowski的長篇小說*Ham on Rye*看，看到一處，說班上一個長得很漂亮的女老師，把全班男生的小弟弟都看硬了（There wasn't a boy without a hard-on...），以至於他們的「Eyesight blurred」，也就是說，「都看花了眼」。[1]

看來，那兩個醫生大約覺得「flowery vision」很好玩才笑的吧。

天意

漢語之心，就是英文之意，即mind。所以「心胸開闊」，就成了「broad-minded」。所以「心胸狹窄」，就成了「narrow-minded」。沒有了漢語之「胸」，而把「心」，換成了「意」（mind）。

由於這一字之變，我產生了靈感，翻譯袁枚的詩時，把「一詩千改始心安」的「心」，也轉譯成了「mind」：「i tend to revise it a thousand times before i have peace of mind」。

---

[1] 參見該書pp. 111-112.

有的時候，漢語的「意」跟英語的「意」完全一樣，如「在意」就是「mind」（當動詞用）。這麼一來，「天意」就不成問題了：the mind of the sky。

如想反其道而玩之，不妨譯成「the heart of the sky」。

大姨媽

有一年，我到警察局，就一起婚姻內強姦案的投訴，協助員警做筆錄。譯到一處，投訴者說：她大姨媽來的時候，那人還要。我想都沒想，就實實在在地譯成了「When my Big Aunty came......」。好在該人粗通英文，立刻糾正了我。也好在澳洲員警並不明白大姨媽的內在含義，所以一點都沒笑，反而正兒八經地實錄下來。最後當然改正了。

時隔多年，在一次大學課堂上，翻譯「That's how my great-aunt Bettie began her story」這段英文時，有一位男生把其中的「great-aunt」（姨姥姥）譯成了「大姨媽」，結果這個女少男多的班上響起了經久不息的嘹亮笑聲，一浪高過一浪，經久不息。

說到「男生」，我立刻回想起另一次員警筆錄，這次是正式錄音審訊，受審者是一個來自臺灣的學生。他在兩個地方的用字，讓我這個來自大陸的譯者頗有點招架不住。他先是用了「男生」一詞，被我譯成「male student」，經他解釋是譯錯了。原來，據他講，在臺灣，男生女生指男的女的。他後來又講到，他出事那天在街上「打電動」。這個我就聽不懂了，當然也就沒有譯好。原來，臺灣人說的「打電動」，就是大陸人說的「玩電子遊戲」。真是豈有此理！倒也說明，一個譯者哪怕是譯自己的語言，也有馬失前蹄、馬失前「譯」的時候。

英三漢四

最近有兩個例子特別好玩。一位朋友從悉尼英文電子郵件來信問候，我回覆時告訴她，最近什麼都不做，不見人，不會友，只是在家中「writing, writing and writing」（寫、寫、寫）。她回覆說，她也是，只不過是「editing, editing and editing」（編、編、編）。都是一個字重複三次。

其實她說的「editing」，在英文中並不完全是「編」的意思，而是「改」，這跟「revising」（修改）又不一樣。所謂「revising」，指自己修改自己的東西，而所謂「editing」，是指改別人的東西。所以後面她補充一句說：那些人寫的東西英文很差，需要她大量「editing」。

好玩的是，有天我看「非誠勿擾」節目，發現主持人在說誰跟誰關係保持了很久時，一口氣說了四個「很久」：很久很久很久很久，而且跟著又說了四個「好長」，像這樣：好長好長好長好長。雖然具體細節都忘光了，但連著說的四個詞我一直記得，當時就記下來了（日期是2013年3月21日）。

要把他說的話譯成英文，就得英三漢四了，即「for a long, long and long time」和「really long, long and long」。明白了嗎？明白了就好。

此處的關鍵所在就是，英文譯成中文，要去掉「and」，加上頓號「、」，而中文譯成英文，要去掉「、」，加上「and」。

In等於「的」

看CCTV英文台，提到英國女歌手因被媒體竊聽而獲得600,000 pounds in damages，但翻譯卻是「60萬英磅，作為她的賠償」，這是不完全對的。應該把「in」譯成「的」，一路譯下去：獲得了「60萬英磅的賠償費」。

這個「in」成為「的」的個案，在另一個地方也是，但卻得倒著來，如這句：「The US Embassy in Beijing said it had been in contact with the dead woman's family in China...」。[2]一般會譯成「已與死者在中國的家屬取得了聯繫……」。

其實，在「family in China」中，如果把「in」看成「的」，然後由「China」，再「in」，最後「family」，這句話就很成立，即死者「中國的家屬」，也就是「已與死者中國的家屬取得了聯繫……」。

當然，更好的是：「已與死者的中國家屬取得了聯繫……」。

一個便宜三個愛

怎麼譯成英文？

先講點別的。中國人總說，一分錢，一分貨。英語也有類似說法：You get what you pay for。（你付多少錢，你得到的就是那種錢的東西）。一個

[2] http://www.theage.com.au/world/china-mourns-death-of-boston-blast-victim-20130418-2i1e4.html

意思。

便宜貨人人都喜歡，好譯：Everyone loves cheap stuff。那麼，一個，又三個，怎麼譯？

我沒轍，沒法譯。再說，說這個話的人我不喜歡，也懶得花這個精力和時間譯了。什麼是翻譯心理學？這就是。

英一漢一

有一次在網上找了一篇文章，拿來給學生做翻譯練習，譯到引起了「frenzied debate」二字時，所有學生，包括我自己，都把二字譯了一大串中文字，什麼「激烈的爭論」，什麼「熱烈的辯論」等，直至第二天上另一個班的課，我才福至心靈，想到了「熱議」二字，從而在我的「英三漢四」等微理論上，又添加了一個「英一漢一」的微理論，似比什麼都貼切。

是非小人

看電視時，陡然聽到某人說另一個人是個「是非小人」。我語塞，我無語，因為我無法把這個詞成功地譯成英文。小人可譯，是「little person」，但是非呢？

如果藉助反譯，把「是非」譯成「是是」，更把「是是」減半，譯成「是」，那就可以譯成「a yes little person」或「a little yes person」，就像英文的「yesman」（好好先生、唯唯諾諾的人、凡事都只說是是，而不表示任何反對意見的人），不過，原來的「非」就沒了。「非」可以譯成「trouble-maker」（搬弄是非的人）。那麼，是否可以譯成「a trouble-making little person」呢？

似乎可以，因為「是非小人」中，強調的不是「是」，而是「非」，搬弄是非的「非」。

反動

英國有部紀錄片，片名是*Britain from Above*，解說員乘坐飛機，飛越不列顛的上空，一地一地解說。

講課講到詞變性和反譯時，我以其為例，讓學生翻譯，多數學生抓耳撓腮，譯不了。有學生甚至譯成「英國的上空」。後來，有個比較靈活的學生稍微有些開竅，舉手把它譯成了《鳥瞰英國》。我說不錯，並把我的譯文亮給大家看：《鳥瞰不列顛》。

這時，一個從來沒有產生的詞，就在那一瞬產生了。我如是說：這個片名的翻譯，簡言之，就是「反動」。何謂「反」？就是反著譯，先譯後面（above），再譯前面（Britain）。接著是動。何謂「動」？就是把不能動的詞（如above）動起來，譯成「鳥瞰」或「俯瞰」。

反動，反動，很多時候，翻譯就是對原文的一種反動。

回文

回文難譯。我指的不是回族的文字，而是指繞過去，又繞回來的文字，比如這句：When the going gets tough, the tough gets going。意思是說，事情越難辦，不怕難的人就越敢迎頭而上，但這只是譯出來了意思，而沒有回味，回文的味道。

倒是有一句中文回文，跟這個意思相當，儘管並非字字相對，即「明知山有虎，偏向虎山行」。

那麼，有人會說，「難者不會，會者不難」這句，是否能夠譯成類似的英文？

回答是：可以，但似乎又需要「反動」，先譯後半邊，再譯前半邊了。試譯在此：The able find easy what the unable do not。只是無法做到中文那樣字字回文。

還有一句中文也是類似的回文，「疑人不用，用人不疑」。似可用「you」這樣的模糊詞，用英半漢全的方式來譯：「You can't use someone you don't trust。」另外一半「用人不疑」，就可以省略，否則在英文中就顯得囉嗦了。

緣

緣這個字，是最難譯的。有鑑於此，我寫了一首英文詩，強行生造了一個英文所沒有的詞：seyuandipity（原始詞是serendipity，也有「緣分」的意思）。

這還好說，那牽手的男男女女常說的「眼緣」如何譯成英文？確實難譯，但不是不可譯，其實還很簡單，即採取音譯法，譯成「yanyuan」。要意譯也不難，採取我創造的「seyuandipity」那個字，就是「eye seyuandipity」。

英三漢二

英文的「for some reason」這個說法，比如「She didn't turn up today for some reason，」很多學生會譯成「她今天因為某種原因而沒來。」其實，我強調，這是一個反譯的例子，應該譯成「她今天不知道為什麼沒來。」

剛剛與兩個大學聯繫，因一個大學安排的講座時間，與另一個發生了衝突。聯繫過程中發現，另一個大學的活動臨時取消了。因此，這次講座可以安排上了。

我在去廚房為茶杯續水的途中，想到取消這件事，腦海裡閃過向另一大學解釋原因的畫面，我說：該校活動因故取消。

一想到這兒，我不覺「啊」了一聲，對自己說：這不就是漢語跟英語「for some reason」同樣模糊的用法嗎？

所以那句可以很順理成章地譯成：「她今天因故未來。」

The One

清晨*The Age*上一篇文章，[3]談到波士頓爆炸案中喪生的那位來自瀋陽，現年23歲的女生，談到她很想找到一個男伴時說：「She hoped she could meet "the one" as soon as possible」。

就是這個「the one」讓我停了下來，因為它太簡單了，簡單到一旦譯成中文，可能就要變得複雜起來。如果把「the」也算成一個文字單位的話，那麼，「the one」在英文中就是兩個字。當然，有人會說了：不能如此數學化地看待文字。我的應對是：誰說不能？進而言之，對文字如此數學化，也是我的一家之言。你可以姑且聽之，姑且棄之，但我的一家之言至少對我來說是有效的，並不強加於你。要緊的是，你得拋棄舊有的一切觀念，建立你自己的說法、看法、想法。

---

[3] http://www.theage.com.au/world/china-mourns-death-of-boston-blast-victim-20130418-2i1e4.html

還是回到原句：「She hoped she could meet “the one” as soon as possible」，譯成什麼好呢？「她希望儘快邂逅『那人』」，還是「她希望儘快邂逅『她的白馬王子』」。

還是「她希望儘快邂逅『她的意中人』」？

譯成「那人」當然是一字不少，一字不多，但意思卻似乎嫌少。譯成「白馬王子」或「意中人」，字數嫌多，意思卻不嫌少。歸結起來，還是一個英簡漢繁的問題，相互形成平衡。誰叫漢字這麼喜歡囉嗦，這麼喜歡說重呢，怎麼也輕不起來，歷史包袱和文化包袱實在太重了。

這也就是我為何回到中國後，碰到清明節、放鞭炮、過年這種形式主義的節日，總感到深惡痛絕，難以承受。令我吃驚的是，有一位長期生活在中國，從未出國的朋友也表示了類似的感念，說：清明節實在讓人難受，出門堵車得一塌糊塗，生前不好好善待，卻在死後裝模作樣，完全都是假的。

說到最後，還是想不出一個跟英文一樣簡單的詞來譯這個「the one」。

The dead woman

上面那篇文章中，還有這樣一段話，說：「The US Embassy in Beijing said it had been in contact with the dead woman’s family in China......」，直譯便是：「美國駐華大使館說，已與該死女人的中國家屬取得了聯繫……」

我想，這篇文章的作者絕沒有貶低死者的意思，儘管行文如果譯成中文，在任何中文讀者看來，都有貶義，哪怕譯成「死女人在中國的家庭」，也難免貶抑之嫌。

這樣看來，直譯顯然行不通。譯成「女死者」也不像中文。看來，得把上面說過的英簡漢繁倒過來，變成英繁漢簡才成，也就是把「the dead woman」譯成「死者」，因為其性別從上下文中看是很清楚的。

這樣英繁漢簡一下，譯文就成了：「美國駐華大使館說，已與死者的中國家屬取得了聯繫……」

Hate

「Hate」這個詞應該是最好翻譯的了，不就是「恨」嗎？那麼我問一下：hate reading, hate watching, hate listening（又叫Hate read, Hate watch和

Hate listen）[4]怎麼譯。譯成「恨讀、恨看、恨聽」嗎？

看了文章就知道，其實不是那麼回事。

我們平常所說看書、看電視、聽音樂，一般都是喜歡或愛才看才聽，沒有說討厭或恨卻看卻聽，甚至越看越聽的。但是，時代如此發展，身邊充滿垃圾，到了你明明不喜歡，明明深惡痛絕，卻非要違心地去看去聽的程度。這篇英文文章所談的，就是這樣一個問題。

話又說回來，怎麼翻譯「Hate read, Hate watch和Hate listen」呢？

我把這個問題放到博客上去後，有讀者發帖回應，有的說：是否能譯成「從眾心理，看熱鬧」。有的在想，是否譯成「非情願式喜歡」。還有的譯成「討厭又喜歡讀」。[5]

最後我給的譯文是：Hate read：百讀百厭，又非讀不可；Hate watch：百看百厭，又非看不可；Hate listen：百聽百厭，又非聽不可。

實際生活中的一個典型例證就是江蘇電視臺的《非誠勿擾》。這個節目庸俗無比，誇大做作，音樂難聽，人物濫情，令人厭惡到無以復加，但卻每到開播的星期六和星期天，又身不由己地去看它。這就是典型的Hate watch，邊看邊罵，最後還是把它看完，看完後似乎還覺得不錯，但過後就覺得太浪費時間了，下次絕對不看，結果依然故我地看下去。

我在博客把自己的譯文亮出來之後，還加了一段評語說：「垃圾時代的典型特徵：所有東西都垃圾化了，但卻偏偏一邊痛罵著，一邊強迫自己讀下去、看下去、聽下去，還轉發出去。這個時代已經垃圾到這個地步，連人都成了垃圾！」[6]

寫作這篇東西時，隔壁正在裝修，工具切割、打磨、敲擊、震動、鑽進鑽出的噪音震耳欲聾，使社區周圍家無寧日（實際上這幾天天天如此），又無法去敲門制止，只有靜靜地坐在自己家中寫字傾聽，恨不得把那雜訊立刻殺死，卻只能一言不發，洗耳恨聽。是的，恨聽！

由此想到，中國當代的發展，是以犧牲人性為代價的。國家的發展以犧牲國家的河流（條條都是髒水、臭水和毒水）和空氣（我把所有的門窗都關上，為的是把裝修濃重的化學氣味關在外面）為代價，個人的發展（家家戶戶搞裝修，每賣一次房子，新房主就要重新裝修一次）則以犧牲左鄰右舍的

---

[4] 參見"The Pleasure of Hating"一文：http://www.dailylife.com.au/news-and-views/dl-opinion/the-pleasure-of-hating-20121120-29n9y.html

[5] 均請參見此處：http://blog.sina.com.cn/s/blog_737c26960101bnzf.html

[6] 參見：http://blog.sina.com.cn/s/blog_737c26960101bnzf.html

安寧為代價。昨天出門才發現，裝修的雜訊不止我隔壁，而是同時在數棟大樓的數個房間響起。

難怪去年簽了三年合同的美國教授（我的好朋友）只幹了半年就發誓永遠不再回到中國，撂下一句話：China is not for me（中國不適合我、我不可能在中國生活下去、中國不是我過的地方）。

雜訊起處，我就想到這句話，也想立刻捲舖蓋走人。

鋼

*Knights of Bloodsteel*是加拿大Reunion Pictures公司2009年製作的一部電視劇。這個片名我今天在墨爾本的*The Age*報網版上一看到，就在想：這怎麼譯呀？莫非要直譯成《血鋼騎士》，或反譯成《鋼血騎士》？

與此同時，我產生了興趣，因為前不久看英文電視，聽到一句話說某人有「nerves of steel」，其他細節都忘了，只在當時把這幾個字用筆記下來了，並即時地隨譯了一句「鋼般神經」，同時標了一個問號，因為我不確定。說誰有「鋼鐵般的意志」可以，但「鋼鐵般的神經」，這合適嗎？

過後，我把*Knights of Bloodsteel*在網上調研了一下，發現被人譯作《鐵血騎士》，馬上對自己驚呼：太有意思了！

為什麼？因為這正合我英重漢輕的理論。英語是鋼，漢語則是鐵，低了一級，降了一級。這還可以旁證，如英文有heart of steel（鋼心），有heart of iron（鐵心），還有heart of stone（石心），但漢語卻只有「鐵石心腸」，絕無「鋼心」之說。這不是詩又是什麼？

那麼，如何翻譯「nerves of steel」呢？我傾向於直譯，即譯成「鋼鐵般的神經」。其中還含有運用我的英半漢全理論，即英語說一半的（steel），漢語要說全（鋼鐵）。

諸位如不信，關於「鋼鐵般的神經」，可在互聯網關鍵字查詢，網上就是這麼譯的。意思就是，神經極為健全。

這麼看來，英重漢輕式地譯成「鐵般神經」，就沒太大意思了。正所謂具體的譯法，要具體地運用理論來應對。

Bitter

「Bitter」有「苦」之意，看似好譯，實則不然。比如，「He's very

bitter about it。」可能不是說他對某事感到很苦、很痛苦，而是他「意見很大」、「很有看法」。

但有的時候，這個「bitter」又跟中文的「苦」字很相配。例如，中國人說「挖苦」，你就沒法在把該詞譯成英文的同時，也把「苦」字放進去。不信你試試。

今天以《弗雷格》為題，寫了一首詩。詩中參照英文資料，發現他被形容成一個有時會「bitterly sarcastic」的人。

二字中，「bitter」一字洩露天機，不，它洩露了「字」機，不就是「挖苦」的「苦」嗎？

採用詞變性法和反譯法，動一個手術，把二字的形容詞和副詞變性，變成動詞，就有解了，即此人有時喜歡「諷刺挖苦」。

害人、防人

復旦大學研究生林某投毒，害死同學黃某一事，目前成為媒體關注熱點。聽到這事，我邊說「噁心」，邊想起一句老話：害人之心不可有，防人之心不可無。

怎麼譯？這是接下來就想到的問題。

根據我英一漢二的理論，一個英文字，往往要譯成兩個中文字，如「move」是「感動」，「touch」是「感觸」或「觸動」。「Head」是「頭頭」，「sew」是「縫紉」，「print」是「紙媒」，等。

那麼，照此類推，「害人」就該是「harm」，而「防人」呢，似乎僅用「guard」一字不夠，這就一下子把我英一漢二的理論推翻了。

推翻不是壞事，它正好說明，任何理論都不能放之四海（之詞）而皆准。它也正好讓我有機會發展新的理論，即英二漢二的理論，也就是兩個英文字，譯成兩個漢語字，如「防人」即「guard against」或「on guard」。誰叫英文有不及物動詞，非要跟一個介詞呢？

如此一來，結合運用英一漢二和英二漢二的理論，上述那句就可翻譯了：One can't set one's heart on harming just as one has to be on guard no matter what。

不太好，意思是那個意思，但沒有「害」和「防」、「有」和「無」的對稱。難啊，翻譯。

也許，得來個英簡漢繁、英半漢全吧，也就是說，只說半句話，另一半藏起來：One has to be always on guard against harming or against being harmed。

Coffee Snob

昨看一文，標題是「Why are we so obsessed with coffee？」（《我們為何如此迷戀咖啡？》）[7]中有一句說：「I am a hideous coffee snob。」

這一句有點難，難譯。什麼是「snob」？根據網上詞典愛詞霸，它的意思是「勢利小人，勢利眼，附庸風雅之徒，假內行」，等。

我有個正在形成中的理論，那就是把中英文裡兩個看似完全不可譯的詞，在翻譯中加以捏合、嚙合，形成一個新的譯詞。

近年來最不可譯的一個詞，就是中文的「屌絲」。根據「百度知道」，其意思是「最新網路流行詞語，『屌絲』自稱以又窮又矮又多挫折為特點的苦B青年。屌絲蘊含著無奈與自嘲的意味，後來這詞語在互聯網中運用很廣。」[8]

網上有人把「屌絲」音譯成「Diors」或「Diaos」，[9]等，當然不無可取之處，但個人覺得，這種完全沒有英文對應的詞，正好可以拿來翻譯「coffee snob」這個說法，即「咖啡屌絲」，其義跟漢語正好反著來，因漢語的「屌絲」是低的，草根的，而英語的「snob」也是低的，草根的，但卻是狗眼看人低地往上看的。

就這麼譯了，不必就教於任何人。想用就用，不用拉倒。

知人知面不知心

談毛姆的人，總會注意到他全部小說中的一個重要特點，即他筆下的人物，都可用一句英文囊括盡淨：People are not what they seem。

別看英文這句話簡單，如果譯成漢語，還要花點小功夫。一要反譯，二要斷句，三要英簡漢繁，把含在話裡面的意思「鉤沉」出來，這樣：人看起來是一回事，其實是另一回事。

---

7 全文在此：http://www.dailylife.com.au/life-and-love/real-life/why-are-we-so-obsessed-with-coffee-20130418-2i2fj.html

8 參見：http://zhidao.baidu.com/question/426094211.html

9 參見：http://zhidao.baidu.com/question/461190627.html

我把這句話交給學生譯時，記得有個學生似乎說了一句：「知人知面不知心」。當時為了說明我的理論，沒太在意。現在回想起來，這個學生的翻譯還挺入「字」三分的。

寫作這段的此時，我甚至認為，「知人知面不知心」還真是「People are not what they seem」那句話的好翻版、翻譯。

話又說回來，如果把「知人知面不知心」譯成英文，我還有點捨不得拿「People are not what they seem」來對應、來搪塞，因為我很不情願丟掉人、面、心這三個要素。唯一的辦法是漢簡英繁一下：All you know is the person and the face but not the heart as people are not what they seem。

太黃了

有一年在悉尼開中澳作家高峰會議，碰到一個來自中國的詩人，便送了他一本我的詩集《慢動作》。第二天他看見我的第一句話就是：「太黃了！」

時隔兩年，剛在上海松江吃完自己做的晚飯洗碗時，突然想起這件事，腦子冒出的第一個問題就是：怎麼譯？

漢語的「黃」，既指黃帝，也指炎黃子孫的黃膚，同時還指淫穢，這三者都可用「黃」來形容，可見中國文字多麼不精確。當然，我這是在開玩笑。任何語言都有這種一詞多義，既含反，又含正的現象，如英語的「white」指白膚，又可指累贅沉重之物（「white elephant」〔白象〕），亦可指撒小謊（「white lie」〔白謊〕），等。

如果譯成「so sexy」，那當然不成，在當今一切都可以「性感」來稱譽的時代，簡直成了讚語。譯成「so yellow」更不成，因為英文的「yellow」並無此意。

竊以為，還是譯成「It's pure porn」比較好。

Tender years

今天看澳洲詩人Robert Gray的詩集，看到「tender years」，就在下面劃了一道線，覺得如果我譯的話，可能會直譯成「嫩年」。儘管有點不太漢語，比如漢語是倒著說，說某人「年紀很嫩」，但漢語有「嫩葉、嫩芽、嫩枝」等說法，所以，「嫩年」也未嘗不可，而且憑空為漢語添加了一種新的說法。

如果放在句子中，形容某人是「of tender years」，就得反譯了，即某人年齡很嫩。如果用作書名或歌名，那當然是《嫩年》最好。

只有想不到，沒有做不到

下午搭18路車出門，去龍勝路寄幾本書到澳大利亞，「只有想不到，沒有做不到」這句話突然從腦海浮出，跟著就為自己提出了同樣的老問題：怎麼譯？

任何人看見擠在人群中的我，都不會知道我的腦子在七轉八轉，圍著這個問題轉起來。

否定了幾種譯文之後，我覺得還是反向來譯比較好：You can do it as long as you get the idea。

不信的話，你看直譯是否譯得出它的意思來？

書中自有黃金屋，書中自有顏如玉

這天晚上，我在撫摸之州的撫州，參加穀雨詩歌節，聽谷禾先講，等著我自己講，突然收到一個電子郵件，是一個學生來的，找我請教，如何譯：「書中自有黃金屋，書中自有顏如玉」。

我呢，一邊聽這邊講話，一邊就在腦中譯開了，未幾，我就想好了如何譯，並將譯文通過手機發過去了。

現在看看我當時是怎麼說的。我用英文回覆的郵件如下（黑體的是譯文）：

> See if this is okay for u: **There is a house of gold in a book just as there are features as beautiful as jade there.**

儘管這位女生讚揚了我的譯文，但我還是讓她也把她的譯文發過來，還回讚了她一下，不過，她沒有回音，我也不能show她的譯文。到此為止吧。

After China

澳大利亞有四國（中國、英國、葡萄牙和西班牙）血統的作家布萊恩·卡斯楚（中文姓名是高博文），有一部英文長篇小說，書名是*After China*。

這個書名看似簡單，也很好譯，其實不然，因為它至少有兩種譯法，而且是互為倒反的，即《中國之後》或《追尋中國》，其中的after一字，有chasing after之意。

最近把該書選段，讓學生試譯，有一學生竟從中看出第三層意思，值得一提。她說：「中國之後」還有中國之後代、中國之後人的意思。

這就有意思了。高博文因有亞洲血統，又自13歲以來長期居澳，文風較為艱澀，文字極為敏感，特別著意字內含義的雙關。該小說寫了一個來自上海的建築工程師，與一位白人女小說家相愛，以其古代的性愛故事，來療治小說家的心理和生理之傷，所以他既是離開中國之後，又是不斷在想像中回返中國。故有「After China」之說。

我對學生，也包括自己，提出的問題是：如何也以寥寥數字，做中文書名，至少譯出原有的兩個倒反的意思。

我後來把我的譯文，放在了我的博客上：《追憶中國》。所謂「追憶」，已經暗含「中國之後」，而「憶中國」三字，也有記憶中的國家，也就是追尋記憶中那個國家的意思。

這讓我想起，最近到南京講學，一位詩人朋友談起另一個詩人朋友的近作，說他也以書名在玩雙重或多重意思。這本詩集標題是《命令我沉默》。它還可解讀成、截讀成《命，令我沉默》，或《命令，我沉默》，或《命令我，沉默》，或甚至《命令我沉，默》。

磨刀砍柴兩不誤

怎麼譯？

類似的說法還有：「兩條腿走路的方針」。

這兩種說法，都經不起深究。什麼叫「兩條腿走路的方針」？難道還有一條腿走路的方針？什麼叫「磨刀砍柴兩不誤」？難道磨刀的時候能同時砍柴，砍柴的時候，也能同時磨刀？

讓這樣的漢語進入英文，邏輯上是說不通的，就像讓漢語的「拉屎」進入英文，是沒辦法「拉」的，因為英文不拉，只推（push）。只有從裡往外

「push」，才比從裡往外「pull」（拉），才更合乎邏輯。

那天看英文電視節目，突然聽到受訪者——一個美國人——說：you can walk and chew gum at the same time。聽起來，大意好像是說，兩件事可以同時做。

過後查了一下，發現就是這個意思，直譯是：你可以邊走路，邊嚼口香糖。也就是說，邊走路，邊嚼口香糖，那就是磨刀砍柴兩不誤，也就是兩條腿走路的方針。

難道不是嗎？

豔福不淺

漢語的「淺」字，跟英語也是倒著來的。英語說「膚深」（skin deep），漢語則說「膚淺」，都是一回事。

這是不是說，漢語說「豔福不淺」，英語就要說「豔福頗深」呢？我去查查看。

果不其然，就有這麼譯的：colourful blessing is not shallow。這就好像把「膚淺」譯成skin shallow一樣可笑。[10]你還別說，我就曾經這麼譯過。

話又說回來，怎麼譯？

老實講，我也不知道。Love affairs galore？不知道。也許只能採取不對等法譯成：affairs afire。

真碰到非譯不可的情況，到那時再譯不遲。

拉票

剛看7點鐘的新聞聯播，聽到「拉票」一詞，第一反應就是：怎麼譯？

根據前面說的「推拉」理論，我的直覺是，這個詞不能譯成「pull votes」，而應譯成「push for votes」（推票）。

果不其然，網上頗多「push for votes」的說法，而極少「pull votes」。這個詞甚至與中文的「拉票」適成其反，是取消選票的意思，如果後面跟一個介詞「on」的話。[11]

---

[10] 見此：http://dict.baidu.com/s?wd=豔福不淺#en

[11] 見此：House GOP Leaders Abruptly Pull Vote On Obamacare Preexisting ...Amid opposition from conservative members and Democrats, House Republican leaders abruptly cancelled

來看

中國電視新聞有個說法讓我覺得唐突。比如一條新聞結束，開始另一條新聞時，播音員會說：來看這條新聞，而不是說「下面來看」或「我們來看」。

這個細節因為太細，我竟然想不起在同樣的情況下，澳洲播音員是怎麼說的了，但總的感覺是，英文不會這麼簡短、簡慢。

後來我試著在腦中把這兩個字譯成英文，就不自覺地「哦」了一聲。其實就是「Come and watch......」英文如果這麼說，就不是什麼問題。

我現在在想，是不是因為我在英語中生活得太久，以致磨鈍了對漢語的敏感度？好在譯的時候插入（就像插播）一個「and」，生硬的感覺立刻就化解了。

同樣的例子還有「新鮮」（fresh and new），「血肉」（flesh and blood），「心意」（mind and heart），等，都是用「and」來一擔挑的。

You are learning

多年前在長辦當翻譯，曾有一位美國專家跟我開玩笑，第一次我不懂，但到了第二次，我就能照葫蘆畫瓢，用同樣的話還他一句，結果得到了他的讚揚，說：You are learning。

怎麼譯？

「你正在學習。」不對。

正如我在與一個朋友通信中所說的那樣：「沒有很難，只有不會。這涉及我說的反譯。曾在《中國翻譯》上發表過一篇文章，叫《翻譯即反譯》。網上可以查到。You are learning，就是『你學熟了』。」

也就是說，英文的現在進行時，在漢語中被反譯成了完成時。

不信你仔細體會一下看看？

---

a vote on legislation Wednesday designed to simultaneously ...tpmdc.talkingpointsmemo.com/2013/...abruptly-pull-vote-on... —Cached（注：這個網站在中國大陸進不去，只能將就這樣了。）

Why don't you go out?

這句話很好譯：「你幹嘛不出去呢？」

是的，就是因為太好譯而會出錯。

30年前，就因為這句話，我還發了一頓脾氣。當時，我被安排跟一個名叫Moyes的美國專家同辦公室工作。有天，我們處長進來找他有事要談，他見我在旁不便，示意我出去，同時還說了一句：Why don't you go out？

我這年28歲，是個很氣盛的小夥子。一聽這話就炸了脾氣。什麼意思！這不是明擺著趕我走嗎？而且還說得這麼不客氣！我當時說了什麼，早已忘得一乾二淨，但只記得自己出去時，是氣鼓鼓的。

實際上是我的不應該，英語學得不到家，因為Why don't you這個句型，後面跟著do something，無論做什麼，都只是一種很客氣的說法，即「你能到外面去一下好嗎？」而並不是「你幹嘛不出去！」

細想一下，如果只學皮相的英文，就會像我當年那樣，從中國文化的角度，去理解一句聽似粗魯的客氣話，而把它理解反了。

Strong Opinions

寫《洛麗塔》的美國作家納博科夫有一本夫子自道，英文標題是*Strong Opinions*。裡面把很多著名作家都貶得一無是處。比如他說：「算不上一流的艾略特和肯定是二流的龐德的詩歌」。[12]比如他又說：「我碰巧發現了一些二流和短命之作，它們出自這些自負的作家—如加繆、洛爾迦、卡贊紮斯基、D・H・勞倫斯、湯瑪斯・曼、湯瑪斯・沃爾夫，還有數以百計的其他『大作家』的二流作品。」[13]

敢於在自己作品中如此抨擊同行作家，在我看來是極其少見的。因此書名叫「Strong Opinions」，而且是複數的「opinion」，一點也不為過。

遺憾的是，這本書在中國出版的兩個譯本的標題譯名，都沒有反映出這個特徵。一本是潘小松譯的，叫《固執己見》（1998），過了。一本是唐建清譯的，叫《獨抒己見》（2012），雅了。這本書講的雖然都是「己見」（opinion），但既不「固執」，也不「獨抒」，而是「strong」。

[12] 納博科夫（唐建清譯），《獨抒己見》。浙江文藝出版社2012年，p. 44。
[13] 同上，p. 55。

根據The Free Dictionary，「strong」共有21個定義，其第11個定義的三個意思，[14]都能涵蓋該書書名中的「strong」一詞的詞義，如下：

a. Persuasive, effective, and cogent: *a strong argument.*

b. Forceful and pointed; emphatic: *a strong statement.*

c. Forthright and explicit, often offensively so: *strong language.*

我對唐建清《譯後記》[15]中所述看法，在從吉隆玻到悉尼的馬航飛機上讀到時的第一反應是，這個書名應該譯成《直抒胸臆》或《強硬意見》。

返滬後，我稍微修改了一下我的看法，改譯成《強烈意見》，後又改成《強烈看法》。其實，這兩個都成。只要在百度、雅虎或谷歌輸入這兩種說法，就會發現大量以其為標題的文字。

「掐」

做雙語翻譯的一個典型特徵就是，一聽到或看到任何字詞，第一反應就是把它翻譯成另一種語言。有天朋友開車接我們吃飯，我在路上談起了加多寶和王老吉之爭。朋友只說了一句：是呀，還在掐。

這個「掐」字又簡單，又中的，形象立刻就從裡面浮現出來，而且好像又有點難譯。我想了想，覺得我的微理論「漢簡英繁」用在這兒比較合適。

所謂「掐」，是一個要牽涉到兩個人的動作。如果要真演練一下的話，就得把手伸出去，掐住對方脖子。這個「獨字」動作，用英文就沒法用一個字形容了，非得用一句話，還得牽涉雙方：They were at each other's throats。（他們在互相掐對方脖子）

漢語一個字，英文卻用了七個字，是不是有點「漢簡英繁」了？

能豆子

家裡抽水馬桶有點滲水，請張師傅來修理後，暫時止住了。老婆洗碗時問我，知不知道他手裡拿的那個噴槍噴的是什麼材料，我說不知道。老婆於

[14] 參見：http://www.thefreedictionary.com/strong

[15] 納博科夫（唐建清譯），《獨抒己見》。浙江文藝出版社2012年，p. 322。

是很自豪的說：silicon，是一種膠水。

我笑了，便說：用我媽媽的武漢話說，你就是個「能豆子」。我學著已故母親武漢話的腔調，說出了這個幾十年都不用的詞。同時閃過一個念頭：網上有這個說法嗎？一查，有，在這：

> 山東濟寧、菏澤地區方言，「nengdou」。多用於貶義，指一個人對沒有價值的東西瞭解的很多並樂此不疲或一個人故意炫耀自己的長處與能力。有的地方是對比較親近的人表親近之意，或者是和對方開玩笑。[16]

但怎麼譯成中文呢？

我已經在第一時間用手寫下來了：can bean。說她是個「能豆子」，也就是說她「is a can bean」。

就像從前英文受中文影響，學會了說中文式的英文「can do」，馬來西亞英文受中文影響，學會了用「can can」（能能）來肯定回答「能否」的問題，所以，通過直譯創造一個「can bean」，也不是不可以的。

唯一的問題是，可能會有歧義，即裝在「can」裡面的一顆「bean」。

喜歡動手

說某人「愛動手」，「喜歡動手」，是說他動不動就愛伸手去摸或擊打。這種人我在生活中碰到過。有時說著說著，手就到你臉上去了，當然不一定是打，很可能只是做了一個假動作而已。

但是，怎麼譯？

今天早上看新聞，說英國倫敦畫廊Saatchi Gallery的老闆，七十歲的Mr Saatchi先生，因把手放到了結婚十年，53歲的老婆Nigella的脖子上，導致離婚。事後他解釋說，這種事並非暴力，他老婆把手放他脖子上，也是常有的事。他們兩人都是「instinctively tactile people。」（見此：http://www.theage.com.au/lifestyle/celebrity/saatchi-tells-world-hes-divorcing-lawson-20130707-2pkb9.html ）

啊，我有數了。所謂愛動手，英文一個字就能解決，即「tactile」。

[16] 參見：http://baike.baidu.com/view/2905046.htm

說誰喜歡動手，用該詞描述即可，也就是此人特別「tactile」，或者是個「tactile person」。

不讀書，又不把兩種語言隨時加以對比，焉能做好翻譯？

Have I resolved your queries today?

昨天做電話翻譯時，我對客戶服務人員的回答是：「No」，使她吃了一驚，忙問怎麼了，我也忙回答說，「Yes」。

這個話，還得從頭說起。

在澳洲做電話翻譯，客戶服務人員把一切解答之後，總有一個套話問題，即上面小標題的「Have I resolved your queries today?」直譯便是：「我解決了你今天的問題嗎？」把這個翻譯稍微軟化一下便是：「我解答了你今天的問題嗎？」總之，怎麼譯怎麼不像中文。

那怎麼譯呢？

我對此一般都是反著來的，即譯成：「你還有什麼問題要問嗎？」如果對方說「還有」，那我就說「Yes」，如果對方說「沒有了」，那我就說「No」。

昨天，對方回答的就是「沒有了」，我想都沒想就說了「No」，結果造成了上述那種吃驚，因為她以為還有問題要問。

標點符號

Facebook上曾發了一個帶有性歧視的笑話，其核心就是標點符號。先看下面這張圖，仔細讀一下。

An English professor wrote the words
"A woman without her man is nothing"
on the chalkboard and asked his students to punctuate it correctly.
All of the males in the class wrote:
"A woman, without her man, is nothing."
All the females in the class wrote:
"A woman: without her, man is nothing."
Punctuation is powerful

其實無非就是，「A woman without her man is nothing」這句英文，只要加幾個逗號，就可變成完全相反的意思：「A woman, without her, man is nothing」。前句意思是：「女人沒男人，就什麼都不是」，後句意思是：「沒有女人，男人就什麼都不是。」

但我的問題是，怎麼譯？怎麼譯成中文之後，還能保持原樣？

那天吃飯，正好碰見兩個我以前教過的研究生，就問了她們這個問題，一下子把她們問住了。趁她們思考的當兒，我在腦子裡把這句話也過了一遍，是這麼譯的：「女人沒她男人，就什麼都不是」，然後繼續譯下去，一字不改，只把逗號錯位，就成了：「女人沒她，男人就什麼都不是」。

禍水

「禍水」怎麼譯？尤其是「女人是禍水」這句話怎麼譯？

好譯，但要多看英文詩歌，特別是要看長達499頁的貝克特詩歌全集。當然，我又在開玩笑了。

英語有句成語：fish in troubled waters，相當於漢語的「渾水摸魚」，但好玩的是，裡面有個「troubled waters」。字面上看，就有點「禍水」的味道。直譯就是「麻煩水」。真要「禍水」一下，那就乾脆「devastated waters」。

好了，玩笑再開下去，就不好玩了，還是言歸正傳吧。

貝克特在一首長詩中說了一句，立刻讓我亮眼。他說：Woman is a starter。[17]

這是啥？我想。這不就是，就是，就是「女人是禍水」嗎？所謂禍水，不就是說一切禍害的根源嗎？

但英文沒那麼多彎彎繞，喜歡直截了當簡單明瞭：一切都是女起頭。或者：女人就是禍根之所在。再或者，就像我當年工廠那個老司機的話：家有美妻，是惹禍的根苗。也就是說：女人就是惹禍的根苗。但怎麼說，都沒有「Woman is a starter」這句話好，因為實在是太簡潔太到位了。

中國人的文字和詩，就像國歌裡面說的那樣，已經到了「最危險的時候」，該卸妝了。

---

[17] 參見*The Completed Poems of Samuel Beckett*. Faber & Faber, 2012, p. 130.

Royal Crier

顧名思義，「crier」就是喊叫者的意思。

那麼「town crier」呢？《新英漢字典》把它定義為「（巡行街道）大聲宣讀公告的人。」

那「royal crier」呢？沒有解釋，網上也沒有。怎麼譯？

今天（2013年7月23日），墨爾本的*The Age*報播了一個視頻，放的是一個披紅戴「羽」的老者，手裡展著一張屏幅，在大聲宣讀劍橋公爵夫人凱特生了一個兒子的消息。而他，就是所謂的「Royal Crier」。[18]

此人有幾大特徵，一是喊叫聲之大，幾欲震耳欲聾。二是他並不穿街走巷，而是站在門口——估計是醫院或皇家官邸門口——喊叫，三是完後說了一句：God save the Queen（天佑女王）。那種聲嘶力竭的叫法，與「crier」這個稱呼倒真是很配。

還是回到原來的問題：怎麼譯？

答曰：不好譯。只能暫時直譯之：皇家喊話爺。最後被我改成：皇家喊爺。

你瞧那人那模樣，老得不就像爺字輩的人，風度不就是很有爺們勁道的嗎？

我選這字翻譯，還有個想說事的不可告人的小目的，那就是，我一看到這個新聞，就感覺到中國早已沒有任何傳統了。沒有皇家，沒有皇帝，當然也就看不到喊爺的樣子，也聽不到喊爺的聲音了。

肄業和pension

昨天為一個客戶做翻譯，主要是為ta做一個信託聲明（Declaration of Trust），把整個文件給ta視譯（也就是在沒有任何準備預習的情況下，邊看邊譯）了一遍之後，大律師提到了給ta和ta孩子的「pension」問題。「養老金」這三個字從我口裡一出來，我就覺得不是那麼回事，ta聽起來也覺得似乎有那麼點問題，但我還是硬著頭皮一直把這個字這麼譯了下去。

第二天，我碰巧又想起這件事，以及該案連帶相關的親屬去世事件，這

---

[18] 見該視頻：http://media.theage.com.au/news/world-news/royal-crier-announces-birth-to-cheers-4592198.html

才若有所悟地「啊」了一聲，想：這應該不是「養老金」，而是「撫恤金」吧。查了一下，果不其然，還真就是「撫恤金」。

口譯在不帶字典的情況下，僅憑記憶，的確是會出錯的，也在所難免。當時原諒了自己，現在不能，在本書中改過來。

席間，大律師還問到ta的受教育情況。該客戶談到，ta大學畢業，但沒有拿到證書，在中國應該算是「肄業」。因一下子想不起「肄業」的英文說法，我就直接譯成了：I graduated but without a degree certificate。

這位出身愛爾蘭的律師「哦」了一聲說：那應該是這個字。他發出了那個字，還把那個字寫在一張小黃條上。我當時有點半信半疑，回來後查了一下。原來，他用的那個字是「graduand」，在英文裡的準確意思並不是「肄業」，而是「即將畢業的學生」。我「Oh, my God」了一下，同時又查了一下字典的「肄業」，發現並無專門的說法。如果某人肄業兩年，就說他或她「studied for two years」（學了兩年）就成，乾脆就不譯了。

現在想想，也沒法再回去告訴那位大律師，說並非「graduand」一詞，而是……云云。

怎麼譯？看來永遠都是一個問題，有時還是一個解決不了的問題呢。

Thumb our nose

美國詩人Frank O'Hara在一首詩中說：「Can we thumb / our nose at the very sea？」[19]

怎麼譯？

回答是：不好譯。關鍵問題在於，漢語、漢文化中，沒有這個動作。

經過長期的殖民和自我殖民，中國人已經學會了至少三種白人的動作：中指食指叉開的「V」形動作，本來那是表示勝利的動作，但我建議年輕女生少做甚至不做，因為它讓人想到開腿。兩相舉手擊掌的動作，這個動作在英文中叫「give me five」（直譯是「給我五指」，意即擊掌），也是表示額手稱慶的意思。第三個動作是其他四指蜷曲，只伸中指，那是罵人的動作，相當於「fuck」（發棵、發渴）。但我們沒學會人家把中指伸到食指背後，朝天伸直的動作，那叫「fingers crossed」，表示願你交到好運的意思。也沒

[19] 參見*The Collected Poems of Frank O'Hara*, edited by Donald Allen. Berkeley: University of California Press, 1995, p. 38.

學會人家把拇指按住鼻子，其他四指上下扇動的動作，那是蔑視的意思。而英文成語「to thumb one's nose at something」，就是指這種拇指按鼻，四指扇動的蔑視動作。

現在返回來翻譯上句，大意是：「我們能夠／蔑視大海嗎？」這麼譯的話，就沒有那個拇指按鼻的動作了。若要把拇指等一系列動作也譯出來，不通過直譯可能不行。現在試試看：

「我們能夠用拇指按住鼻尖／沖著大海扇動四指，表示蔑視嗎？」

看來暫時也只有如此了。你有更好的譯法嗎？

Like

詩人奧哈拉不缺警語。他有一句詩這麼說：「Like has a way of making everything die。」[20]

怎麼譯？

老實講，這句話如果從英文看，一看就懂，但要譯成中文，就不那麼容易了。那意思就是說，人們一切都以自己是否喜歡來進行評判，但這樣一來，就把一切不喜歡，卻又有價值的東西扼殺了。

這就像現在的Facebook，任何人發了什麼東西，就有任何人在上面點擊「Like」（喜歡；中文譯成「讚」），包括中國的博客也是如此，似乎只要有人喜歡，這東西就好，以致造成一種病態社會，如果某人自己發了個什麼東西，一天也沒有人去讚、去喜歡，自己也要給自己送一個「喜歡」。真他媽有病！真他媽沒骨氣。真他媽耐不住寂寞。

說到這兒，還是沒譯出來。怎麼譯？

簡譯之，應該是：「一切若以是否喜歡來作評判，一切就只能死而有憾。」

似乎太長了點。能更簡潔一些嗎？試試看吧：若以喜歡與否來判斷，萬物只能死於一旦。

好吧，另請高明來簡譯吧。

再補充一句。其實，「Like」還有「像」的意思。也就是說，如果詩歌中一切都用「像」，那就把一切都像沒了。

---

[20] 參見*The Collected Poems of Frank O'Hara*, edited by Donald Allen. Berkeley: University of California Press, 1995, p. 74.

Shop(foralltheworldlike DianeDiPrima)ping[21]

上述這句怎麼譯？

首先得解。一解你就發現，原來詩人奧哈拉是把所有的英文揉成一團了，拆開來看就是在「shopping」一詞中間，插入了「for all the world like Diane Di Prima」。

那麼我們在譯文中也插入看看？

購（管它那些就像戴安・迪・普力馬那樣）物。

這行嗎？不行。因為就像前面說過的那樣，英文每個有意義的字之間，都是要空開的，與漢語正好相反，每個字都跳貼面舞，一個緊挨一個。要想凸顯原文玩弄辭藻的意味，可能必須打亂漢語的空間結構，把字貼面舞一個個地拆開，像這樣：

購 （管 它 那 些 就 像 戴 安 ・ 迪 ・ 普 力 馬 那 樣） 物。

不清楚的，查看一下我在《譯心雕蟲》中，關於反譯是如何講的。

Fuck me

隨著各國（除了中國以外）的文字和文化在涉性方面越來越解禁，文學中的文字也變得越來越簡潔、直接、直白了。該說「操」的時候，就不說「做愛」。

我2007年出版的一本譯著《殺人》，其中所有關於做愛的字眼，英文中都是「fuck」，我中文照譯成「操」，卻在出版時被審查刪改成「做愛」。看了之後只能讓人說一聲：操！好玩的是，如果把罵人的這句「操」譯成英文後，也來一番審查和刪改，大約也能中國式地改成：做愛！

荒唐至極！

近看一本英文長篇小說，書名是*Her*（《她》），作者是Anonymous（無名氏），一上來就是一男一女在大雨中的樹下摟在一起，女的對男的來了一句：「Don't tell me you want to go to bed with me. Tell me that you want to

21 同上，p. 421.

fuck me。」[22]

怎麼譯？

這太好譯了，我聽見你說，就像我替你譯的這樣：「別跟我講，說你要跟我上床。跟我講，你要跟我做愛。」是嗎？

如果你這麼譯，你就是個傻逼譯者，因為你自己閹割了你自己，從最開始就不配做譯者。

最簡直的譯法就是：「別跟我講，說你要跟我上床。跟我講，你要跟我日B。」

譯不譯由你，刪不刪是出版社的事，尤其是最善於閹割之能事的中國出版社的事。跟我翻譯沒有一點關係。

Dick-tator

英文如果一語雙關，你怎麼譯？就像玩漢語時，把「一語雙關」說成「一語雙管」，雙管齊下的「雙管」，你又怎麼譯成英文？

比如，在上面那本書中，作者說：「But the penis is its own dictator (dick-tator, I thought wryly).」[23]你怎麼譯「dick-tator」？

Dictator的意思是「獨裁者」。Dictator把該字的「dict」改成「dick」（雞巴），發音還是dictator，但意思已經變了，多了一個雞巴。你怎麼譯？

先試譯一下：「但陰莖是它自己的獨裁者（dick-tator，我故意曲解地這麼想道）。」

沒辦法，譯不了。

不過，dictator還有一個意思，即「口授者」。通過這個意思來譯，似乎可以「曲解」地玩一下：「但陰莖是它自己的口授者（「口獸者」，我故意曲解地這麼想）。」

這是一，但「獨裁者」的第一個意思，還是傳達不過去。

只能稍微變異「曲解」一下了，這麼玩吧：「但陰莖是它自己的獨裁者（獨采者，我故意曲解地這麼想）。」

[22] 參見Anonymous, *Her*. Bantam Books, 1977 [1970], p. 9.
[23] 同上，p. 68.

Pussy

中國人誇獎人時所說的「牛逼」或「牛B」怎麼譯成英文？這個問題我早就在我的英文長篇小說*Loose: A Wild History*中解決。有興趣的可去買一本看看。

我當時的翻譯，現在還是這麼堅持，是：cow pushy，其根據就是英文的「pussy」（屄）。

美國人喜歡用性器官開玩笑，這一點跟中國人是一樣的。《她》這部小說的匿名作者在談到咖啡館利用照明和裝飾，來獲取更多「turnover」（營業額）時，來了這麼一句說：「What America needs, I told myself dourly, is the invention of a bright, well-lighted pussy, ensuring a rapid turnover.」[24]

怎麼譯？

前面已經講過，譯者要直面（文字）生活，直面性器官，不要出現「屄」字，就把它換算成「女性器官」。

就這麼譯了：「我鬱鬱寡歡地對自己說，美國所需要做的，就是發明一個明亮而又燈火通明的B，這樣才能保證有很快的營業額。」

Yes. Oh, God!

什麼最難譯？回答：最簡單最難譯？什麼最簡單？回答：做愛時的用語最簡單。

有一年在紐約，老同學請我看電影。一進去才發現，原來都是小電影。看的過程當中，我硬了，斜眼瞅瞅他，雙腿並未併攏，看來久經沙場，不易動情。

那次看下來，有句話記得最清楚。那就是當女的跟男的幹得上勁時，老愛說一句話：I feel like a new woman。一聽這話，心裡就在想：這怎麼譯呀？

後來想通了，其實譯成中文，就是一個減的過程，在這個案例中，要減的是性別，不譯女人（woman），譯成人（person）就成：「我感覺好像脫胎換骨，重新做人了一般。」

上面引述過的那部匿名小說中，也有一個這樣的達至極限的場面，那女的登峰造極地達到性快感的巔峰之時，如此叫道：「Oh, God,」she said.

---

[24] 參見Anonymous, *Her*. Bantam Books, 1977 [1970], pp. 69-70.

「Yes. Oh, God!」[25]

怎麼譯？

直譯看看：「上帝啊，」她說。「是的。上帝啊！」

相信跟女人做過愛的人，不會聽到如此乏味的叫床聲，哪怕那個女的是個虔誠的基督教徒。

那麼意譯看看怎麼樣：「老公，哦，」她叫道。「老公，我要！」

差強人意。譯者兼讀者，你看怎麼譯呢？

Hospitable

我在《譯心雕蟲》（臺灣秀威出版社，2013）中曾寫過「inhospitable」一詞，那是有關一次強姦案的翻譯。此處免提。想知道的就去看我那本書吧。

現在還是談上面談到的那本性愛書。其中提到女方性器官時，說了這樣一句話：「her vagina had been more hospitable than ever before」。[26]

怎麼譯？

對比之下，這要比以前那個強姦案的容易多了，直譯即可：「她的陰道比以前任何時候都更好客。」或者來得更實在一點：「她的陰道比以前任何時候都更客氣。」

Access

有的時候，在別人耳朵裡聽來，做翻譯的簡直是在繞著彎子說話，不繞著彎子說話還不行。比如說，電話翻譯中，接線員總要問客戶一句話：Is there any access to the meters please？

查查字典，這句話實在太好譯了。它不就是問，能不能接觸到你的電錶或氣表嗎？

你這樣翻譯，客戶保險聽不懂，保險要跟著問一句：你這是什麼意思啊？聽不懂！請你再說一遍。

澳洲的住房至少有兩種，一種是電錶、氣表安裝在室內的，一種是安裝在室外的。對於後一種，電氣公司隔一段時間派來看表的人就沒問題，來了

[25] 同上，p. 200.

[26] 參見Anonymous, *Her*. Bantam Books, 1977 [1970], p. 203.

後直接打開表蓋抄表就行。對於前一種，就比較麻煩，需要從看表那天早上8點起，到下午5點之間，都有人守在家裡，等人來後為之開門看表，否則會因無人在家，讓人撲空而導致自己遭到罰款，實在很不上算。

其實，接線員問的意思是：你們家的電錶、氣表是安裝在室內還是室外，能不能直接看到，還是要有人等在家裡開門？

這句話這麼翻譯，絕對打破了嚴復以及任何人的條條框框，但不這麼翻譯，你又能怎麼翻譯呢？

Memory work

先說「思想工作」。這個詞，英文裡沒有。為此，我還跟兒子把它的意思用英文講了半天，他還是沒聽太懂。畢竟是在澳大利亞長大的孩子，從來沒有親身體驗過什麼叫思想工作。我的譯法很簡單，即thought work。

由此想到英文有一個詞，叫thoughtcrime，也就是思想罪。網上把它譯成「犯罪思想」，正好倒了過來。[27]

我之所以談到「思想工作」，是因為在校對一位譯者的文字時發現，他把「memory work」譯成了「記憶」。有這麼簡單嗎？

怎麼譯？

網上關於「memory work」的簡單解釋是這樣：Memory work is a process of engaging with the past which has both an ethical and historical dimension（所謂「記憶工作」，是指參與過去的一種過程，這種過程既有道德的層面，也有歷史的層面）。

它還有更複雜的解釋，整整占去Wikipedia一頁多，涉及德里達等哲學家和思想家的理論。[28]

怎麼譯？

還問怎麼譯？我不是已經譯了嗎？對這種中文裡找不到的詞，只能採取直譯法，就像「思想工作」一樣。

[27] 參見：https://zh.wikipedia.org/wiki/%E7%8A%AF%E7%BD%AA%E6%80%9D%E6%83%B3

[28] 參見：http://en.wikipedia.org/wiki/Memory_work

小作家

一個朋友的孩子12歲出了第一本書，想在英語國家找出版機會，就請我給他翻譯一個簡介。其中出現了這樣的一段話，說該出版社試圖借此機會，「推出『00後小作家』（2000年至2009年出生）」。

這個「小作家」就很不好譯，不是隨便譯成「small writers」就成的。

怎麼譯？

我寫此文的時候，已經是2013年8月。這麼說來，這位生於2001年的小作家，應該已經是12歲。英文中，13-19歲是「teen」，10-12歲是「tween」，更小的則是「pre-teen」。

這麼說來，「小作家」的「小」字，就不能小看，也不能小譯，更不能一「小」言以蔽之，而要把三個要素都放進去。

譯出來的結果就是這樣：他們要推出的是「pre-teen, tween and teen writers」。

就這麼簡單。就這麼不簡單。

小朋友

我之所以把「小朋友」放在「小作家」之後寫，是因為它似乎比「小作家」更難譯。查字典發現，一般都譯作「child」或「children」。再不就是「kids」。

我基本上也是這麼譯的。後來試了試「little friends」這種直譯，發現網上還不少。就懶得在這個詞上多糾結了。

唱紅打黑、茶馬古道，等

大家都知道薄熙來，但知道他搞的「唱紅打黑」怎麼譯嗎？

大家都知道「茶馬古道」，但怎麼譯呢？

還有，昨天我為一個病人做心理測試翻譯，心理醫生問他很多問題，其中包括《哈姆萊特》是誰寫的，Walter Benjamin是誰，等，這都不給翻譯構成問題，但醫生問的一個問題，即「人有幾種血管」時，病人的準確回答卻讓翻譯一時語塞。他的回答是：靜脈、動脈、毛細血管。你能不查字典，在第一時間譯成英文嗎？

其實，在2013年的今天，中文和英文已經進入了貼面舞時代，也就是臉貼著臉跳舞的時代，換句話說，即新直譯時代。在這個時代，已經基本可以不用字典了。比如，我在最近看的一段新聞報導中，就親耳聽見「唱紅打黑」被用英文說成：Sing red, smash black。我暗暗叫好。

也是昨天，我上不是特別喜歡的Facebook查看了一下，發現有位澳洲朋友把「茶馬古道」也弄成了英文，是這樣的：the Ancient Tea Horse Road。不錯，我說，大寫得很到位，「ancient」得也很錯位。

最後來說那三種血管的翻譯。想像中，我看見那翻譯說：still blood vessels, moving blood vessels and hair-fine blood vessels，然後我看見心理醫生那張驚愕的臉。

否則，又怎麼譯呢？

當然，這個翻譯並沒那麼精，他當時語塞，只譯出了「veins」（靜脈），卻想不起「動脈」和「毛細血管」的英文。好在經過醫生提示，他一下子想起了「artery」和「capillary blood vessels」或「capillaries」。從這個角度講，口譯時時刻刻都面臨考試，而且經常會不及格。

Make love, not war

1960年代，美國有一句著名的反戰標語，就是本文標題這句：「Make love, not war」。網上一般的翻譯就是：「要做愛，不要戰爭。」[29]

對嗎？

對，但不大過癮。翻譯當今的文字，有一個小訣竅，就是要瞭解一點古文。古文中，打仗還有另一個說法，叫「造兵」。

這就對了，造，造愛的造，譯文如下：

「要造愛，不造兵」。

意淫身不淫

最近在翻譯王海平的一個劇本，題為《蔡元培》，其中，英國公使指責辜鴻銘時，蔡元培衛護他說，此人「意淫身不淫」，不予辭退。很好。

---

[29] 參見：http://zh.wikipedia.org/wiki/%E8%A6%81%E7%88%B1%EF%BC%8C%E4%B8%8D%E8%A6%81%E6%88%98%E4%BA%89

但是，怎麼譯？

這句話我沒有馬上譯，而是讓它在腦子裡下種，去撒尿，去泡茶，踟躕不久，回來後就譯出來了，如下：

......he's a playboy of the mind, not of the body。

手心

耿翔的詩中，有這樣一句：「有最親的人，握在手心的溫暖。」

怎麼譯？

看似容易，實則很難。關鍵在於，如何化腐朽為神奇。或者說推腐朽，出新意。2013年8月28日晚上，在悉尼Don Bank參加Live Poets Society（活詩人學會）朗誦，主持人Danny Gardner對我進行了一個小採訪，問我如何譯詩時，我空穴來風地想到了耿翔那一句。我告訴他們說，我把本來可以譯成「palm」的「手心」，譯成了「hand-heart」，甚至是「heart of hand」。下面的聽眾都會心一笑，因為這是英文中根本沒有的說法，儘管漢語普通得不能再普通。

回到墨爾本後，我找出了我的英文譯文，原來，上面那句我是這麼譯的：

There is warmth, taken in the hearts of hands by the most beloved

這首譯詩，如我所說，已經選入了2013年10月出版的《打破新天：當代中國詩歌英譯集》。其中的訣竅說來很簡單，那就是直譯。如果還有人記得的話，我當年曾有一個理論，叫做：直譯就是詩。

蕭殺

John Sheng寫的一個短篇小說，叫《風燭》，其中提到「秋斬」的原因時說，可能是因為秋季「充滿著蕭殺的氣氛」。這個「蕭殺」字典和網上都查不到英文的意思。

怎麼譯？

首先注意，「蕭殺」一詞中，有個「殺」字。要想在沒有這個詞的英文中也表現出「殺」字和「殺氣」，就得生造。所謂生造，就是創造，也就是創譯。

於是，我的譯文就成了這樣：「probably because autumn was a season of bleakness akin to killing」。

至於「秋斬」，我譯成了「Autumn Beheading」。

Mood and stature

澳大利亞作家羅伯特・休斯敘述澳大利亞流放史的皇皇巨著，《致命的海灘》，光英文就有688頁，譯成中文發表後，估計會超過一千頁。這本書我翻譯後交稿大約一年了，今天出版社才讓我來翻譯書背語。其中有句話很簡單，但頗難譯，是這麼說的：

> "With its mood and stature......*The Fatal Shore* is well on its way to becoming the standard opus on the convict days."

怎麼譯？

先講點別的什麼吧。記得在墨爾本教學生把中文詩歌翻譯成英文時，總會遇到一個詞，怎麼翻譯怎麼難，那就是「境界」這個詞。在對某首詩歌進行評價時，學生老愛用這個字，而我呢，因為一時半會難以找到好的譯法，就直接在電腦上打下「jingjie」的拼音，甚至後來還曾把這個拼音直接用到了某首詩歌的英譯中。

這一次，譯「mood and stature」時，我居然鬼使神差地想起了「境界」，竟然發現它們就是「境界」的意思，mood就是「境」，而stature就是界。

於是就有了下面這段譯文：

> 「《致命的海灘》一書以其……境界，即將成為有關流放歲月的一部標準之作。」

好了，不多說，免囉嗦。

Hokum

我編著的《中澳文學交流史》最近剛剛殺青。進行最後校對時，發現其中有篇文章的譯文，把「hokum」一詞譯成了「胡說八道」。

我並未覺得其錯，但又覺得似乎不對，因為就在同時，我覺得該詞很亞洲，甚至很中文，想著想著就念出了聲，怎麼越讀越覺得像一個中文詞。

怎麼譯？

就譯成我覺得像中文的那個詞：胡侃。

不信你念念，看像不像「hokum」？

彈指

這天，我應人之約，英譯一部音樂劇，其中有句云：「百年興衰彈指間」。我一下子梗住了，查了半天字典，也找不到滿意的「彈指」英譯，都是什麼「in an instant」之類的譯法，「彈」沒有了，「指」也沒有了。很不形象。

怎麼譯？

想了想，就從記憶的武庫中調兵遣將，根據語感來了一個「in the flipping of a finger」。不過，我的經驗是不輕易下筆，想先到谷歌的images中查查，看不是中國人那種「彈指」的樣子，喏，右手食指和中指靠攏，兩相一搓，「吧嗒」一聲脆響，幾百年就過去了。所謂彈指一揮間吧。

沒想到結果令我大吃一驚，「in the flipping of a finger」倒是有這個說法，但完全不是中文的「彈指」意思。調出來的圖片全都是伸出中指罵人的鏡頭！原來，英文的「彈指」是伸中指。我又學到了一個新的說法，但如何譯「彈指」，依然不甚了了。

最後，我採取了一個折中辦法，也是我原來的微論所說的器官不對等，譯成了「in the twinkling of an eye」（轉眼）。

在中文裡是「彈指」，進入英文，只好「轉眼」。中英兩種語言，尚待改革開放。

單弦

「單弦」不是單弦，這是在譯這部劇本中發現的。根據百度百科，所謂單弦，是指「一人操三弦自彈自唱」。[30]但字典無一例外地給出英文「monochord」，其實那根本不是中國特有的戲曲形式「單弦」，而是真正的一根弦，一根獨弦。

那麼，「一曲單弦訴感慨」怎麼譯？

我只能告訴你：不好譯，但我會考慮把「單弦」進行音譯處理。

To be heard

我曾在《譯心雕蟲》中，講過一個比較經典的例子，即如何譯「Children are to be seen and not heard」。這句話如果直譯，就是：「孩子是被看的，而不是被聽的。」這像話嗎？太不像話了！

這句話譯成中文，只能反其道而「譯」之，因為它的意思是說，孩子必須永遠處在（注意該句的「一般現在時」）大人的視力範圍內，而不得吵吵鬧鬧得讓人聽見嫌煩。

反譯之，這句話就是這麼個樣子：「孩子不得大聲喧嘩，而要規規矩矩。」孩子大聲喧嘩，大人就不想聽（not heard）。孩子規規矩矩，才是大人想看到的（seen）。

實際上，該句的英文原意，就是要孩子不要大聲喧嘩，跟中文的「大人講話，小孩不要插嘴」很相似。

今天翻譯一句話，是說如果遇到爭議，請調解員調解，那麼，調解員就必須「give the parties to the mediation process every opportunity to be heard」。

怎麼譯？尤其是怎麼譯「to be heard」？

個人覺得，還是得反著來，即這樣：「讓參加調解過程的各方都有機會暢所欲言。」

是的，只有暢所欲言，才能讓大家都「heard」，而且是「to be heard」（都要聽到）。

……不由感染了林文道

先看下列這段引文：

[30] http://baike.baidu.com/view/62016.htm

……因金環而關注環家班，親臨燕舞臺，金環原汁原味地唱詠鼓曲，化身角色，她對藝術的那份執拗和尊重，不由感染了林文道。

該段引文來自王海平的劇本，《天橋音樂劇》，有8000多字，最近我在譯成英文。別問我為什麼譯這個劇本，這不是你要關心的。問問你自己：怎麼譯這段文字？

建議你先不要看我的譯文，而是先做做自己的，然後再看我的。

其實如果你看過我的「反譯」微論的話，你就知道，切入這個譯文的途徑，就是通過反譯，也就是說，從最後一段開始翻譯，結果，譯文如下：

Lin Wendao can't help being impressed with the original way Golden Ring chants the drum-tune and the surrogate role she plays, with her stubbornness and respect for artistry, thanks to her concern for the Huan Family Troupe and her physical performance at the Yanwutai stage.

嚴格意義上講，這不是我所說的「大倒車」，而是一種比較迂回曲折的反譯。只有對漢語進行策反、進行反動，才能順利地進入英文。

太平洋西岸

今天一位譯者來信，問：「太平洋西岸」怎麼譯？他說：這個字的

字面為on the westcoast of the Pacific Ocean，但我google一查，發現所有國外網站好像後面接的都是陸地，而非海洋，如westcoast of America。少數網站有這樣的說法，但都是中國人的網站，讓我將信將疑。您知道這個coast後面能接海洋嗎？

我看到另一種說法，換了個方式，China is bounded on the east by the Pacific. 這樣倒是可以，但如果說「某人生活在太平洋西岸」，這就繞不過去了。

通過瞭解，我發現他要翻譯的那段原文是「太平洋西海岸的精神生活」。我當即查了一下，覺得他這個問題問得很好，的確是個問題，好問

題，便去網上小調研了一下，回覆如下說：

> 這是個很有意思的問題。
>
> 你先看看太平洋的方位：（附上了網路上找到的太平洋地圖）
>
> 如果「太平洋西海岸的精神生活」指的是美國，那可能需要反譯。如果指的是中國，那可能不能隨便譯成「on the westcoast of the Pacific Ocean」，而很可能要譯成「spiritual life by the Pacific Ocean, on its West Coast」。

你看呢？

這個問題就這麼解決了。

用簡語

從前我說「英簡漢繁」或「漢簡英繁」，現在我說「用簡語」，意思都是差不多的，也就是說，一種語言說得很複雜的，譯成另一種語言，就得用簡語。

語言像什麼？膠囊。比如《天橋音樂劇》這部劇作中，有兩段我就不大看得懂，是這麼說的：

> 紅襖綠褲南城調，
> 天橋活驢小有名。

對方很快就回覆了，說：意思就是說：「天橋八大怪：婦人是紅襖綠褲，唱南城調的，騎在丈夫身上丈夫扮驢，在高凳上做動作，外號賽活驢。」

我老天，這個膠囊是不是太豐富了一點，要譯成英文也是兩行，而且不跨行，好像沒有可能吧？

怎麼譯？

其實前面還有兩句，我是這麼譯的：

As a young child, I left the city of Baoding
Following Brother Huan to Peking

那麼，接下來也不難，只要記住前面那三個字就行，於是我就譯了：

Singing Nancheng tunes, in a red jacket and green pants
And becoming famous playing a live donkey at Skybridge

你想譯得跟中文一樣繁雜嗎？你譯吧，我不譯。至少不那麼譯。

不知有豔還有台

《天橋音樂劇》中有這兩句云：「名聲在外燕舞臺，不知有豔還有台？」挑事者金大牙無非是說，這個燕舞臺雖然在外面名聲很大，但裡面有很多爛事兒，比如說「豔」。

怎麼譯？

如果直譯的話比較難，但換個喻體，換個說法，也就不那麼難了，如下：

Yanwutai's fame is spread far and wide
For its sin or for its stagecraft?

無非弄了一個alliteration（頭韻）罷了，即「stage」和「sin」。

跟鈔票過不去

這出劇裡還有一段話，是講銀環在被人點歌，唱一首淫穢小曲時，頗為猶豫，該話說：「不唱，台下來的都是客，得罪主顧就等於是跟鈔票過不去。」

怎麼譯？尤其是「跟鈔票過不去」這句話。

好譯。有一年，我跟我在悉尼的文學經紀人S通話，她說的一句話我到現在記憶猶新。她說：I never say no to money。（我這個人從不對錢說不）

譯文有了：

If she doesn't (agree to sing), she offends all the guests in the audience, which is tantamount to saying no to money.

如果非要扭筋說，「過不去」的意思還是沒有出來，那我只能說：乾脆別譯，讓人間直接學中文好了。

風流

風流這個詞很煩人，煩人到這個程度，以致我在*The Eastern Slope Chronicle*這本長篇中，乾脆把它直譯成了「wind-flow」，但對付下面這行唱詞，直譯顯然不夠用：「風流總被風吹雨打」（《天橋音樂劇》）。這類陳詞濫調，在劇中出現了好幾次，我一般都至少要譯出「風」和「雨」來。但這次，我沒有這樣。

怎麼譯？

我意譯了：「The best are destroyed by the worst」。

而在之前，我則是比較直譯的：「One who flows with the wind will be blown away by the wind」。

Get over it

如果有人對你做了什麼事，令你不快，很久都難以忘懷，跟朋友說過一次，過了若干年後，你又提起，朋友於是對你說：Get over it。

你怎麼譯？

老師說，這種事就曾經在我身上發生過一次，朋友也就是這麼說的。我立刻就明白了，但我怎麼也不知道該怎麼用中文來說這個話。

偶然有一天，我福至心靈，反著來了一下，突然發現這句話就是那個意思。現在我暫時不說，你說怎麼譯？

還不知道？那好，我說了。

那意思就是：「不要耿耿於懷了。」

厚土、長天

我曾說過，英文在方位和量測上，是不能與漢語劃等號的。例如，英語說parallel bars（平行杠），我們卻說「雙杠」。英語有shortcomings（短處），卻沒有longcomings（長處）之說。漢語說「坐在樹上」，英語卻要說「坐在樹裡」（sitting in a tree），等。

因此，在翻譯《定都北京》這部劇裡這兩句「濯長江，叩鐘山，／問過厚土問長天！」時，我沒有不動腦筋地把「厚土」譯為「thick soil」，也沒有把「長天」譯為「long skies」。這不是沒有原因的。

例如，英文中「thick soil」的意思是指沒有營養，很難挖透的土壤。[31]又如，英文根本就沒有「long skies」（長天）之說，只有「broad skies」（寬天）的說法，[32]正如英語有「寬笑」（broad smile），漢語有「大笑」，而二者換過去就沒有對應說法一樣。

有鑑於此，我把「厚土」進行了非對稱轉換，譯作「deep soil」，而把「長天」譯作了「broad skies」。網上一查，英文真還有「deep soil」一說，並經科學調查，不是一犁耙之深，而可達幾十米深。[33]

我的譯文如下：

I bathe in the Yangtze and I knock on the Zhongshan Mountain
I ask the deep soil as I do the broad skies

扼腕

譯呀譯，譯呀譯，譯到一處有句云：「燕趙悲歌壯士扼腕」，[34]我停了下來，查字典，但凡有「扼腕」之處，字典均王顧左右而言他，不提「扼腕」二字。

怎麼譯？

關於「腕」字（英文是wrist），英文也有一個成語，叫「a slap on the wrist」。若直譯成中文，應該是「拍腕」。凡是誰說了不該說的話，朋友或親人在你腕上輕輕拍打一下，就算是對你的一個小小懲罰，讓你明白你不該說。我曾親見一個律師，就這麼對一個華人客戶「拍腕」了一下。我也曾見

[31] 見此文關於thick soil的解釋：http://wiki.answers.com/Q/What_is_the_difference_between_thin_and_thick_soil

[32] 我承認，漢語的確有「天寬地闊」之說，但沒有「寬天」之說。

[33] 參見此文：http://www.jstor.org/discover/10.2307/1312764?uid=3737800&uid=2129&uid=2&uid=70&uid=4&sid=21102729579453

[34] 王海平，《定都北京》，未發表劇本。

一個白人母親，在她嬰兒的腕上輕拍了一下，結果引來該嬰兒號啕大哭。

扼腕這個動作，應該早已從當代中國人的常用動作中消失，儘管它的意思一看就明白，總是跟「歎息」連用。你若把它直譯成「to hold one's wrist」，它可能呈現了那個動作，但那個動作中的內在含義卻沒有了，就像「拍腕」不僅僅只是拍而已。

正如中國人的「腕」是用來「扼」的，說英語的人的「腕」是用來「拍」的，意思幾乎相反，至少不成比例，那麼，中國人扼腕的時候，說英語的人做什麼動作呢？

其實，他們也有類似動作，只不過叫法不同罷了。他們叫「to wring one's hands」（絞手）。這個動作，如果你到谷歌的圖像裡查看，會發現有幾種「絞」法，其中一種頗為接近扼腕這個動作。

好了，我不說了，因為你已經應該明白，「扼腕」二字應該怎麼譯了吧？

膾炙人口

正在翻譯一部劇本的「題解」。該題解說：「魏晉時期的建安文學是我國歷史上第一次文學繁榮的產物，其中文學成就最高的曹植，留下無數膾炙人口的作品。」這段並不難譯，但最後四字成語「膾炙人口」卻讓我頗費腦筋。

怎麼譯？

其實，關於該成語的英文譯法網上字典頗多，但都是繞過原來的意象不譯。所謂「膾炙人口」，根據百度百科，「意指切細的烤肉人人都愛吃」。實際上是一個美食形象，用來形容東西寫得好看。我想起，一朋友最近請我吃飯，諸菜中有一種切得菲薄的五花肉，烤過之後蘸著辣椒汁，非常好吃，就可用膾炙人口來形容。一篇文章或一首詩當然不能膾炙人口，但如寫得好，就能朗朗上口，口口相傳，而從口中過的那種滋味，當不亞於吃烤肉。

說了這麼多，我還是無法採取直譯的方法。蓋因英文中似並無此類張冠李戴的借喻法。如說某人作品好得就像令人垂涎的美食，我好像在個人的閱讀體驗中還沒有碰到。

因力不所逮，我選來選去，最後還是採用了一個歪打正著的不對稱譯法，如下：

Jian'an Literature, in the period of the Wei, Jin and North-South Dynasties (A.D. 220-589), is a product of literature that first flourished in the history of China, with Cao Zhi being the most highly achieved writer, leaving countless works that enjoy great popularity.

同時我去信一個澳洲白人編輯朋友，看他作何解釋。

千古美文

在此之前，朋友來信告知說，他即將進行編輯的我的劇本英譯本和別人的英譯本中，有一本的英文根本無法看懂，只好打了回去。我心忐忑不安起來，擔心是否是我的譯本。他回信說不是，並讚了一句，說我的英文是「impeccable」（無懈可擊）。當然，這是朋友的過譽，我當自勉之。

朋友是土生土長的澳洲白人，也是名編，別人——哪怕是中國人——如果譯得他都看不懂，那肯定是有問題。他總不可能因為該翻譯是中國人，就曲意逢迎說東西譯得好吧。

現在輪到我譯下一段了。原話說：曹植的「《洛神賦》就是千古美文之典範」。

其他都好譯，但「千古美文」，尤其是「美文」怎麼譯？

老實講，「美文」在網上窮搜索，也找不到合適的譯文。隨便拼湊成「beautiful literature」或「beautiful literary work」，聽上去都不像好的英文，就會造成前面他說的那種問題。

至於「千古」，若非要把「古」字譯出來，也顯得非常勉強。

最後，我還是採取了非對等式譯法，「千古」不譯，「美文」不譯，而譯成了下面這樣：

Cao Zhi's 「*Ode to the Goddess of the Luo River* is an epitome of what a great piece of literary work could be for thousands of years.」

思索白

第一次見到「思索白」這幾個字，我的第一衝動就是把它直譯成「think white」，就像我從前把「自白」譯成「self white」一樣。

這個說法，是在我翻譯《洛神賦》中出現的。原句如下：

家丁（白）魏王有令，甄嫣進魏王府，為公子妃——
甄嫣（思索白）這——

上句那個「白」，就是道白的白，英文譯作「Aside」，就是站到旁邊說話，通稱「旁白」，英文一個「旁」字就夠了，不需要「白」。否則節外生枝，無厘頭了。

但「思索白」，我是活到58歲後第一次見到，但一見就理解。無非是把她腦子裡想的東西，好像用刀子剖開、剖白，攤在外面，讓觀眾，也是聽眾，能夠通過「旁白」聽見。

怎麼譯？

英文有個說法，叫「think aloud」，意思是說，心裡想著什麼，竟像發出聲來，連旁人都能聽得見了。但是個很難直譯成中文的詞彙。你無法把它譯成「想大了」、「想響了」、「想出聲音來了」、「想的心思連別人都聽得見了」，等。最後一個差強人意。

但是，在譯「思索白」時，這個詞彙卻冒了出來，覺得很合適，就用了，譯成：（thinking aloud）。

心聲

《洛神賦》裡說，曹丕「左擁右抱，開懷暢飲」，這句話後半句好譯，前半句稍難，我譯成：Holding one woman each on his right and left, he drinks to his heart's content.

接下來說，「宓妃疼苦地道出心聲」。

「心聲」怎麼譯？

如果直譯，當然可以譯作「heart's voice」。差矣。吾不為也。

我想都沒想，就譯成了：Princess Mi painfully voices her heart thoughts.

Corrosive curse

一篇談到富人並不幸福的文章中，援引了許多例證，如身家億萬，但卻與自己子女為分財產而對簿公堂的澳洲女富翁Gina Reinhardt，自己孫子John

Paul III在羅馬被綁架，卻不肯出贖金把他贖回，非要等到綁架人把他耳朵割掉，但仍只願出能退稅部分贖金的富人J. Paul Getty等。[35]

關於財富，該文作者下了一個結論說：「...too much money can be a corrosive curse on family life。」

一看就懂，但怎麼譯？

從意思的角度講，不用解釋。從技巧角度講，這個短句子的翻譯，可能至少牽涉到反譯、詞變性、英隱漢明三種。[36]譯出來，就是這個樣子：

「……錢太多，家庭生活就會受到侵蝕，好像被人詛咒了一樣。」

所謂英隱漢明，就是英語用隱喻（curse）的地方，漢語得還原成明喻（好像被人詛咒了一樣），其實也是一種反譯。

咬腮幫子

什麼叫「咬腮幫子」？

網上說：「臉上的肉少了就鬆弛了咬了之後又會腫起來就更容易咬到」。[37]

顯而易見，腮幫子是從裡面咬的。當然，我這麼說就stupid了。難道還能從外面咬不成？也可以，但只有相愛的人、相愛愛的人才會那麼做。

其實，英文裡面也有咬腮幫子的說法，叫cheek biting，愛咬腮幫子的人叫cheek biters，但那是一種病徵。[38]

如果詩歌中出現了「咬腮幫子」怎麼辦？怎麼譯？

老實講，不好譯。我現在想起來，小學時有個男老師，特愛咬腮幫子，一生氣就咬，一咬，左右兩邊腮幫子就會各各出現三道很明顯的筋。後來據說他因調戲女生而被停職，那是1960年代，但腮幫子上的三根筋，我到了二十一世紀的第二個十年還沒齒不忘。

這麼說來，其實咬腮幫子並不一定真咬，有時只是從腮幫子上看好像咬了，但其實並沒有咬，咬的不是腮幫子，而是腮幫子底下的牙齒。

---

[35] 參見Sarah Macdonald, “Are rich families less happy?”, at: http://www.dailylife.com.au/life-and-love/real-life/are-rich-families-less-happy-20131014-2vi47.html

[36] 詳見歐陽昱，《譯心雕蟲》。臺灣：秀威，2013。

[37] 參見，《咬腮幫子是怎麼回事》：http://www.120ask.com/tagcloud/c5ugxwMi65co65vd05Ko75nkB5QfM5u6r5QOQ.html

[38] 參見“Cheek Biting: Why You Bite Your Cheek and How to Stop”一文：http://www.huffingtonpost.com/thomas-p-connelly-dds/cheek-biting-_b_818047.html

而在該詩——楊邪一首關於如何說服母親決定摘掉一片肺葉的詩——中，咬腮幫子更是一種隱喻，它要說明的是母親如何咬咬牙決定，她同意做手術了。

最後的譯文基於這樣的認識，也就自不待言（中文在前，英文在後）：

我的話還沒說完，母親打斷了我
她咬了咬腮幫子，說
——那好吧，就把它給摘掉算了

Before I could finish, Mom interrupted me
And, clenching her teeth, said
—All right then, I'll have it removed and leave it at that

女鄰居

怎麼譯？

我的第一反應就是「My Next Door Woman Neighbour」，但我的第二個反應跟著就把它否定了，也就是去「女」存菁、存鄰居。

對，就這麼簡單，因為那個「女」字在英文中很多餘，她的女性身分會在詩歌中自動顯現，無需通過那麼一個clumsy的標題來呈示。

不懂英文的人，或懂之不深的人，跟你說了也沒用，反而可能還因此扣分，因為沒有嚴復之信，呵呵。

記住，漢繁英簡，進入英文時，有時是需要做減法的。

良媒

王海平的《洛神賦》裡，曹植見宓妃而難忘，唱道：「悅其淑美心振盪，欲以接歡無良媒。」

怎麼譯？

我是這麼譯的，如下：

My heart, delighted, is set on the beautiful lady
I'd have loved to make love to her but for a good medium

我承認，「良媒」二字，我採取的是直譯。交稿後——其實交稿前，我就叮囑要出書的對方在澳洲找一個編輯，對譯稿進行編輯——不久，編輯，我的一個老朋友，來信說他看不懂我譯的這兩句，尤其是第二句。

我回覆說：「I know this one may baffle. I used the "make love" in the sense Maugham does in his *Of the Human Bondage* in which "make love" is used consistently in its other definition to mean "show love", not physically doing so.」

也就是說，我以為他覺得我把「接歡」二字譯成「make love」，似有不妥，便做了解釋，即上面說的毛姆的用法，意為「示愛」，而非「做愛」。

他來信說，這個他明白，但他不明白的是什麼叫「but for a good medium」。

哦，我明白了，便解釋說，這個意思是說 「I'd have loved to make love to her except that I don't have someone good that could act as a go-between.」

他最後建議說，看這樣行不行：I'd have loved to approach her but there was no go-between?

我覺得很好，說：That sounds perfect. Let's stick to it。

這又印證了我過去漢譯英的一個微理論：漢繁英簡。現在要把那個微理論稍微改一下，叫：漢文英白，即漢語文縐縐的，英文卻要直白，這才符合英文的語言和文化習慣。

高

晚上宴請，坐我左邊的是與我年齡相仿，但看上去似比我年輕的李院長，他剛聽了我的「直譯天下」的講座，認為比以前那些老談「歸化」、「異化」理論的講座好，因為那些東西他早就「聽高了」。

我立刻說：哎呀，你這個「聽高了」還真沒法譯成英文。仔細想想之後，我還是覺得無法翻譯，他也覺得是這麼回事。兩人相對搖頭歎氣。

怎麼譯？

在接下去的大約幾個小時內，我的腦中斷斷續續地總會想起這個問題，不時還會看上一眼手邊寫下的「聽高了」幾個字。

離開自己的直譯講座時間越遠，受其「霧霾」影響也越小，在某一個穿越點上，我用自己過去的微理論，給自己開了竅，也就是說，這個說法不是不能譯，而是不能直譯。如果直譯成「heard high」，那就不成樣子了。

那怎麼譯？

很簡單，那就是，譯這麼簡單的三個字，至少要採用三個微理論：1、不對等，更對等；2、漢簡英繁；3、反譯法。

這麼譯來的結果就是：I have been to such a high number of talks that I've had enough of them.（這種座談聽高了）。

看起來不對等，但語義上更對等。漢語僅三個字，英語卻有17個字。漢語的「高」不是指「聽得高上去了」，而是指聽得太多了，故言高，但在語序上排到了前面，而且「聽」字也沒有了，所以是反譯。

那麼有人問了，「喝高了」怎麼譯？

問得好，但應該擴展成一句話，比如：我昨天晚上喝高了。

怎麼譯？

應該這麼譯：I was highly drunk last night。當然，也可以「不對等，更對等」一下，譯成這樣：I was heavily drunk last night。把「高」變成「重」。前者屬於直譯和反譯（英文是「高喝」，而不是「喝高」），後者則是反譯。

又有好事者問：說某人是個高手、高人，但他眼高手低，喜歡高蹈，等，這些話裡面的「高」字如何譯？

回答問題前，先說點別的。最近譯一個劇本，叫《洛神賦》，作者乃是王海平，其中有一段詩云：

> 仁義于我似高堂。
> 人人可以為堯舜，
> 仁愛才會受敬仰。

我呢，對不起，就把「高堂」直譯成了「high hall」，見下：

> And I regard kindheartedness and justice as part of the High Hall
> And that everyone is a potential king
> As only by being kindhearted can one gain respect

諸位可以看到，我雖直譯，但做了處理，一是加了「the」的定冠詞，二是把「high hall」處理成大寫，就像這樣：the High Hall。至於為何把「堯舜」譯成「potential king」，那就是另一回事了，以後有機會再單獨講。

別跟我兜圈子了，我聽見不耐煩的人說，快把前面帶「高」的詞的譯法一一跟我交代！

怎麼譯？

就這麼譯：The guy is a highly sophisticated person, known as a High Hand, whose hands are lesser than his eyes, someone much into High Dance（某人是個高手、高人，但他眼高手低，喜歡高蹈）。

我並不太滿意，但暫時只能如此，等待高人出現。不過，我可以講個小故事，說明我是怎麼把「眼高手低」處理成「whose hands are lesser than his eyes」的。

不妨賣弄一下。1986年，我作為三峽工程代表團的首席翻譯赴加拿大，每次出外吃飯，我總是要得很多，卻都吃不下去。對方接待的Harland先生開玩笑說：歐陽，You have eyes bigger than your stomach，說完後就哈哈大笑起來。我把這話翻譯給同行的陳工後，他比我更精煉，立刻說：你呀你，眼睛大，肚子小。

這話還用得著我解釋嗎？明眼人一看就知道。說到這兒，我又楞了：明眼人怎麼譯？

累了，以後再說吧。咱們一次只解決一個問題。

Light

英文的「light」一字，既是「光明」，又有「輕」的意思。一般來說不難譯，但用在「light sleep」上時，就不好譯了，因為在中文裡，是用形容氣味的「香」和形容烹飪的「熟」來形容睡眠的。這跟英文用形容重量的「輕」來形容睡眠一樣，都很有詩意，又都很難彼此交換。例如，若把英文的「light sleep」換成「cooked sleep」或「fragrant sleep」，恐難為人接受。若把它譯成「輕睡」，或者「睡得很輕」，漢語肚量再大，恐怕也不會採納。這，就是我在翻譯美國女詩人Sarah Teasdale（49歲自殺）的一首詩時遇到的難題。該詩全文如下：

"It Is Not a Word" [39]

It is not a word spoken,

[39] 參見：http://www.poemhunter.com/poem/it-is-not-a-word/

Few words are said;
Nor even a look of the eyes
Nor a bend of the head,

But only a hush of the heart
That has too much to keep,
Only memories waking
That sleep so light a sleep.

這首詩不難譯，但最後那個「light」就不好譯。

怎麼譯？

我的第一稿最後一行是這麼譯的：「睡得如此之輕」，但怎麼看怎麼覺得不舒服。立刻改為：「睡得如此不熟」。通篇譯完讀下來後，還是覺得不怎麼舒服。想來想去，覺得還是給它「化」一下的比較好，也就是說，把握了原意之後，化譯為寫，也就是我從前辦公室的同事老翻譯所說的一個關鍵字：所謂翻譯，就是寫。於是，我就「寫」了，第三稿的譯文全文如下：

《一句話不說》

薩拉・蒂斯黛爾（著）
歐陽昱（譯）

一句話不說，
幾乎什麼話都不說；
眼睛不看，
頭也不低一下。

只有心是靜的，
有那麼多東西要保留，
只有記憶醒著，
怎麼也睡不熟。

諸位可以看到，正是因為這個「寫」，頭四行的翻譯似乎與原文不那麼契合。我的第一稿雖然看似契合，但卻不像寫的，只是字對字的影子而已：

一句話沒說，
也很少說話；
眼睛沒看，
頭也沒低一下。

說到這裡，我想起來，我的同事周翻譯老先生過去改我譯文——他負責校對——時，改過之後總會使我的譯文動起來、生動起來，其關鍵在於，他能調動動詞，使文字避免滯澀、滯塞。我把「沒」字改成「不」，也是這個道理，而且一改之時，我就想起了當年的他，那可是30多年前啊。

Assertive

英文的「assertive」一詞，往往形容那些平常不肯拋頭露面，不願多說話，但卻偶然或突然變得強硬起來，大張旗鼓地說出自己的主張，提建議、提意見，不再隱瞞自己觀點的人。這個字在很多具體的文本場合，是難以用字典上的定義來套用的。比如說，澳大利亞同性戀詩人Paul Knobel在一首寫得很露骨，也很動情的同性戀性愛詩中，就用了這個字。他是這麼說的：

remember his gentleness
so assertive
you couldn't cope

我在翻譯筆記中寫到：assertive一詞難譯。我先用了「武斷」，覺得不行，換了「獨斷專行」，覺得似乎可以，想想還是放棄了。

怎麼譯？

其實，沒有任何人可以告訴你怎麼譯。一個譯者最後選擇的那個詞，不僅是靈光一現或福至心靈，也與他是否是個詩人有關，與他是否來自一個曾經不說普通話，而說土得掉渣的家鄉地方話有關。我後來想到了「強勢」，放棄了，又想到「要強」。終於決定，就是這個字了。這首詩的英文全文在下，其後是我的譯文：

From touch to touch

By Paul Knobel

you walk the black streets of Melbourne
remember your hands in his curly hair

remember his lips
like silk, like sharing a peach

like eating strawberries, like the skin of grapes

remember sucking his cock how
it began to swell, to get hard
remember his gentleness
so assertive
you couldn't cope
remember him lying on the
bed the four cocks remember
him lying back under the light
remember he didn't want to be kissed

remember touching
his nipples, the tit ring

remember your finger in his anus

remember coming—

remember the boredom

at least you came

《遍摸》

保羅・諾貝爾（著）
歐陽昱　　　（譯）

你走過墨爾本的黑色大街
回憶起你的手在他的捲髮中

回憶起　　　　　他的唇
像絲綢，像分享一隻桃子

像吃草莓，像葡萄的皮膚

回憶起吮吸他的雞巴，想起它
是如何腫脹起來，變硬
回憶起他的溫柔
　　　　　　　　如此要強
你難以對付
　　　　　　　　回憶起他躺在
床上四個雞巴回憶起
他在燈光下躺回去
　　　　　回憶起他不想被吻的樣子

　　　　　　　回憶起　撫摸
他的乳頭，乳暈

回憶起你的指頭插進他的肛門

回憶起射出——

回憶起那種無聊的感覺

至少你射出來了

請注意，我對「assertive」的翻譯，就是「要強」。還請注意，這是初稿，還需要修改數次，但「要強」一字，估計是不會再改的了。

流逝、流失、流矢

別人怎麼用英文譯我不知道，但要我譯這幾個字「流逝、流失、流矢」，我覺得有一定難度，特別當容納這幾個字的一首詩出自本人之手，見下：

《六月》

記憶中
哪年六月都沒有今年這樣慢這樣冷
什麼東西都在死去
想起來黃昏清亮的蟲鳴還是昨天的事
想起來在樓頂一起聊天望月還是昨天的事
想起來做愛時床的一吱一呀聲也還是昨天的事
在這個寒冷的六月
一切都讓人意識到時間緩緩的流逝、流失、流矢
蟲死了
月死了
愛也死了
寫詩的人被時間掏空了記憶
緩緩地
進入時間

那麼，怎麼譯「一切都讓人意識到時間緩緩的流逝、流失、流矢」這行詩？

我考慮了一下，幾乎想都沒想，就譯成了「time slowly oozes away, flows away and arrows away」。是的，你可能會說，上句話裡有三個「流」，還有三個同音字「逝、失、矢」，這在英文中並沒有反映出來。我同意。但你是不是也會同意，要把上句話裡的三個「流」和三個同音字「逝、失、矢」全都在英文中反映出來，如果不是一件根本不可能的事，起碼也是非常困難的。不信你自己試試。當然，最簡便的辦法是音譯，全部譯成「liushi, liushi,

liushi」，然後加注，或者乾脆不譯，直接保留中文，就像這樣：「流逝、流失、流矢」，如果你是一個文化相對論者，堅信無法溝通的責任不在譯者，而在不懂漢字的英文母語閱讀者，需要努力讀懂中文的是他們，而不是你。你不覺得我是在開玩笑嗎？是的，的確是在開玩笑。

好在這首詩是我用中文寫的，我還沒有過世，我還能用好的英文自己把它譯成英文，至少我不怕我的漢語自我譴責我的英文自我沒有做到「信」。我也不怕我的漢語自我指責我的英文自我不懂「歸化」或「異化」的原則。我既然自譯，我就可以我行我素，我譯我素，我創我素。下面是我的英文譯本：

June

In my memory
No Junes are so slow and cold as this year's
Everything is dying
As I recall, the loud crickets singing at dusk seems to have happened only yesterday
As I recall, our watching the moon and chatting together on top of a building seems to have happened only yesterday
And as I recall, the squeaking of a bed in which we made love seems to have also happened only yesterday
In this cold June
Everything makes one aware of how time slowly oozes away, flows away and arrows away
The crickets dead
The moon dead
And love, also dead
The writer of a poem, whose memory is hollowed by time
Is slowly
Entering into time

細心的讀者可以看到，我雖然失去了三個「流」，但我得到了三個「away」，即「oozes away, flows away and arrows away」，而且也符合我的漢正英反的「反譯」理論。是的，我沒有把三個同音字「逝、失、矢」譯出來，因為我沒有這個能力，英文也沒有這個能力，這是語言本身的缺失。不過，我還是小有創意，把「arrow」這個名詞給動詞化了，以表現「流矢」之意。是的，你會說，「arrow」本身就有動詞的用法，那就取消我「小有創意」的說法，專此存疑吧。做一個譯者，要想大家都說好，幾乎是不可能的。

Moving and beautiful

最近，朋友轉來一篇文章，是寫我已故父母的。該文雖出自一個名不見經傳的發小之手，而且只是放在其博客上，但寫得感情充沛，十分動人，故我把它譯成英文，同時與美國一家雜誌主編聯繫，看他是否感興趣。數日之後，他回信說：作家的父母，在作家的成長過程中，都是發揮著很大影響的。他很有興趣看。

隨後我就把該文譯成了英文並發給了主編。不料第二天收到回信，說已接受該稿，準備發在今年六月號上。這時，我想到了我的澳洲作家朋友Alex，探知他想一閱，便電郵給他。他看後回信第一句就說：It's very moving and beautiful。

其他暫時放下，現在來談翻譯。「moving and beautiful」很簡單？怎麼譯？

之前在其他地方，我曾談到英文和漢語的倒反現象，稱其為「反譯」，如中文是新鮮，英文是鮮新（fresh and new），中文是血肉，英文是肉血（blood and flesh），中文是空洞，英文是洞空（hollow and empty），等。

最近，我又找到了四則這種倒反例子，其中兩則是這樣：中文是純淨，英文是淨純（clean and pure），中文是飛落，英文是落飛（falling and flying）〔語出美國詩人Jack Gilbert一詩〕，中文是單純，英文則是純單（pure and simple）。

第四則就是上面說的「moving and beautiful」。寫到這裡，你大約已經明白怎麼譯了吧？不就是「美麗動人」嗎？

從這一點上說，嚴復的所謂「信」，是說不過去的。一種語言進入另一種語言時，會被該文化再造得天翻地覆慨而慷。

Cultural Cringe

「Cultural cringe」這個詞，是一種特殊文化現象，即面對強勢文化，表現得卑躬屈膝，自貶自低，他高他大，在殖民文化和殖民地文化中表現得尤為明顯。該詞由澳大利亞作家A. A. Phillips首度提出並在1950年發表的一篇重要文章中正式提出。[40]

這種情況在中國也有，我們叫崇洋媚外，如把誰誰誰稱為「中國的莎士比亞」或「中國的瑪律克斯」，等。但要把「cultural cringe」譯成中文，還是一件不太容易的事。

最近，一位研究澳大利亞文學的學者把該詞譯成了「文化奴婢主義」。[41]對此，我有點不同的看法和譯法。首先，它不是一個帶「ism」的主義，而只是一種現象。其次，說「奴婢」，似有點過，還不到那種奴顏婢膝的地步。例如，這個現象在澳大利亞知識份子中表現得特別明顯，他們不過是在針對「母國英格蘭」（Mother England）和美國文化知識大師時才表現得如此，但對待亞洲知識份子卻並非這樣。

怎麼譯？

我在《致命的海灘》的翻譯中，經過考慮之後，認為還是通過音譯比較合適，就把它譯成了「文化苛吝疾」，相當於一種痼疾，而「苛吝疾」也跟「cringe」發音近似，至於「苛」和「吝」是否在意思上也接近，我覺得比較難於自圓其說，就像當年把「sofa」譯成「沙發」難以自圓其說一樣。以後約定俗成了，自然就能對上號。

Robert Dessaix和Germaine Greer

一個作者的名字譯成另一種文字時，最容易因發音不準而被譯錯。不幸的是，澳大利亞文學研究者朱曉瑛在她的專著中，卻一次性把兩個著名的澳大利亞作家名字譯錯了，全是因為作者不太瞭解這兩個人的名字發音所致。

這個兩人即Robert Dessaix（她的書中把名字錯拼成「Dissaix」）和Germaine Greer。前者被她錯譯成羅伯特·蒂森克斯，後者被她錯譯成吉爾門妮·格里奧。（p. 10）

---

[40] 見此：http://en.wikipedia.org/wiki/Cultural_cringe

[41] 參見朱曉瑛，《海倫·加納研究》。上海外語教育出版社，2013，第I頁。

怎麼譯？

其實只要問問澳大利亞人，最好是問作家，就知道這兩人的名字怎麼發音，然後對照著發音來譯就行。

我剛到澳大利亞時，曾有人提到Robert Dessaix，我說不知道，對方感到很驚訝，說：我們國家這麼著名的作家，你都不知道?!是的，不知道就不知道。後來知道了，才知道他在莫斯科大學專攻俄語，譯過俄國作家，是個同性戀，等。而且，也知道他的姓的發音近似「德塞」。

Germaine Greer我就更熟了，因為我翻譯了她的兩本書，《女太監》和《完整的女人》，知道她的姓名發音近似傑梅茵・格里爾，而與朱譯相去甚遠。

音譯人名，必須謹慎。不能望文生音，如把「Germaine」弄成「吉爾門妮」，因為後面那個「e」是不發音的，而那個「maine」，有點像美國緬因州的「緬因」。

Four-letter words

通常把「four-letter words」譯成「四字詞」，這是不對的。英文的所謂「four-letter words」，是指四個字母組成的罵人話，如fuck、shit、cunt、piss、tits，等。字，是漢語構詞的最小單位，並不是一個英文的概念。即使把「fuck」這樣的「四字詞」譯成中文，也不是四個「字」，而是一個字，即「操」或「日」。所以，譯成「四字詞」只能造成誤導和誤解。

怎麼譯？

我覺得應該直譯成「四字母詞」，即由四個字母構成的詞、罵人話。若按我的英四漢三原則來，不如直接譯作「罵人話」更好，即英文的四個字母，進入漢語後，成了三個字。

此處若再化一下，則可運用我的英一漢二原則，即一個英文字，譯成兩個漢字，如「fuck」譯成「我操」、「shit」譯成「狗屎」、「cunt」譯成「狗B」、「piss」譯成「尿尿」，只有「tits」稍微難點，用我的家鄉話黃州話好譯，那就是「㚻㚻」（讀去聲，如「罵罵」），相當於兩個重疊的奶子，但普通話就出不來那個味道。

Excrement

教書過程中我發現，中國學生有種普遍的語言化妝現象，喜歡把凡是本來簡單有力而粗陋的英語，通過譯筆立刻喬裝打扮一番，譯成高雅的漢語。譯書出版的過程中，這種現象更為普遍，比如在我翻譯的《殺人》一書中，所有的「fuck」一詞，都給改成了「做愛」。於是乎，「I fucked her」被改成「我跟她做愛」（其實是「我操了她」或「我跟她日B」）。我還專門為此找了一些相當粗野的英文段落讓我的學生翻譯，結果都給雅掉了。看來，老嚴復的流毒之深，加上中國文化的假大空雅，是很難一時半會給肅清的。

最近有一個例子，把一篇文章的標題「A Spy in the House of Excrement」譯成了《廁所裡的間諜》。[42]

「the House of Excrement」是「廁所」嗎？如果是，那要「toilet」幹嗎？要「loo」幹嗎？何謂「excrement」？查字典立刻得知，它就是糞便的意思。

那麼，怎麼譯？

簡單得不能再簡單：《糞屋的間諜》。不喜歡「糞屋」？那何必當翻譯呢。做語言化妝師得了，就像屍體化妝師那樣。中國文化之好假、好雅，連翻譯也染病不淺。

We

「We」這個英文，在漢語的意思是「我們」。它好譯嗎？「太好譯了！」我聽見你說。那好，現在我放一首美國詩人Jack Gilbert的英文詩在下面，裡面就有「We」，你不妨試譯一下。

Tear It Down [43]

We find out the heart only by dismantling what
the heart knows. By redefining the morning,
we find a morning that comes just after darkness.

[42] 參見朱曉瑛，《海倫・加納研究》。上海外語教育出版社，2013，第112頁。
[43] 該詩原文，見此連結：https://www.poets.org/poetsorg/poem/tear-it-down

We can break through marriage into marriage.
By insisting on love we spoil it, get beyond
affection and wade mouth-deep into love.
We must unlearn the constellations to see the stars.
But going back toward childhood will not help.
The village is not better than Pittsburgh.
Only Pittsburgh is more than Pittsburgh.
Rome is better than Rome in the same way the sound
of raccoon tongues licking the inside walls
of the garbage tub is more than the stir
of them in the muck of the garbage. Love is not
enough. We die and are put into the earth forever.
We should insist while there is still time. We must
eat through the wildness of her sweet body already
in our bed to reach the body within that body.

你數一數，看這首詩共有幾個「we」，是7個吧？不，不對，是8個。我們先譯該詩頭四行吧。我來試試：

我們只有在把心拆開時，才能發現
心裡想的。我們只有重新定義早晨，
才會發現，早晨在剛黑之後來臨。
我們可以打破婚姻，進入婚姻。

這樣譯好像很準，對不對？我說可能不對。那怎麼譯？

漢語有種句子，叫「無主句」，即沒有主語。比如，寫日記一上來，就這麼說：早上5點起床，6點出門，7點吃早飯，8點上課，」等，其中，那個「我」字，是不必說的。又如，老師上課前問了一下班長：「都來了吧？」班長回答說：「來了。」這一問一答，是不需要多餘地加一個「你們都來了吧？」和「我們都來了。」這方面有很多類似的例子，不需要我一一指出。

說到這兒，你大約明白我要說的意思了，那就是，這首詩的8個「we」，都是可以省略不譯的，也構成了我「不譯」理論的一個部分。不譯之後，就是下面這個樣子：

《拆》

傑克·吉伯特　（著）
歐陽昱　　　　（譯）

只有把心拆開，才能發現
心裡想的。只有重新定義早晨，
才會發現，早晨在剛黑之後來臨。
只有拆解婚姻，才能進入婚姻。
堅持愛，只能糟蹋愛。只有超越
喜愛，循著嘴的深度，才能涉入愛情。
必須學不會星座，才會看見星星。
重返孩提時代是不行的。
村莊不比匹茲堡好。
只有匹茲堡才比匹茲堡高。
羅馬比羅馬好，正如此，浣熊
舌頭舔舐垃圾桶內壁的聲音
總要比它們在垃圾堆裡的
躁動要好。僅有愛情還不
夠。人死了，只能永遠入土。
只要還有時間，就應該堅持。必須
吃透她已在床的甜肉的
野味，才能抵達肉體之中的肉體。

好

「好」好譯嗎？何以見得？

下面就讓你來譯最近大陸流傳的一句把中西進行對比的話：西方是「好山好水好寂寞」，而中國是「好髒好亂好快活」。

我因為明天要從零下一度的上海，回到零上41度的墨爾本，需要早點上床休息，就懶得在這個上面多嘴，只想問一下：怎麼譯？

昨天把期末考試的成績登記出來，整理成冊，交上去後，我在公車站等車時，把這個在腦子裡譯出來了。其關鍵是要譯「好」，就不能用「好」，而只能用不對等的一個詞「pretty」（漂亮）來譯。反應快的人，可能等不到我講，就知道怎麼譯了。但我還是譯在下面：

Pretty mountains and pretty waters but pretty lonely.
Pretty dirty and pretty messy but pretty lively.

好了，到此為止，不多說了。這又應了我那個理論：不對等，更對等。

興亡

電腦是有靈氣的。你敲入「興旺」，它給你「興亡」，就像你敲入「目的」，它給你「墓地」一樣。所有的反面，都在諧音詞裡。

這個制度，已經到了國歌裡唱的那種「最危險的時候」，因此，聽到了最高聲音引用的古語：其興也勃焉，其亡也忽焉。我的興趣，還是在翻譯上。

怎麼譯？

可採取我說的漢繁英簡法，即「How it rose, so robust, and how it fell, so fast」。記住，有一本寫納粹德國的英文書，書名就是*The Rise and Fall of the Third Reich*（《第三帝國興亡史》）。[44]其實，興亡史何曾不是興旺史呢？興是rise，亡是fall，就這麼簡單，不要弄繁了。

這句話裡，最難譯的是「焉」字，這個古代的嘆詞，除非也找到一個相應的古代英文嘆詞，否則很難譯出其味。

此事過後不久，我回到澳洲，跟我的出版商和文學經紀人見面，聊天過程中又提起了這個話題，卻完全忘記了中文原文，只記得個大意。他們問是什麼時，我就隨口說了：A nation rose as fast as it fell。回來的路上在腦子中琢磨此事，一方面不滿意自己的記憶，一方面又覺得這樣翻譯似乎更簡單，也更能傳達出原來的精神。跟著，一個嶄新的譯文在腦海中的腦地平線上出現了：A nation fell as fast as it rose。

是的，我對自己說，是的，必須反譯，才能曲盡其味。

湊巧的是，我的英文長篇小說稿子從編輯那兒回來，有一處被她修改時，她什麼都沒說，而只是畫了兩個箭頭，一個向左，一個向右，所指的那半句話是：as constructive as destructive。（既有建設性，又有毀滅性）。

[44] 見此：http://en.wikipedia.org/wiki/The_Rise_and_Fall_of_the_Third_Reich

我一看，就反向地改過來，改成了：as destructive as constructive。（既有毀滅性，又有建設性）。

想一想吧，設若今後你是我這部長篇小說的譯者，這句話怎麼譯？

求語言之信，就是後者。求文化之信、文化語言之信，就是前者。

生死

上面隨之又發話說：生於憂患，死於安樂。這也是我長期以來在思考的一個問題。為什麼富不過三代？答案很簡單：最後都因安樂而死。

但怎麼譯？

可能要採取反譯法，如下：

> A sense of crisis keeps one alive while pleasure-seeking is a sure way to death.

當然，裡面也有些變通，即還採取了漢簡英繁法和加字法。

最後似乎還可以更簡練一點：A sense of crisis keeps one alive while pleasure-seeking leads to death.

出清

昨天去徐家匯購物，各家都掛著「出清」的大招牌，旁邊卻寫著英文的「Sale」，這明顯是錯誤的。

那怎麼譯？

很簡單，就是：Clearance。

把clearance再縮短，就是英文的「clear」（清）。根據我的英一漢二原則，即一個英文字，譯成漢語兩個字，這個clearance就應該是「出清」。

此時我在機場，給朋友發了一封英文電子郵件，請她注意自己的condition。這個字也得英一漢二處置之，即「病情」。其他的，因為在機場，換了登機口，難以集中注意力，所以記不起來了。

A bad knee

香港機場。28號登機口。準備登機，搭乘Qantas去墨爾本。忽聽一個聲音說：I've got a bad knee。循聲看去，一個老年婦人從輪椅中呵呵笑著，跟面前一個走去的男子打招呼，同時用手指指她的膝頭。

我根據職業習慣，早已在第一時間把這句話譯成了中文。此處按下不表，請你翻譯。

怎麼譯？

能像某些人那樣譯成「我有一個糟糕的膝蓋」嗎？

那是最準確，也最糟糕的譯文。

我腦譯好後簡要思索了一下，發現，要譯這句簡單的話，至少涉及下面幾步：

1. 大反譯：膝蓋提前。
2. 中反譯：「bad」譯成「不好」。
3. 不譯：「have got」不譯。
4. 小反譯或英單漢無：「a bad knee」譯成「膝蓋」，而不是「一個膝蓋」。

最後譯成：「我膝蓋不好。」

不要以為這是無稽之談，因為這是非常有稽之談。它要說明的問題是：哪怕是這麼一句簡單的話，也需要採取多種譯法。任何想以一種單一的譯法，來解決所有翻譯問題的做法，都是徒勞無益的，就像吃飯，有時要用筷子，有時要用勺子，有時要用湯匙，吃得快活時，有時還會用手和手指。

Forethought and Hindthought

本想把手裡這個東西扔掉，一張澳大利亞文學研究基金會的資訊單，上面列有一份1966年以來，到2000年所做的The Colin Roderick Lectures的演講人名和講題的清單，一看就讓人大倒口味：所有的人都是白人，沒有一個來自其他種族和文化的研究者。正要丟掉，再看最後一眼時，有一個講題的標題抓住了我的眼球：「Forethought and Hindthought about *The First Stone*」。

怎麼譯？

太好譯了，簡直就是為中文設計出來的標題：《關於〈第一顆石頭〉的前思後想》。所謂《第一顆石頭》，是澳洲女作家Helen Garner的一部很有影響的書，但我沒看，不想講。如果他們都是白人講白人的事，我作為非白人，只能以不感興趣來對待之。我之所以寫下上面這些，主要是因為那個「前思後想」跟英文的forethought和hindthought太切近了。不過，讀者要記住，英文雖然有hindsight（後見），有rear-view（後視），但卻沒有漢語的「後怕」，所以說是個明顯有限的語種。

Clean & Clear

家裡盥洗室有種洗臉的物品，英文名叫Clean & Clear。以前熟視無睹，今夜注意到了，於是就產生了那個老問題：怎麼譯？

想想很簡單，居然口占道：清潔，clear是清，clean是潔，在「潔淨」一詞中，取前不取後，否則就成「清淨」了。這有點像在臺灣不說「約稿」，而說「邀稿」，當年戴望舒不說「丟錢」，而說誰誰誰「失了錢」一樣。[45]前一個是「邀約」取其前，後一個是「丟失」取其後，好像沒有什麼特別的規矩的。

把Clean & Clear譯成「清潔」，又是一個反譯的佳例，只是缺了英文以兩個「C」組成的頭韻。

其

在海外做翻譯，與中國最大的不同之一在於，客戶的文件有很多是敏感的政治材料，若在中國那個處處暗礁險灘的國家，就會隨時觸礁。好在澳大利亞是民主國家，這就給那些申請避難者提供了天然良港。

最近有一個客戶，讓我為之翻譯一篇來自報上的文章，其中開篇便云：「薄熙來去職重慶市委書記，其個人的恩怨情仇也被曝光。」[46]

怎麼譯？

其實我放在標題上的那個「其」沒什麼不好譯，不過是說「他」的意思。但我想，如果我不指出來，大約不少人要從頭譯起，那就錯了。

記住，這個地方要反譯，因為中英兩種文字很多時候都是互為倒反的，在這一例中，需要從「其」開始，如下：

---

[45] 戴望舒，《流浪人的夜歌》。雲南人民出版社，2013，p. 223。

[46] 參見《傳薄熙來為保仕途送長子入監》，原載《墨爾本日報》，2012年3月21日。

> His personal feelings of gratitude or resentment and love or hatred were exposed as Bo Xilai was removed from the position of Party Secretary for Chongqing City.

我也懶得多說，不理解的，建議多看英文書，無論小說非小說。現在最大的問題是，人們不看書，而且還特別喜歡對自己不知道的事發言。對此，我不想多說。

讓

只要提到「讓」，一些人把它譯成英文時，總是離不開「let」，「allow」之類，甚至還用「make」。實在是「讓」人頭痛乃至難堪。

比如這句「最後，薄父憑權力讓兒子離婚，又把媳婦谷開來迎進家門」[47]中的「讓」字，怎麼譯？

我也想過「let」，「allow」之類，但都否決了，因為實在太不像英文，最後是這樣譯的：

> In the end, Bo's father, by relying on his power, made it possible for his son to divorce as he welcomed Gu Kailai into his home.

我一直都想用「make it possible for something to happen」這種句式，今天碰到「讓」，終於讓我嘗試了一回非對稱式翻譯。

介紹

誰都知道，「介紹」的英文是「introduce」，但有這麼簡單嗎？那就看看下面這句：「（李望知〔吾注：薄熙來與前妻之子〕）回國後曾上門找薄熙來，薄熙來也似有疚愧，對兒子加以照顧，介紹他到遼寧（薄熙來曾任遼寧省長）發展。」[48]

這句話中的「介紹」怎麼譯？

---

[47] 同上。

[48] 參見《傳薄熙來為保仕途送長子入監》，原載《墨爾本日報》，2012年3月21日。

老實說，不好譯。我用「introducing」譯過，譯不了，只好採取我的「不譯」理論，這麼譯了：

> On his return to China when he [Li Wangzhi] went to seek Bo Xilai out, Bo seemed to feel guilty enough to show care for him, getting him to go to Liaoning (where Bo Xilai had been the provincial governor) for further development.

記不記得我曾說過：譯，即不譯。或者說：翻譯者，不譯也。

Loose lips

今天看報看書，看到兩則與船有關的東西，都很有趣。一則來自墨爾本的*The Age*報，有一篇文章標題是：「Loose Lips Sink Ships」。一看就想把它譯成中文，但卻一時下不了手。上網一查就發現，原來這是美國英語的一個成語，產生自第二次世界大戰期間。

怎麼譯？

你先想想，我再說點別的。林語堂的書我看得有點不愛看，主要是因為作為後人的編輯，缺乏歷史和語言眼光，編選時沒有清楚標明一些文章的出處和來源。例如，有些中文文章讀起來佶屈聱牙，很像是先用英文寫成，後來自譯成中文。這樣也沒關係，如能注明英文出處，對後世的自譯者當不無借鑒之處。遺憾的是沒有做這項必要的工作。另外的問題是，他相當喜歡賣弄學識，讀起來覺得囉囉嗦嗦，所以就很快翻過去了，管別人如何稱他為大家。今天看到他在一篇文章中提到，乾隆游江南時，看到河上有幾百隻船來來去去，便問這些船去哪兒。有人答說：其實只有兩條船，一條是名，一條是利。乾隆點頭稱是，[49]我在墨爾本金斯伯雷家中的後院也點頭稱是。還順便在腦中把它譯成了英文：「There are only two ships, one being fame and the other, fortune。」我本想譯作「profit」，但fame和fortune是很好的alliteration（頭韻），就這麼玩了。

現在回到前面那句，大約應該這麼玩——不行，譯不了。還是上網查查吧。網上有幾個譯法，一個是「言多必失」，另一個是「走漏風聲會沉

---

[49] 參見《林語堂作品精選》。長江文藝出版社：2012，第330頁。

船」。意思都到堂了，但沒了原來既有頭韻（loose lips、sink ships），又有尾韻（lips、ships）的韻味。

要想有尾韻，不妨試用「嘴上無毛，辦事不牢」的成語，但意思又差得遠了。

怎麼譯？

我舉手投降，堅決表示：真的譯不了，因為最高標準也是最低標準，但卻是最難譯的。我只能把該話詩歌地玩它一把：Loose ships sink lips。拉倒吧，不譯了。誰愛譯譯去。我呢，到了該用的時候，直接用英文得了。

可遇不可求

春節返回澳洲前，朋友從外地打電話給我，聊起女兒在國外求學的事情，談著談著，我順便問了一句：她現在有男友了嗎？

「還沒有呢，」朋友說，「這種事情，可遇而不可求。」

我承認，當時我並沒有去想如何把這個「可遇而不可求」譯成英文。我不是那種一想到中文，就馬上要想怎樣譯成英文的人。我還沒有得那種強迫症。或者說，我的強迫症還沒有到那種成都。我是說程度。

過了一段時間，在網上看到一個澳洲作家朋友的訪談錄，中間說了一句話，不禁使我想起，這句話如果譯成中文，就是「可遇而不可求」的意思。

那麼，怎麼譯「可遇而不可求」？

這位作家朋友是Alex Miller。據他透露，他最近一部得獎長篇小說*Coal Creek*只花了十周時間，每天工作8到10小時，每週工作6天。他說，這部作品的核心是聲音。也就是說，他無中生有地聽到了小說主人公說話的聲音，越來越強烈，直到欲罷不能。說著說著，他來了一句：「How do you know who to marry? How do you know you love your children? When the right voice comes along, it's a gift. You can't expect it. You can hope for it.」[50]

一看到這兒，我不禁想：「You can't expect it. You can hope for it」這句話，不就是「可遇而不可求」嗎?!

你再細看一下格式，它還是一個絕佳的反譯之例。至於是否在字面意義上對等，那就不是我的事了。

---

[50] 參見該英文訪談錄：http://www.smh.com.au/entertainment/books/interview-alex-miller-20131003-2utdc.html

誣賴

講個故事吧。某翻譯告訴我，口譯從開始之日起，就註定是一個失敗的職業。無論技術多好，知識多全面，詞彙量多大，速度多快，都會被翻譯過程中突然出現的某詞某字像閃電一樣擊中，或像掃堂腿一樣打來，被打得張口結舌，難以應對。這天，某翻譯到警局工作，為一位被逮捕的當事人進行審訊翻譯，整個過程一直進行得很順利，但突然，被告激動起來，斥責那個報警者對他的指控是「誣賴」。

翻譯卡了殼，邊翻譯邊想這個詞的英文意思，但由於時間有限，又有錄音錄影的壓力山大，直到他把這句譯完，也沒有想出合適的表達方式，只能以「wrongly said」來勉強應對。接下去的翻譯過程中，他一直在想這個詞的英文意思，在腦中翻江倒海地過電影一樣地過字典——貼近這個詞意，靠著這個詞意，圍繞著這個詞意，廣泛集中地搜尋字詞——直到他在腦中無聲地「啊」了一下，說：——

你說怎麼譯？

他最後用的是「wrong allegation」。你說呢？如果你翻了字典，那不能算，因為口譯正式上場幹活時，是沒有字典可以查閱的，包括手機上的字典。

Plot

前面說到的這個情況，也出現在我今天的一次翻譯中。當事人的案子涉及索賠，其他我無可奉告。我跟你一樣，也只知道這麼多。

然後，律師說起了對方的母親，就問：她的plot問題解決得怎樣了？顯然，這個問題是他們之間交流過的，但對我這個對此案具體情況毫不瞭解，直接進入垓心的譯者來說，簡直就像直接空投到敵人的軍營。

怎麼譯？

Plot的本意是「情節」。其他還有很多別的意思，但放在那種索賠情況下，情急之中是想不出任何適用的字義的。

我只好停下來，看向律師，向她求援。她笑笑說：哦，其母已去世，這個plot，指的是她的burial plot。

我「啊」了一聲，立刻想起大學讀英語期間英語課本中的「a vegetable plot」（一塊菜地）的說法。原來，女律師的這種簡稱，如果瞭解背景的人，一聽就知道談的是當事人之母的「那塊墓地」。她省略之後，如果用中文來講，就該是「那塊地」了。

You may be surprised

這天為一個澳洲護士和一個中國88歲的老人翻譯。老人被問到目前情況如何時，歷數他的各種病情，末了還反問護士一句：你知道這些情況有多麼嚴重嗎，我時時刻刻都面臨死亡的威脅。

護士淡淡一笑，說：You may be surprised。

這話簡單吧。怎麼譯？

正如你所料想的那樣，我譯成了：「你可能會感到吃驚的」。而且說了兩遍。但每說一遍，都暗暗覺得不大對頭，因為跟前面老者的反問無法形成邏輯的對應。請你想像一下，如果你是老者，說那樣的話，別人卻對你說：「你可能會感到吃驚的」，你會不會覺得對方答非所問、答非所反問呢？

回到家中再想起這個問題，已經離那場口譯相距很多小時，也沒法再找那個護士核對了。我只能從「might」這個虛擬語氣的情態動詞入手，推想這句話一定又是英半漢全——英文只說半句話——的那種句式，即只說出上闋，隱住下半闕不說。

那下半闕是什麼呢？只能估計是：You might be surprised if I told you what I thought.（我要是跟你講心裡話，你可能會吃驚的）。這下半闕是護士心裡想但沒講出來的，我只能猜。

網上以「You might be surprised」為題的英文歌曲，竟然有兩首，一首是Dr John創作的，[51]很難聽，另一首是Tim Mcgraw創作的，其中有句云：「You might be surprised about the way I think about you。」[52]（意思是：我心裡對你的看法，你要是知道了可能會感到吃驚）。

英語這種說半句話的方式，還在另一個場合反映出來。有天一個澳洲詩人買了我一本詩集後，我們客客氣氣地在Facebook上來來往往地交換了幾次通信，每次我都感謝他。最後他回答我對他的春節問候時說：「Anytime. Happy Chinese New Year to you, too.」

後面好譯，即「也祝你春節快樂」，但前面的「anytime」怎麼譯？

Anytime其實有「隨時」之意，是漢語「隨時隨地」的一半，但這還沒

---

[51] 在此：http://www.releaselyrics.com/7b23/dr.-john-you-might-be-surprised/

[52] 在此：http://www.lyricsfreak.com/t/tim+mcgraw/saras+song+you+might+be+surprised_20464880.html

有說全。另外一半我覺得他是想說：隨時隨地我都奉陪之！隨時隨地都是你好友！

是不是這樣，你們告訴我。我今天到此為止。

隔了好幾年後，出版前校對此稿時，我覺得，她那句「You may be surprised」含有的半句沒說出來的話，很可能是「there are worse cases than yours」（還有比你更糟的病例呢）。所以，如果要譯，可能最好的譯法是：「不見得。」不信你拿回去，跟老人說的那句話對應一下？

（2018年4月26日10.08pm於SUIBE湖濱樓）

不到三十

Tim Soutphommasane是一位原籍老撾的澳大利亞作家，不到三十，就獲得了牛津大學政治哲學博士學位並出版了三本書。好了，我就講到這兒。問你一句：「不到三十」怎麼譯成英文？

去年，我在上海一所大學教了半年英文寫作，教材拿到手後粗粗看了一下，就決定不再使用，因為那裡面不僅錯誤頗多，而且離開當代英語太遠。可以這麼說，哪怕把那本教材從頭到尾背下來，學生也不會把「不到三十」這句簡單的中文用英文說出來。

除了別的以外，我做的一個主要的工作，就是讓學生把注意力，從毫不現實的proverbs（諺語）等，轉到地地道道的日常英語表達方式，讓他們大量看報刊文章，從中學習鮮活的語言。

這個「不到三十」的說法，就是我今天讀報得來的，是這麼說的：He, barely out of his 20s, has written three books。[53]

這個說法，還可以擴展到不到四十、不到五十、不到六十等。比如說，我不到六十，就出版了72本書。這個翻譯，得你來做了，我無法一一把著手去教。太boring了。

[53] 參見Gay Alcorn的英文文章，“The Good Life Lunch With Tim Soutphommas-ane”, 原載*The Age*, Life & Style, 8/2/2014, p. 3.

Shouting match

英語說兩人大吵了一場，一般這麼說：「They two got into a shouting match。」但這有點與事實不符，因為match是比賽的意思，而shouting不是「吵」，而是「喊叫」。英文的shouting match遠比漢語的「大吵一場」來得生動。

怎麼譯？

我之產生想法，寫這一段，是因為今晨看了一篇介紹澳大利亞士兵從阿富汗戰場和伊拉克戰場回來之後，大多患上了PTSD（post-traumatic stress disorder），即創傷後壓力紊亂症。比如有位士兵返澳後，曾在半夜獨自出門，躺在馬路中間，希圖被過往車輛軋死。又曾在駕車途中跟人發生過一場「shouting match」。[54]

怎麼譯？

所謂「shouting match」，其實的確是指吵架，但它指的是這樣一種情況，兩人吵起來時，一方大聲嚷嚷，另一方更大聲嚷嚷，雙方嚷嚷聲此起彼伏，都想用更大的音量壓倒對方，正所謂match（比賽）。非常形象，很難翻譯。隨便用「大吵一架」對付一下當然可以，又顯然不行。竊以為可以譯作「喊聲攀比」。

當然，我是半開玩笑的。這句話雖然英文只有兩個字，但漢語要想也兩個字翻譯過來就不行，可能還得採取英簡漢繁的技法了。怎麼譯，我無法告訴你。你自己來吧。看你能用多少個漢字把它搞定。

家鄉有句話好像比較合適：對吵，如「他倆對吵起來」，只是少了比賽（match）之意。

放屁

當代中國大陸年輕女性脾氣壞，不僅在中國如此，到了外國依然如此。有天電話翻譯，那女性（一個相當無禮，不說你好，也不說謝謝的人）對對方公司的男性出言不遜，罵他「放屁」。到我翻譯時，我就事先告訴她：你剛才說的那句話，我得照實翻譯過去了，然後就翻譯過去了。

---

54 參見Scott Hannaford的英文文章，"Invisible Wounds"，原載*The Saturday Age*, 8/2/2014, p. 25.

怎麼譯？

我第一次把它譯成「farting」，對方聽不懂。第二次我轉譯成「hot airs」。本以為對方會大發雷霆，但不料卻很理智，不僅仔細解釋，還事先道了一個歉。於是這事就化解了。

後來上網查了一下，我譯得不全對，因為沒有「hot airs」，而只有「hot air」的說法，意思是「空談」、「胡說八道」，非常近似武漢的罵人話：嘺氣。

Erotolepsy

最近我又對哈代發生了一點小興趣，查了一下他的資料。他有幾個地方引起了我的注意，一是他想做詩人，但直到58歲才出版第一本詩集。一是他寫長篇小說只是為了掙錢，這一點讓我有點兒失望，因為早年我愛他的書，如果知道這點，可能會放棄他。還有一點是，他對他所生活的那個時代和社會是持有強烈的批評態度的。他的兩本書，《德伯家的苔絲》和《無名的裘德》，出版後都受到社會，特別是教會的譴責，就說明他的批評遭到了多大的打擊。我現在以為，如果作家的東西一出來就受到歡迎，就得奬，或者說一寫出來就出版，那是低中之低，算不得什麼。真正的價值，還在作者作品的批評性。

「Erotolepsy」[55]是哈代生造的一個英文字，通過把「erotic」（性愛）和「epilepsy」（癲癇）二字捏合而成，表示愛得不顧一切，如癡如醉、如癡如狂的狀態，就像發癲癇一樣。

怎麼譯？

今天（2014年2月12日星期三）我上網查了一下這個字，尚無中文翻譯。我覺得不妨譯成「愛癡」（源於「白癡」），或者「戀愛癲癇併發症」，亦可簡稱為「戀癇症」。

Market basket

問一個最簡單的問題，如果要你把「女人提著菜籃子上街」譯成英文，你怎麼譯？

---

55 參見：http://en.wikipedia.org/wiki/Erotolepsy

其實最容易，也最難翻譯的，就是「菜籃子」三字。

搞翻譯的人，特別是漢譯英的人，如果不看英文詩歌，特別是當代英文詩歌，是別想成為合格的翻譯的。為什麼？因為你的語言是字典語言，不是活的語言。活的語言除了在活著的嘴唇上採擷，只能在從活的嘴唇上採摘了活的語言的詩歌中找到。

廢話了半天，我要說的意思是，美國女詩人Elizabeth Bishop有兩行詩中，就有關於「菜籃子」的答案：

Women with market baskets
　　Stood on the corners and talked, ...[56]

所謂market baskets，就是「菜籃子」。我們在澳洲說「去菜市場」，一般都說「go to the market」，都是沒有那個「菜」（vegetable）字的。

不讀詩歌的人，肯定是最野蠻的人，如果是年輕女的，問的第一個問題就是：有房有車嗎？如果是男的，如果是男的——我想不起有什麼可說的。

順便說一句，從詩歌裡學習形容詞，往往更準。那年我教學生翻譯《荷塘月色》，其中有個「蜿蜒的」形容詞，學生翻字典譯成什麼的都有，包括zigzag（之字形的）。我建議用「winding」，還有學生不信，似乎都更相信沒有生命的死字典。

Bishop的另一首詩中有一句說：「and a winding pathway」。[57]那不就是「還有一條蜿蜒的小道」嗎？

你沒發現，「winding」一字前半部分的發音，跟「蜿蜒」第一個字的發音，是不是幾乎一模一樣？這是偶然的，還是必然的？

Swallow

「Swallow」這個字，在英文中至少有兩個意思，一個指「燕子」，另一個指「吞嚥」。

怎麼譯成中文？

大約15年前，我應邀去墨爾本一家市立圖書館座談，席間我被問及對中

---

56 參見Elizabeth Bishop, *Poems*. Farrar Straus and Giroux, 2011, p. 114.
57 同上，p. 121.

文簡繁體差異的看法，我想都沒想，就說了一番揚簡抑繁的話，結果被幾個老華人攻擊了一番，第二天就化名把攻擊文章登在報上。

15年後，我倒要一反常態，揚繁抑簡了，如果僅僅是因為「swallow」這個字的中文翻譯。

我覺得，只能用繁體，才能曲盡這個字的一語雙關，音形兼有的字態，也就是不譯成「吞咽」，而譯成「吞嚥」。

請你看看，這個「嚥」字裡，是不是有個「燕」？[58]

Commit

中文可以玩字，英文也可以玩字，這方面，詩人特別會玩。比如commit一字，Bishop就這麼玩了一把：

> "One has to commit a painting," said Degas,
> "the way one commits a crime." ......[59]

漢語的「犯罪」二字，在英文中是「commit a crime」。但用「犯罪」的「犯」字（commit），來形容「繪畫」的「繪」字，譯成中文就不通了。

怎麼譯？

不好譯，我承認，如果用同一個字的話。但我有一個笨辦法，就是直譯，生造一個「犯畫」的詞，如下：

> 「非得像犯罪一樣，」德加說，
> 「來犯畫。」……

同不同意由你，反正我就這麼譯了。沒有任何理論和先例。我就是理論和先例。

---

[58] 此文的創意，也來自Elizabeth Bishop，同上，p. 163.
[59] 同上，p. 201.

音意譯

倫敦的Piccadilly Street現在誰都音譯成「皮卡迪利大街」。但除此之外，還有別的譯法嗎？有也暫時不告訴你。

怎麼譯？

老舍在倫敦住過，寫過關於倫敦的一部長篇，叫《二馬》。他在書裡把「皮卡迪利」音譯成「皮開得栗」，馬上在我嘴角上捲起一個笑，好像來自的是「皮開肉綻」。他把「Charing Cross」（現在通譯「查令十字街」）譯成「賈靈十字街」。[60]他還把Olympia譯成了「歐林癖雅」。（p. 206）

不要小看這種音譯，它實在是創作者的一種發揮和創意。當年趙川寫我住在墨爾本的一條「很多路」時，也是這麼玩的，但那是通過直譯，而繞過了音譯，因為本來我住的是Plenty Road（大約應該譯成「普倫提路」）。

有個別澳洲華人寫作者看不起「cleaner」（清潔工）這個工作，就把它音意譯——我不再叫音譯，而叫音意譯——成「克您吶」。幹這個工作的人，如果這麼被人叫，不知心中作何感想？但我要告訴你，在澳洲當一個「克您吶」，至少每小時工資22澳元（最近碰到一個是17澳元），約等於130多元人民幣。

打開鼻子說亮話

翻譯跟語言一樣，都是非邏輯的。例如，中國的俗話「打開天窗說亮話」，若譯成英文，不僅沒有「天窗」，連「亮話」都丟了。網上字典給出的譯例是：「have a frank, straight talk，let's be frank and put our cards on the table」和「let's not mince matters，」等。[61]

反正就是繞著說，儘量找一個接近的意思，在A和B，甚至A和Z之間劃一個等號。

怎麼譯？

可能你現在才發現，這個小標題不是「打開天窗說亮話」，而是「打開鼻子說亮話」。這不是我說的，而是老舍說的。[62]

---

[60] 老舍，《二馬》。譯林出版社，2012，p. 194.

[61] 參見：http://www.iciba.com/%E6%89%93%E5%BC%80%E5%A4%A9%E7%AA%97%E8%AF%B4%E4%BA%AE%E8%AF%9D

[62] 老舍，《二馬》。譯林出版社，2012，p. 270.

你覺得還能再像以前那樣，把它跟前面那幾種譯法等號起來嗎？如果這樣，再碰到個「打開眼睛說亮話」，「打開天空說亮話」，「打開嘴巴說亮話」，「打開褲腰帶說亮話」，「打開腦殼說亮話」，「打開屁眼說亮話」這樣充滿創意的話時，還是那樣劃等號嗎？

可能不行。可能得要想個辦法譯成英文。怎麼譯，我並不知道，但可以試譯一下，比如說半直譯，同時漢簡英繁一下：「Let's be frank the way you open the sky window and talk in the light, not in the dark。」

那麼，如何譯「打開鼻子說亮話」呢？這我承認很難，簡直無法譯，至少無法按照上述方式譯，否則說不過去。試一下吧：「Let's be frank the way you open up your nose and talk in the light, not in the dark。」簡直沒有邏輯。Doesn't make sense。

我放棄了。你有興趣就接過去吧。

Conform

英國詩人Dannie Abse有首詩裡結尾說：「Conform, conform and die」。[63]

我並不打算翻譯之，但其中「conform」一字，卻讓我回憶起一件往事。那是1986年在加拿大，我隨團做翻譯（可以驕傲地說，我當時是head interpreter【首席翻譯】），有一次陪全團成員去加拿大項目經理家做客，我們這邊團長是個不懂西俗，也不尊重西俗的人，到人家家裡做客，還要利用時間談工作，我當即向對方表示歉意，但對方揮揮手說：沒事，就讓他談吧，然後誇了我一句，說：You know because you conform。

雖然是句誇獎，但我聽起來卻有點不是滋味，因為80年代初，我上大學，當時教學的加拿大老師提起這個字時，總是帶有嘲弄不屑的口氣，是充滿反叛精神的作家和藝術家所不齒、也不為的。

過了很多年，這個字依然是字典最無法解決的一個字，每次碰到，都要翻來翻去，看來看去，最後還是不得要領。

怎麼譯？

得看英文字典的解釋，作為不及物動詞，它的意思是這樣的：to comply in actions, behaviour, etc, with accepted standards or norms。說得難聽點是「墨

---

63 參見Dannie Abse, "New Babylons", 原載Howard Sergeant（編輯）, *Commonwealth Poems of Today*. John Murray Publishers, 1971 [1967], p. 60.

守成規」，說得好聽點是「循規蹈矩」，再說得好聽點，就是「很懂規矩」。

那麼，上面那首詩的末句「Conform, conform and die」，就可譯成：「循規蹈矩，然後去死。」

wests and easts

東西方在英文中一般都是「East and West」，要大寫，是單數，而且通常都是東在前，西在後。但是，一首加拿大詩人寫的詩中出現了「wests and easts」字樣，[64]不僅詞序顛倒，而且還是複數，這立刻引起了我的注意。

怎麼譯？

當年我翻譯Kingsley Bolton的*Chinese Englishes: A Sociolinguistic History*時，所譯標題是《中國英語史》（出版後被出版社改成了《中國式英語》），但其中提到englishes時，我一般都譯成「複數英語」，即不再屬於英國獨有的那種英語，而是一條大河分叉成無數支流的複數之語，故不僅小寫，而且複數：englishes。

加拿大詩人在詩中使用了「wests and easts」，我覺得並非故弄玄虛，而是富有獨創性，特別是那個複數的運用，讓人感覺到，西方不止一個西方，東方也不止一個東方，事實也是如此，比如，有中國的東方，有印度的東方，也有日本的東方和韓國的東方，大家都別想主宰東方。西方也是一樣。這簡單的道理，用得著細述嗎？

但怎麼譯？

不好譯呀，不好譯。總是自己給自己找難以解決的問題。如果非試不可的話，可能勉強譯成：「複數西方和複數東方」。或者「群西群東」，亦即「群眾」的「群」。

過了幾天，我想還是譯成「西西東東」的好。應該還有更好的譯法，但我現在還沒找到。

[64] 參見Jay MacPherson, "The Fisherman", 原載Howard Sergeant（編輯）, *Commonwealth Poems of Today*. John Murray Publishers, 1971 [1967], p. 131.

反

口譯中有個現象，就是說完一大段話後，你如果還照葫蘆畫瓢，還從前往後翻的話，那就糟糕了，因為離開前面說話的時間越來越遠，你的忘性也越來越大，記住的東西也就越來越少了。相反，如果你從後往前翻，你會發現，你離最後的話最近，記得也最清楚，而且，語言似乎有種倒反的邏輯，讓你邊往回說，邊往回記、往回譯，有點像順藤摸瓜，也有點像順水摸河，逐漸回到源頭、話頭。

這就是我翻譯下面這段話時得出的一個結論。先看這段話：

> 另一方面與大學時期接受的仍依附于前蘇聯列賓美院的寫實主義教學系統不同，我在創作階段考研和學習的是另一個雕塑體系：東方古代雕塑。[65]

怎麼譯？

記住最先那個「反」字，你就知道怎麼譯了：

> On the other hand, the system of sculpture I researched and studied in my creative period was ancient oriental sculpture, different from the pedagogical system of realism I received in my university days that was affiliated with the ex-Soviet Repin Academy of Fine Arts.

不好譯怎麼譯

上面這句話說得不好，因為是故意說得不好的。我想說的是，有時候作者行文，中文本身都有問題，讓人看不懂，碰到這種情況，你說怎麼譯？

下面就選取一段，你來試譯之：

> 大家在同一個陌生空間裡一起工作的五天，對於各自創作的固執，以及那一小部分但又非常重要的相互磨合，正如你所說，更高要求的「合作」不是目標，我們是借由不同的工作方式和方向來拓展各自的

[65] 參見趙川、于吉筆談錄《石頭該怎樣落地》。

美學探索。[66]

怎麼譯？

如果問我這個問題，我要回答說：沒法譯，因為原文很爛，缺乏邏輯。一般情況下，我會把這段話發回給作者，讓他sort out一下。但今天，我沒有這樣做，懶得這樣做。我的做法是，把這句話在腦子裡過了一遍，改了一下，成為這樣：

> 大家在同一個陌生空間裡一起工作了五天，既有各自創作的固執，又有那一小部分但又非常重要的相互磨合。正如你所說，更高要求的「合作」不是目標，我們是借由不同的工作方式和方向來拓展各自的美學探索。

這樣清理一番（凡是改過的地方，我都加了底線）之後，我方能開始翻譯，如下：

> In the five days in which all worked in a strange space, there was stubbornness on either side in their creative approaches and there was mutual run-in time that occupied a small proportion but that was very important. Just as you put it, "collaboration" as the highest requirement was not the objective because we, on either side, expanded our aesthetic exploration with different working methods and in different directions.

你自己是怎麼翻譯的呢？要不要拿來對比一下？

。

上面這個符號顯然是句號，在翻譯中是最簡單，也是最難掌握，最容易忽視的。不信你譯下面這段，注意凡是有句號的地方：

> 但到新加坡，面對的是新加坡的白色空間、玻璃牆壁和學院管理系

[66] 同上。

> 統。你選擇了極簡方式來處置你作品的空間美學，我最終也將草台班似的充滿動態和不確定性的工作坊表演，座落進了你的極簡裡面。這並不輕而易舉，但卻是個有趣的遭遇和一次次微妙的決斷過程。表面的「髒」被克服了。綠色蘋果、真的小石塊和觀眾及表演者的座椅被協調進來。[67]

怎麼譯？

簡單來講，就是不譯。我在《譯心雕蟲》中已講過，英文是連續的語言，漢語是切斷的語言。凡是在漢語中用標點符號切斷的地方，在英文中就要想辦法連起來。我的譯文如下：

> In Singapore, however, one was faced with the white spaces, glass walls and the university's management system, all of Singapore, where you chose a minimalist approach to deal with the space aesthetics of your work and I ended up situating the theatre workshop performance resembling Grass Stage's dynamics and indeterminateness in your minimalism, not an easy thing to do but an interesting encounter and a process of subtle decisions that overcame the surface "dirtiness" as green apples, real stones and seats for audience and performers were all put in as part of the coordination.

可以注意到，所有句號都沒有了，除了最後一個。

隨評

漢文學裡有隨筆之說，沒有隨譯之說，是我創立的。有隨譯之說，沒有隨評之說，也是我創立的，時間是2014年2月19日星期三上午9.33分，在澳大利亞墨爾本的金斯伯雷家中。這個想法的由來也很簡單。有天，我腦中穿過一段關於翻譯的話，就隨手記在一張廢紙上。後來想把它輸入電腦，又不知安放在何處是好。專門起一個文檔，不倫不類，而且打過就忘，以後查起來都查不到。放在已經在寫的書，比如《怎麼譯》中，又似乎有點不相干。但是，人的大腦——也許我的大腦——就是怪，一想到「不行」二字，就對

[67] 參見趙川、于吉筆談錄《石頭該怎樣落地》。

自己說：怎麼不行？難道不能——哈，說時遲，那時快，想法就此就地產生：何不把隨時產生的關於翻譯的想法，插入這本主要關於如何翻譯的書中呢？反而只會增趣，而不會相反。否則僅僅是一本專談技法，枯燥無味的書了。

今天早上正要把下面這段文字輸入，就開說琢磨起來，小標題用什麼呢，思想剛產生，鍵已敲下去，就是「隨評」二字。下面就把我四天前在廢紙片上寫下的一段話，作為第一段隨評寫下來吧：

> 翻譯不是從難從嚴，而是從易從簡，如「筆談」。學生永遠把簡單的想得複雜，過於複雜，而富有經驗的老翻譯，則從簡單入手，但這是從難從嚴後的從易從簡。

所謂隨評，就是隨時隨手寫下，關於翻譯的評論和想法。

筆談

最近有個朋友讓我翻譯一篇文章，題為《石頭該怎樣落地——2013年〈落地〉展後於吉、趙川筆談》。這篇題目，我想都沒想就譯過去了。如果是你，我要問一下，怎麼譯「筆談」？

我的翻譯簡單得不能再簡單，我用的是「pen-talk」。整個標題是：「How Should a Stone Drop to the Ground?——A pen-talk between Yu Ji and Zhao Chuan after the exhibition of *Dropping to the Ground* in 2013」。

現在讓我們來玩玩「筆談」。所謂筆談，就是用筆來談話。這有點像漢語把英文的police interview譯成「員警筆錄」一樣，即用筆來錄。本來上述二位的那場談話是一個interview，即訪談錄，但加了筆，就表明二者不是面對面地談，而是通過電子郵件在「談」，甚至不是談，而是「鍵」。其實用「鍵談」更確切。這就好玩了。從前說誰誰誰很健談，現在則可稍微改之，叫做「鍵談」了。

還有，我們所說的「筆談」，是很不準確的。是鉛筆談、圓珠筆談、毛筆談，還是蘸水筆談？翻譯時只好全都免去，執著於一個指代一切的「筆」（pen）算了。這大約就是我在敲鍵打下「pen-talk」時，長期以來對翻譯理解的累積，在腦子裡的瞬間化的結果。

由此想到沈括的《夢溪筆談》，這在Wikipedia中被譯為*Dream Pool*

Essays。[68]差強人意，算是半個直譯，而且不準，尤其是把「筆談」譯成「essays」（小品文、隨筆）。

這麼看來，如要我譯，肯定譯作：*Pen-talk at the Dream Creek*。難矣？易矣？既難也易。

隨評：嚴重

我不是常說，英文跟漢語反著來嗎？我們說「空洞」，他們說「hollow and empty」，我們說「新鮮」，他們說「fresh and new」，我們說「血肉」，他們說「flesh and blood」，等等。

但有的時候，他們跟我們說的順序一樣，所用的字卻是想不到的，正如昨天在一次anger management（憤怒管理）會上，一位教員所說的那樣。因涉及隱私，恕我不談任何細節，但她在評論某事時說：「it's serious and heavy。」我的思想順著她的話往下走，卻在聽到這幾個字時停下來，往回走，在這幾個字上繞來繞去，繞了幾下，一個想法穿腦而出：這不是中文的「嚴重」嗎?!My God！我差點叫出聲來。

是的，嚴重，很嚴重，很serious and heavy。網上調查的結果是，還有seriously heavy的說法，但不太像中文的「嚴重」，沒有中文嚴重。至少中文的嚴重可能是「嚴」，但不一定重，無法加以稱量。

心慌

翻譯到場時才發現，今天的工作對象，是一個患有精神疾病的人。據該人講，吃過藥物後，不僅睡不好，而且老「心慌」。所有的翻譯都翻得很好，但到了「心慌」一字，他遲疑了。

你若在場怎麼翻？事先聲明，所有情況都是沒有字典可查的。

翻譯的速度夠快，沒有表現得好像想了很久，因為他在第一時間就把該字譯成了「palpitations」。他知道，這個字的意思是「心悸」，但大致上可以與「心慌」對應。

當「心慌」一詞出現數次，翻譯也數次將它譯成「palpitations」，他終於有點不太滿意自己，最後開始解釋說，「心慌」如果直譯，應該是「heart

[68] 參見：http://en.wikipedia.org/wiki/Shen_Kuo

worried」。但是，到了這個時候，面談已經基本結束，醫生已不太關心該詞的語義了。

最後，他還是不滿意，上網查了一下，有幾種解法：to be flustered, to be unnerved, to be alarmed, to be nervous，甚至還有to have irregular heart-beats，等，但也有作「palpitations」一解。

總的來說，口譯和筆譯一樣，要想在第一時間給出最貼切的字，不是一件容易事。它比筆譯更難的地方在於，沒有字典可查，說出口就不能改，等。真是一種很失敗的職業。

Female

在澳洲，凡因憤怒問題而造成家暴等事件，觸犯法律的人，一般都會被法庭要求參加一個名叫Anger Management的課程，學會管理自己的憤怒情緒，拿到一紙結業證後，才能開始處理其他法律問題。

筆者有幸參加了這樣一次課程，因為當事人需要翻譯。參加者中，最有意思的是交流自己的「不幸」經歷，往往都把罪責推到女性身上，因為他們都相信，哪怕責任在女方，但員警永遠不相信男方。一位很英俊的小夥子說：「It's always the female. The police believe them. If they say anything, they win hands down.」

這句話很好譯，但其中的「female」怎麼譯？

筆者處理很簡單：女的。是的，不是婦女，不是女方，也不是女性，而是女的。後來凡是他們提到「female」的地方，譯成「女的」就覺得非常合適。

Fuse

口譯中有時會出現卡殼的問題。碰到這種情況，就怎麼也想不起某個詞的意思，而且越想就越想不起來。比如今天對方提到「fuse」一詞，我雖然立刻翻譯出來，是「熔斷器」，但怎麼也想不起它更通俗的說法。

怎麼譯？

反應快的人很快就會譯過去，但卡了殼，像我那樣，硬是想不起來，直到翻譯結束都是如此，最後不得不查字典，才「哦」了一聲。原來是「保險絲」。真是的！

Something's got to give

有個美國作家朋友曾與我同事一段時間，但很快就回美國了，因為他實在無法在中國生活。回去以後生活無著，讓他重返中國他也不幹，斷斷續續地與我保持通信，大約也就一年一封的樣子。最近突然從天而降地來了一封信，說，他想去俄國教書。最後，在信的末尾，他說：或遲或早，something has got to give。

我「嗯」了一下，很熟悉的一句話嘛，但不大看得明白。

什麼意思？怎麼譯？

網上居然有人把它譯成「你知道一些東西是要給予的。」[69]真是讓人笑掉屁股。美國一部以此成語為題的電影*Something's Gotta Give*，則被弄成了《愛是妥協》或《愛你在心眼難開》。「愛詞霸」則乾脆把它譯成了不倫不類，讓人無語的「已得到的東西給」。[70]

又應了我那句話：最簡單，最難譯。這句中的something如果是「一物」的話，很讓人想起「一物降一物」的話。那也是一個最簡單，最難譯的例子。不信你試試。

如果查一下英英字典，你就會發現，something has got to give這句話必須展開來說，其意思是，某種不利情況不會長此以往，總會有一天雲開霧散，重見天日的。

你看看，這不僅是最簡單，最難譯，而且是英無漢暗，即英文不用比喻（明喻、暗喻都不用），譯成漢語卻要用暗喻（如「重見天日」）。同時，這也是英短漢長，英語很短一句，漢語卻要嘍哩囉嗦說一大堆話。

就像市場上賣東西要說recommended price（推薦價），我這裡要說recommended translation（推薦翻譯），那就是：事情總會出現轉機的。比較一下：英文5個字，漢譯9個字。你能把它譯得更簡單嗎？

心上人

心上人，或意中人，這種詞都令我們的詞典無能為力，給的英文定義很不到位，如「the person one is in love with」或「the person of one's heart。」

---

[69] 參見：http://tieba.baidu.com/p/2440656579

[70] 參見：http://www.iciba.com/something_has_got_to_give （2014年2月23日查閱）

如果要你繞過這些，你怎麼譯？

記得我在《譯心雕蟲》中講過，中英文的方位用詞是很不一樣的。例如，漢語的「外面穿毛衣，裡面穿襯衣」這句話的「裡面」，就不能譯成英文的「within」或「inside」，而要譯成「underneath」，就是這樣（還得反著譯）：「wearing a shirt underneath a woollen sweater」。這方面的例子我在那本書裡舉例很多，這裡就免了。

由此看來，心上人或意中人的「上」或「中」這兩個方位詞，譯成英文的時候，就得好好想想用什麼了。我覺得要用「after」，同時還得反著譯。例如，若想把「她是我的心上人」或「她是我的意中人」譯成英文，就得這麼來：

She is someone after my own heart。

其實，在英文中，「心」和「意」有很多時候是混用的，該用「心」（heart）的時候，用「意」（mind）就成。比如，中文的「放心」一詞，譯成英文就是「peace of mind」，而不是「peace of heart」。「我跟你說句心裡話」是「Let me give you a piece of my mind」，而不是「Let me give you a piece of my heart」。

當然，也有不是這種情況的。反正歷史的經驗證明，凡是想挑錯，指出還有別的例證的，總能找到別的例證、更別的例證。就此打住不說了。

保護現場

這天和朋友在Castlemaine的Togs飯館二樓露天陽臺午餐。我坐陰處，朋友戴了禮帽，坐在陽光下。我們各點了一杯拿鐵，一大盤碎三文魚攪拌的通心粉，吃著，聊著。這時，後面傳來挪椅子的聲音，我半車過臉，往左肩下看了一下，沒人。接著吃，接著談，跟著又傳來動的聲音，我又半車過臉，往右肩下看了看，好像後面沒人嘛。繼續吃喝聊著，但突然什麼東西倒下來，我再轉過臉來時，就看見一株倒臥的太陽傘，碗口粗的鐵杆就橫在我面前，定睛一瞧，就明白了，原來身後動來動去，弄出聲音的，就是這杆大傘，現在倒在我朋友和隔座另一個朋友之間，一個人都沒砸著，每個人都差點。隔座朋友正要去把那杆大傘扶起來時，我阻止說：「No, please just keep it like that。」（別，請就保持這個樣子）。

我跟他們解釋說，只有這樣，等會樓下服務員上來時，才會看到真相，才會意識到有多危險，才會採取預防措施，以免今後再出險情。

吃完飯後回到朋友家，跟他老婆談起此事，我忽然想起多年前家鄉流傳的一個故事。說有對男女在小旅館做愛，外面早有民兵守候，待到山花爛漫時——我是說，待到那男的液體四濺之時——外面一夥守候多時的民兵早已衝了進來，一個特別認真的人，亮著手電筒，直指那「山花爛漫」的地方，說：「千萬別動，保護現場。」

好了，如果你是這場談話中的口譯，又沒有字典可查，那怎麼把「保護現場」譯成英文？

我不是口譯，但我是朋友，我也沒有字典，我只能根據記憶自造，而我用的詞是：「Preserve the site。」當然，這是在「protect」（保護）一詞從腦中一閃而過，被否定之後而頂替上場的一個詞。根據朋友老婆樂不可支，哈哈大笑的情況看，這個翻譯無論是否對錯，肯定起到了作用。

後據朋友講，英文中如說類似情況，可用「crime site」這類詞彙，相當於「犯罪現場」。

Please

開店的朋友說，有些澳洲人來購物時不滿意，就會賭氣地說，以後再也不來買東西了。朋友說，她會學著澳洲人的口氣說：Please（澳洲人的發音是拖長的，中間清亮，像唱歌，結尾很濁：Pleeeeez）。

我問：知道這個字怎麼譯成中文嗎？

她沒回答，我自己說，得採取英一漢二法。我在《譯心雕蟲》中提到過，英文一個字的，漢語得兩個字，如sew是縫製，touch是感觸，move是感動，action是行動，head是頭頭，material是材料，等，都是英文一個字，漢語兩個字。

用這個方法來譯please，你就知道怎麼玩、怎麼譯了。還不知道？那我告訴你：「請便。」

Blinds Spot

開車途中，隔壁一輛車的司機對我做個手勢，告訴我，你的輪胎癟了。我開到一處靠邊停下，下來一看，果然癟了。於是電話取消了口譯活，返身回去找車行換胎。途中，看到一家店名，叫Blinds Spot。心裡咯噔一下，覺得甚好，但又很難譯。

怎麼譯？

為什麼好？因為一語雙關，就像Box Hill一帶有家華人理髮店，起名叫「出發點」一樣。對了，「出發點」怎麼譯？

英文的blind spot有「盲點」之意，但把blind變成複數的blinds，意思就變成了「窗簾」。所謂Blinds Spot，就是窗簾點，窗簾的銷售點，但若譯成「窗簾銷售點」，就令原味盡失，還不如不譯。如非要譯不可——對不起，我也不知道怎麼譯，再說，我也不是該店店主——可能要採取創譯了，別的辦法幾乎一樣也沒有。

「出發點」也是這樣。你如何把「頭髮」的「髮」（hair），跟「出發點」的「發」（departure）合在一起呢？實話跟你說，沒辦法就是沒辦法。譯不了。

王婆

喜歡自吹自擂的人，有句成語描述的，叫：王婆賣瓜，自賣自誇。

怎麼譯？

直譯比較勉強，如此：「She praises her own melons when Aunty Wong sells them。」不用Wang，而用Wong，是為了向英語靠攏，向英文中的華人名字靠攏，如果你懂我意思的話。

網上詞典則來了個不等詞（源於「不等價」）的翻譯：Every potter praises his pot。[71]那句話直譯過來就是：做瓦罐的人，都讚自己瓦罐好。「王婆」沒了，「瓜」也沒了。算是意譯。而且還是「his」，不是「her」，明顯有性別歧視。

如果意譯，那還不如選擇詩，或從閱讀英詩中獲得靈感。比如，今天我看了一首Jack Gilbert的詩，其中有句云：「......Italian men came walking ahead/of the truck calling out the ripeness of their melons」。[72]（義大利男人走到卡車／前面來，大聲叫賣說，他們的瓜都熟了）。

所謂「熟」，也就是「自誇」的「誇」。誇瓜好，不就是誇瓜熟嗎？生瓜值得「誇」嗎？

但是，calling out the ripeness of their melons，不是很好的詩歌譯例麼？

---

[71] 見此：http://www.ichacha.net/王婆賣瓜，自賣自誇.html

[72] 參見Jack Gilbert, *Collected Poems*. Alfred A. Knopf, 2013, p. 128.

也就是說，「王婆賣瓜，自賣自誇」，是可以意譯成：Aunty Wong enjoys calling out the ripeness of her melons。

行不行，由讀者判斷。其他的我就不管了。

Greener

下午在銀行辦事，因為業務量很大——聽起來好像我是大客戶似的，其實不然，但個人細節也無法公佈——我有點無所事事，就無目的地搜尋起銀行內部周圍的景物來。一眼瞅見這個微型廣告，一片綠草上，一個靚女，面前打著一行英文字：sometimes the grass IS Greener。

怎麼譯？

你應該知道「the grass is always greener on the other side」這個英語成語吧？意思是：這山望著那山高。如果直譯，其意就是：另一邊的草色永遠更加嫩綠。

那麼，上面那則廣告為了強調該銀行比別的銀行好，就借用了這個成語，把它改造了一下，反其意而用之，意即：有時候，這邊的草色的確更加嫩綠。

能夠這麼譯成中文嗎？我的回答是：為什麼不能？只是，我們面對的是成千上萬不是詩人的非勞苦大眾，而且是不懂英文或不很懂英文的人。只有把該成語漢化，才有可能讓廣告走得更遠：「有時候，那山就比這山高！」

好像有點不對頭？那就換位一下吧：「有時候，這山就比那山高！」

What and How

英語之簡，不是漢語之簡能夠對付的。不信我給你把上述銀行看到的另一則廣告說一下，看你是否能譯成中文：「If you know what, we know how。」

這句話的意思不難解，它是說：如果你知道你有什麼問題的話，只要告訴我們，我們就知道怎麼解決。你看看，英文7個字，漢語卻要說這麼大一堆話。

怎麼譯？怎麼譯得很簡單？

我承認，不好譯。如果直譯成：「如果你知道什麼，我們就知道怎麼」，這簡直像癡人說夢，而且字數多了一倍。

看這樣行不行：「你有任何問題，到我們這兒來都能得到解決。」評語：太囉嗦了。

這樣呢：「知無不言，言無不決。」評語：可是可以，但看不大懂。

這樣呢：「有求必應，有問必答。」評語：開始像樣起來。

這樣呢：「近水方解近渴。」評語：唔，是意譯，但好像還是有問題。

接下去你們譯吧，我不玩了。

（2014年3月3日星期一6.06pm寫於金斯伯雷家中）

條條框框

請問，「條條框框」怎麼譯？

又得講故事了。這天我做電話翻譯，對方公司的人有點大舌頭，說話又快，逼得我不得不找張廢紙隨手記筆記。她說到「terms and conditions」時，我飛快地用「條／條」代替了一下。

所謂「terms and conditions」，是指合同中的「條款條件」，一般譯成漢語，得採取反譯，譯成「條件條款」（conditions and terms），在英文中，這是說不過去的，必須又反回來。

過後我看到「條／條」二字，不免有所觸動，因為它讓我想起了中文的「條條框框」一詞，不覺暗想，它不就是「terms and conditions」嗎？至於「框框」，我就懶得譯了，你去查查字典看吧。

One man's meat

美國散文家E. B. White有一本文集，標題是*One Man's Meat*。這是英文只說半句話的經典例子。

怎麼譯？

林語堂譯成：「在一人吃來是補品，在他人吃來是毒質」。[73]我覺得譯得累贅了。

之所以說「半句話」，是因為它用的是一句成語：「one man's meat is another man's poison。」這種說半句話在中文也能找到例證。最近有個人寫

[73] 參見《林語堂作品精選》。長江文藝出版社：2012，第19頁。

了一本書，叫做《談笑間》，顯然就是半句話，另外半句不說你也知道：「強虜灰飛煙滅。」

上面那句英文成語的意思是，一個人覺得甘之如飴的東西，另一個人卻難以下口。有人把White那本書譯做《吾之甘露》，並把該句成語譯做「吾之甘露，彼之砒霜」。[74]還行，只是太文縐縐了一點。不妨譯做：「此之為饗者，彼之為鴆。」不行，還是太文氣。如果令其還俗，倒可以譯做：「一人美食，他人忌口。」

不行，還得再改：「你之佳餚，我之忌口。」

Scanners

今天在墨爾本一家Officeworks店，服務員問我買什麼，我一開口就說：「scanner。」服務員「哦」了一聲，說：「scanners。」

瞧，這就是英語地道和不地道的區別。他那個「scanners」一出口，我立刻意識到自己又不自覺地犯了一個錯誤，那就是，在英語中，指一物得用多物。比如，你要問雞蛋在哪，不是說：Where is egg？而要說：Where are the eggs？不僅要加定冠詞「the」，後面還要加一個複數的「s」。如此等等，不一而足。

這天看Gilbert的詩，中有一句「bewildered by the storms of me」。[75]

怎麼譯？

最難譯的就是storm後面那個s。只能採取不譯法：「被我的風暴弄得莫名其妙。」

反過來對照前面我講過的「scanners」，你就明白我的意思了，不用我響鼓重捶。

隨評：Love at first sight

「Love at first sight」有「一見鍾情」之意，中英、中外都是一樣的。林語堂當年卻偏偏把它譯錯了，說成是「『一見傾心』之性愛（love at first sight）」。[76]語堂兄——他大我整整60歲（1895年生），稱他爺爺都嫌少，但

[74] 參見：http://wenwuzhang.com/post/34749270531/e-b

[75] 參見Jack Gilbert, *Collected Poems*. Alfred A. Knopf, 2013, p. 118.

[76] 參見《林語堂作品精選》。長江文藝出版社：2012，第20頁。

覺還是稱兄為好，反正都是為文的，沒什麼了不起——的這個「性愛」，似乎用得過火了點，讓人有把「一見鍾情」當成西人的「眼奸」（eye-rape）。否則怎麼可能一見就「性愛」了？再有眼緣，也不可能一見性愛吧！

這讓我想起毛姆當年用「make love」一詞來描寫男女談情說愛這件事。原來那時，「make love」（做愛）一詞並無做愛的意思，而指「示愛」，搞翻譯的人，不能不知。如以現在為準繩，沒準會把當年凡是「示愛」的地方，都譯成「做愛」了。

隨評：Affirmation

口譯是一個遺憾的藝術。這天，某譯員到庭，為某女子翻譯。宣誓之前，法官告知，既可以選擇手持《聖經》宣誓，即oath，也可採取非宗教方式宣誓，即affirmation。女子說：兩者都可，但被告知，只能選擇其一，於是選擇了非宗教式宣誓，但譯員出口，卻說了「oath」。顯系誤譯，但已來不及改口，因為女子早已拿起《聖經》，準備宣誓了，只好將錯就錯，翻譯了一段oath。之後，譯員一路上都想著這事，追悔莫及，也無法追悔，就像墜毀，飛機一旦墜毀，那就追悔莫及，墜毀莫及了。一如考試，凡是錯了的地方，只能考完之後一一在心中改正。不像筆譯，怎麼也有一個修改的機會。

隨評：Farsi

先說一下，「Farsi」是波斯語。

笑話難以翻譯，甚至不可翻譯，是因為諧音像笑話的包袱，懂的人一聽就懂，一聽就笑，不懂的人說半天也不懂，譯過去還是不懂，產生不了笑果。

笑話的來源之一是翻譯，特別是口譯。一天，口譯為病人和醫生翻譯。醫生問：你在哪兒工作？病人說：「機場。」口譯一看就生疑：此人看去形容猥瑣，不像在機場任何一個部門工作的人，除非是清掃工，但還是譯成：「I'm working in an airport。」病人懂點英語，便糾正醫生說：「是雞場。」口譯「哦」了一聲，說：「in a chicken factory。」這一回，輪到醫生笑了。他大約笑的不是語言的先天諧音，而是與之判斷相符。

這裡就讓人想起另一個與ji有關的笑話了，說的是小姐從計程車出來，出租司機衝她喊：「你相機，你相機！」小姐還嘴罵曰：「你才像雞！」司機油門一踩就走了。小姐這時才回過神來說：「我相機，我相機！」

好，閒話休提，卻說昨天下午我到一個學校翻譯，見到兩個波斯語的翻譯，每人面前別著一個牌牌，上書：「Farsi。」我衝他們笑笑，說：「Two Farsi。」其中那個瘦瘦的，看樣子有點中國人的大概是波斯人或伊朗、伊拉克等國的小個子翻譯衝我笑笑，回說：「Too fussy？」我們一下子都明白了，都一起笑起來。但這個由於文字諧音造成的小笑話，就跟相機／像雞的笑話一樣，是無法翻譯的。只能即時地笑、暫時地笑，其他無關者，無語言切入能力者，一律自動排斥在外了。

The dead of the night

美國詩人Billy Collins的詩中有一句這麼說：「...it was morning or the dead of the night。」[77]

後面那個「the dead of the night」怎麼譯？

我不管你怎麼譯。如果你想看我怎麼譯，你就得看我當時在我所購書的該頁是怎麼寫的。我寫了這樣幾個字：「夜死人靜」。

就這樣吧，廢話不說。

隨評：音譯

林語堂的時代，按現在觀點看，對外國人名的翻譯，簡直是胡譯亂翻。比如，英國作家Swift（斯威夫特）被他譯成了惟綏弗特。（p. 23）德國作曲家舒伯特譯成了「修伯特」。（p. 35）三文魚在他手下變成了「沙門魚」。（p. 30）[78]都是音譯，但沒有章法。也是一種自由。

不看白不看

2014年的「三八婦女節」，跟我過得毫無關係，反正身邊沒一個女人。從電視新聞中得知，各商家都已「爆棚」。電影票價竟然降到「三塊八」。有個受訪電影觀眾本想看一個電影，但因票已搶光，只好買票看了別的電影並自我解嘲說：「不看白不看。」

因職業習慣，我的第一個反應就是：怎麼譯？

---

[77] 參見Billy Collins, *Aimless Love: New and Selected Poems*. Picador, 2013, p. 117.

[78] 均參見《林語堂作品精選》。長江文藝出版社：2012。

我並沒有在第一時間譯出，也沒有必要。我一人獨居，不必向任何人show off（炫耀）。倒是想起從前比鄰而居的那個英國鄰居，事事都講節省，常常為買了便宜東西而自我解嘲說：「Better than nothing。」

哎，我想，這不是現成的翻譯又是什麼：不看白不看，或者說：Better than nothing。

至於有人要問，那個「白」怎麼譯？譯成「white」行不行？回答是：可以，但那要靠你譯了，我暫時譯不了。

Not to reason why

中國人有「軍人以服從命令為天職」的說法。英國詩人丁尼森（Alfred Lord Tennyson）也有類似的說法，但說得更絕、更絕決。他在「The Charge of the Light Brigade」（《輕騎兵衝鋒》）一詩中有兩句云：「Theirs not to reason why / Theirs but to do and die」。[79]

這兩句詩，我在大學曾經學過，但記憶中把「theirs」記成了「yours」，而且好像出現在一出劇中。無所謂了，怎麼譯？

要點：做減法。也就是說，進入中文時，把不需要的東西減去，如theirs。

立時，我大腦的螢幕上出現了一行譯文：

> 不要老問為什麼
> 做不了就死，死不了就做。

這樣不錯，還押著韻。唯一不到位的地方是，那個do字應該不是「做」，而是「作戰」、「戰鬥」、「打仗」的意思。如果按這個意思譯，韻就很難押了。還是讀者你來譯吧。我只提供一個先例。

摸爬滾打

有天在校園裡走，準備去上翻譯課，突然「摸爬滾打」幾個字鑽進腦子裡，立刻要求我把它譯成英文，我也就不揣冒昧地譯了，反正也不是考試，

[79] 參見：http://en.wikipedia.org/wiki/The_Charge_of_the_Light_Brigade_(poem)

也不是講課，也不是要跟人炫耀什麼，自己譯給自己玩，作為一種時時刻刻的翻譯訓練，也是人生一大快事。

一譯下來，我就笑了。

怎麼譯？作為讀者的你不妨先試試看。

我笑，是因為這四個字太性感了，也就是說，它們太有暗示性，太富性暗示了。我把我的想法跟一個也教翻譯的同事講後，他哈哈大笑起來，隨之參與進來，建議說：不妨把頭兩個字譯成：groping and grabbing（摸與抓）。

我們這個時代就是這樣，很多幾十年前可以隨便用的詞，現在就不能隨便用，如「雞」，如「小姐」，如「炮筒子」，等。

我對自己把這四個字譯成「groping, climbing, rolling and beating」之後忍俊不禁，難以自持。究其原因，是因為「groping」（摸）有在人身上亂摸之嫌，「climbing」有「爬山」之意，那在我原來供職的那個車隊，是指男人爬上女人，「rolling」則暗合了英文的成語「rolling in the hay」（在稻草堆裡打滾，暗指男女做愛），而「beating」就更淫邪了，它在我知道的一些人的語彙中，直接暗示做愛的「打擊」動作。

到了這個田地，看你還怎麼譯。

Great things

新書甫出，我把英文資訊發出去，第二天就接到Alex的祝賀，信中除其他外，說了這樣一句：「I hope it does great things。」

什麼叫「does great things」？怎麼譯？

你怎麼譯，我無從知道。但這句話，立刻讓我想起了王國維那句話：「古今成大事者，必經過三種境界……」

明白了嗎？這句話好譯：「願你這本小說能成大事。」

古樸

這天，讓學生翻譯一篇東西，是談默多克繼鄧文迪之後，又有了新歡的報紙報導。那人名叫Juliet de Baubigny，比默小38歲。

文中說到，Baubigny曾在2010年向英國明星Gwyneth Paltrow的網站上，透露了她日常生活如何超忙的情況。

這個網站叫*Goop*。我停了下來，問：怎麼譯？

沒有學生知道怎麼譯，因為到處也查不到。我說：由斜體可知，那是一家刊名為*Goop*的雜誌網站，其G和p，代表Gwyneth Paltrow的名和姓。接著我問：當什麼地方都查不到譯名時，你怎麼辦？

一個被問到的學生支吾了半天，也沒有說出個所以然。於是我說：「你應該感到欣喜若狂，因為你將成為世界上第一個把它正式譯成中文的人，無論怎麼譯都行！」

我舉了一個例子說，如果我來譯，可能會譯成《古樸》。然後我點了一名學生問：你怎麼譯？

這位男生想了想後說：《谷撲》。

我立刻讚道：好，很猛，有個「撲」字，很生猛！

眾人皆笑。

Gasping for breath

要求學生翻譯的一篇題為「Rupert Murdoch appears to be an item with Juliet de Baubigny」的網上文章（鏈接在此：http://www.smh.com.au/lifestyle/private-sydney/rupert-murdoch-appears-to-be-an-item-with-juliet-de-baubigny-20140307-34d5s.html）中，有這樣一段話：「In 2010 she divulged to Gwyneth Paltrow's *Goop* website what her uber-hectic daily routine consisted of, which left PS gasping for breath.」

最後那句「gasping for breath」不是被學生譯成「驚奇不已」，就是被譯成「感到震驚」。我認為都不是，因為其中有「breath」（氣、氣息）一字。

怎麼譯？

學生問我，我說不知道，因為這次我跟前次都不一樣，不想把自己的譯文強加給他們，而是想啟發他們從「breath」的角度去主動思維。

終於有一個學生開口說：老師，這是不是有「倒吸一口冷氣」的意思呀？

「太對了，」我說。

不知輕重

何謂不知輕重？此話一說，就回憶起小時候挨大人罵的情況：小孩子不懂事，說話不知輕重。

對於剛開始學翻譯的學生來說，我發現，他們的翻譯，也有一個不知輕重的現象。

這表現在兩種傾向上。一是譯文過火，如這句說，Baubigny這位女子「is 38 years Murdoch's junior，」就被譯成「足足比默多克小38歲！」

多了一個「足足」不說，還續了一個驚嘆號「！」的狗尾。

另一種傾向，就是譯得過輕。例如「absolutely nothing has come out of Murdoch's camp regarding his date」這句，別的都譯了，可就是沒譯「absolutely」（絕對）。

由於這種不知輕重的傾向，造成了譯文忽輕忽重的現象，就像一個說話不知輕重的孩子，難以做到老成持重，穩「譯」穩打。

Item

我們說誰誰誰和誰誰誰「好上了，」英文怎麼譯？

看了「Rupert Murdoch appears to be an item with Juliet de Baubigny」[80]這篇文章的標題，稍微有點語言敏感的人就知道，答案就在其中。

原來，「item」一詞意思是指「a romantically involved couple」（一對戀人）。說戀人，又不用「戀人」，而用「item」一詞，就好像在打暗碼。

其實是說，默多克跟de Baubigny好上了。當然，也可以譯成「新歡」。如果這麼譯，那就再一次說明了英俗漢雅的隱藏原則，即英文俗氣得一塌糊塗的東西，item指物件、物品，進入漢語卻不得不雅起來。

不過，「好上了」還是比較俗、比較對得上號的。

錄用

給歐美雜誌投稿，如稿件被錄用，這個「錄用」二字怎麼譯？

我一般會用「used」或「accepted」。今天美國一家雜誌來信告知，說我投稿的一首詩歌被「錄用」了。但該信既沒用「used」，也沒用「accepted」，而用了一個匪夷所思的詞。

那封信是這麼說的：「If it is not spoken for elsewhere, I'd like to take "Scratch that" for "〔雜誌名略去〕"…」。譯成中文便是：「如果Scratch that

---

[80] 該文見此：http://www.smh.com.au/lifestyle/private-sydney/rupert-murdoch-appears-to-be-an-item-with-juliet-de-baubigny-20140307-34d5s.html

這首詩別處沒有錄用，那我就拿下來，用在我刊上了。」

從中可以看到，他的「錄用」二字，用的是「spoken for」。好玩吧？

Say

在一則關於馬來西亞航班失聯的新聞中，有這樣一段話：「Malaysian Airlines chief executive officer Ahmad Jauhari Yahya said the airline was notifying the next of kin, in a sign it expects the worst.」[81]

學生中，沒有一個能把「said」一詞準確地翻譯出來，不是譯成「稱」，就是譯成「表示」，或者是譯成「認為」，等。

這個問題是初學翻譯者中普遍存在的一個問題，我稱之為複雜化無意識，就像集體無意識一樣。所謂「複雜化無意識」，是指繞開詞語的簡單原義，額外地衍生出符合所謂「信達雅」這種本身很成問題的翻譯標準的詞彙，如「稱」、「表示」、「認為」等，彷彿如不如此就不是好的翻譯一樣。也是一種不知輕重的表現。

怎麼譯？

還用我告訴你嗎？誰說了什麼，就是說了什麼，而不是「稱」了什麼，「表示」了什麼，「認為」了什麼。中國文化如果連「說」都不敢面對，非要繞著圈子用大字，這個文化一定出了問題，首先就失信於字，更不用說別的了。

我跟學生開了一個玩笑說（不是稱，不是表示，不是認為），只要把「say」和「說」（shuo）的發音對比一下，就會發現二者發音近似。從前有人認為，英語的始祖是漢語，因為有很多音幾乎和漢語發音一樣。我不太同意那種歪理論，但在「說」這個字上，誰也「說」不清，究竟是英生漢，還是漢生英。

隨評：文學與口譯

今年我上英語寫作班，來了56個人，有的來自筆譯班，有的來自口譯班，都是研究生。一個來自口譯班的學生說：我很困惑，我是學口譯的，文

81 參見"Six Australians feared dead"一文：http://www.skynews.com.au/topstories/article.aspx?id=956555

學與我有何關係？

這讓我想起，2011年在悉尼舉行的那次澳中作家高峰會議。從大陸來的有莫言、張煒等作家，澳洲的則有我和其他人。與會方還動用了同聲傳譯的資源。戴著耳機，一聽翻譯，就發現問題多多。凡是提到作家和作品的地方，傳譯就開始趔趄，不是跳滑過去，就是支吾其詞，給人一種感覺，就是該人平時很少看文學作品，可能根本就沒有興趣。一進入文學高峰會議的這種戰時狀態，就只能丟盔棄甲，損兵折將。

還有一次，在最高法院翻譯。席間，談到案件中的男尊女卑問題時，法官開了一個玩笑，引用了Germaine Greer的一句話，聽得在座者哈哈大笑。好在我翻譯了她的兩本書，對她的情況也頗瞭解，否則換一個平時不問文學的譯者，還不知法官說的Germaine Greer是誰呢。這種在法庭互相交鋒時不知援引文學人物的現象，我確曾在一些翻譯那兒親眼目睹過。須知，律師、大律師、包括一般都是律師出身的法官，都是普遍的文學愛好者，平時小說、非小說、詩歌等無一不看的。你想想，如果搞口譯的卻不懂文學，那怎麼能做口譯！

還有一次，也是在最高法院翻譯，我下來後，得到大律師的好評。我們交換意見時，我說了一段話，大意是前面有個翻譯（當然我不提是誰）翻譯時，英語中幾乎沒有時態，提到過去的情況時，竟然用現在時。一般還可以混過去，但若涉及案情的具體細節和事件在時間上的前後關係，不懂時態的準確使用，很難避免不犯錯誤，給判案帶來極大困難，甚至造成錯判。

由此看來，一個不看書，不懂文學的人，是很難做個好口譯的。

繩

下午到四樓上課，突見對面牆壁上大書：「主講人：姜繩」。

我稍微怔了一下，繼續前行，聯想卻長了翅膀，飛翔起來：姜繩，韁繩，拴馬的韁繩，繩之以法的繩，「learn the ropes」的繩——嗯，我的思緒在「ropes」上停了下來，想起一件事。

那是不久前，在墨爾本的一次飯局上，碰見一個通過自學學會漢語的澳大利亞白人，曾問我一個問題：怎麼譯「learn the ropes」，我一時語塞，知其意，但卻找不到確切的答案，直譯也不奏效。

怎麼譯？

網上字典解釋多的是，什麼摸清頭緒、查清內幕等等，但都把「ropes」

丟了，很可惜，就跟把姜繩音譯成Jiang Sheng之後，也會把「繩」弄丟一樣。

想把繩子（ropes）不弄丟的譯法，我現在還沒有找到。Sorry。你找到了嗎？

Release

嚴復有「一名之立，旬月躊躇」的說法。這大可不必，現在這個時代的發展速度完全不允許，但是，有時遇到一個字，怎麼也翻譯不了，也是很頭痛的事。例如下面這句話：

> If cultural cycles did not have their own momentum and life span, neither to be measured in decades, one would now murmur a small prayer of gratitude for release and reach for the Maalox.[82]

老實講，這句話不大看得懂，因此，我第一次的翻譯是夾塞的（即暫時留白不譯），如下：

> 如果文化的循環沒有自己的勢頭和生命期限，這兩樣東西都無法以幾十年的時間來量度，那人們此時就只能喃喃地祈禱一聲，對for release and reach for the Maalox表示感激。

而且，我還懷疑此句英文是否有誤，即是否應該在「release」的後面加個「of」。我這麼懷疑並非無中生有，因為以前譯Robert Hughes，就曾碰到過行文有誤的問題。向他求教時，他只解釋，但從不道歉。對他這樣的大家，我也不期望道歉，只需要解決問題即可。

好在現在不同於嚴復時代（其實我懷疑嚴復時代找洋人求教也不是不可以的），可以找懂行的洋人求教。我當即就找了，因為我知道，即便我等旬月，我可能也解決不了這個問題，特別是「release」這個字。

Roy（他從前在澳大利亞國立博物館工作，很瞭解繪畫）在回信中，否定了我對「of」的臆測，認為「release」是指從「cultural cycles」的「release」。我考慮良久，其實也不過幾分鐘的時間，不是旬月，還是覺得

[82] 參見Robert Hughes, *Nothing if not Critical*. Alfred A. Knopf, 1990, p. 6.

那個「release」不好解，就把我對該文的英文理解給paraphrase了一下，如是說：

> If cultural cycles......, one would murmur a small prayer of gratitude (hoping) for release from them (the cultural cycles) and grab hold of the Maalox (as if to relieve the stomach pain of the cultural cycles).

還沒有等他回信，就譯好了下文：

> 文化輪迴的勢頭和生命期限這兩樣東西，就是以幾十年的時間都無法測定，如果文化輪迴沒有了這兩樣東西，那人們此時就只能感激不盡地小聲喃喃祈禱一聲，伸手去拿緩解胃痛的美樂事，巴望從中得到解脫。

至於是否理解對，只能等他回覆之後再說了。

不久，他回信說，基本上都可以，只是「hoping」可以拿掉。這樣一來，我的譯文最後修改如下：

> 文化輪迴的勢頭和生命期限這兩樣東西，就是以幾十年的時間都無法測定，如果文化輪迴沒有了這兩樣東西，那人們此時就只能感激不盡地小聲喃喃，祈禱一聲，伸手去拿緩解胃痛的美樂事，以此從中得到解脫。

吸霞

近讓學生譯一篇關於約旦安曼禁煙的文章，題為「Water Pipe Ban Lights up Jordan's Smokers」。[83]其中出現了三個關於阿拉伯水煙的詞彙：argileh、hookah和shisha。

怎麼譯？

顯然，這屬於音譯範疇。我講了自己翻譯中那個以前講過無數遍，即把

[83] 英文原文鏈接在此：http://www.aljazeera.com/indepth/features/2014/02/water-pipe-ban-lights-up-jordan-smokers-2014214185149588570.html

teenager譯成「挺奶仔」的故事。現在還有人對此不解，但我懶得搭理，反正我是這麼譯的第一人，再過多少年是否會得到承認，跟我沒關係，我也不感興趣。

我從shisha開始，讓學生譯，他們想出的譯文中，有「吸俠」、「吸暇」等，但我都覺得不過癮，因為我事先已有一個音譯，是「吸霞」，「霞」，煙霞的霞。吸煙被形容為吞雲吐霧，有吸食煙霞之樂、之妙。所以「吸霞」頗得精髓、音髓。當時還查了一下，竊喜起來。原來，「吸霞」還是古詩中來的。那古詩說：「年來已奉黃庭教，夕鍊腥魂曉吸霞」。詩人是陸龜蒙。

過後，我停止思想，目的是讓學生發揮，讓學生創譯，把hookah音譯一下。趁我中間出去給茶壺灌水之時，一個學生也出來，在走廊上相遇，順道把他的譯文告訴我了，我一聽大喜，連聲稱讚。原來，他的譯文是：「【暫時不告訴你】。」（目的是讓你也趁機音譯一下。）

隨後，我回到教室，讓大家來譯，但最終還是沒有能超過他的。有一個女生譯成了「呼咖」，倒也有點小意思，因為禁止「吸霞」之處，都在咖啡館，那是約旦人大肆「吸霞」的地方。

課快要上完時，我又讓學生音譯argileh。還是那個走廊學生想了出來，我讓他寫在了黑板上：「呷極樂」，遭到我質疑（因為「呷」是喝，而非吸）後，他立刻改成「哈極樂」。嗯，這個不錯。

還是把他翻譯的詞告訴你吧：呼客（hookah）。

我之前還開過一個玩笑，說hookah聽上去很像英文的hooker（妓女），但那是後話。此處放下不表。

學生腔

何謂學生腔？就是翻譯時，譯文太正確了，簡直不說人話。比如在報導英國《紅樓夢》譯者大衛·霍克思逝世的一篇文章中，有句話這樣說：他當時是「a young student of Chinese at Oxford University, who was so determined to continue his studies in China that he had taken passage for Hong Kong without waiting for a reply.」[84]

其中「so...that...」這種結構，就被某同學譯成：「如此意志堅決，以致

[84] 參見該文：http://www.theguardian.com/books/2009/aug/25/obituary-david-hawkes

於他……」。我問該同學，你在日常生活中，會不會對你的家人說這樣的話：「我如此意志堅決，以致我一定要嫁給你們都不喜歡的那個男孩」？

這是不是有點像某個不會說中文的人說的中文？

那怎麼譯？

就這麼譯：他當時是「牛津大學一名學中文的年輕學生。他下定決心，要在中國繼續學習，連回信都不等，就取道去了香港。」

此句要點在於，以中文的「連……就……」這種句式，來對付英文的「so...that...」句式。

Well

舉個例子，「Ah, well」怎麼譯？實言相告，不好譯，因為中文沒有這麼說話的。那麼中文的「哎呀」怎麼譯？英文不是也不這麼說話的嘛？就有很多華人作家直接通過音譯的方式，把它弄成了「Aiya」。

最近翻譯碰到一句話，是這麼說的：「Merely to invite the comparison seems so unfairly loaded against the scale of our cultural expectations as to be, well, impolite。」[85]

其中這個「well」怎麼譯？

記得我在《譯心雕蟲》中談到反譯時，提到「Oh, my God」這個例子。譯成中文時，那不是「啊，我的上帝」，而是「我的上帝啊」，甚至可以省掉「my」，直接譯成「上帝啊」。

那麼，這句話中，「well」要譯，這是一。而且，「well」還要後移，這是二。譯文如下：「僅為比較而比較，那似乎不太公平，含義過重，傾斜了我們文化期望的天平，未免失之於禮吧。」

對，我把「well」譯成了「吧」。你呢，會不會譯成「嗯」？

Far more

有些東西看似簡單，但譯起來頗感頭痛，比如這句話：「there is far more of it」。[86]

---

85 參見Robert Hughes, *Nothing if not Critical*. Alfred A. Knopf, 1990, p. 8.

86 同上，p. 9.

這個「it」指的是十九世紀的「藝術」，而「more」指的是現在這種東西現在「更多」，譯成「現在這種東西更多了」似可，但加了一個「far」字，就不太好譯，很不好譯了。

怎麼譯？

得拆解一下，分成兩句來譯：「現在這種東西比過去多，太多了點。」

Hold

澳大利亞詩人Les Murray的詩我讀研究生時就很喜歡，譯了不少，但現在已經找不到當時的譯稿了。

今年為《世界文學》譯一組澳大利亞詩歌，我又開始譯當年喜歡的他那些早年的詩，其中有首長詩我特別喜歡，題為《晌午的伐木工》，下面這段譯完後：

> 一斧頭下去，一陣回聲，旋又歸於沉寂。晌午的沉寂。
> 儘管我走向城市，背離這些山巒，
> 為了傾聽城市的閒聊和炫耀，為了一次性地
> 數月和數年讓自己屬於二十世紀，……

出現了這樣一句：

the city will never quite hold me。

好了，「hold」一字怎麼譯？

我是這麼譯的：「但城市永遠也別想hold住我。」

如果我沒有活到已經快雙語的今天，我肯定不敢這麼譯。記憶中，我當年無論是怎麼譯的，決不會這麼譯，因為那時的中國人不會這麼在中文中夾一個英文字，但現在，日常電視劇和生活中，經常會聽到這種「hold」的用法。

對不起，別怪我不譯，因為這就是今日中國的現實。誰都別想hold住我不譯。

All

昨看電視，聽到一句話說：「他們一路來到……」，後面就不記得了。

這時，關於「一路」如何如何的英文，已經在我腦中翻譯出來了。

怎麼譯？

好譯，那就是，走向英文的極端，他們是北，我們就是南，他們是西，我們就走向東，他們是「all」，我們就走向「一」，即：all the way...（一路）。

這使我想起澳洲（現在中國也有的）那種自助餐的叫法：All You Can Eat。雖然現在一般譯成「讓你吃到飽」不錯，但還是沒有把那個「all」譯出來，它的意思就是：吃喝由你，一食方休。其中的「一」，就等於英文的「all」。

如果非要譯出那個「吃飽」的意思，也不妨譯成：一次讓你吃飽喝足。

Wear

多年前，還在上海讀研究生時，我曾翻譯過澳大利亞詩人Les Murray的詩，其中有「害羞的陽臺」（shy verandah）一句，過目不忘。今年（2014）重譯他詩，又發現了那句，卻與原來有點不同，是這樣的：「The houses there wear verandahs out of shyness」。[87]

怎麼譯？

他說的「那兒的這些房子」，是指鋸木小鎮的房子。他不說房子前面都有一個陽臺，而說房子是「戴著」陽臺，而且是因為羞澀。一個「wear」（戴）字，讓全句生色。它有點讓人想起廣深一帶為了遮醜、遮羞而搞的什麼「穿衣戴帽」工程，那裡面也有一個「戴「字，彷彿這些房子因為害羞，而「戴」上一頂「陽臺」。

怎麼譯？

我採取了直譯：「這兒的房屋因為害羞，都戴著一個陽臺」。

超過

幾年前在墨爾本教翻譯生時發現，凡是涉及比較的句子，如「more than 30 days」，我譯成「30多天」，學生卻大多譯成「超過30天」。我當時還

[87] 參見"Driving through Sawmill Towns" by Les Murray, *The Vernacular Republic: Poems 1961-1983*. Angus & Robertson, 1988 [1965], p. 9.

盡量糾正他們，嫌他們譯得囉嗦。

後來我發現，這個「超過」，是一種新時代的新說法、新譯法。報紙上這麼說，電視新聞中這麼說，學生說話也這麼說，簡直洪水猛獸一般無法阻擋。

有這句話是這麼說的：「In the eighties more paper wealth was generated in New York than in any other city, at any other time, in human history。」（參見休斯《絕對批評》，第19頁）。

我在第一時間譯出如此：「八十年代，紐約產生的帳面財富，比人類歷史上其他任何時候的其他任何城市都多。」

此話一譯出，我就想到「超過」，我就把它改成：「八十年代，紐約產生的帳面財富，超過了人類歷史上其他任何時候的其他任何城市。」

僅此一例，難道不足以說明，隨時代變化的語言，也在影響著翻譯的譯筆嗎？

The tanks

休斯在一一列舉了歐洲歷史上一些繪畫大師之後，用了一個很奇怪的比喻說：「One could certainly believe that the tanks were not emptying。」（參見休斯《絕對批評》，第16頁）。

我所說的「the tanks」，就是這個奇怪的比喻。

怎麼譯？

我當然知道，這個「tank」指的是澳大利亞普遍所見的那種接取雨水的儲水罐，單翻譯這樣一個簡單的比喻，還做註腳，似乎太麻煩了。於是，我就這麼譯了：「當然可以相信，這些儲水罐一樣才氣橫溢的人並未江郎才盡。……」

我把這種譯法稱作「換喻返古」，也就是把「tank」的喻體，換成了「才氣橫溢」，又歸真返「古」，用「江郎才盡」來譯「emptying」。

不過，我還是不太sure。於是我給澳大利亞朋友Roy發了一封電子郵件，把我對該句的理解用英文告訴他並向他請教。他很快回信告訴我說，我的理解是對的，但他做了一個推測，即也許休斯有意想把澳大利亞那個「tank」形象塞給美國讀者，不管他們是否能夠接受。我的第一反應是，這個喻體放到中國至少暫時不管用，除非大多數中國讀者都瞭解澳大利亞有那種儲水罐。

再多嘴一句。休斯對「tank」的這種做法，跟我最近對一個美國教授用「shout」的做法類似。我請那位教授吃飯時說，下次該你請我。但我沒用「請」，而用了一個地道的澳大利亞英語說法：shout（叫），有點類似中國人「叫酒」的「叫」。我對他說：It's my shout today and next time it's your shout。（今天我請你，下次你請我。）他聽得一頭霧水，直到我跟他解釋之後才「哦」了一聲，明白過來。

Hack

休斯有一段話是這麼說的（我是這麼譯的）：「如果我在這個國家長呆下去，」他1641年給友人卡夏諾・德爾・波佐（Cassiano del Pozzo）寫信說。「我可能會像這兒的其他所有藝術家一樣，被迫成為一個strappazzone（hack）。……」

也就是說，休斯把義大利語「strappazzone」解釋成「hack」。

怎麼譯？

我沒有譯，而是做了一個註腳，這麼說：「休斯注解為『hack』，即粗製濫造的畫匠，我音譯為『害客』」。（參見休斯《絕對批評》英文版，p. 25）

Mild

休斯在一段讚美德國藝術家Hans Holbein的話中說，沒人能畫出「the knobbly, mild face of English patrician power」。（參見休斯《絕對批評》英文版，p. 32）

「mild」這個詞怎麼譯？

我第一次把它譯成「溫和」，但立刻否定了。一是因為我想譯成四字詞，二是覺得「溫和」還不準確。我心裡閃過的第一個念頭是：它很可能是「溫文爾雅」的意思。但我需要查英文字典，因為漢語字典給的解釋我不滿意。

Google所給的第一個定義是：「not severe, serious, or harsh，」這跟英漢字典給的意思差不多。第二個定義是「gentle and not easily provoked.」[88] 意思就是「溫文，不易激動。」簡直太對了，完全是英國貴族的寫照。

---

[88] 參見：https://www.google.com.au/#q=mild+meaning

經過英文字典的檢驗之後，我的翻譯是：「無人能如此恰如其分地畫出英國顯貴豪強的那張疙疙瘩瘩，但溫文爾雅的臉，……」。

Tough

「Tough」一詞難譯，不信你查英漢字典或英文字典，一大堆定義，不知如何選擇，如果你翻譯這一段的話：「No one “saw so clearly the reserves of cunning and toughness veiled by the pink mask.”」（參見休斯《絕對批評》英文版，p. 32）其中的「pink mask」，指的是Hans Holbein畫中，像面具一樣的英國人那張粉紅色的臉。

怎麼譯「toughness」？

我找來找去，想來想去，最後這麼譯了：「也（無人）能如此清楚地看到那張粉紅色面具下面掩藏起來，大量儲藏的狡詐和難纏。」

Quotation

一個譯者，有時就會被一句簡單的話打敗。該句形容Hans Holbein的畫時，是這麼說的，說他的畫形成了「a web of allusions that seldom rise to open quotation。」（參見休斯《絕對批評》英文版，p. 31）這句話橫看來，豎看去，網上英文中文字典查來查去，就是查不出「quotation」的意思來，更何況還是「open quotation」。

我一般不到山窮水盡的地步，不會找我的澳大利亞朋友求援。雖然該句後面還說，他畫筆下的人物，總是把張三和李四混在一起，一般讓人看不出原型，但說到「quotation」，還是覺得一字裡面，含有很多別的意思。現在既然已經到了這個搞不懂的地步，就只好去求人了。

Roy次日回信，告知說，所謂「quotation」，是指藝術史家在談畫論畫時，對畫中人物的引用。也就是說，Holbein的畫中人與真實人物如果引用提及時，很難對號入座。

僅僅「quotation」一字，用在繪畫中，居然包含如此多意思，豈是「引用」兩個中文字所能涵蓋？

怎麼譯？

我在這兒的譯文中，做了一點加字和變意的處理：他的作品「形成一張影射他人之網，很難讓人引用提及，與真人一一對號入座。」

你看看，一個「quotation」，居然變得這麼難譯，而且加了那麼多原文似乎沒有的意思。過後細想一下，覺得漢語也有一些小詞，如果譯成英文，不稍加擴展，也是不行的，如「失聯」、「擁核」和「滅核」等，但總的來說，還是比英文簡單一些。

The Common Meter of Precious Tissue

上面這一行字，指的是英國16世紀的一個職位，要在網上查到它的意思是徒勞無益的，因為我查過。

初看之下，這很像是「貴重組織公共表」。完全是滑天下之大稽。

問過Roy之後，稍有開竅，因為他說，「tissue」有「finely-woven cloth」（細織布）的意思，但他沒有解釋「meter」。

經我在英文字典中細查發現，原來，「tissue」是含有金絲銀絲的織布，而「meter」除了測量用表之外，無法查到指人的用法，如測量員。

怎麼譯？

既然是一個職位，那不可能指表，只可能指人。於是，我的翻譯在此：「貴重織物公共量測員」。

逸夫樓

今天有朋友來信問：逸夫樓如何翻譯

我的回答如下：

> 邵逸夫的英文名字，記憶中是Run Run Shaw。按理說，應該像香港那樣，譯成Sir Run Run Shaw Building（見此：http://www.comp.hkbu.edu.hk/v1/?page=contact ），但那是香港。既然文化位移到中國大陸，又起名為「逸夫樓」，如果人還活著，可請教他一下，是否仍然沿用香港的Sir Run Run Shaw Building。如果人已不在，不妨徑用拼音音譯：Yifu Building，反能體現大陸的文化和語言風格。你的「宏觀」、「微觀」，我一聽頭就大了，不感興趣，恕我直言。

國內翻譯界太亂了，永遠理不清的一個疙瘩，只能自己根據自己的實踐，發展自己的理論了。

Rough trade

「Rough trade」二字如果不查字典，就看字面意思，好像是「粗野的貿易」。其實大謬不然。

據休斯描述，16世紀的義大利畫家卡拉瓦喬是同性戀，一個「painter of overripe bits of rough trade, with yearning mouths and hair like black ice cream。」（參見休斯《絕對批評》英文版，p. 34）

其中的「rough trade」只能查到意思，但把意思翻譯出來，就很不夠勁，必須也有原字構成的文字膠囊效果才行。

怎麼譯？

我採取了音譯，先是譯成「肏夫脆」，後改成「褥夫脆」，最後定稿為「入夫脆」，如下：

> （他是一）個專畫嘴巴渴慕留戀，頭髮黑得像黑冰淇淩，「入夫脆」[89]性行為熟到稀爛的細枝末節的畫家。

並加了一個註腳說：「英文『rough trade』，意即猛烈甚至野蠻的同性戀性行為，此處為音譯。——譯注。」

Shorter temper

先做個鋪墊。英文說某人脾氣壞，不用「bad」（壞），而用「short」（短）。一個人脾氣很壞，英文說「short-tempered」（脾氣很短）。

這就給翻譯先天地造成了一個難以跨越的障礙。比如休斯的這句說：「The late twentieth century loves "hot" romantics and geniuses with a curse on them. Caravaggio's short life and shorter temper fit this bill。」（參見休斯《絕對批評》英文版，p. 34）

說一個人的人生很短，脾氣更短，這在中文說不通，說了要挨罵的。

怎麼譯？

我用了一個換喻的辦法，以「急」取代「短」：「二十世紀後期特愛那些遭人詛咒的『火辣辣』的浪漫主義畫家和天才。卡拉瓦喬急遽的一生和更

[89] 英文是「rough trade」，意即猛烈甚至野蠻的同性戀性行為，此處為音譯。——譯注。

為急躁的脾氣，正好合乎這個要求。」

不太合乎我的要求，但暫時譯之。

過後再檢查時，突然冒出「急吼吼」三字，覺得不錯，改譯成：

> 二十世紀後期特愛那些遭人詛咒的「火辣辣」的浪漫主義畫家和天才。卡拉瓦喬急吼吼的一生和更為急吼吼的脾氣，正好合乎這個要求。

Closing rooms

始終記住一點：最簡單，最難譯。舉例來說，今天讓學生做的一篇講某聾啞人，因為安裝了內植耳蝸，而重新聽到了聲音。該文標題是：「Woman Can Hear」。[90]

雖然標題看似簡單，但學生譯得卻不太好，如《可以聽見的女人》、《女人能聽見了》，等。其實，瞭解了全文內容之後，本可譯成《一位女性恢復了聽力》。

輪到自己，也會遇到同樣的問題，連筆都下不了。比如休斯說，紐約大都會藝術博物館展出卡拉瓦喬的作品時，把「那些囂張露骨的複製品、仿作和殘品的修復之作，如《狂喜的瑪麗婭·瑪格達蓮娜》（*The Magdalen in Ecstasy*），《拔牙郎中》和《聖耳舒拉的殉難》等，」（參見休斯《絕對批評》英文版，p. 34）都放在「closing rooms」裡時，我就怎麼也看不懂，也查不到這個「closing rooms」的意思。

怎麼譯？

老實說，我譯不了。只好請教我的澳洲活字典Roy。經他解釋之後，我明白了，原來所謂「closing rooms」，就是靠近博物館出口處的展館。這麼簡單的東西，我卻要問人，是我蠢嗎？也許是，但語言就有這種魔力，會以最簡單的東西來欺生。

我的譯文是這樣的：「該畫展『尾房』[91]填塞的就是這些東西」，同時加了一個註腳。

[90] 該文見此：http://www.newsinlevels.com/products/woman-can-hear-level-3/

[91] 英文是「closing rooms」，即靠近出口的展廳。——譯注。

Emotions

我有個「英一漢四」的微理論，即英文一個字，漢語四個字，最好用成語。比如，上述那篇談聾女恢復聽力的文章中，有這樣一句話：「A day of significance and emotions come to a head。」[92]

上句的關鍵字是「head」（頭），若化解成四字成語，至少有兩個選擇：緊要關頭、事到臨頭。根據上下文，應該是前而非後。所以譯成：「意義重大、充滿情感的一天終於到了緊要關頭。」

沒想到，今天教的第二個翻譯班一位學生，把「emotions」譯得比我好。他譯成了「百感交集」，得到了我的稱讚。

其實最難譯的就是「emotions」中的那個「s」。

Sense

音譯要想譯得音意兼有，形神音意兼備，可不是一件易事，有時很可能不可能。例如，上述那篇文章中，提到英國一家專為聾啞人成立的慈善組織，名叫「Sense」。網上凡是提到該組織，從來沒有譯文，只是直接引用「Sense」而已，比如：英國慈善組織「Sense」。

怎麼譯？

我想到了「慎思」、「神思」、「深思」，音則音矣，但意思完全配不上。學生想到了「生死」，也不行。

我基本沒轍了。只有容我來個嚴復的「旬月躊躇」吧。

李隆基

英譯漢中，如果碰到人名或地名，最難譯的不是西方的，反而是東方的，如日本、韓國、越南等。為此，多年前，也就是1999年，我在北京逛書店時，看見一本《英日漢人名對照詞典》（具體是否這個書名，還得返回墨爾本才能查證），當即買了下來，好像要70多塊錢。

昨天讓學生翻譯一篇涉及韓國女性棄嬰問題時，[93]文中提到一個地名，

---

[92] 參見：http://www.newsinlevels.com/products/woman-can-hear-level-3/

[93] 參見：http://www.newsinlevels.com/products/special-box-for-babies-level-3/

叫Nangok。上網查了很久才在山窮水盡時查到了。還有一個意外的收穫，找到了一份《南朝鮮地方都市郡名稱對照表》。

作為一個翻譯，除了本身具有的知識結構、語言造詣和認真踏實的工作態度之外，還需要有必要的工具，這個工具就是字典。我已不記得是否在其他書中提到這點，但我自己本人多年注意收集字典，已達百部之多，含軍事、體育、化學、藝術等諸多方面。除此之外，還注意收集各類包括網上的詞彙表。記得有一年把一篇東西翻譯成英文，其中多處涉及香港地名，手中字典不夠用，就想到了駐澳大利亞坎培拉的香港高級專員署，立刻抓起電話打過去，沒想到對方說，他們有一本香港地名中英對照表，市場上沒有銷售，但如需要，可以免費贈送。於是，一個很難的問題就這樣很簡單地解決了。

即使有了大量字典，作為翻譯各種跨學科文件的翻譯來說，還是遠遠不夠，因此，一個好翻譯、老翻譯，就需要製備自己的祕密武器，不是為了打敗誰、攻擊誰，而是為了方便自己，其中之一是編制自己的詞彙表，把日常碰到的難譯字詞編入，以利今後備用。另一個是收集網上的各種雖不完備，但尚能用的詞彙表，英文叫glossary，如這次找到的《南朝鮮地方都市郡名稱對照表》。

我很快查到了Nangok的中文譯名：蘭谷。

但是，說到韓國人的人名，就要比這難得多。例如，該文中有個專門管理棄嬰盒子的韓國牧師，名叫Lee Jong-rak。我知道姓李，但無法查到叫什麼。倒是有個學生，大大方方地寫下：「李隆基牧師。」笑死了大家，也困惑了我。問她：這個姓名怎麼來的？她說不上來。由此看出，作為翻譯，如果糊弄不懂英文的讀者，還是很容易演繹、演繹的，這個詞是有一年我到外地講學時，一個大學搞翻譯的老師跟我講的。我聽後很不以為然，覺得如果翻譯就是「演繹」，那麼，「李隆基」就是一個很好、很壞的例子了。

半句話

休斯在談西班牙畫家戈雅的《五月三號》這幅畫時說，該畫的場景戈雅並沒有親見過，儘管他那天也在馬德里。

這時他說：「In any case it can't have looked like this. But we can't forget what he didn't see.」[94]

---

[94] 參見Robert Hughes, *Nothing if not Critical*. Alfred A. Knopf, 1990, p. 53.

怎麼譯？

這句話前半句好譯，後半句絕對不好譯。為什麼？道理很簡單，就是英文的說半句，吞半句的習慣。這個我在《譯心雕蟲》中已經談到，稱為「英半漢全」，此處正好用上，是這麼譯的：「反正當時情況不會像他畫的那樣。但是，我們無法忘記他雖未親見，但卻畫出來的東西。」

不信你試試，如果直譯，會是什麼一種情況：「但是，我們無法忘記他沒有見到的東西。」

Make sense? Of course not.

Purchase

休斯對戈雅評價極高。他不同意人們把他看作啟蒙時代的人，否則就無法解釋為何他的作品「has such a purchase on our imagination」。[95]

你當然可以把「purchase」譯成「攫住」，我本來也想這麼偷懶地譯一下。但如果不呢？

怎麼譯？

我想了一下，怎麼也得把「purchase」中那個「購買」的意思譯出來吧？回答是，只能直譯，捨此雖有他法，但為我所不取，於是就這樣譯了：他的作品「能夠如此『買斷』我們的想像。」

我這麼譯，還是需要一點勇氣的。至少，我已經聽見了想像的罵聲。但你以為我會在乎嗎？為了沖淡一下那種可能出現的罵聲，我加了引號。

Thin Asian girls

上面這幾個英文字，出現在一篇關於年輕亞洲女性為何近年勝出，超過年輕白人女性，廣受白人男性青睞的文章中。[96]其主要原因當然是因為白女胖，亞女瘦。但是，談到如何翻譯「thin Asian girls」時，問題就來了。也就是說，如何譯「thin」。

學生學過我的英一漢二的微理論後，紛紛提出說，可以譯成瘦削、削瘦、瘦小、瘦弱等。我都不同意。

---

95 同上同頁。此句為我翻譯。

96 該文見此：http://www.returnofkings.com/32248/the-dating-success-of-asian-women-is-due-to-white-obesity

怎麼譯？

對我們這個產生了淒淒慘慘戚戚這樣文字的語言，這種問題太容易解決了，只要把「thin」這個詞疊一下就成了：「瘦瘦的亞洲女孩子」。

一個學生笑了起來，不斷地點頭。

The "L word"

英文的「自由主義」一詞，是liberalism。休斯是崇尚這個主義的，但他認為，美國的那些「政治演講稿撰寫人和電視講道者」們，已經把這個字變成了「the L word」。[97]

怎麼譯？

我採取的做法是不譯加注，如下：

> 美國的自由主義已經遭到政治演講稿撰寫人和電視講道者的重創。他們居然能夠把美國最崇高的政治思想傳統，如此易於反掌地變成「L word」，[98]這種做法真是噁心。

注解如下，不用多說。

Also saw

我是一個主張直譯的人。從翻譯道德上講，直譯就是信，就是講信用。不直譯的人，把翻譯當「演繹」的人，特別是後一種人，在我眼中沒有地位。

但我也意識到，有些時候，在最簡單的說法上，英語也無法通過直譯進入漢語。比如這一句話：In the late eighteenth century, which also saw the first phase of Goya's career...」，[99]特別是其中的「saw」字。

怎麼譯？

我想直譯，卻沒法直譯。例如，譯成這個樣子行不行：「十八世紀後

---

97 參見Robert Hughes, *Nothing if not Critical*. Alfred A. Knopf, 1990, p. 54.

98 英文，意即「以L開頭的一個字」，意在嘲弄、貶低自由主義（liberalism），是英語常用的一個手法，如把「多元文化主義」貶低為「M-word」（以M開頭的一個字），等。——譯注。

99 參見Robert Hughes, *Nothing if not Critical*. Alfred A. Knopf, 1990, p. 55.

期，也是看見了戈雅職業生涯的第一階段，……」？

這立刻遭到了我自己的否定。

最後我還是決定譯成這樣：「十八世紀後期，也是戈雅職業生涯的第一階段，……」。

隨後在我的筆記上這樣寫了一筆：漢語還沒有進步到，或者說退步到這個階段，也就是把「是」譯成「看」或說成「看」的這個階段。

Grand

在英國詩人Frances Cornford的一首題為「Childhood」（《童年》）的詩中，詩人從一個孩子的角度，寫她對老年人的感覺，以為他們那種皺紋滿臉、青筋畢露是故意裝出來的，為的是讓人覺得很「grand」。

原話是如此說的：

I used to think that grown-up people chose
To have stiff backs and wrinkles round their nose,
And veins like small fat snakes on either hand,
On purpose to be grand.[100]

我當時說了我的感覺，把「grand」一詞說成了「豪華」，似覺不妥，但改口已經來不及了。一個學生隨之舉手，要求發言。一上來就說：老師，你說錯了。這個字如果翻譯，應該是「老」的意思。

因為這堂課是creative writing（創意寫作），跟翻譯無關，我無心戀戰，就告訴她，也許她是對的，但詩人選了grand，而不是old或aged，還是有著後二字本來沒有的grand的意思的。

我這人有個毛病，會因一時情急，卡在一個字上，而怎麼也想不出它的本意。當時面對53個學生（應該是51個，因為有兩個無故沒來），就出現了這個情況，以至當時我甚至同意那人說的可能是對的。

下課後回到辦公室，我查了一下網上英文字典，立刻發現，grand什麼意思都有，就是沒有old的意思。我把這個網址（http://www.thefreedictionary.com/grand ）發給了那人，那人就再也沒有回音了，儘管當時似乎爭得面紅

[100] 參見：http://emilyspoetryblog.com/2014/01/19/childhood-by-frances-cornford/

耳赤。

不過，話又說回來，grand怎麼譯？

我排斥了所有的定義，想到的是一個中國很常用，但又很難譯成英文的詞：帥。

難道不是嗎？這個詞用來翻譯grand old man最合適：老帥哥！

當然，我知道，你又會不同意了。那又有什麼關係呢？翻譯要想讓人人都同意，那就乾脆不翻譯了。

Chinaman

現在網上英漢字典開始多如牛毛起來，什麼「海詞」，什麼「愛詞霸」，什麼「有道」，什麼「金山詞霸」，什麼「n詞庫」，什麼——等，不二而足。都經不住一個詞的考驗：Chinaman。都說「中國佬」，但都只知其一其二其三，而不知其四，其澳大利亞的四。因此，反過來，我用這個詞，可以判很多詞典死刑，此謂「四」。

什麼意思？

原來，Chinaman一詞，指的是澳大利亞昆士蘭海域生長的一種毒魚，名字就叫「中國佬」。如果你問在那兒釣魚的人釣得怎麼樣，他可能告訴你：哦，今天釣起了一條「中國佬」。

你再上網，到百度（我不推薦這個，因為不如谷歌），或谷歌的圖片庫中，用Chinaman一詞關鍵字一下，就會發現，那是一種紅色有花紋的漂亮的魚，有時大到人的身體寬度。

Chinaman這個詞，還不僅指魚。在澳大利亞的詞彙中，它還指板球賽中的一種很刁鑽的發球方式。最邪門的是，它還指人的糞便。這裡有個故事可講。

Vin，我的馬來西亞裔的印度澳洲籍朋友，曾親耳聽見一家澳洲餐館的白人老闆，對店夥計說：你把那罐Chinaman拿到外面倒掉！意思就是說：你把那罐屎拿到外面倒掉！他說的這事，應該是1970年代發生的。

中國字典的最大問題在於，我對學生說，是它進行了道德清洗，把有問題的詞彙從中一筆勾銷。對這樣的字典，我從來都不聞不問。我對字典的標準是：要有髒力才給力。不收髒字髒話的字典，肯定不是好字典。

Discipline

在發給同學們翻譯的一篇由Frank H. Wu撰寫，題為「Everything My Asian Immigrant Parents Taught Me Turns Out to Be Wrong」的英文文章中，[101] 我驚喜地發現，竟有數處可採取我的英一漢四原則，來進行翻譯，比如「My parents espouse, in addition to the virtues of self-improvement through formal education and the return on effort, the merits of conformity, tradition, and deference to elders」這句中的「deference to elders」，就可譯作「尊老愛幼」，而不僅僅是「尊老」。

又比如「They started with disadvantages in the midst of a world war and then a fight against Communism, moved halfway around the world, put down new roots, and raised a family」這句中，「raised a family」就不僅只是「養家」，而是「養家活口」。

再比如「I would need to journey to France and become one of the wealthiest individuals there to parallel them」這句，其中的「to parallel them」，就可採取英三漢四原則，譯作「並駕齊驅」。當然，我最開始譯成了「相提並論」，學生譯成了「一爭高低」或「相媲美」等。

該文還有一句話中的一個字，貌似也可採取英一漢四原則來翻譯：「They believe in work and the importance of discipline.」這個字就是「discipline」。我賣了一個關子，讓學生想一個最合適的四字成語。有個學生從「律」出發，想到了「嚴於律己」，被我大讚。

我想了一下後說，其實，如果說了「嚴於律己」，在漢語中似乎意猶未盡，還得加點什麼才成。加一點什麼呢？這一點不言自明，當然是「寬以待人」。

從這一點上說，這一句的翻譯，就應了我以前說過的「英一漢八」原則。

Work

上文中有句話，得單獨挑出來講，因為它太簡單，也太難譯了。這就是那句：「They believe in work and the importance of discipline.」後半部分簡

[101] 參見：http://www.huffingtonpost.com/frank-h-wu/everything-my-asian-immig_b_5227102.html

單，即「他們（我父母）相信，嚴於律己，寬以待人的重要性。」

但前面「believe in work」怎麼譯？

撰文者是個華人，講的是其華人父母從小教他的一些華人價值觀，但他認為這些價值觀拿到美國去後，結果發現都是錯誤的，如前面說過的尊老愛幼等。

所謂work，是指華人的一種觀念（即belief）。也就是，華人相信，人生在世，就要勤勞苦幹，工作為本。別的都不去說了，你給我好好幹活吧。

可是，英文就那麼簡單：They believe in work and the importance of discipline。

怎麼譯？

我的看法，需要採取加字法和重複法。所謂加字法，是指通過加字，把原文隱含的意思鉤沉出來。所謂重複法，是把原文的某字再度重複，以呈現漢語的衡平對稱優勢。

於是，有了此處這段譯文：「他們相信，活著就是為了工作，他們還相信，嚴於律己，寬以待人是很重要的。」

讀者可能注意到，「the importance」已經變成了「很重要的」，那不過是因為我採取了詞變性法，把名詞變成了形容詞。

當然，我相信，同樣一段文字，到了不同譯者手上，絕對不會是一種樣子。這，就是翻譯的不確定性，只能仁者見仁，智者見智，譯者見譯了。

這段文字譯完後吃完飯，看到一則關於中學生備考大考的新聞，其中有個中學生說：在學校不讓手機上網，一切都圍繞學習備考，簡單說來，就是「兩橫一豎：干」。我的立刻反應是，上述那段文字，還可以譯作：「他們相信，生活就是兩橫一豎：干，他們還相信，嚴於律己，寬以待人的重要性。」

讀「虛」

英文就像漢語，時時刻刻都有新詞誕生，如vook一詞。那是幾年前，我在澳大利亞作協的一期會刊上發現的。它是virtual和book捏在一起的一個合成詞。

這個字，怎麼譯？

很長時間以來，我一直找不到一個合適的譯文，只是把它作為字典沒有解釋，需要加以注意的對象，但在最近的一次課堂上，當講到「讀書」一詞時，我靈光一現，想到了解決辦法。如果book是「書」，那vook就是「虛」（虛擬的書），「讀書」就是「讀虛」，就像我的家鄉方言，把「書」發音成「虛」一樣。

學生們笑了起來。我趁勢問了一下，在座的有沒有家鄉話也是這麼發音的。一個上海學生說，他們就是這麼發音的。

土豆

在譯耿翔的一首詩，取自他專寫梵古繪畫的一部詩集。中有一句這麼說：

這些在泥土裡，能看穿黑暗
能在寒夜裡，用一身清貧，溫暖我們的
土豆，一直被凡高惦記著

怎麼譯？

這段詩的譯法要旨是：反譯和直譯。我的譯文如下：

These potatoes have been in Van Gogh's memory
That, even in the soil, can see through the darkness
And that, even on a cold night, can keep us warm, with their clean poverty

請注意，最後一行的「土豆」，在英文中跑到最前面去了。而「清貧」不用查字典，就是「clean poverty」。Dig that。

大同

到山西大同講學，抵達機場，看到一則關於平遙國際攝影展覽的廣告時，我才意識到，平遙這個地名是可以有比「Pingyao」更好的翻譯的。講課時，我就把我的翻譯與聽眾分享了。過後，我想到，其實大同也可以如此來。

怎麼譯？

提示：反譯。

平遙這個翻譯很簡單，即Distant and Far。那麼大同呢？Same and

Great。當然還可以Same Greatness。

今天有人通過電子郵件發來藝術方面的新聞，其中我注意到，有一部作品叫Cao Fei's *Haze and Fog*。[102]我稍微沉吟便發現，這不就是「霧霾」二字的反譯嗎？

其他方面的類似例子以前都談過，如fresh and new（新鮮）、flesh and blood（血肉）、piss and shit（屎尿），就不再囉嗦了。

心目

星期五下午，在翻譯朋友的一個短篇，是講代孕的故事。接著上次翻譯的地方往下譯之前，看了一眼，發現這段譯文有點小問題。原文是這麼說的：

> 當他們夫婦同時出現在她的面前的時候，吳瑕似乎才真正意識到自己在別人的心目中是一個什麼樣的角色，……[103]

我的英文譯文如下：

> It was not till the couple appeared in front of her that Wu Xia realized what sort of a role she was playing in the hearts of other people...

問題何在？怎麼譯？

問題就在「hearts」一字。

請再仔細看看「心目」。我取的是「心」，但在英語中，需要採取反譯和英半漢全的原則，即丟「心」取「目」，只譯後面，改譯如下：

> It was not till the couple appeared in front of her that Wu Xia realized what sort of a role she was playing in the eyes of other people...

---

[102] 即曹斐的《霾》，見http://news.99ys.com/20140228/article--140228--157455_1.shtml

[103] 參見John Sheng，《代孕》（未發表）。

Hearts live by being wounded

上述這句話，是英國詩人Oscar Wilde說的。我一看就喜歡，隨手就放到博客上去了。事後想想，不太好譯。

怎麼譯？

我開始是這麼譯的：「哀莫大於心死，傷有助於心生。」過後又否定了。

接著，我採取了英半漢全的原則（其實上句採取的也是這個原則），這麼譯了：「心傷而生，無痛而死。」

Beauty and delicacy

《絕對批評》中有一句話，是這麼說的：

> "Sometimes you might find a good painting lacking beauty and delicacy," Pacheco wrote in his *Art of Painting*. "But if it possesses force and plastic power and seems like a solid object and lifelike and deceives the eye as if it were coming out of the picture frame, the lack of them is forgiven."[104]

其中除了別的以外，「beauty and delicacy」怎麼譯？

我先把第一遍的譯文昭示如下：

> 「有時，你可能發現，一幅好畫缺乏美感和微妙感，」帕切科在他的《繪畫藝術》中寫道。「但如果該畫擁有力量和可塑力，彷彿一件固體的物體，而且栩栩如生，能欺騙眼睛，使之感到好像能從畫框中走下來時，你就會原諒畫中所缺乏的那種美感和微妙感。」

之後，尤其是在跟朋友朗誦過這一段之後，覺得有點問題，特別是對「lack」和「delicacy」的譯法上。於是，第二天又加以修改如下：

> 「有時，你可能發現，一幅好畫不夠美，也不夠細膩，」帕切科在他

[104] 轉引自Robert Hughes, *Nothing if not Critical*. Alfred A. Knopf, 1990, p. 66.

的《繪畫藝術》中寫道。「但如果該畫擁有力量和可塑力，彷彿一件立體的物體，而且栩栩如生，能使眼睛產生錯覺，以為人物能從畫框中走下來時，你就會原諒畫的不夠美和不夠細膩。」

好，基本就此搞定、稿定。

Knack

漢語中最難譯成英文的，不是大詞，而是小字，如「會」這個字。我們說「他很會吃飯」或「你很會睡覺」。或甚至「會說話」。這個「會」，再好的翻譯也不「會」翻譯，用able, capable, can等，都不行，都似乎不行。

從前我曾說過，學英語的，要向英語學習。最近譯這本書，出現一句話，是這麼說的：「Constable didn't have the knack of getting on with clients or fellow artists。」[105]

怎麼譯？

無需細看，knack這個字，就相當於中文的「會」。因此，譯起來再簡單不過：「康斯特布林不會跟客戶和畫家同行打交道。」

但是，如果要把「他不會說話」譯成英文，能這麼用knack嗎？試試看：He didn't have the knack of speaking。似乎可以，但又覺得差點什麼。差點什麼呢？差點那種只有跟英文為母語者查證一下之後才「會」有的感覺。

其實，最簡單的辦法就是，不譯「會」，而是把所有相關的，都變成名詞：He's a good eater（他很會吃飯）。He's a good sleeper（他很會睡覺）。He's a good talker or speaker（他很會說話）。難道不是的嗎？

Blockbuster

英文中，放映一部賣座的大片，叫blockbuster。舉辦一次繪畫大展，能招來成千上萬的觀眾，也叫blockbuster。結果，有人把出租大片的店鋪，音譯成了「百視達」。從音譯角度講，還不錯。

但如果有人，就像Robert Hughes那樣，用blockbuster來形容舉辦的一次繪畫大展，怎麼譯？

---

[105] 引自Robert Hughes的*Nothing if not Critical*一書，p. 79。

可以告訴你，很不好譯。

我呢，採取了音譯，用了好幾個選擇方案，有辣霸撻、蹦霸撻、黃騰達、棒霸撻等。最後選取了「棒霸撻」（有棒打、霸道、鞭撻等意），還是暫時的，因為不知道以後是否還會改成別的。

英文的「blockbuster」，根據字典解釋，有「風靡一時的事物」、「具有轟動效應的東西」等意，但如此翻譯，勢必成為解釋，而不是翻譯，更不是寫作。

只能通過音譯來使之成為一個膠囊詞，讓詞的意思就囊括在詞本身，而無需任何解釋。於是，「棒霸撻」出臺了。

...the son of...

Robert Hughes介紹法國畫家華托（Watteau）時，說他是「the son of a Flemish roof tiler」。[106]

怎麼譯？

好譯嗎？譯成「他是一個佛蘭德鋪瓦匠的兒子」行嗎？多麼準確啊！

是的，如果是我讀研究生期間（31歲），我會這麼譯，也確乎這麼譯了（類似的說法）。記得當時曾是我朋友的出版社編輯，對我的這種譯法表示質疑。等我過了20多年之後，意識到這麼譯的確有問題時，他已經不是我的朋友了。

還是不節外生枝的好，回到原話題上，直接說吧，這句話應該譯作：「父親是一個佛蘭德鋪瓦匠。」

如果你真對翻譯技巧感興趣，想知道這屬於什麼技巧，那我告訴你：反譯。

對於不懂，也不想懂的人，我一個字都不想多說。

Disciplines

Robert Hughes在評價畫家華托作品中的「音樂性」時說：「Watteau obviously understood their techniques and disciplines.」（p. 84）

這「disciplines」一字怎麼譯？

---

[106] 引自Robert Hughes的*Nothing if not Critical*一書，p. 82。

我是這麼譯的：「顯而易見，華托懂得他們的演技和講究」。

是的，我譯成了「講究」。這有什麼「講究」的嗎？有，就是我的「不對等，更對等」的技法。

Unplucked string

詩人濟慈有句云：「Heard melodies are sweet, but those unheard/Are sweeter......」。[107]

那意思是說，「聽得見的音樂很甜美，但聽不見的／則更甜美……」。

現在回到前面那個「unplucked string」上來。那是Robert Hughes讚美華托時說的。他說：「He was a connoisseur of the unplucked string.」（p. 84）

怎麼譯？

可以說，這句話換個人，就會譯成一種樣子，決不可能相同，甚至難以相像，但要譯成我下面這個樣子，估計沒有：「他是最會欣賞弦未撥而音猶響的美樂家。」

順便說一下，有美食家之說，沒有「美樂家」之說，這正好成了我用「美樂家」的理由。

玩意譯

我一向講究（又是「講究」）直譯，講究把另一種語言，原汁原味地搬進譯入語中。但現在逐漸年事已高（尚未過60），開始喜歡神來了（還不是胡來）。那麼多人不都總是在大肆讚美意譯意譯，神似神似的，那咱們就來意譯一下，神似一下怎麼樣？當然，還有些人搞什麼「演繹」，看不懂的連字典也不查，連猜帶蒙，弄個大致像，騙騙不懂英文的中文讀者，對此我不取、更不齒。

下面引述Robert Hughes關於華托的一段話：

> He was a connoisseur of the unplucked string, the immobility before the dance, the moment that falls between departure and nostalgia. (p. 84)

---

[107] 英文全文見此：http://www.bartleby.com/101/625.html

怎麼譯？
我呢，是這麼譯的：

> 他是最會欣賞弦未撥而音猶響的美樂家，要的就是舞蹈開始之前的那種凝滯不動，要的就是離愁和別緒之間的那一時刻。

喜歡對照的去對照吧，這個我稱之為「玩意譯」。玩死你！

Fray

Robert Hughes評論華托很懂於無聲處聽驚雷的藝術時，這麼說了一句：

> In *Prelude to a Concert*, the central musician is tuning but not playing his theorbo or chitarrone, a long business that slightly frays the patience of his fellow musicians. (p. 84)

其中「fray」這個字怎麼譯？
我是這麼譯的，請你看刀、看譯：

> 在《音樂會序曲》中，中心樂師在調弦，而沒有彈奏他的琵琶，也沒有彈奏他的基塔隆尼琴，調弦要花很久的時間，這讓他的樂師朋友都有點兒不耐煩了。

意思就是說，「fray」這個字，我沒有譯。大家不是都崇拜意譯、神似嗎，那我就玩一個意譯、玩一個神似給你看。
所謂譯，就是不譯。

（2014年7月12日星期六3.38pm寫于金斯伯雷家中）

a

請你先看下面這段英文：

【在那幅畫中】A girl rifles through a score, a child plays with a spaniel, nothing happens. (Robert Hughes, *Nothing if not Critical*, p. 84)

怎麼譯？

我不知道你是怎麼譯的，更不知道，你是否把這句話中的四個「a」都照譯了。如果你照譯，那你就stupid了，但我相信，你比stupid更聰明。

我是這麼譯的：「小女孩急忙翻找著樂譜，小孩子逗著獵狗玩，畫面上什麼都沒發生。」四個「a」，我一個都沒譯。有時候，「a」這個不定冠詞，還真可以改稱為「不譯冠詞」。

所謂譯，就是不譯。

總體翻譯

我早就說過，翻譯是一個total project，不是只採取一種方式就能解決的，如魯迅那樣或嚴復那樣。有時，一句話——好，我必須戛然而止，否則，問你怎麼譯，你事先就知道怎麼譯了。先看下面這句話：

There are plenty of parallels, if not exact concordances, between the longings expressed in German Romantic art and the sense of pantheistic immanence, God-over-the-Hudson, that ran through American nature painting in the mid-nineteenth century. (Robert Hughes, *Nothing if not Critical*, p. 89)

怎麼譯？

我之所以挑出這句話，是因為翻譯起來太好玩了，涉及到反譯、塊狀反譯（我今天新產生的詞）、直譯和以句換詞等譯法。

先說直譯。無論網上，還是我手中的英漢字典，包括《英漢漢英藝術詞典》，關於「nature painting」都沒有詞條，連解釋都沒有。譯成「風景畫」顯然不妥，因為那在英文中是「landscape painting」。譯成「大自然繪畫」，在網上也找不到印證。好在我是喜歡直譯的，而直譯的一大標準就是，我語沒有，不用著急，通過直譯拿來即可。

再說以句換詞。你說「pantheistic immanence」如何譯？「泛神論的天生」？誰看得懂。你得查查這兩個字的哲學含義。[108]其實簡單得很。無非是說，人生而即有神性，而神性在人的周圍無處不在。但英文是兩個字，中文能夠也用兩個字解決嗎？解決不了，得換成一句話。等會下面換給你看。

最後再說反譯。過去在《譯心雕蟲》中，我曾舉過不少反譯的例子，其中有一句幾乎是一個字一個字地，從句子的尾巴，一直翻譯到句子的首部。但現在，因為有了上面這句英文，我不得不把反譯推進，完善成「塊狀反譯」，意思就是說，不一字一字，而是小塊小塊地反。好了，我把全句的譯文放在這兒，讓大家看吧：

> 十九世紀中期，美國的大自然繪畫中，貫穿著一種神性寓於人性、泛于人生，上帝就在哈德森河上的感覺，在這種感覺和德國浪漫主義藝術中表現出的渴望之間，即使沒有精確的一致性，也有著很多平行相似之處。

就這樣，不多說。

不譯

先給你看Robert Hughes的一段話，如下：

> Italy offered German artists both sensuous discipline—as it had, centuries earlier, to their national hero Albrecht Dürer... (Robert Hughes, *Nothing if not Critical*, p. 91)

怎麼譯？特別是其中「both」那個字？

事實上，你會像我一樣，翻過來翻過去，怎麼就覺得很不好翻，好像什麼地方有問題似的。很快你就發現，那個「both」是多餘的，不該用的，不需要譯的。

我早就說過，翻譯就是不譯。比如，原文錯了怎麼辦？你是譯，還是不譯？你是譯了之後加注解，還是熟視無睹，聽詞任詞？

---

[108] 關於pantheism（泛神論），可參見：http://www.britannica.com/EBchecked/topic/441533/pantheism/38150/Immanence-or-transcendence

當年我計較，現在，我不計較了。比如這次碰到這個「both」，就低低地罵了一句：「他媽的」，然後就翻譯了，就是你現在看到的這個：

> 義大利為德國藝術家提供了感官上的訓練——幾百年前，義大利就為德國的國家英雄阿爾布雷希特·丟勒（Albrecht Dürer）提供了這樣的訓練。……」

對於「both」這樣的多餘詞，就像多餘人一樣，只能採取「不譯」之法，去蕪存菁之。

不久，休斯的文字中，又出現了一個錯誤用法：「such shows ought not be missed.」（p. 92）你能看出是什麼地方錯了嗎？看不出來？該打屁股！

當然是少了一個「to」字。我已經聽到你恍然大悟的「哦」聲。

但對翻譯來說，這一點已經不重要了。中文不完美，英文同樣也不完美。用這種文字寫字的人，當然更不完美。但比漢人好就好在，他們比較誠實。

Integrity

Robert Hughes談德國畫家弗雷德里希的作品時，說了這麼一段話：

> It has the integrity of absolute conviction, although the hopes and moral assumptions behind it-like so much of the spiritual fabric that formed Romanticism itself... (Robert Hughes, *Nothing if not Critical*, pp. 91-92)

上句話中的integrity，連同後面的absolute conviction，怎麼譯？

不好譯呀，不好譯。老實說，是費了我一點心思的。在翻譯中，我把這種難譯現象稱為「難，但」，意思就是說，雖然覺得難，但我最後還是攻克了難關，至於技法，我尚不能歸入任何類別。只能在翻譯筆記中告訴自己：「先譯前面一字，再譯後面二字」，就成了下面這樣：

> 這些作品正氣凜然，有著絕對信念，作品背後的希望和道德假設——就像形成浪漫主義本身的那麼多精神結構——現在似乎都已湮滅失落，……

就這樣吧，別人怎麼說，怎麼議論，都跟我沒關係了。再見，靈魂！

動詞化譯法

先不告訴你怎麼譯，即便已經把這個譯法的說法放在了上面。先引用Robert Hughes談人們對待紐約大都會藝術博物館舉辦德加畫展的一種態度：

> One may deplore the crowds, the souvenir-selling, the Met's social circus and its Teletron tickets at $7.00 apiece, an outrageous tax on knowledge. (p. 92)

怎麼譯？

先說點別的，即Teletron這個詞。它是顯像管的意思，但放在這兒怎麼也說不通。我查了又查，大約總有一刻鐘左右，才查到了意思，原來是美國電話訂票公司Teletron的一個分支機構，網上有個譯名叫「特樂雅」。

把這個搞定之後，再把deplore的意思搞通，這句話就好譯了，如下：

> 人們可能哀歎，嫌人太擠，不該把藝術做成紀念品銷售，Met不該成為一場社交馬戲表演，讓特樂雅電話訂票公司一張票賣7塊美元，離譜地對知識進行收稅。……

若在早先，我不會這麼譯，但現在，我已經老了，不想亦步亦趨，而想逾點小矩了。於是，我在此發明了「動詞化譯法」，把the crowds，把the souvenir-selling，把the Met's social circus，把its Teletron tickets at $7.00 apiece等，都一律給「動詞化」了。動詞，動詞，其核心意義就是一個動的詞，能夠使句子動起來的詞。

動詞化譯法（2）

再給你看一句，還是Robert Hughes談法國畫家德加的。他說：

> Degas was much harder to take, with his spiny intelligence (never Renoir's problem), his puzzling mixtures of categories, his unconventional cropping and, above all, his 「coldness」—that icy, precise objectivity which was

one of the masks of his unrelenting power of aesthetic deliberation. (p. 93)

我已經告訴你，這可以通過「動詞化」來翻譯。怎麼譯？

有點難吧。那就看我給你玩玩吧，如下：

> 要接受德加則難得多，因他的智力是帶刺的（這從來都不是雷諾瓦的問題），他喜歡莫名其妙地把各種類別的東西混在一起，他還喜歡打破常規，進行剪切，最特別的是，他極「冷」——客觀到了冰冷精確的地步，這正是他進行美學沉思時，為自己的無情力量而戴上的一個面具。

詞序重組

據說，法國藝術家德加特別重視人，曾說過這麼一句話：「個人來講，我不喜歡出租馬車。坐在裡面，什麼人都看不見。這就是為什麼我最喜歡坐公共汽車了——因為你可以看人。我們之所以被創造出來，為的就是互相看的，難道不是嗎？」（p. 93）

隨後，Robert Hughes寫道：

> No passing remark could take you closer to the heart of nineteenth-century Realism: the idea of the artist as an engineer for looking, a being whose destiny was to study what Balzac, in a title that declared its rebellion from the theological order of Dante's *Divine Comedy*, called *La Comédie Humaine*.

怎麼譯？特別是，怎麼譯「the idea」二字？

不好譯吧？其實簡單。要義在把冒號「：」放在「the idea」之後，這個我叫「詞序重組」，參見我下面的翻譯：

> 再隨便說的話，也不可能如此接近十九世紀現實主義的中心思想：即藝術家就是看人的引擎，這個存在之物的命運，就是為了研究巴爾扎克在一本書名中所稱的*La Comédie Humaine*，[109]那本書名宣稱，它要

[109] 法語，《人間喜劇》。——譯注。

造反，要推翻但丁《神曲》中的神學秩序。

你再仔細韻一韻味吧，ok？

規矩

翻譯有時不僅僅是怎麼譯的問題，還有個怎麼做的問題。曾有一次，一家翻譯公司發出一個文件，讓各語種翻譯來譯，但因這次所給費用較低，例如，以前都是20塊澳元一百字，這次卻僅15塊。所有的小語種（包括較大語種），如越南語、阿拉伯語、法語、德語等的翻譯，一律拒絕提供翻譯，除非價格調回到原來的20塊。惟有中文翻譯的接受了這個活。這種惟利是圖，不肯抱團的「工賊式」做法，是來自我們能夠理解，但容易嗤之以鼻的一種價值觀：有總比沒好，用英文來說就是：better than nothing。

澳大利亞淘金時代以及其後，華人在澳普遍遭到攻擊、打擊和不齒，其中一個重要原因也與這個有關，那就是他們不懂規矩，壞了規矩。人家工作六天，他偏要星期天也工作。人家工資不到一定水準，絕對不提供勞動力。他偏要很低的工資也跟你幹活，而且幹得特好。這種壞規矩的事，始終遭到澳大利亞人以及澳大利亞法律的唾棄和懲罰，因克扣工錢而被罰款的事時有發生。

說到規矩，又常跟翻譯的形象有關。過去的小說或電影中，翻譯的形象極差，是那種形容猥瑣，沒有人格的一種人。但現在，翻譯是專業人士，除了收費上的差別和差距之外，跟醫生、律師、教師等並無實質上的差別，都是為他人提供服務，而且提供服務時，是要收費的。但就是在這個收費問題上，人們卻不把翻譯當人。

舉一個身邊的例子。有詩人請翻譯譯詩，翻譯因其詩質較差、詩味不對而猶豫再三，最後只好據實相告，說：翻譯是要收費的。誰知詩人好像受到了莫大侮辱，立刻回覆說：我的詩是絕對不能跟錢相關的！意思是說：想收費譯我的詩，沒門！他也立刻收到翻譯的回信說：對翻譯沒有起碼尊重的人的詩，我絕對不會翻譯，哪怕給錢也不譯。

想問我是什麼態度嗎？我同意收費的做法。上醫院看病，請律師打官司，哪怕上街買點小菜，都要掏錢，憑什麼請翻譯就指望那個形象猥瑣的人一分錢也不收你的，還屁顛屁顛地跟在你後面求著要給你免費幹活?!你可以在你腦子裡小三一樣地養著那種形象的翻譯，但在實際生活中，就連外面做雞的，也不會白給你幹。詩人為什麼被人看低，就因為像前面說的那種那樣，腦子都壞掉了，因為在他們那兒，規矩本來就是壞掉的。

寫生

這個字，怎麼譯？

以前每次我都查字典，都不甚滿意。這次，翻譯一首中國大陸詩人的詩時，我很快下筆為paint live。過後再查字典，釋義為paint from life。我把它改成這個，很快又改回去了，因為我還是覺得，paint live好。

注意，這個「live」讀音是「實況」的live，不是「生活」的live。

其實，我覺得最好的譯法是write live，甚至是write raw。不過，對凡俗的文字，總是有那麼幾分畏懼。

心懷

若把下面這句詩譯成英文，你怎麼譯？

> 我要心懷，巴黎的一抹紫藍[110]

尤其是「心懷」兩個字，你怎麼譯？

無論你怎麼譯，估計都不會像我這麼譯：

> I want to heart-hold a tinge of purple blue of Paris.

端午

那麼，下面這句詩中的「端午」，你又怎麼譯呢？

> 這是端午，提前到來的時刻[111]

你如果只查字典，你肯定不會像我這麼譯：

---

[110] 語出耿翔《大師歸路》詩集。

[111] 同上。

This is the moment when Duanwu Dragon Boat Festival arrives ahead of time.

心思

一般字典對「心思」的解釋，不是thoughts，就是thinking，或是mood。

那好，請你來譯下面這行小詩：

所有的心思，被鋪展得燦爛[112]

怎麼譯？

你可以偷懶，直接看我的譯文，省得你動腦筋：

All your heart thoughts brilliantly spread out

當然，僅看這一句，你不一定看得出名堂，似乎還覺得語句不全，但我只要你看我對「心思」的譯法，前面連得上的，我並不想讓你看，無論你是誰。哪怕你是大師，而我最不敬重的，往往就是大師，一般被我稱之為「大屎」。

標點符號

嚴復的所謂「信達雅」中，什麼叫「信」？如果你想「信」的話，就先請你把下面這段英文譯成中文，最好不要看我後面的譯文：

In their novel Manette Salomon (1867) the Goncourts had Coriolis, an artist, reflect on "the feeling, the intuition for the contemporary, for the scene that rubs shoulders with you, for the present in which you sense the trembling of your emotions...There must be found a line that would precisely render life, embrace from close at hand the individual, the particular—a living, human,

[112] 語出耿翔《大師歸路》詩集。

inward line—a drawing truer than all drawing." [113]

怎麼譯？

這個裡面，可以說最難譯的是「reflect on」，「the feeling」，以及這段話中前前後後的兩個引號（“）和（”）。

> 龔古爾兄弟在他們的長篇小說《瑪奈特・薩洛蒙》（1867）中，塑造了一個名叫柯利奧利的藝術家，對「關於當代的感覺、直覺，關於與你發生摩肩擦踵之接觸現場的感覺、直覺，關於你敏感到你情感顫動的當下的感覺、直覺」進行了反思，並說「……應該找到一根能夠準確描畫生命的線條，在近處擁抱個體，擁抱特殊——一根活的、人性的、內向的線條——一幅比所有素描都更真實的素描。」

讀者可以看到，我做了三個處理，一個是把「reflect on」丟到後面，一個是把「感覺」重複三次，另一個是把這段引語切成兩段，變成了兩段話。

Thinly disguised

緊接著上述那段英文，Hughes馬上來了一句：「Degas thinly disguised, you would think。」（Robert Hughes, *Nothing if not Critical*, p. 95）

怎麼譯？特別是那句「thinly disguised」？

我承認，不太好譯，不過，要譯的話，至少要牽涉四種技巧：加字、英輕漢重、反譯和雙重反譯。我的譯文是：「你可能會覺得，這幾乎就是不加掩飾的德加。」

1. 加字：六個英文字，十八個中文字。
2. 英輕漢重：英文說輕，漢語說重。
3. 反譯：「thinly disguised」成了否定的「不加掩飾」。
4. 雙重反譯：德加從前面換位到了後面。

[113] 引自Robert Hughes的*Nothing if not Critical*一書，p. 95。

精神糧食

有不認識的人通過微信，向我詢問如何翻譯一句文字。我說：「通過這個電子郵件發過來吧。」於是那人就發過來了，如是說：

> 聽音樂和閱讀是我精神糧食。我是這樣寫的：「Listening music and reading which are my mental food。」對嗎？

比較不懂禮貌，連個「請問」都沒有。要是我，一定會寫的。

不過，要是你，怎麼譯？

我呢，是這麼譯的：

> For me, listening to music and reading are food for mind.

不消說，food for mind來自英文成語food for thought。本想用food for spirit，但查了一下之後，還是覺得food for mind較好。

Mental block

教學生翻譯時，發現一個現象，那就是他們會繞著彎子，把一個本來很簡單的英文字或詞，譯成很不簡單的一個中文字或詞，不是譯得太大，就是譯得太重，或者太響亮，或者太輝煌，或者太好聽，或者太好看。一句話：他們不是譯，而是不自覺地在進行文字化妝。

這個現象其實不是學生有，教他們的老師有，長期從事翻譯的人也有，回到小祖宗嚴復（他還稱不上老祖宗）那兒，禍起「嚴」牆，雅就是從他那兒搞起來的，以至於中國人都忘掉了一個簡單的事實：用英語說話或寫作的人也是人。

在中國這個早就被打怕、打趴的國家的人眼中，用英語寫作或說話的人不是魔鬼就是神，他們所用的語言，無論如何也要比中文強，比中文雅，不雅也要雅起來。那些從來都願做奴隸的人們，更雅一點起來吧！

我舉一個小例。開車回家途中，正遇上ABC廣播電臺播放一個訪談節目，訪談的是一個加拿大的女性，談她早年不愛學習，經常翹課、蹺課、裝病，為的就是不學或少學，以至於其母跟老師見面時擔心地說，她是否有

mental問題（精神病問題），是不是有一個「mental block」。

說到這兒，我來了一個mental stop，也就是大腦突然停止了。接著又聽她們說下去，說的是她受此影響，也覺得自已腦子裡有塊木頭卡在那兒，令她無從思維。原來，她說的block是小孩子玩的積木。她母親所說的mental block，用的是比喻，也就是說，這孩子腦筋有問題，好像有人把一塊積木塞進去了，妨礙她正常思維。

我停車後，專門在一張小紙上，把「mental block」二字寫下來，想回去查一下字典看看，因為我覺得，字典上絕對不會給「大腦積木」或「腦中積木」這樣俗的定義的。

果不其然，一查就發現，這兩個字在中文的意思是「心理障礙」。喏，中文就是這樣，硬把一個活生生的形象的東西，弄成了這麼一個被殖民者（不是後殖民者、也不是殖民者）雅化了的裝腔作勢的詞！

The

一上來，我就給你一句話，看你如何譯：

> Courbet thought he was *the* painter of his time, as some artists do today. But unlike them, he was—or at least could plausibly be argued to have been. (Robert Hughes, *Nothing if not Critical*, p. 98)

請問，這句話中被打斜體的「the」怎麼譯？這是一。其次，這句話中的「he was」怎麼譯，「to have been」怎麼譯？

俺是這麼譯的：

> 庫爾貝認為，他是他那個時代的*絕對*畫家，今天的一些畫家也愛這麼認為。但他不像他們，他就是那個時代的*絕對*畫家——至少可以令人信服地論證，他的確曾是那個時代的*絕對*畫家。

要點：英簡漢繁。

至於「the」，不可能有兩個完全譯得一樣的人。

Crudity

譯者如果碰巧也是一個寫詩的，碰巧也是跟翻譯中那人觀點相似的，那會不會在翻譯時，也讓文字帶上他的觀點？

暫且不答，先看原文：

> What was Realism, to his enemies? Atheism, socialism, materialism, crudity: a denial of all decent control. (Robert Hughes, *Nothing if not Critical*, p. 99)

怎麼譯？特別是那個字：crudity。

最近有朋友看了我的詩文，以及我欣賞的詩文，下了一個判斷說：這些都是粗野直白的。我認為她說得對，但批評得不對，因為我堅持認為，有生命力的東西才粗野直白，沒生命力的才喬裝打扮，故作正經。

好了，請看我的譯文，特別是看我怎麼譯crudity一字。起先，我把它按字典譯成了「粗魯」，但後來，我改了，如下：

> 對他的敵人來說，現實主義是什麼？現實主義就是無神論、社會主義、唯物主義、粗魯直白：拒絕接受任何正經體面的控制。

是的，我加了「直白」二字。這按我的微理論來說，是英半漢全，但從今天這個寫作角度來看，這是創作對翻譯入侵之後而產生的思想火花。這對那些做慣了奴隸的翻譯來說，是不可思議的。正所謂翻譯翻譯、翻役翻役也。但我不是。

Expecting

早上給一個律師打電話，律師行接電話的女的有點不客氣，這麼問了一句：「Is he expecting your call？」我用英文回答說：是的，昨天曾經給他打了一個電話。

掛電話後，我還在想剛才那句問話，覺得這句話好像譯成中文，不是那麼直接的。

怎麼譯？

我在大腦中——後來在紙上寫了下來——是這麼譯的：「他知道你要跟他打電話嗎？」

由此觀之，我從前的微理論「不對等，更對等」在此比較適用。

Concession card

每次電話翻譯，如果碰巧是那家電氣公司，他們的一整套問話中，總要問客戶是否持有concession card（如健康卡）或享受養老金，等。

每次遇到這個問題，我就要說一大堆話，比如，你家庭是否足夠困難，是否夠條件享受減價待遇，是否持有健康卡等。

所謂健康卡，是指收入低到一定程度的人，可以持有的一種非常簡單的紙做的卡，但它具有去掉一個零的效用。也就是說，比如買藥，一般人要花50澳元買的藥，到了持卡人那兒，就去掉一個零，等於是5澳元了。

但是，把這個翻譯成「減價卡」，還是不那麼簡單的，因為一般人都聽不懂，跟著就問：什麼卡？什麼減價卡？接著你來我去，又要講很多廢話。

最後，我想到了一個又簡單、又直接的翻譯：「窮人卡」。有一次我試了一下，發現很管用。公司問：請問你有concession card嗎？我翻譯：請問你有窮人卡嗎？對方說：沒有，哦，沒有。還有的更直接：我又不是窮人，哪有那種卡?!

風流

我曾在我的第一部英文長篇小說*The Eastern Slope Chronicle*（《東坡紀事》）（2002）中，用英文探討過「風流」一詞的譯法，那主要是牽涉到蘇東坡的「大江東去，浪淘盡千古風流人物」中的「風流」二字。當時小說主人翁的解決辦法是直譯，即「wind-flow」。風流人物就是「wind-flow personalities」。

今天，翻譯一個大陸詩人的詩時，出現了這樣兩句：「你讓世界，看見一幅從天空／很風流地，降落地上的巴黎」。

別的不論，怎麼譯「很風流地」？

我想都沒想，就這麼譯了：

Allowing the world to see a painting of Paris

Very windflowingly land

至於說為什麼沒有譯「你」，那是上下文決定的。其他不必多言。

雙反

中文裡有很多詞與「雙」連用。我下放農村時，經常用「雙搶」這個詞。更早一些，在表現解放戰爭還是抗日戰爭的一部電影中，塑造了一個「雙槍老太婆」的形象。現在這個性而上的時代，會經常出現「雙飛」這個詞。很多大約對「雙飛」並不陌生的官員，搞到最後，就被「雙規」了。

現在，就讓我根據「雙」，造一個屬於我自己的詞：雙反。

先看下面這段原文：

> He was an empiricist (though not without sentimental moments), for whom the sense of touch preceded that of sight. (Robert Hughes, *Nothing if not Critical*, p. 99)

再看我的譯文：

> 他是一個觸感在前，視覺在後的經驗論者（也不是沒有多愁善感的時刻）。

再看我說的雙反：一是把「for whom」那段調到了前面，這是一反。二是把「preceded」一詞，分解成了「前」和「後」。這是二反。故謂雙反。

再看一個例子：

> Sargent was the unrivaled recorder of male power and female beauty in a day that, like ours, paid obsessive court to both. (Robert Hughes, *Nothing if not Critical*, p. 100)

我的譯文如下：

> 薩金特在一個跟我們一樣，對男性權力和女性美麗都迷戀不已而窮追

不捨的時代裡，在對二者的記錄方面是無與倫比的。

一反：從「in a day that」到「to both」這一段，到前面去了。
二反：「both」和「male power and female beauty」也發生了易位。

明快

最近譯一個中國詩人的詩，其中老是出現「明快」字樣。

怎麼譯？

我譯了，但現在回頭看，譯得不好。

今天在網上查找相關資料，發現一段英文，有這樣三個字吸引了我的注意力：「bright sharp colours」。

哎呀，我想，這不正是我要找的「明快」二字嗎?!無論在順序，還是在意思上，都跟中文一模一樣，因為「sharp」就是「鋒利」、「快」的意思。我們不是有「小心，這把刀很快」的說法嗎？

關於這個，還有其他的說法，如：bright and sharp，或bright/sharp等。也一併放在此處。

比，就是不比

下面這句英文引文，是Robert Hughes談法國畫家庫爾貝的。他說：

> When he painted a landed trout strangling in air, he could put more death in its thick silvery body than most of his contemporaries could get in a whole battle piece... (Robert Hughes, *Nothing if not Critical*, p. 100)

這句話，請你譯一下，特別是「more...than」這個地方。

怎麼譯？

我已經在上面漏了底，那就是，全句一個「比」字不用。見下：

> 他畫一條被釣起岸，即將窒息而死的鱒魚時，能把更多的死亡，畫進厚厚的銀色的魚身之中，而他的大多數同時代人，就是畫一整幅戰爭場面，也畫不出這種死亡的感覺來……

在翻譯中，比，就是不比。情況就是這樣。

隨

中文的「隨」——隨手的隨，隨便的隨，隨筆的隨——是最難譯成英文的。是這樣嗎？至少在今天之前是的，但是今天，情況發生了根本的變化。

從前，我曾把「隨筆」這麼譯成了英文：「with a pen」或「with-pen」。寫一篇隨筆，就是「wrote a with-pen」，甚至乾脆音譯（並斜體）成「*suibi*」，如：I wrote a *suibi*。

今天翻譯Hughes的書時，譯到一處見他說，庫爾貝能「offhandedly use "the heroic diagonal"…」。（Robert Hughes, *Nothing if not Critical*, p. 100）

我一看，不覺「哎」了一聲，說：這不就是中文的「隨手」嗎？如果採用這種「off」加動詞加ed的形式，很多中文帶「隨」的詞，不就迎刃而「譯」了嗎？

例如，隨筆就是「off-pennedly」，隨便就是「off-conveniencedly」，隨心就是「off-heartedly」，隨感就是「off-feltly」。

難道不是這樣嗎？

Old money

中國老話說：顧名思義。但是，碰到old money這種詞，你顧名也思不了義，顧名也思不了譯。

比如下面這句話：

> He could make old money look dashing and paint the newest cotton-reel magnate as though he were descended from Bayard. (Robert Hughes, *Nothing if not Critical*, p. 101)

這是Hughes在談到法國畫家John Singer Sargent時說的一番話。其中那個old money怎麼譯？

從前我的匈牙利籍的出版商，人們談到她時，總會說她有old money。意思就是說，家底很厚，繼承了一大筆財產。Old money還可用來指繼承了家底和財產的人。不過，在中文中，你能說某個繼承了一大筆財產的人是個

「老錢」嗎？說他是「老槍」也許尚可，但「老錢」？可能不行。

這句話，我是這麼翻譯的：

> 他能把富二代畫得很酷，也能把做棉線團生意的新富大亨畫得好像是傳說中那匹名叫貝爾德的棗紅馬的傳人。

是的，所謂old money，不就是我們說的富二代嗎？

不過，因為畫家生活的年代是十九世紀末和二十世紀初，把「富二代」夾在這樣一個時代中，似乎有點兒不合適。我把該句譯文修改並加注如下：

> 他能把「老錢」[114]畫得很酷，也能把做棉線團生意的新富大亨畫得好像是傳說中那匹名叫貝爾德的棗紅馬的傳人。

Paughtraits

先給你看下面這句話：

> Sixty years after his death, his 「paughtraits」 (as Sargent, who kept swearing he would give them up but never did, disparagingly called them) provoke unabashed nostalgia. (Robert Hughes, *Nothing if not Critical*, p. 101)

這句話中，「paughtraits」怎麼譯？

我採取的對策是「不譯」，我的譯文如下：

> 他死後過了六十年，他的那些「paughtraits」（薩金特一生總在發誓說，決不再畫肖像畫了，結果一生也沒放棄，所以總是以輕蔑的口吻，稱「portraits」（肖像畫）為「paughtraits」），引來了人們對他毫不害羞的懷念。

還記得我說的那句非名言嗎？翻譯即不譯。

---

[114] 英文是「old money」，也就是現在的所謂富二代，即繼承了一大筆家產或財富的人。——譯注

同時，我還覺得，薩金特玩笑開得不夠過癮。如果他把「paughtraits」戲謔成「pawtraits」，效果一定會更佳。

Unabashed

估計你很快就注意到，上述譯文中，我把「unabashed nostalgia」二字，譯成了「毫不害羞的懷念」。你是不是覺得有點問題？

是的，我也覺得有點問題。主要是漢語中好像不這麼說，說得很拗口，聽起來不舒服。

要不拗口，要聽起來舒服嗎？

那就按我最開始感覺的那樣，把那句譯文改成「引來了人們對他的無比懷念。」

是的，「無比」與「毫不害羞」似乎有點距離，但在拗口這一點上，卻似乎更接近漢語之口、講漢語的口。

不過，我還是選擇稍微有點「拗口」的譯法，畢竟這是譯文，不帶點外國口味，那又有啥意思呢？

He had to be revived

談到薩金特，Hughes說：「Of course, he had to be revived」。（p. 101）

這麼短一句話，我卻猶豫再三，怎麼也敲不下鍵。你呢，怎麼譯？

後來，還是採取英簡漢繁的原則，這麼譯了：

> 「當然，他這樣的人現在是非得重新復活不可的了」。

Inflated prettiness

翻譯有時候不太好玩，因為被一句話卡殼，半天都想不出怎麼譯。花了半天想出來的譯文，卻又怎麼也擺不平、擺不好。這個，就不去說它了。

且說下面這段英文吧，說的是美國惠特尼美術館有一種「taste for inflated prettiness set forth in its Alex Katz retrospective」（p. 101）。

這段話裡面的「inflated prettiness」怎麼譯？

你可能覺得難，但有時候很怪，譯文會自動從腦中產生，流到手指尖，從鍵上進入螢幕，如下：「對阿列克斯・卡茲（Alex Katz）回顧展中展現的那種小漂亮，大膨脹所表現的一種偏好」。沒花一點時間，東西就出來了。

這大約就是俗話常說的福至心靈吧。

Let alone

你不要以為，「let alone」很好翻譯。有的時候好翻譯，有的時候很不好翻譯。比如這句：「his drawing lacks the tenacity of an Eakins, let alone a Cézanne, yet it was a drawing of a high order, heartless sometimes, but rarely less than dazzling in its fluency; and there is nothing like it in American art today.」（p. 101）

怎麼譯？

順譯時，我怎麼也無法把這句話說順，最後根據自己關於反譯的微理論，我弄成了，是這樣：「他的素描雖然缺乏伊肯斯（Eakins）的韌性，塞尚的那種韌性就更不用說了，但卻是很高級的那種，有時候沒心沒肺，但極為流暢，很少不是超凡脫俗地光彩奪目，而且，今日的美國藝術中，沒有任何像他素描那樣的東西。」。

回頭想想，其實也可以不反譯，如這樣：「他的素描雖然缺乏伊肯斯（Eakins）的韌性，更不用說塞尚的那種韌性，……」。

也許，反譯只是一種虛幻？到了一定時候，當所有的中國人都用英文語序語式進行思維，就不需要反譯了？

Virtue in virtuosity

遇到英文玩文字時，你怎麼辦？比如這一句：「There is virtue in virtuosity, especially today, when it protects us from the tedious spectacle of ineptitude.」（p. 102）

怎麼譯？

這裡，我提出一個「半不譯」的微理論，又譯又不譯。怎麼玩？見下：

> Virtuosity（精湛技藝）裡面，就是有virtue（美德），尤其是在今天，因為它能保護我們，不受愚笨無能者令人乏味的壯觀場景所侵襲。

即便看不懂英文，也能看得出，virtue和virtuosity這兩個字，看上去是很相像的。不是嗎？

隨遇而安

「隨遇而安」這句成語怎麼譯？還是我原來說過的那句話：要向英語學習英語。只要看看Hughes寫一生都在外漂泊的美國畫家薩金特的這句話，你就知道了：他有「a compliance with wherever he happened to be」（p. 102）。

我是這麼譯的：「無論他人在哪裡，都能隨遇而安」。

有人問，如果我想說：我是個隨遇而安的人。怎麼譯？

很簡單：I am someone who complies with wherever I happen to be。

就這樣了。英文不行的話，再怎麼學也沒用。反正。

鬱鬱，蔥蔥

所謂詩人，就是不好好說話的人。一句直截了當的話，偏要被他說得支離破碎。他認為那是詩，別人翻譯他的時候，也不得不把它翻譯成詩，比如下列這句：

> 這些被籬笆，圍得鬱鬱，蔥蔥的草木[115]

你怎麼玩？我是說，你怎麼譯？

我呢，是這麼玩的：

> These fencedly lush trees and grasses

你不同意？不同意也沒辦法，我就這麼譯了。誰叫他請我譯，而不請你呢。

---

[115] 參見耿翔《大師歸路》。

Time and class

越簡單，越不好譯，不信請你翻譯下面這段：

> Sargent's social and celebrity portraits became an indispensable record of their time and class (p. 103)

順便指出一下，其中的「their」，指的就是那些「social and celebrity」，亦即上流社會的人和名人。

好的，怎麼譯吧？

其他都好譯，就是「time and class」不好譯。如譯作「時間和階級」，似乎很成問題，少點什麼。怎麼辦？提示：需要加字。估計一加字，每個譯者都會按照自己的意願和理解，加些很不同的字。本譯者是這麼譯的：

> 薩金特為上流社會和名人畫的肖像畫，成了他們時光流逝和階級地位不可或缺的記錄。

在我這兒，分別加字，譯成了「時光流逝」和「階級地位」。

鐵青的臉

星期天早起第一件事，譯詩，就碰到這一段如是說：[116]

> 相對于丈夫，那張冥想得鐵青的臉
> 你一臉陽光，就是最好的
> 祝福，為每個親近者
> 時刻獻上

其他都好譯，但「鐵青」不太好譯。怎麼譯？

本來想直譯，把「鐵」譯出來。下筆之後，發現「青」不好譯。想起最近看的一本小說中，說某人臉凍得發青時，用的是一個「blue」。遂覺得就

[116] 選自耿翔《大師歸路》。

用這個詞了：

Compared with the face of your husband, blue from meditation
Your faceful of sunshine is the best
Blessing, ready to be offered
To every loved one

當然，也不妨譯成「iron-blue from meditation」，但似乎有點蛇足和勉強。

秋高氣爽

這首詩是寫給梵古住在聖雷米療養院時，為他看護的看守特拉布妻子的。跟著來了下面一句：

在丈夫看守
凡高的日子裡，秋高氣爽

那麼，「秋高氣爽」怎麼譯？
我是這麼譯的：

In the days when her husband watched over
Van Gogh, it was high autumn

這種譯法，延續了我的「英半漢全」和「反譯」理論，即只說「秋高」，不說「氣爽」，因為「氣爽」本來就含在「秋高」裡，說了反嫌多餘。同時，也不說「秋」是「高」的，而反過來，譯成「高秋」，就像英文的「high time」、「high summer」一樣。

Pose

這是一個陽光燦爛的冬日早晨。我譯完了三首中文詩後（譯成英文），開始譯我每天必譯的那本《絕對批評》（譯成中文），今天已經譯到了104頁。

這時，出現了一段話，談到薩金特的畫時，是這麼說的：

> There is a perfect match among the decorous luxuriance of Lady Agnew's pose, the creaminess of the paint and the shadow of tension on her face. (p. 104)

怎麼譯？

請你譯完後告訴我，這句話是否一字不漏地譯成了中文。如果是，那我只能很遺憾地告訴你，我沒有一字不漏，而是一字有漏地譯成了中文，如下：

> 阿格紐爵士夫人擺的那個pose的裝飾性華麗，凝脂般的色彩，以及她臉上緊張的陰影等，都互相匹配得完美無缺。

我不僅一字有漏，而且是有意為之，這主要是因為，我們現在這個被英語侵略得近乎殘缺的中文，已經有了一種新的雜交可能：隨處嵌入幾個不必翻譯，也能看懂或聽懂的英文，如pose那樣。這也比較投合我的「不譯」理論。

Symbolic deportment等等

談到美國雕塑家Augustus Saint-Gaudens對內戰後美國的貢獻時，休斯是這麼說的：

> He gave the crude, grabbing republic its lessons in symbolic deportment and visual elocution, and won its unstinted gratitude. (p. 105)

怎麼譯？

提示一：對「crude, grabbing」二字，可以採用英一漢四，英輕漢重之法。

提示二：對「symbolic deportment and visual elocution」幾字，可以採取詞變性法和加字法。

提示三：對「lessons」一字，可採取反譯法或英複漢單法。

我的譯文如下：

他給這個粗俗不堪，大撈特撈的共和國，在如何象徵性地講究風度舉止，如何以視覺方式來進行演說方面，好好上了一課，因此贏得了人們對他毫不吝惜的感激之情。

關於每個提示，都已標上底線。此處不另。

Louis Comfort Tiffany

關於這個人名字的翻譯，我在譯文中做了一條註腳，就是本段的註腳，自己看去吧。[117]

反譯

我重提這個話題是因為，中文和英文這兩種文字的思維，經常呈現倒反現象，到了不得不注意，注意之後又無法不發現其中奧妙的地步。昨天晚上兒子回來，談到同事當上經理後，跟做清掃工的母親報喜時，這位來自歐洲小國的母親竟然笑他不該那麼認真的：當個經理有什麼了不起！兒子（我兒子）說：如果是亞洲家庭，不知要多麼歡天喜地，而且還不滿足，還要推著孩子當總經理，反正不可能因小得而大滿足。兩種文化，適成倒反。

下午把中文詩歌翻譯成英文，遇到這一段：[118]

等到陽光，尊嚴地
移過在大地上，午睡者的面部
斜射的時候，一切重回繁忙

我看後的第一感覺就是，這段話一定得從最後往前面譯。當然，你如果非要順譯，也不是不能順譯，那是你的事，跟我無關，我也不堅持非要你反著來。一切悉聽尊便：

---

117 百度百科把他的中文名字譯成「路易士・康福特・蒂芙尼」（見此：http://baike.baidu.com/view/2974893.htm ）至少有兩個地方錯了。第一，英文「Louis」的發音，最後一個「s」是不發音的。第二，英文的姓是不帶性別的，因此不能在「Tiffany」的中文譯文中，使用「芙」這樣帶有女性含義的字眼。故將其名譯做路易・康福特・蒂夫尼。——譯注。

118 參見耿翔《大師歸路》。

Things will be busy again when the sun, with dignity
Shines slanting across the faces of the siesta-takers
On the land

寫到這兒，我想到上午譯的一段Hughes的文字，原文如下：

> Our iconic sense of Abraham Lincoln as statesman, seamed, grave and erect, was created as much by Saint-Gaudens's bronzes as by Mathew Brady's photographs. (p. 105)

我的譯文如下：

> 我們對亞伯拉罕·林肯有一種偶像之感，他滿臉皺紋，極為莊嚴，身體挺得筆直，但這種偶像之感與其說是通過馬修·布拉迪（Matthew Brady）的攝影，不如說是經聖–高頓的青銅雕像一手所創。

你看，布拉迪和聖—高頓在翻譯過程中，就這樣發生了易位。為什麼？我至今很痛苦，因為說不清楚。

Fluent

口若懸河的英文，就是「fluent」。但要用「fluent」形容一位雕塑家，如下句：

> Without question, Saint-Gaudens was one of the most fluent sculptors who ever lived and his clients demanded fluency. (p. 106)

你怎麼譯？
你怎麼譯，我也沒法知道，反正我是這麼譯的：

> 毫無疑問，聖-高頓在活著的雕塑家中，是最為「手」若懸河的一位，他的客戶要的就是他能「手」若懸河。

就這樣了。不喜歡拉倒。

好玩的是，上面那段英文之後，緊接著是這一句話：「He could and did turn his hand to anything.」

Gratuitous beauty

翻譯是一件讓人害怕的事，特別是翻著、翻著，一切都很順利，但突然就會出現一個簡單得不能再簡單，又難得不能再難的字或詞或句子，就像下面這句話中的「gratuitous」一字樣：

> In 1880 he (Saint-Gaudens) could give Dr. Henry Shiff's bronze beard a labile, gratuitous beauty of texture akin to Monet. (p. 106)

怎麼譯？

老實說，不好譯。為此，我還專門在網上用「gratuitous beauty」二字，進行了關鍵字搜索。一望而知，這是一個英文常用詞，說的是那種不需要花一分一厘錢，就可免費得來的美景或美物，如天空中彷彿建築或油畫的雲彩。用英文來講，那都是可以稱作「gratuitous beauty」的。

我呢，是這麼譯的：

> 1880年，他能把亨利·希夫（Henry Shiff）醫生的鬍鬚，用青銅雕塑出一種幾近於莫內那種瞬息萬變，又不講道理的質地之美。

現在想起來，當時我這麼譯，與我早年對美的理解有一定的關係。二十來歲時，我寫了一首詩，題為《美》。該詩開篇是這麼寫的：

> 美在肌肉突露的手臂勾住尼龍衫下的柔軟腰肢
> 美在唇兒相碰時那一微米的間隙
> 美在「潑喇」擊響耳鼓卻從眼角溜走濺起水花的大魚
> 美在整座森林一動不動淋著喧響的大雨
> 美在昏黃的玻璃後藍色透明的窗簾微微顫慄

最後結尾時，詩人說：「美在毫無意義毫無道理。」

沒想到，隔了三十幾年，這種見解還滲透在我對美的理解上。[119]

不過，還是不太滿意。大約也是福至心靈，我忽然想起我自己早年創作的一首英文詩，題為「Moon over Melbourne」（《墨爾本上空的月亮》），其中有句云：「for all the breeze and the moon i get i don't spend a penny。」[120]

隨之想到，古人似乎確有「清風明月不用買」的詩句。好，有了：

> 1880年，他能把亨利・希夫（Henry Shiff）醫生的鬍鬚，用青銅雕塑出一種幾近於莫內那種瞬息萬變，清風明月不用買的質地之美。

上面就是我修改後的譯文。

Bupa

最近看牙醫，花了我2千澳元，好在我未雨綢繆，事先買了牙醫保險，結果只付了1400澳元。我買保險的這家醫療保險公司，原來叫HBA，最近改名Bupa，是一家很大的國際醫療保險公司，跟中國沒有任何關係，儘管這個名字聽起來很像中文。[121]

怎麼譯呢？

網上已有翻譯，叫「保柏」。太難聽了！

其實，我倒覺得，直接把音譯過來就得了，叫它「不怕」即可。也就是說，在這家公司上了保險，無論得什麼病都不怕。今天開車在路上，聽見這家公司的廣告播音，Bupa的發音跟「不怕」一模一樣。

Truth

前面提到過，我在翻譯筆記中，有一個自己做的專門記號，叫「難，但」，意思就是說，這段話很難，用什麼翻譯技巧都無法解決，但最後還是解決了，比如下面這段話：

---

[119] 遺憾的是，我沒有把這首詩選入我的《二度漂流》中。

[120] 英文全詩在此：http://www.poetrylibrary.edu.au/poets/ouyang-yu/moon-over-melbourne-0282001

[121] 關於該公司的英文介紹在此：http://en.wikipedia.org/wiki/Bupa

None of this prevented Homer's contemporaries from seeing such works as unvarnished and in some ways disagreeable truth. (p. 108)

怎麼譯，特別是最後那個「truth」？

我呢，是這麼譯的：

這一切都不妨礙荷馬的同時代人把這些作品看作是朴質無華的真理，從某方面講雖令人不快，但卻說的是真話。

你可說這是一個反譯的例證，但如此二度翻譯「truth」，在我似乎也是第一次。實際上也符合我常講的「repetition」微理論。

別無選擇

如果問你，下面這兩句詩怎麼譯，你怎麼譯？

生命的最後幾筆
別無選擇地，落在奧弗[122]

特別是「別無選擇地」，你怎麼譯？

「Without a choice」，「for no choice at all」，「having no choice but...」，這一連串的選擇從我腦中一閃而過，但被我迅速否定，得出的翻譯如下：

The last few strokes of his life
By choice, fall over Auvers

從「別無選擇」，到「by choice」，事物，我是說，翻譯，走到了它的反面，而意思卻聚合到一起。奇怪嗎？知道反譯的人，一定不覺得奇怪。

[122] 參見耿翔《大師歸路》。

Medium

先看下面這段話：

> Watercolor is tricky stuff, an amateur's but really a virtuoso's medium. (p. 109)

問題是：如何翻譯其中的「medium」一字？

我是這麼譯的：

> 水彩畫這種東西比較難搞，說是業餘愛好者的手藝，其實是行家裡手的活計，……

一個「medium」，兩種譯法，我稱之為「一字二譯」，根據一雞二吃演化而來。

Yield nothing to

翻譯中，有時會突然出現一句話，讓人卡殼，如下句：

> In structure and intensity, his best watercolors yield nothing to his larger paintings. (p. 108)

這是Robert Hughes談美國畫家荷馬作品時說的一句話。

我一時語塞，不，我是說譯塞。怎麼譯？

我當時沒有譯，而是直接把英文標紅放在那兒。等全句譯完後，我才覺得，這個意思似乎清楚多了，於是就譯了出來，如下：

> 在結構和強度方面，他的最佳水彩畫絲毫也不讓與他的大型油畫。

道理很簡單，因為休斯一直認為荷馬的水彩畫特佳。

Broad effects

休斯說水彩畫這種東西「favors broad effects; nothing proclaims the amateur more clearly than niggling and overcorrection」（p. 109）

怎麼譯，特別是「broad effects」？

我本來把它譯作「闊大的效果」，但不滿意。後改為：

> 水彩畫這種東西更青睞大手筆。沒有什麼比吹毛求疵或矯枉過正，能更清楚地表明作品出自業餘之手。

譯成「大手筆」，自己還比較滿意。別人是否滿意，我就不得而知了。

Translate

翻譯、翻譯，把一種文字，變成另一種文字。而已。而已？我就曾跟一個來自保加利亞的女詩人聊過，據她說，保加利亞文中，「翻譯」二字還有變化的意思。這跟英文中「translate」的意思一樣。

那麼，下面這句話怎麼譯，特別是「translate」一字：

> ...but it also demands an exacting precision of the hand—and an eye that can translate solid into fluid in a wink (p. 109)

我是這麼譯的：

> 但這種畫也很苛求，要求下手很準——還要求眼睛能在轉瞬之間，把固體「翻譯」成流體。

是的，我採取的是直譯加引號的做法。畢竟在漢語中，還不太適應這樣一種「翻譯」。

As both man and artist

休斯談到美國畫家惠斯勒時，說別人都說他是一生只畫了一幅畫的畫家，但他不同意，說：「There was much more to Whistler, as both man and artist, than this.」（p. 110）

怎麼譯，特別是「man and artist」？

我譯了一次，改了三次。首譯是：「惠斯勒無論作為人，還是作為藝術家，都遠遠不止這些。」

第二次改成：「惠斯勒無論為人為藝，都遠遠不止這些。」

第三次改成：「惠斯勒無論為人從藝，都遠遠不止這些。」

第四次又改回來：「惠斯勒無論為人為藝，都遠遠不止這些。」

翻譯真不是個東西，太花時間了。

Hospitable

英文如果有什麼字難譯，hospitable應該算一個。

例如，休斯談到水墨畫難畫時說：「It is hospitable to accident (Homer's seas, skies and Adirondack hills are full of chance blots and free mergings of color) but disaster-prone as well.」

這句中，hospitable怎麼譯？

這裡，我先講個小故事。有次到法院做口譯，被告被控犯有騷擾罪。據指稱，他對被猥褻者說：如果你再不脫，我就對你不客氣了！

我想都沒想，就脫口而出：「If you don't take off your clothes, I won't be hospitable to you。」這以後是否成為一個經典的翻譯，我不知道，但法庭綜合意見後，認為是可以接受的。

這次，我就採用了這個用法，譯文如下：

> 它對意外事件很「客氣」（荷馬畫的大海、天空和阿迪朗達克的山巒等，都充滿偶然的墨漬和色彩的自由交融），但也險象環生。

我是否對hospitable太「客氣」了一點？

Fascinating和context

請看休斯在下面說的這句話：

> The Freer exhibition is fascinating, for its context as well as its contents. (p. 110)

這裡面有一個字不好譯，是context，另一個字好譯，是fascinating，但可能會跟我的譯法有出入。

怎麼譯？

我對後面一個字的譯法是：很有意思。你們試著發發fascinating的音吧，是不是四個音節：fa / sci / na / ting？再看看「很有意思」，是不是也是四個「音節」？是不是很有意思，很fascinating？

至於context，的確很難譯，因此，我翻譯的時候，就譯成了這個樣子：

> 弗里爾畫廊舉辦的這次畫展，無論在context上，還是在內容上，都很有意思。

過後，我細想context和contents二字，發現二字前面都有一個con，後面各有兩個t，這麼相近的兩個英文字，弄成中文、譯成中文，若按字典意思，卻不知要變成什麼樣子。有了，我想到怎麼譯了：

> 弗里爾畫廊舉辦的這次畫展，無論在內涵上，還是在內容上，都很有意思。

你可能會說，不對，context不僅僅是「內涵」。對你的提問，我只能兩手一攤，說：Well, I can't help you, Mate。

Orientalist

自薩義德的《東方主義》出版之後，誰都知道Orientalist是啥意思，就是「東方主義者」，帶有貶義的。

但是，在談到一個十九世紀的英國商人Charles Lang Freer，說他是「Orientalist」時（p. 110），那是什麼意思呢？

別看這是個小問題，要查清還不是一時半會的事，最後我得出的翻譯結論是：「東方繪畫收藏家」，儘管無論字典，還是網上，都沒有這種解釋，但根據「context」（上下文）或者說我前面翻譯的「內涵」，它就是這個意思。

Informative parallels

英語寫得文從字順的東西，譯成漢語就難以文從字順，有時還讓人為了弄得文從字順而抓耳撓腮，費盡心機，比如下面這句：

> Freer also consulted Whistler about his Oriental purchases, so that in Washington one can see some informative parallels between Whistler's work and his taste in other art. (pp. 110-111)

怎麼譯？

我知道，你肯定會卡殼在「informative」這個字上，它就是一個絆腳石、絆腳字，讓你難以順利前行。

對我來說，早就知道對付的辦法了，那就是把它拎出來，扔到後面去，變成一句話。這在歐陽氏的微翻譯理論中，被稱為「英一字，漢一句」：

> 弗里爾還就他購買的東方畫作請教惠斯勒，因此，在華盛頓，人們在惠斯勒的作品和他對其他藝術的品味之間，可以看到某種平行之處，頗能增長見識。

「頗能增長見識」這句話，就是拎出來，甩到後面去的那個「informative」。Make sense？

Survive

英文的survive一字，不僅僅是「生存」，還有一重別的意思。如果說丈夫死了，老婆還在，那要這麼說：The husband was survived by his wife。不說他死，而說他被老婆存活了。

好，這是廢話，按下不提。且說休斯這段話：

> Best of all, the Freer Gallery has the only interior by Whistler that survives... (p. 111)

你說這句話怎麼譯，特別是那個「survives」？

有點不好譯，但也不難，這樣：「最好的是，弗里爾畫廊擁有惠斯特死後猶存的唯一一幅室內裝置畫……」

是的，它不說死，而提survive，所以，我就把他「死後猶存」了。

如果你查字典，你絕不會查到這種譯法，這就叫唯字典論，不唯字典論，重在翻譯表現，借用的是文革那句老話：唯成分論，不唯成分論，重在政治表現。哈。

Bitter crackup

字典不是個好東西，因為它太耗費時間，特別是當查了半天卻一無所得時。比如下面這句：

> This stupendous decorative work...caused a bitter crackup between Leyland and Whistler... (p. 111)

其中，作為名詞的「crackup」的定義，無論英文還是漢語詞典，都沒有很好的解釋。

怎麼譯？

我是這麼譯的：

> 這件……讓人歎為觀止的裝飾作品，導致雷蘭德和惠斯特關係破裂，痛苦難當，……

要點：其一，反譯：關係破裂（crackup）在前，痛苦難當（bitter）在後。其二，英輕漢重：痛苦（bitter）難當，不僅成了四字漢語，而且多了「難當」。請嚴復從地底下爬起來，罵我不「信」吧。他自己的譯文，不信多矣！

順便說一下，這種「英輕漢重」現象，也是一種「反譯」，它是英漢兩種語言和文化先天決定的。不講道理得就像詩。

Art Nouveau

這個怎麼譯，我就懶得細述了。見我在《絕對翻譯》——哦，對不起，我是說《絕對批評》——譯稿中的一個註腳：

> Art Nouveau（新藝術運動）[123]既煩人，又像鞭擊一樣優雅，都潛藏在《孔雀室》的富貴鳥中。

請注意，我一反常態，直接把「Art Nouveau」拿出來，把翻譯放在後面的括弧內，除了加注以外。

不過，我也知道，如果堅持譯成「挪窩藝術」，肯定編輯不會接受，但從藝術角度講，我更喜歡「挪窩藝術」。藝術只有挪窩，才有可能創新。如果堅守在中國那個窩裡鬥的小窩裡，我的藝術永無出頭之日。挪窩藝術：只有讓藝術挪窩，才能讓藝術nouveau。

正在做一校工作，忽然覺得，《絕對翻譯》這個標題很好，可以做下一本書的書名。

一出生就……

據說莫言的譯者Howard Goldblatt（葛浩文）翻譯他時，是邊譯邊edit的。這個edit，不是編輯，而是修改的意思。這一點，我可以證明。當年澳大利亞ABC國家廣播電臺請我點評他翻譯的《天堂蒜薹之歌》（英文是*Garlic Ballads*）時，我就發現很多中英文相互齟齬的事情。

我雖不同意他的做法，但現在也越來越發現，由於寫東西的人不太仔細，又不事先請好的編輯過目，交給翻譯翻譯時，就會發現很多問題。比如，我現在就在翻譯一位短篇小說作者寫的東西，中有一句：

> 這個可憐的小生命一出生就沒有父親，那個男人跑了，丟下了還在懷孕的斯沃特拉娜，……[124]

---

[123] 專指19世紀末源自法國的一個新藝術運動，但個人認為，這個字譯成「新藝術」，很容易成千上萬與「新」連在一起的說法混為一談。本想音譯成「挪窩藝術」，但還是放棄了，因為中國讀者不一定理解或接受。——譯注。

[124] 參見John Sheng,《牆》，未發表短篇小說。

我剛把這句譯完，譯成下面這個樣子：

> this pitiable little life had been born without a father as the man had run away, leaving the pregnant Svetlana...

就發現，這句話有問題。怎麼會「一出生」，孩子母親「還在懷孕」？邏輯地講，應該是女人一懷上孩子，男人就「跑了」。因此，改了一個字，如下：

> this pitiable little life had been conceived without a father as the man had run away, leaving the pregnant Svetlana...

類似這種情況，譯者不「編輯」還真不行。不過，就我看到的葛浩文情況，他的翻譯遠不止editing。有興趣的不妨找來對照看看。頗有點前面提到過的那位保加利亞詩人說的「翻譯」的意思。

錯誤

先看下面這段英文：

> ...the pearly chaos of his fog scenes, or the tiny seascape sketches in which a mood is fixed with seeming instantaneity, each ribbon and bubble in the paint surface corresponding by inspired accident to a wavelet, a patch of form or a pebble. (Hughes, pp. 112-3)

怎麼譯？

可以告訴你，很難譯，但不是因為句子難，而是因為這句話出了錯，它應該在句首有一個「in」字。因為沒有了這個「in」，該書作者又死了，我沒法找人問，只能翻來覆去地看這段文字，怎麼看，就怎麼覺得有問題，直到最後決定加那個字，當然不能在原書上加，就是加也加不進去，只能寫在這裡了，譯文如下：

> 在他筆下霧景珍珠般的混沌，或彷彿即時敲定了一種情緒的極小幅海

景素描中，顏料的每一道色帶和泡泡浮現出來的時候，都通過偶發的靈感，與一朵小浪花、一塊泡沫或一隻鵝卵石保持一致。

關於「inspired accident」，此處再囉嗦一句。這有點不好翻，但如果你把它反譯，如我做的那樣，就一點也不難了。

層次感

我翻譯的那篇小說中，有一句話，是女主人公對剛愛上的男主人公說的：「你很細膩，又有層次感，我喜歡你。」[125]

怎麼譯？

我是這麼譯的：

> You are subtle and also you give one a feeling that there are layers in you. I like you.

「好的，再見，」我對永遠也不可能見面的讀者說。

Arrangement

美國畫家惠斯勒有一幅著名的畫，他因此而被認為是「一幅畫作家」。這幅畫的標題是*Arrangement in Black and White: Portrait of the Artist's Mother*。

怎麼譯？

我是這麼譯的：《灰黑編排：畫家母親的肖像畫》。

這麼翻譯時，心裡有點小嘀咕，因為「arrangement」一字，讓人想起音樂。我曾看過澳大利亞華人作曲家Julian Yu（于京軍）改編的俄國作曲家穆索斯基（Mussorgsky）的名曲《圖畫展覽會》（Pictures at an Exhibition），他在該交響樂中親自拉二胡，這是中國人改編俄國人音樂的一個典例。所謂「改編」，英文就叫「arrangement」，通常說「arranged by」誰誰誰。

遲疑一下之後，我還是譯成了「編排」。

後來，譯到該文接近末尾時，出現了這樣一段話（不提原文，只講譯

[125] 參見John Sheng，《牆》（未發表中文短篇）。

文）：「惠斯勒厭惡敘述，狂熱地支持藝術為藝術的思想。因此，他的油畫標題都很抽象，都與音樂有關——如《改編曲》、《交響樂》等。」（原文p. 113）

這就讓我有點羞愧難當了，立刻回到前面，把那個標題修改如下：「《灰黑改編曲：畫家母親的肖像畫》。」

Dragon

一般來說，再好的翻譯，也離不開字典，哪怕是自己很熟悉的字，有時也覺得還是再查一次的好。這個「再查」，就不是再三再四地查，而是再三十、再四十地查，我相信，有些字再三百、再四百地查過都不止，如conceit，context這類字。

下面這段話怎麼譯：「Such was the dread influence of the aesthetic movement, whose dragon Whistler became。」（p. 113）

唯一的一次，我沒有查字典。雖然在dragon一字上，我產生了查的衝動，但也就在那一瞬間，該詞的意思自動送到我的眼前和鍵下：

> 這就是那場美學運動的可怕影響，其龍頭老大就是惠斯勒。

接著，我又修改了一下：

> 這就是那場美學運動的可怕影響，惠斯勒後來成了它的龍頭老大。

Beardsley

這句話應該好譯吧，不信你試譯一下：

> In the last years of his life (he died in 1903, just outliving Beardsley and Wilde, who owed so much to his ideas and style), Whistler was seen as an honoured veteran... (p. 113)

這句話最難譯的地方，就在一個「比」字。請先看我一段用了「比」的譯文：

惠斯勒晚年時（他卒於1903年，比比亞茲萊和王爾德活得稍久一點，王爾德的很多想法和風格都要歸功於他），被視為一個享有盛名的老藝術家，……

「比比亞茲萊」？念起來簡直讓人呲牙咧嘴，難以出口。如果把「王爾德」和「比亞萊茲」換位，雖然可以避開這個問題，但又給後面的譯文造成困難。只好這麼改譯一下：

惠斯勒晚年時（他卒於1903年，相較於比亞茲萊和王爾德活得稍久一點，王爾德的很多想法和風格都要歸功於他），被視為一個享有盛名的老藝術家，……

你看看，就是一個「比」字，從漢語角度講，就不僅僅是「譯」，而更是「寫」了。

Roaring

一般來說，字典幫忙的程度有限，更多的時候不很幫忙，比如這句「a roaring popular success」（p. 114）中的roaring一字。

網上的「愛詞霸」字典，給了諸如「興旺的、喧嘩的、風哮雨嚎的」等釋義，[126]但我覺得一個也用不上。想了一下，決定用「呼風喚雨」這個字典中沒有的詞，譯文是：「一次呼風喚雨，很受大眾歡迎的成功」。

此譯的要義是，不能拘泥於詞典，而要半譯半寫。

挖心式譯法

先看這句話：「Presumably it will not be long before some canvas by William Holman Hunt or John Everett Millais, the kind one might have gotten thirty years ago for 500 pounds, becomes the first Pre-Raphaelite picture to fetch a million in the auction room.」（p. 114）

怎麼譯？

[126] 參見該詞條：http://www.iciba.com/roaring

提示：不能順譯，也不能反譯。

好了，先把譯文放在下面看看吧：

> 威廉・霍爾曼・亨特（William Holman Hunt）或約翰・埃維勒特・米萊斯（John Everett Millais）的布面油畫作品，要在三十年前，可能500英鎊就能買到，但估計不要很久，就可能在拍賣行裡，成為拉斐爾前派第一幅可賣到一百萬英鎊的畫作。

此句譯法，就是前面那個標題：得挖心來譯，從中間開始。

Armor-plated niche

「Armor」是裝甲車的裝甲，「plated」是上了裝甲板的，而「niche」，是壁龕、神龕的意思。

那麼，下面這句話怎麼譯？

> Yet Pre-Raphaelitism never quite went away. It acquired an armor-plated niche in the English imagination. (p. 114)

我開始是這麼譯的：

> 然而，拉斐爾前派從未消失，而是在英國人的想像中，取得了一種彷彿上了裝甲板的神龕地位。

我在翻譯筆記裡寫道：「英隱漢明」。所謂「英隱漢明」，是指英語的「armor-plated」是一個隱喻，但譯成漢語時，卻不能不用「彷彿」，而把它變成明喻。

不過，這句話怎麼讀，怎麼覺得缺少一點什麼，於是我在筆記的「我改」——這是下一本書的一個很好標題：《我改》，就像一個知錯認錯的人掛在口上的一句話：好，我改、我改——中，把我修改的譯文放了進去：

> 然而，拉斐爾前派從未消失，而是在英國人的想像中，取得了一種彷彿上了裝甲板，堅不可摧，固若金湯的神龕地位。

對此，我筆記的自我注釋是：英輕漢重，即英語說輕，漢語得說重。其實還是反譯。這兩種語言的獨特表現，就是它們互為倒反。反譯是其核心。

Initials

英文簽字至少有兩種，一種是簽全名，一種只簽首字母，如William Shakespeare，如果簽首字母時，就僅簽WS或W.S.。

那麼，它怎麼譯？可以事先說一下，手頭字典是幫不了你忙的：

> The gnomic initials "P.R.B.," appended without explanation to their signatures in the 1850s, had the combined effect on many critics of a red flag and a leper's bell. (p. 115)

這句話中的「their」，指的是英國的拉斐爾前派畫家。「P.R.B.」指的是拉斐爾前派兄弟會。

我的譯文如下，不妨跟你的對照一下：

> 無論什麼朋友，他們都需要。他們於1850年代簽名時，不加解釋就附上「PRB」這個警句式的小簽，對許多評論家造成了一種同時亮出紅旗並搖響麻風病鈴[127]的雙重效果。

我之所以把這段放上來，是因為我曾接觸過一個客戶，她一聽我解釋要簽首字母時，就「哦」了一聲，說：我知道，需要小簽。

而這是我第一次使用小簽來翻譯initials。

計劃不如變化

那天跟A聊天，談長篇小說的計劃。他說他不相信這麼做，因為任何計劃都會中途改變。他還引用拿破崙的話說：計劃可以定，但不必過於嚴守，我哪知道今天下午是否會下雨，我怎麼可能把它計劃進去？

---

[127] 英文是「a leper's bell」，中世紀麻風病人隨身攜帶，以警示他人的一種小鈴。——譯注。

我倆用英語談著這些，互相交流我們寫長篇的經驗，發現很多長篇的寫作計劃，到後來全都發生了變化。

這時我說，中國當今有句說法，叫「計劃不如變化」。我不僅把這句話的發音告訴他，還跟他講了它的意思，那就是：No plan is as good as change，然後用英文說：because everything changes and you can't plan changes。

今天開車出門，去幹一個翻譯活，路上想起我倆那天的談話，腦海裡立刻湧出一句英文：Plan changes。譯回中文就是：計劃變化。

自己覺得，用這兩個字來譯「計劃不如變化」，似乎蠻受用的。不信你以後在某個說英語的老外身上用用看？

Established

翻譯中每次看見established或establishment這兩個字，永遠都要查字典，因為永遠都拿不準應該怎麼譯。比如說「established English painting」（p. 115）。

我就不為難你了。

我在*Nothing if not Critical*這本書中第一次翻譯時，譯成了「地位確立的」。後來，我把「establishment」譯成了「當政當局者」。再後來，如今天，我把這句話「Ruskin had inveighed against the unhappy prettiness and sameness of established English painting」（p. 115）譯成了這樣：

> 拉斯金曾猛烈抨擊當政當道的英國繪畫中那種「不幸的求美與雷同」現象。

是的，所謂「established」，就是當政當道，甚至恣意妄為地擋道，不讓後起之秀前來獻藝的那種落後勢力。任何國家、任何社會、任何文化都有，不僅限於黃種人的中國。

Prettiness

翻譯不僅僅只是譯字，而是與譯者思想有關的。比如，上文中我譯的「不幸的求美與雷同」現象，英文原文是「unhappy prettiness and sameness」。（p. 115）

所謂「prettiness」，就是我們經常看到的那種講究文字美的所謂美文現象。那些對此樂此不疲的人不知道，他們的東西已經美到令人噁心的地步都不自知。

因我對這種現象極其厭惡，故譯成「求美」。

加字

下面這段翻譯，可以採用加字法，但先請你譯，怎麼譯：

> God was in the details: in the petals of a cornflower or the veins of an elecampane leaf, in the grain of stone or the purling of a brook. (p. 115)

我先是這麼譯的：

> 細節中，有上帝：在矢車菊的花瓣中，在土木香一隻葉片的脈絡中，在石塊的紋路中，在一條小溪的涓涓流動中。

相信你也是這麼譯的。但是，你不覺得似乎缺少什麼嗎？

想想之後，我改、我改，我這麼改了：

> 細節中，有上帝：在矢車菊的花瓣中，在土木香一隻葉片的脈絡中，在石塊的紋路中，在一條小溪的涓涓流動中，所有的細節中都有上帝。

此為加字，也算是一種創譯。有人要問了：加多少字為宜？鄙人曰：創字當頭，加多少都為宜，才氣是唯一的衡量。

變舊

「舊」這個字，在英文中至少有兩個字可用：old和used。我在翻譯詩人的一首詩《舊冬天》時，把全詩的「舊」，都譯成了「old」，除了下面這行：

無聊的時候我會站在窗邊，看一會兒遠處
山頂上變舊的積雪[128]

怎麼譯？

我呢，是這麼譯的：

When bored, I'll stand by the window, look at the olding accumulated snow
On the mountain top in the distance

你可以看到，「old」是不能用作動詞的，但我用了，and that makes all the difference。

進行一校時，我發現，還可以再改，成這樣：

When bored, I'll stand by the window, look at the accumulated olding snow
On the mountain top in the distance

心疼

在譯一個中國女詩人的詩，標題是《爸爸，我看見你鬆弛的小肚微微感到心疼》。[129]

怎麼譯？特別是「心疼」二字怎麼譯？

譯好了嗎？翻字典了麼？

老實講，我沒查字典。對於創新，字典是沒有太大用處的。我的譯文如下：

"Dad, I Felt Slightly Heart-sore on seeing Your Loose Tummy"

祝好，活人。或活人們。

---

[128] 參見高鵬程《舊冬天》，未發表中文詩。
[129] 參見安琪《爸爸，我看見你鬆弛的小肚微微感到心疼》，未發表中文詩。

酒肉兄弟

跟著這詩人又來一句：「你多年的酒肉兄弟。」[130]

怎麼譯？

好譯，如此：「your wine and meat brothers for many years」。如果不喜歡「wine」（葡萄酒），那就改譯為「your liquor and meat brothers for many years」。

Cheers, Mate。

聲色犬馬

她跟著又來一句：「你依然熱愛你聲色犬馬的過去生活。」[131]

怎麼譯？

建議採用英半漢全的譯法。我的如下：「You still love your past life of sex and horses。」

行了，就這樣吧。你同不同意與我又有什麼關係呢？

劈劈啪啪

還是這個詩人，另一首詩，有一句云：「打在傘頂還有聲音，劈劈啪啪。」[132]

怎麼譯？

字典對「劈劈啪啪」的解釋是：crackling。可我一點也不喜歡。

我呢，就這麼譯了：「Hitting the top of the umbrellas, with a sound, pee-pee and paa-paa。」

就這麼譯了。

---

[130] 同上。

[131] 參見安琪《爸爸，我看見你鬆弛的小肚微微感到心疼》，未發表中文詩。

[132] 參見安琪《北京落雨了》，未發表中文詩。

鼓浪嶼

接著，這個詩人有一首詩，題為《鼓浪嶼》。

怎麼譯？

這麼譯：「The Drum Wave Islet」。

這是不言自明的，不用多講。

心事

這個詩人在《偎依，或硬座》這首詩中有句云：「心事像果實綴滿心頭。」

怎麼譯？

建議是：中文古詩中有「花事」之說，英文也有「things in bloom」。請參見A. E. Housman的那首詩「Loveliest of Trees, the Cherry Now」。

所以我的譯文是：「Things of heart hanging heavy like fruit。」

沒用in，感覺of味更正一點。

Ant-swarming city

據休斯說，「ant-swarming city」出自波德賴爾之筆下。（p. 119）

我想都沒想，就譯成了「螞蟻蜂擁之城」，但立刻就反應道：蜂擁？那是像黃蜂一樣擁擠，而不是像螞蟻一樣嘛。「蜂擁」顯然不對。我改，我改，我立刻改為「蟻擁之城」。

有人會說：成語沒這麼說的。

對曰：一、正因為成語沒這麼說的，我才可以理直氣壯地這麼說，因為成語在第一次有人這麼說時，也是沒人那麼說的。二、什麼叫創譯？那就是第一個這麼譯的人

其實，以後不要習慣性地動輒就用「蜂擁」，還可以用「人擁」、「機擁」、「車擁」、「灰擁」，等。

不多說了，就這樣吧。

分割法

我事先就告訴你，下面這段文字，需要採用「分割法」，請你翻譯：

> Those who believe Impressionism viewed the world through rosy bourgeois lenses should ponder Pissarro's commitment to "our modern philosophy, which is absolutely social, antiauthoritarian and antimystical...a robust art based on sensation." (p. 119)

怎麼譯？怎麼分割？
請參看我下面的譯文：

> 那些認為，印象主義是通過玫瑰色資產階級鏡頭看世界的人，應該考慮一下畢沙羅對「我們現代哲學」的承諾，這個哲學「絕對社會化，絕對反權威，絕對反神祕……它是一種基於感官的活力四濺的藝術。」

我所說的割斷，是把英文中的一整句引文，分別割成前後兩段，如你所看到的那樣。

Mathematical methods，等

翻譯今天去的是一家中學。客戶遲到了二十分鐘才到，原來是一對母子。談話立刻進入正題。在座的校長向母親指出，孩子的數學不好，已經到了UG的地步。所謂UG，是「ungraded」的意思，即成績糟糕到不能「評分」的程度。

翻譯過程中，翻譯覺得這個孩子挺好玩的，ta也不多話，但每次出現一個字，翻譯是這麼翻的，孩子卻那麼說，與翻譯說的完全不一樣。例如，校長說到mathematical methods時，翻譯說：數學方法。孩子說：低數。校長說到further maths時，翻譯說：進一步數學，孩子卻說：中數。校長說到specialist maths時，翻譯說：專業數學，孩子卻說：高數。

這孩子好玩的地方在於，ta不多說，只說兩個字，也不說你錯，也不說你對。臉上什麼表情都沒有。

由於ta多次打斷校長的話頭，遭到母親的一頓訓斥：你怎麼這麼不禮貌，老是打斷校長的話。你能不能不做聲，聽人把話講完呢?!

翻譯此時面臨的是一個選擇：翻，還是不翻。他決定不翻，於是就不翻了。好在校長也沒有說：What were they talking about just now?

事後，翻譯在網上詞典裡查了查那三個詞的意思，都跟他翻譯的一樣，但他還是覺得，那個孩子說的都對，即低數、中數和高數。

從這個角度講，一個翻譯需要學習的對象，可以一直低到中學生。

Pictorial speech

休斯談到美國畫家Thomas Eakins時說，他的特點之一，是「plain of pictorial speech」（p. 120）。

我停了下來。

隨後，我把它譯成「圖畫言語樸實無華」。是的，不是「圖畫語言」，而是「圖畫言語」。語言是language，言語是speech。理論界常說的「話語」，就是這兩樣東西的合成：speech / language。

我還是不滿意。

言語（speech）是說話、話。「圖畫言語」從這個角度講，就很臃腫。啊，明白了，完全可以譯成「圖話」。不是看圖說話，而是用圖說話，故「圖畫言語」。

現在，我要挑戰編輯了。我把該句譯成「圖話樸實無華」，同時加了一個注，大意就是上面說的那些。

不過，為了便於他人接受，我稍微做了一點修改：圖「話」樸實無華。

Understatement

19世紀的美國，跟當代中國沒有太大不同，對真正有膽識的藝術家，依然是採取拒絕的態度。伊肯斯一幅畫手術的畫，當時曾被費城美術學院拒絕展出，理由是「女士觀看時會很不開心」。

休斯說到這裡，來了一句，說這簡直是「an understatement of the first order」。（p. 122）

怎麼譯？

我是這麼譯的。什麼解釋都沒有，要看的話，看註腳就行：

> 1891年，《阿格紐診所》遭到費城美術學院展覽的拒絕，因為它描繪了一次因癌症而進行的乳房切除術，因此「女士觀看時會很不開心，」這簡直是「誇小」[133]到了極致。

必須直言，我現在對中國式的誇大簡直厭惡到無以復加的地步。我這是不是誇大？我是不是應該誇小一點，這麼說：我對中國式的誇大，有點討厭。

雙反（2）

先請看下面這句：

> Their freedom from “poetic” conventions is, of course, just what makes his best paintings so moving to a modern eye. (p. 122)

這個裡面的「his」指的是畫家Thomas Eakins。

怎麼譯？

必須指出，需要「雙反」。1. 把「his best paintings」調到最前面。2. 把「their freedom」換算成「最佳繪畫的擺脫」。這樣：

> 他的最佳油畫之所以在現代人眼中看來如此動人，當然是因為這些油畫不受「詩意」的常規影響。

當然，此話也可以這樣來反一下：

> 正是因為他的最佳油畫不受「詩意」的常規影響，才使之在現代人眼中看來如此動人。

現在想想，還是修改後的第二段較好。

---

133 「誇小」是我的創譯。英文是understatement。與漢語什麼都往大走的誇大不同，英文更喜歡誇小，儘量說得輕描淡寫，反而有時更有力量。例如，記憶中看過一篇報導地震的英文文章。那位撰文的記者說，他當時坐在幾十層的高樓上，邊喝咖啡，邊看著窗外一棟棟大樓在地震中垮塌。這就是誇小，遠比刻意描述當時的緊張混亂狀態有意思得多，也好玩得多。當然，我後來意識到，中國的文字中，也不是沒有「誇小」的例子，如「腦袋掉了碗大個疤」和「區區小事，何足掛齒」，等——譯注。

剛剛又出現一個雙反的例子，英文是：「a vast and almost illegibly complex dirge」（p. 131）。我的譯文是，把「vast」丟到最後，反了一次。再把「complex」搬到前面，再反一次，這樣：「一首複雜得幾乎說不清楚的巨大挽歌。」

The usual suspects

有一部電影，叫*The Usual Suspects*。我吃驚地發現，它的中文譯名竟然是《非常嫌疑犯》。其實，如果直譯或按字典意思譯，前為《平常嫌疑犯》，後為《普通嫌疑犯》，怎麼也不會走到這句話的反面或對面去。如果把這一點理論化，基本可以下結論說：中國文化是對英語文化的改寫或反寫，哪怕不涉翻譯也是如此。

理論到此結束。請看下面一段文字：

> One enters expecting the familiar recorder of a vanished culture, the café and boulevard life of the Belle Epoque, the lowlife of the cabarets, the usual suspects—May Milton, Jane Avril, La Goulue. (p. 127)

怎麼譯？特別是「the usual suspects」怎麼譯？

想了半天，我也沒法把嫌疑犯之類的放上去，無論是平常的、非常的，還是普通的，都沒法放上去，只能簡化之：

> 入場時，人們期望看到關於一個已經消失的文化，Belle Époque（美好年代）的咖啡館和林蔭大道上的生活，卡巴萊餐館的下層生活，以及所有那些估計通常都會有的人—梅・密爾頓（May Milton）、簡・阿佛里爾（Jane Avril）、拉・古略（La Goulue）—的熟悉記錄。

Pose（2）

休斯談到法國跛子畫家羅特列克時說：

> His poses were really seen, not inherited from the atelier tradition. (p. 128)

這個poses怎麼譯？

前面講過，可以不譯。那麼，後面那個複數的「s」怎麼辦？

回答是：不怎麼辦，也不譯。我的譯文見下：

> 他畫的那些擺出來的pose都是親眼所見，而不是從畫室傳統中繼承過來的。

這讓人想起中國當代漢語中，英文的「fans」，已經成了漢語的「粉絲」。哪怕是一個，也是「粉絲」。而在英語中，那只能是「fan」。

「Pose」則正好相反，無論你怎麼擺pose（像擺譜一樣，發音還有點小像），擺多少pose，你都不在那個變成中文的英文後面，加上一個「s」。這是什麼語言規律？這是語言不講道理（此處可用gratuitous），而且沒有規矩的規矩。我們只能照搬，沒辦法批評。

The Timeless and the Eternal

在中國大學教翻譯後發現，那些學翻譯的學生，從來沒有老師教他們如何翻譯標點符號，似乎那是最不重要，最不需要翻譯的。因此，在英譯漢中，用英文的實心句號，來代替中文的空心句號，用英文的三點省略號（…），來代替中文的六點省略號（……），用英文「說」字後面的逗號，來代替漢語「說」之後面的冒號（：），真是比比皆是，有時一個學期學完了，還有不知道怎麼正確使用標點符號的人。

言歸正傳，先看下面這段：

> Lautrec thought the Timeless and the Eternal a boring joke, and in At the Moulin Rouge he offered the alternative: let the aesthetes dedicate themselves to Higher Thought, but he would stick with the gaslight and his fallen friends. (p. 128)

怎麼譯，特別是「the Timeless and the Eternal」，以及「the Higher Thought」這三字，怎麼譯？

以前凡是碰到這種大寫的字，我都感覺到發怵。這一次則比較簡單，我是這麼譯的：

羅特列克覺得，所謂超越時間和永恆不朽，完全是個無聊的笑話，而在《在紅磨坊》中，他作出了一種另類選擇：讓那些唯美主義者獻身於所謂的崇高思想吧，他寧可跟煤氣燈和他那些墮落的朋友在一起。

關於這種大寫，以後有時間還要細談。同時請你注意，「Higher Thought」不是「更崇高的思想」，正如「High Court」不是「高級法院」，而是「最高法院」一樣。前者是英重漢輕，後者是英輕漢重。語言的鐵不律，沒辦法的。

Read into

下面這句話有點難譯呀，特別是read into二字：

> ...but anyone who read into its brilliant, sickly jolts of complementary color and its ravaged cast of characters the evidence of moral disapproval would not know his Lautrec. (p. 128)

先說明一下，這個「its」指的是「Lautrec's painting」。

我本來想從後面往前譯，但一動鍵就發現，可能關鍵還是如何理解「read into」。在英文中是「看進去」，但進入漢語，就可能需要「看出來」了。試譯如下：

> 然而，凡是從羅特列克油畫中，由互補色彩組成，才華橫溢，而又令人作嘔得讓人震驚的畫面，以及那一群好像被洗劫的人物中，看出了道德非難之證據的人，對羅特列克是很不瞭解的。

反譯，反譯，是翻譯的核心之核心。

Get over it

有時候幹別的事，腦中會突然冒出一個很不相干的英文字或說法。比如今天，剛把要翻譯的那本書的電腦文檔打開，腦中就冒出了「get over it」，還同時配上了一個翻譯。仔細咀嚼了一下發現，不錯，便順手寫了下來。

每每和我的澳洲朋友聊天，談起過去某件令自己耿耿於懷的事時，他就會說：Get over it。他從不說：Forget it（忘記吧），而總是說：Get over it。以至於我對這個說法都耿耿於懷了，因為總是很難找到能跟它很相配的翻譯。

我甚至都想到了用「翻過去吧」來翻譯它，腦子裡同時出現了一個形象：一個人從難以忘懷、耿耿於懷的柵欄上翻了過去。與此同時，「翻」這個字讓我有了新的觸發點：翻篇！

對，我當時配上的那個譯文，就是「翻篇」二字。到網上查過「翻篇」的意思之後，我敢確定無疑地說：get over it，就是「翻篇」的意思。

Rodin

梵古的英文名字是Van Gogh，跟「高」毫無關係。高更的名字是「Gauguin」，也無「高」在裡面。中國人因為沒有上帝可以尊崇，就特別崇拜西方白人。本來無高的名字，一譯過來就高起來，從此一輩子就高大了。

Rodin稍微好一點，只是成了「羅丹」，聽起來有點雌化，像個女的。下面有句話跟他有關，你來試譯一下（其中的「him」和「he」，指的就是羅丹）：

> Perhaps we tend to see him as more isolated than he was. Rodin was never without gifted peers. (p. 130)

翻譯好玩的地方在於，它也有吉光片羽的靈感閃現。我的譯文是這樣的，可能會出其不意了你：

> 也許，我們傾向於把他看作是一個比他本人更加與世隔絕的人。羅丹從不落單，總有與他相匹敵的天才之人。

這個「落單」，當然是「羅丹」的諧音，但它出現的那一刻，就在手指敲下「羅丹」的時候。換了一個翻譯，可能會把「落單」否定，但出現在這樣一個不能更合適的地方時，不把「落單」落下來，那就太傻A了。

As it were

下面這句英文，一定很好譯，太簡單了：

> No great artist appears, as it were, from the desert as a person without a past... (p. 130)

怎麼譯？特別是「as it were」怎麼譯？

我是這麼譯的：

> 從來沒有一個偉大的藝術家會突然從沙漠中出現，彷彿一個沒有過去的人……

注意「彷彿」二字，其位置是不是發生了變化？是的，這在我的翻譯微論中，被稱作「錯位翻譯法」。

而且，英文的「as it were」也屬多餘，有後面的「as」足矣。這倒是「英繁漢簡」的一例。

Then, submit to, program

可以事先告訴你，上面這幾個詞，可以採取不對等，更對等的方式來譯。那就請你先入為主地來翻譯下面這段休斯關於羅丹的話吧：

> Then there is the refusal to submit to external schemes or narratives. *The Gates of Hell* cannot be read as a Renaissance fresco or a medieval Last Judgment, because it has no iconographic program. (p. 131)

請你把你翻譯的那幾個字，與我翻譯的對照一下（下面已劃線）：

> 其次，他還拒絕就範於外在的計劃或敘述。《地獄之門》不可能看作是文藝復興時期的濕壁畫，也不能看作是中世紀的最後審判日，因為它並沒有任何偶像式的居心：羅丹邊雕塑，邊捏造意義。

說明一下，我本來把「then」譯成了「而且」，但還是改成了「其次」，這樣文氣更通。如果你沒這麼譯，也不能完全怪你，因為你並沒有看到全文。

英輕漢重

這個問題，是個微理論問題，在《譯心雕蟲》中講過，但真正加以實踐，還得在本書中具體做到。先看下面一句：

> If ever a great artist lived out the conventional trajectory from obscurity through unpopularity and thence to notoriety and patriarchal fame, it was Rodin. (p. 131)

怎麼譯，特別是最後那三個字，怎麼譯？

我是這麼譯的：

> 如果史上有這樣一位偉大的藝術家，過著循規蹈矩的生活，走過了從默默無聞，到不受歡迎，接著臭名昭著，最後獲得父權社會名望的軌跡，那此人必是羅丹無疑。

問題是：如何重？我的回答是：那就要看翻譯本人的文學修養了。

我再給你舉個例子。這句話英文如下：

> Then one must count his sexual frankness, overwhelming in its time... (p. 131)

首先必須指出，這句英文有錯誤，不應該是「in its time」，而應該是「in his time」。既然休斯已故，我們也無法查證，但根據上下文，這句話是錯的，必須譯正確。

怎麼譯，特別是「overwhelming」一字？

我最開始是譯成「難以承受」，但跟著就覺得，此字在漢語裡太輕，必須英輕漢重，才能起到效果，即必須下漢語猛藥，於是譯成：

還必須把他對性的坦誠算進來，這在他那個時代讓人不勝驚恐之至，……

Cliché

這個字說好譯也好譯，直接從字典上拿來就行，譯成「陳詞濫調」。說不好譯，也不好譯，比如休斯下面這句談梵古作品的話：

Although these images have joined the noble clichés of art history, they can be seen afresh through their relationhip with the work of other artists. (p. 133)

怎麼譯？

英文有很多字或詞（中文也是一樣），是不能隨便拿來跟漢語搭橋，畫上等號的，cliché一詞就是如此，放在不同的地方，它得有不同的譯法，糟糕的是我們的字典是死的，不能根據具體情況提供具體譯法。好在從事翻譯的人是活的，不僅翻譯，還能創譯。在對待這個字的態度上，當它今天再次出現時，它觸動了我早就埋在心底那個想把它創譯一下的想法，於是有了下句譯文：

儘管這些形象都已加入了藝術史崇高的「窠裡泄」，[134]但現在仍可通過它們與其他藝術家作品構成的關係來重新瀏覽。

因為有了註腳，我就不多說了。

Direct

翻譯與創作有沒有直接的關係？我的回答是：有。
且看休斯下面這段話：

...a way of visual speech that was archaic, direct and sacramental. (p. 134)

[134] 英文原文是「cliché」，意指陳詞濫調，但放在此處似不適用，故音譯之。——譯注。

現在我不想問你「怎麼譯」了，因為我有話要說。

我在譯到「direct」時，第一次敲鍵用的是「直接」，但隨後改成了「直白」。為什麼？

說起來話長，只能簡單點說，那就是，最近有朋友批評我，說我寫的東西過於「直白」，我對此特別不以為然，也絕對不能接受。他們那些人（包括那位朋友）寫的詩歌等東西，油膩膩到難以卒讀的地步，卻動輒用「不美」、「粗糙」、「直白」等詞彙，來對與他們風格不一樣的作品施行打擊和批評。

想到這兒，我就做了以上的修改，如你下面看到的那樣：

> 一種既古雅，又直白，而且像聖典一樣的視覺言語。

Charles Moffett

有個人的名字看似簡單，實則難譯，不信請你譯一下：

> The retrospective was curated by two art historians, Françoise Cachin, of the Musée d'Orsay in Paris and Charles Moffett... (p. 135)

如果這樣譯，對嗎：

> 該次回顧展的策展人是兩位藝術史家，巴黎奧賽美術館的弗朗索瓦絲・卡香（Françoise Cachin）和查理斯・莫非特（Charles Moffett）。

再問一句：Charles Moffett的譯名對嗎？

要回答這個問題，不是一句兩句可以說得清楚的。得查他是哪兒人，

尤其是得搞清楚，他是法國人，還是英國人。如果是法國人，他就應該譯成夏爾・莫非。

難就難在，關於這個微資訊，我在網上無法一下子查到。只能暫時假定他是英國人。與此同時，錯誤就隱含其中。而要糾錯，有時要花很多時間。因此，錯誤難免。

Swelling and closing

這個地方，我不想請你譯，我只想自己譯，然後告訴你我的經驗。

> At times, Manet's tact in balancing the decorative and the real amost passes belief, as in the black stripe on the fifer's right leg—swelling and closing with negligent grace, extending the black of the tunic only to stop it an interval above the foot. (pp. 136-7)

休斯在這兒談的是Manet（馬奈）的一幅畫，即*The Fifer*（《吹橫笛的人》）。諸位不妨先到網上把這幅畫調出來看看。

我是這麼譯的：

> 有時候，馬奈把裝飾性和真實性加以平衡時，老練得讓人幾乎難以置信，如吹橫笛的人右腿上那條黑色紋路——膨脹收束，優雅而又隨意，把「圖尼克」上衣的黑色一直延展下去，一到腳面上就戛然而止。

這個「swelling and closing」還真有點兒不好譯，但我一邊看畫，看那條線，一邊口裡發出了聲：線條鼓出來，縮進去……「有了，」我對自己說，隨手就把上面那句改成下面這句：

> 有時候，馬奈把裝飾性和真實性加以平衡時，老練得讓人幾乎難以置信，如吹橫笛的人右腿上那條黑色紋路——鼓出來，縮進去，優雅而又隨意，把「圖尼克」上衣的黑色一直延展下去，一到腳面上就戛然而止。

是的。如果詩歌中有口語詩，文學翻譯中也應該有口語翻譯，即有語感的翻譯。如上文所示。

Run

最簡單，最難譯。比如簡單到「run」這樣一個字，在下面這段話中，就讓我費了不少時間：

A run occurred and the Bank's hydraulic bronze doors at 48 Martin Place closed on its customers, never to open again.[135]

中文字典查不到，英文字典也查不到，好在我的查找能力還不錯，通過「bank run」，找到了這樣一條英文注釋：

What is a "bank run"? What is the definition of a "bank run"?

Bank runs occur when depositors (customers) at a bank start to feel as though the bank may fail, which leads people to withdraw most or all of their money.[136]

原來，這就是我們常說的「銀行擠兌」，即儲戶害怕銀行倒閉而大批取款。有了這個解釋，翻譯此句就不難了。

Yummy tummy

接著上面那句「最簡單，最難譯」的話說下去。一個客戶發來兩個字讓我譯：Yummy tummy。我一天都沒譯出來。一是因為不好算錢，二是因為實在難譯，即使她把圖片——一張關於嬰兒奶粉的圖片——通過微信發過來，我還是沒法翻譯。

最後想想，只能音譯一下試試看吧：「雅米泰咪嬰兒奶粉」。

Angry bone

先把我最近寫的一首詩亮相如下：

《女人》[137]

男人忙投資的事情

---

135 參見Ian Hayes, *I Have Run My Race*，已由上海譯文出版社2015年出版：《漸行漸遠：我的從警生涯》，英文原作尚未發表。

136 參見"Definition of Bank Run": http://www.davemanuel.com/investor-dictionary/bank-run/

137 關於此詩中的詳細報導，請參見英文報導《A Plot to Kill》，原載"Spectrum", *The Age*, 2/8/2014, pp. 22-25.

很少在家
女人守在家中
無非做幾樣事情：
購物、會友、下館子
男人每週給她
五千澳幣花銷費
那是三萬人民幣呀
女人開的是寶馬
住的是湯豪斯
還玩了一個雄性的殺手
是滴，她要他為她
殺掉她老公
於是，一個晚上
那雄性殺手動了手
把她老公割喉
幸而，一切並非如願以償
男的沒死
殺手被捉
女的被捕
採訪男的時問他：
你還生不生氣
男的說：
I've never had an angry bone in my body
直譯便是：
我的肉體中從未有過一根怒骨
女的除了雄性殺手
還玩了另外一個男滴
是滴，一個為她不停滴瀝的男滴
這次如果她得手
光保險費就能獲賠6百萬澳元
那是什麼概念！
價值三千六百萬人民幣呢
以後的事情

不容此詩細述
也不是詩歌的任務
詩歌只能在此歎道：

女人呀，女人，
你的時代，你厲害

然後我問你：angry bone怎麼譯？

當然，你已經看到，我把它譯成了「怒骨」，就像「怒氣」一樣。但是，漢語沒有這種說法。自己對自己的評價是：有點勉強，可以入詩，但真正在散文中，就不大容易成立。

昨天，我請一位當年的學生yum cha（飲茶）時，又談到這個故事，以及這個問題，但我發現，我告訴她時，已在不知不覺間，取得了一個全新的看法。我說：那個被謀害而倖存的男人說：他身上沒有一點「骨氣」。我解釋說：那也就是說，他有骨頭，但沒有骨氣，骨頭裡沒有氣，不會生氣。

在中國，沒有骨氣的人，會被人瞧不起。但在西方，如果被人謀害而倖存下來，卻不因此而恨謀害者，這種無「骨氣」、骨頭中沒有怒氣，是多麼好的一種品質啊。

Grave misgivings

正在翻譯的這本書中，一位打入共產黨的澳大利亞員警，被共產黨發現後，感覺到有生命危險，便電告上司，要求撤離。上司堅持讓他繼續待下去，但他堅持不肯，說：

> I said, "If that is an order then I will obey it, but I have grave misgivings. I don't think it is safe." [138]

這裡面的「grave misgivings」怎麼譯？

我一看這二字，腦子裡就像條件反射一樣，產生了與字典解釋完全不一樣的描述，看了字典後，更證明我的感覺不錯，譯文如下：

[138] 參見Ian Hayes, *I Have Run My Race*，英文原作尚未發表。

我說：「如果你下命令，那我就執行，但我有一種大難臨頭的感覺。我覺得很不安全。」

是的，我把「grave misgivings」譯成了「一種大難臨頭的感覺」。

Cute,...pseudo-naïf

請翻譯下面一段文字，特別注意上面這兩個字：

...at least they are not cute or kitschy, like the truckloads of pseudo-naïf painting that would sprout from Montmartre to Haiti after his death. (p. 140)

這句話中的「they」，指的是法國畫家盧梭的畫。我是這麼翻譯的：

這些作品至少不賣萌，也不媚俗，不像能裝滿幾卡車的那些裝嫩的畫作，它們在他死後，從蒙馬特到海地，到處生根發芽。

我承認，如果早十年（也就是2004年）翻譯這本書，「賣萌」和「裝嫩」這兩個詞，我就是再有想像力，也不可能令其進入我筆下。傅雷、魯迅更不可能，嚴復就不用說了。這就是我所說的「用今語」的用意所在。拿我現在的話來說，那就是：翻譯永遠需要再翻譯。

Untutored eye

雖然前面好像說過，但我在此處還是要再說一次，即作為具有作者和翻譯雙重身分的翻譯，一段譯文的出現，一定跟他對事物的看法是有關的。先看下面這段英文，說對法國畫家盧梭來說，最重要的是：

...the ideal of the untutored eye unobstructed by academic culture, registering the world with the clarity, as the cliché used to run, "of a child or a savage"···(p. 140)

今天在廁上看哈代的「假」傳記（實際上出自他本人之手，但出版時冠以他第二任妻子的名字），看到一句話，感到很同意。記得他說：美自醜中出。[139]鑒於我對人類美學或醜學的認識，就不難理解我為何把上面那段話這麼譯了下來：

> ……（一種）不受學術文化阻撓，有意不學無術的畫眼理想，就像那句陳詞濫調裡說的那樣，要「用孩子或野人」的清澈目光，來記錄這個世界。

我喜歡的就是具有這樣一種畫家眼睛的理想，即「有意不學無術」，於是就這麼譯了。任何一個有不同看法的人，絕對不會像我這樣譯。

Trickle

還是那本員警的故事，還是我在翻譯。其中出現一段話，如下：

> He must have been quite efficient as after several months the graft money to police must have dropped down to a trickle. [140]

這個「he」指的是一個忠於職守的警官，他對悉尼一個貪污腐化的重災區進行整肅之後，就出現了上述那種情況。

那麼，怎麼譯？

我的譯文如下：

> 他一定做得非常有效，因為幾個月後，員警通過貪腐獲得的錢財就從洪流滾滾變成細流涓涓了。

讀者可能要問，他原文只有「細流涓涓」（trickle），而並無「洪流滾滾」。這就是只知其一，不知其二。我採用的還是一個老技法，即英半漢全。譯成漢語後，要把英文隱藏的那半句話說出來。

---

[139] 參見*The Life of Thomas Hardy: 1840-1928*, by Thomas and Florence Hardy. Wordsworth Editions, 2007, p. 123.

[140] 參見Ian Hayes, *I Have Run My Race*，英文原作尚未發表。

Smarter than this

上面那本書裡，兩個員警鬥智，前面一個有一種做法，後面一個，也就是艾倫，也有他的做法，書裡說：But Allen was smarter than this,...

看起來好簡單呀，怎麼譯？

不太好譯，我是這麼譯的：

……但艾倫可沒那麼傻……

顯而易見，我用的是反譯法，「this」變成了「那麼」，「smart」變成了「傻」。好玩。

這又使我想起一個反譯的例子。昨晚看哈代的傳記，其中有句云：「one night of terrific lightning and thunder」。[141]仔細一看，這不是「電雷」又是什麼？而在漢語裡，兩者的排列永遠是「雷電」、「雷電交加」，就像漢語永遠說「爸媽」，而不說「媽爸」一樣。

有道理嗎？沒有。反正是反的，記住這點就行。

寫到這兒，收到一個商業翻譯，是為他人做檢查，校對其翻譯。該翻譯對這樣一句英文「Only working Smoke Alarms save lives」，譯成了這樣一句中文：「只有工作的煙霧警報器才能挽救性命。」

這句譯文中，「只有工作的」譯得有點問題。

我的修改是：「煙霧警報器不壞，才能救人一命。」

這個「不壞」，正好是反說，似應比「只有工作的」更清楚些。

Parody

這個字，一般譯作「拙劣模仿」，有時還譯作「戲仿、戲擬」。今天翻譯休斯談法國畫家盧梭時，說他畫了一批法國畫家「排起隊來，等著去看獨立沙龍，就像一隊身穿黑衣的士兵，隨身攜帶的畫作大小相同，」隨後就來了一句：「it was a parody of the military metaphor of the avant-garde。」（p. 141）

---

[141] 參見*The Life of Thomas Hardy: 1840-1928*, by Thomas and Florence Hardy. Wordsworth Editions, 2007, p. 160.

這個「parody」怎麼譯？

我查了一下網上字典「愛詞霸」。這一次讓我吃驚不小，因為我發現，對這個詞條的解釋，居然加了一個新意：惡搞！我一邊叫好，一邊就把這個新字用上了：

……這其實是用軍事隱喻來惡搞先鋒畫家。

什麼叫與時俱進？這就是與時俱進，而且因為是網上，直接把新字加進去就是了，用不著等十年八年的。當年那些無論編了多少大字典的人，都比不過這個。

Roaring and coughing

休斯說，畫家盧梭一生很窮，沒錢出去周遊列國，只好到巴黎植物園去看動物，聽那些貓科動物在那兒「roaring and coughing」。（p. 141）

怎麼譯？

我譯好了「roaring」（咆哮）之後，就準備接著把「coughing」譯成「咳嗽」，但突然停了下來。誰聽見過任何動物「咳嗽」的？即使有病，也不會「咳嗽」，而在健康狀況下，更不可能「咳嗽」。總之，「咳嗽」或「咳喘」，都是不合「字」宜的。

我忽然想起，年幼時我常發哮喘，也被說成是咳喘。用家鄉話說，是「吼」，發第一聲。「哮喘」這個字中，有個「哮」字，也就是「咆哮」的「哮」。

我終於明白了。英文的「roaring and coughing」，其實就是中文的「咆哮」，前為咆，後為哮。

保護現場2

小時候聽了一個故事說，一男一女在旅館做那個事，被革命群眾發現了。他們在節骨眼上衝進去，其中一個拿著電筒，指著那個地方照著說：不要動！要保護現場！

「保護現場」怎麼譯？

我此時翻譯的這本員警故事中，談及驗屍時，有一段話是這麼說的：

...the inquiry begins with the police taking charge of the scene of the accident and the body.[142]

看到「taking charge of」數字，上述那個故事，以及「保護現場」四字，就回到記憶中來，雖然看上去一點也不對等，但就是那個意思。於是就翻譯成：

如果死因屬事故造成，包括工業事故和交通事故，調查一開始，**警方就要保護事故和屍體的現場**。

當然，「保護現場」還有更正式的說法：「the scene must be left untampered with」。換言之，就是不能動現場。

Oh, no

我有個理論，是這樣的。英語的象聲詞，跟中文的象聲詞，是普遍對不上號的。除了少數能對上號，如貓叫和牛叫等之外，其他很多都對不上號，如獵犬的叫聲是「bay」，驢和馬都是「bray」，羊是「ba」，等。

同理，人的嘆詞也是這樣，如我們說「哎喲」，英文說「oops」，等。

所以，譯下面這段文字，說丈夫聽見妻子已死的消息時說：「Oh. No. She can't be. She's only in town doing a little shopping. Oh. No. She can't be dead.」，怎麼譯「Oh. No.」呢？

我根據上述不對等原則，是這麼譯的：

「沒有吧。不可能。她只是進城購物而已。沒有吧。她不可能死了。」

是的，我做了兩個處理。一、反譯：把「oh」放到後面去了。二、把「oh」譯成了「吧」。

過後不久，又遇到一個使用嘆詞的地方。這位員警碰到一個瘋子，把一塊子虛烏有的沉甸甸的黃金送給他，他也裝傻，做出接過金子，不勝其重的樣子來，同時說：「Gee. It is heavy. It must be worth a fortune.」

---

142 參見Ian Hayes, *I Have Run My Race*，英文原作尚未發表。

按照前面的做法，我就這麼譯了：「好重哎。肯定值很多錢吧。」。

我的兩個處理是：一、反譯：把「Gee」放到後面去了。二、把「gee」譯成了「哎」。

Fucken door

手頭正在翻譯的這本書，敘述員警如何在廁所，把小隔間中一具屍體抱在懷裡，好讓外面的人把門打開，這時他叫道：「Now. Open the fucken door before I get shit everywhere.」[143]

該你了，怎麼譯？

如果按照嚴復的訓誡，其中的兩個字「fucken」和「shit」就可以「雅」掉。不雅怎麼能成翻譯呢？

嚴復的訓誡可以休矣！我的翻譯如下：

「好了，把那個逼門打開吧，否則會弄得我滿身淌屎。」

Derro

翻譯無國界嗎？當然有。我剛碰到的情況就是。書中寫到員警在一個廁所小隔間發現一具「derro」的屍體，還把「derro」標成斜體。

這個字如果在澳洲，上網一查就知道，可偏偏最近剛回中國，去查英文網上詞典，怎麼也進不去。在這樣一個仍在實行思想禁錮的國家，怎麼能做好翻譯呢？

Art Union

有些字，翻譯起來極為簡單，一看就可下筆譯成中文，比如「art union」二字。但是，事情真的那麼簡單嗎？

還是上面說的那個員警故事，其中提到說，在1960年代，澳大利亞沒有別的賭博活動，只能通過賭馬，除了其他方式之外，還可以通過購買「licensed art union tickets」。

---

[143] 參見Ian Hayes, *I Have Run My Race*，英文原作尚未發表。

關於「art union」，網上基本上都解釋為「藝術聯合會」。請問：「藝術聯合會」跟賭馬有何關係？沾得上一毛錢的關係嗎？

有一個網站上，介紹了RSL Art Union的情況，[144]一看便知，原來這是一個賣彩票的地方，跟藝術的確沒有任何關係。

怎麼譯？

如果譯成「賭票聯合會」，好則好矣，但「藝術」沒了。個人而言，要想保留下來，只能採取這種方式：有頒證的「藝術聯合會」票。我呢，最後也是這麼譯的。

London to a brick

繼續翻譯那個員警故事。員警抓賭博的人需要取證，其中一個方式，是跟下賭注的人到電話亭邊，在心裡記下那人撥的電話號碼，然後打過去。接下來是這句話：

> When he went back into the pub, I would dial the number and if the phone was picked up on the first "ting", it was London to a brick I had a phone bookmaker.

怎麼譯？

比較難譯的是「London to a brick」，雖然並不難懂。[145]意思是說，可能性在一塊倫敦紅磚[146]和一塊紅磚之間，也就是可能性極大。我的譯文如下：

> 他回酒吧後，我就用該號碼撥號。如果第一聲「叮鈴鈴」鈴響，電話就接通了，我就敢板上釘釘地說，那人肯定是個賭注登記經紀人。

我很想直譯，但考慮到譯文拖泥帶水，還要做很多解釋，最後還是放棄了。

---

[144] 參見：http://www.rslartunion.com.au

[145] 可參見這篇文字：http://www.worldwidewords.org/qa/qa-lon3.htm

[146] 整個倫敦城的房子都是用紅磚建築起來的。

風流成性

前天晚上半夜收到一份翻譯件，是一部電影提要，講的是一個歷史故事，其中有這樣一句：「宣太后風流成性，一直寵倖俊美的男寵魏醜夫，臨死還要他陪葬。」[147]

怎麼譯，特別是「風流成性」四字？

知道我怎麼譯的嗎？我還沒有開始查字典，第一個躍入腦海的字，就是womanizing，跟著就是manizing，緊接著就是到網上核實。果不其然，形容愛玩男色的女的詞就是manizing。[148]

於是，「宣太后風流成性」這句話，就被我譯成了這樣：「Empress Dowager Xuan, manizing by nature」。餘下的還沒有譯呢，等譯好後再說。

Punishment

記得我曾在別處說過或寫過，翻譯一本文字好的書，是一件賞心悅目的事。同理，如果原書寫得很糟，文理不通，用詞欠佳，對翻譯來說，就是一件很痛苦的事。前面說過的那本關於員警的故事，就是這樣一本書。現從其中提取一個例子如下：

> Eighteen months before the end of my police career in 1976, I was transferred to Central Police Station for punishment, and whilst there for further punishment, I was placed in charge of the cells.

根據這句話的意思看，「punishment」一字，應該是指「挨整」，但全書自始至終，並未對「挨整」一事有隻言片語的交代，反而在後面提到，他轉到那兒去後，身分已從警員提升到警官了。如果是相反，從警官降級到警員，那是挨整，但現在這個情況，從中國人的文化意義上講，怎麼也安不上「挨整」這個概念。

我只能向作者求教。他的第一次解釋並不令我滿意，因為他說，他「for punishment」是被調到那兒講解「公民自由」的概念。我又不厭其煩

---

147 參見《黑衣帝國》，未發表文字。

148 參見Urban Dictionary的這個詞條：http://www.urbandictionary.com/define.php?term=manizing

地再次提問並告訴他，我依然不能理解這個「for punishment」的意思。第二次解釋，他終於把情況說清楚了。原來，當員警的一般都怕調到那個地方管理監獄，因為那兒關押的都是罪大惡極的犯人，地方老舊，髒亂差，等等。

問題在於，他的這個解釋本應寫進書裡，但書中不提，卻假定讀者都像他一樣清楚，以「for punishment」二字一筆帶過。這無論怎麼說，都是作者的疏忽。我是譯者，不是作者，無法代筆，只能最後以注解來彌補這個問題。我的註腳是這麼說的：

> 文中並未說明「挨整」原因，但據譯者與作者溝通，一般員警都不願調往該處工作，因要管理的地方髒亂差且犯人罪大惡極，很難管理。儘管他已升任警官，但從這個角度講，他還是「挨整」了。——譯注。

Remotely

上述那個員警故事中，敘述者因為一身正氣，管理嚴明，得罪了其他一些紀律不嚴的員警，竟暗中投訴，以不實之詞，告他與女警有染。他思前想後，暗自忖道：

> I had never placed a hand, nor physically invaded any policewoman's space. Nor by words did I suggest anything that could even be remotely considered propositioning.

怎麼譯？尤其是「remotely」這個字，怎麼譯？

必須承認，這位老員警的英文不是太理想，可從文中看出。例如，「I had never placed a hand」這句話，似應加上「on a policeman」而改成：「I had never placed a hand on a policewoman」。

這麼一小改之後，「remotely」還是比較成問題。在我看來，這應該採取我的英一字，漢一句的技巧，譯文如下：

> 我從沒動手摸過女警，從未親自闖入任何一個女警的空間，也從未說過一句能被認為是勾引她們的話，連八杆子都夠不著。

是的，「remotely」這一句，變成了「連八杆子都夠不著」這一句了。

Advantage

上面那個員警故事中，那位無端被控的員警最後說：「I certainly never used my position of power to obtain some sexual or physical advantage.」

怎麼譯「advantage」一字？

不難，這樣：

> 我絕對從來沒有利用我的權勢，想在性上或肉體上占她們的便宜。

什麼是「信」？不是從字典上找對應詞，而要找語義、語感上對應的詞。此所謂信。

Resorted

有一篇文章，是我那年用作學生翻譯考試的，大意是說英國有位主婦後悔不該要孩子，還在英國*Daily Mail*報紙上發文公開聲明。跟著就來了這樣的反應：

> At time of writing, over 1800 people had commented on the article. While some people commended her for her honesty and bravery, many resorted to calling her "selfish", "a hag", "an evil cold blooded woman", and mentally unstable.[149]

我發現，這句話中，最難譯的就是「resorted to」。因為學校需要考卷的答案，我不得不把全文翻譯下來，翻到這兒，我竟然不知道如何對付這個片語了，譯文如下：

> 在寫作本文之時，已有超過1800人對該文作了評論。雖然有些人稱讚

[149] 參見Kasey Edwards的「What if you don't love your children」一文：http://www.dailylife.com.au/news-and-views/dl-opinion/what--if-you-dont-love-your-children-20130407-2hf2c.html

她誠實勇敢，但許多人則罵她「自私自利」、是個「母夜叉」、「一個邪惡的冷血女人」，而且心理不穩定。

第二天，我還在想這件事、這個片語，覺得無論用字典的什麼定義，都無法準確翻譯之，只有我前面用的那個「竟然」，才最適合，於是改譯到：

寫作本文之時，已有超過1800人對該文作了評論。雖然有些人稱讚她誠實勇敢，但許多人竟然罵她「自私自利」、是個「母夜叉」、「一個邪惡的冷血女人」，而且心理不穩定。

正所謂不對等，更對等。字典解決不了問題時，需要靠語感。

Plumb

還是那本員警故事集的翻譯，其中談到，由於該警官工作認真，得罪了很多人，這些人上下串通，沆瀣一氣，最後通過上司把他調走，接著就是下面這句話：

As a matter of fact Claude offered me a plumb transfer to take charge of newly created Section that was to co-ordinate the use of police real estate.

什麼是「plumb transfer」？怎麼譯？

我譯《致命的海灘》時發現，最難的不是翻譯寫得好的文字，而是翻譯寫得壞、甚至充滿錯誤，包括錯字、白字、別字的文字。現在請問你，是否查到了「plumb」的意思？是否能把「plumb transfer」的意思正確地翻譯出來？

我的回答是，我譯不了。

原因是，我一看到「plumb」這個字，就懷疑是錯字，正確的應該是「plum」。它的本意是「李子」，但若跟「job」搭配，如plum job，意思就是肥差、肥缺，意即很好的工作、求之不得的工作。

所以，我在第一時間就給作者發信，問他是不是這個意思。他在第二天的回覆中，把這個字解釋為「prized」（為人珍視的），意思也差不多。我的譯文如下：

事實上，克勞德主動提出，讓我調離崗位，接受一個稱心如意的工作，負責一個新部門，協調警方地產的使用工作。

正如可能把很好的原文譯差，但也可以把寫得很差的原文譯好，我想，這應該是翻譯心理學——一個尚未建立的學科——將來需要重視的問題。

錯位翻譯

看起來一句很順暢的英文，譯成漢語時，卻怎麼也無法按照其原來的語序翻譯，有時需要反譯，有時又要時正時反，把原來的語序重新打亂，加以調整。若從時間角度講，真是難以相等，也就是說，原文可能一氣呵成，一兩分鐘寫就，譯文則可能要花二三倍、乃至三四倍的時間。請看下面這段原文：

> Quite often the works that seem most "expressionist", the clearest indexes of a mind approaching the end of its tether, are the most tenderly scrupulous in their treatment of fact.[150]

諸位不信試試，看是否能從第一個字順序地譯到最後一個字。

我經過一番思考之後，重新組織了一遍，譯文如下：

> 那些似乎非常「表現主義」的作品，在處理事實方面，卻經常極為溫柔，一絲不苟，它們是其大腦接近束縛之繩終端時最清晰的索引。

我把這個叫做「錯位翻譯」。

一雞三吃，一字三譯

早年看傅雷文字時，記得說他同是一個字，放在不同地方，總是有不同譯法，不重樣的。這個情況，今天我也碰到了。先看下面文字：

---

[150] 參見Robert Hughes的*Nothing if not Critical*, p. 147.

> No great museum retrospective is just a matter of a “definitive” array of works, or of critical intelligence applied to them, or of a deep curiosity about the artist’s life. [151]

你看看，這三個「of」怎麼譯？建議最好先譯了再對照。

我是這麼譯的：

> 任何偉大的博物館回顧展，都不僅僅是作品的一次「決定性的」陳列，也不僅僅是對作品運用批評智慧的展示，更不僅僅是對藝術家生活表示深度好奇感的顯露。

也就是說，我把「array」一詞，分別譯成了陳列、展示和顯露。此所謂一雞三吃，一字三譯耳。

有讀者要問了：那你那個「matter」呢？

回答是：不譯。此所謂該不譯則不譯耳。不信你譯了試試看，是否有蛇足之嫌。不僅蛇足，甚至似乎擺都擺不進去。

Sight and smell

上述員警故事裡，談到跟朋友吃泥蟹，說東西做好後，吃起來：「The flavour was the equal of the sight and smell。」

怎麼譯？

我想起早年做翻譯時，那位加拿大的「專家」稱讚東西好吃時說的一句話：「It looks good, smells good and tastes good。」

小鍵一敲，譯文出來了：（這蟹）色香味俱全。

“Stop” “Go” sign

仍然是那本員警故事集。這位員警接受了一個替地質學家在西澳找礦的任務，因採石可能給交通造成危險，被地方道路管理部門安排在路上執勤，因此，「I was given a “Stop” “Go” sign」。

---

[151] 同上，p. 148.

怎麼譯？

如果在澳大利亞生活過，就會有這樣一種經驗。每每開車到一個地方，會因修路或事故等情況，被一個手執標牌的人擋住。他站在路當中，舉著那塊牌子，上書：Stop（停）。過一會兒，他把牌子翻一個面，讓你看到「Go」（走）字。上面的那句英文，說的就是這種情況。

漢語也能像英文那樣譯得那麼簡單嗎？回答是不能。我的譯文如下：「我拿到一個正面是『停』，反面是『走』的標誌牌。」

英簡漢繁呀，英簡漢繁！

Between dips

英文說得越簡單，漢語越不好譯，比如下文中的「between dips」：

> After lunch at the Gorge, John and Dave departed for Port Hedland and Malcolm and I for the luxury of the Overland motel in Newman. Showers, sit-down toilets and a swimming pool, drinking champange in the shade of lush tropical vegetation between dips.[152]

你怎麼譯，我管不著，這次我也懶得問了，反正我是這麼譯的：

> 在峽谷吃過中飯後，約翰和戴夫去了赫得蘭德港，我和瑪律考姆便到紐曼鎮的跨陸汽車旅館享受奢侈生活去了，在那兒沖澡、坐馬桶、到泳池游泳，游一會兒起來，在蔥蘢的熱帶植被樹蔭下喝香檳酒，然後再游。

就這樣，還有更多要譯，只能就此打住。

Accretions...entails

休斯有一段話頗不好解譯，如下：

---

[152] 參見Ian Hayes, *I Have Run My Race*，英文原作尚未發表。

> Gauguin is a "legendary" figure, with all the accretions that ambiguously beneficial state entails. (p. 149)

最難譯的就是「accretions」和「entails」二字。之所以難，是因為用英漢字典，難以查到該二字的準確意思。

查了英英字典之後，其意自解，我是這麼譯的：

> 高更的狀況模稜兩可，於己有利，必然令人節外生枝，令人產生種種猜測，因此是一個「傳奇式」人物。

翻譯這句話的幾個關鍵字是：反譯；不對等，更對等；加字；要查英文詞典，等。

一不做，二不休

在澳洲和中國做翻譯有什麼不同？很多不同，但最大的一個不同是性和政治。例如，有一年，有個客戶因申請政治避難，找我翻譯文件。其中有句說：「打倒共產黨。」我沒有任何顧慮，照譯了。這在澳洲沒事，但在中國，可能就有事了，會有大事的。

另一個就是性。最近因研究事宜，涉及澳洲一位妓女的採訪。這位來自中國的妓女，以自己的生涯寫了一本書，叫《上帝女神》，其中關於性交的描寫，可說是前無古人。我碰巧需要翻譯她的訪談錄，其中有段中文一看就懂，英文一看就難譯，是這樣的：

> 我要向Xavaiar Hollander（《Happy hooker》的作者）和Jenna Jameson（一位性交錄影的明星，她把她的生活寫成書，從2004年到現在2014年，十年時間，她賣了120萬套書）她們學習，一不做二不休，要性感就性感出個樣子來，要裸露就露個澈底，真正實現我做當今世界上第二個《Happy Hooker》幸福妓女的夢想。[153]

[153] 參見《我的澳洲，我的情色生活（上）——訪《上帝女神》作者琳達》：http://www.au123.com/australia/story/20140528/137719.html

怎麼譯？

查了查字典，想了半天，我是這麼譯的：

> By learning from Xaviera Hollander (author of *The Happy Hooker*) and Jenna Jameson (a porn star in sex videos, who turned her life into a book and, in a decade from 2004 to 2014, she sold 1.2 million copies of her book), I might as well go the whole hog, cutting a sexy figure, completely in the nude, and becoming the second Happy Hooker (happy prostitute) who has realized her dream.

總之有一點，在一個自由民主的國家，翻譯是用不著為了政治或性而「旬月躊躇」的。分秒躊躇可以，旬月躊躇不必。

Bathos

英文的「bathos」和「pathos」這兩個字最難譯，每次碰到，翻破辭典，也難以下筆。今天譯的這一段說，高更敢於過他那種生活，很有勇氣，但「not without moments of bathos」。[154]

怎麼譯？

如果問我這個問題，我的回答是：很不好譯。實際上，我查來查去，怎麼也查不到合適的定義，能讓我很好地處理這一段的譯文。最後還是勉強譯了，如下：

> 但是，他因種種不滿而打造的這種生活，具有深度的勇氣，**儘管不無「卑瑣舐」[155]這樣的時刻**。

文字的標黑部分，就是含有「bathos」的譯文。卑是卑微的卑，瑣是瑣碎的瑣，舐是舔舐自己傷口的舐。關於它的來歷，已在註腳中講明，就不另述了。

---

[154] 參見Robert Hughes, *Nothing if not Critical*, p. 151.

[155] 此字為本人創造的音譯，英文原文為「bathos」，英漢字典的解釋是突降法、「反高潮」、「比小法」，等（參見愛詞霸：http://www.iciba.com/bathos ），但根據英英字典的解釋，它的意思是「從崇高突降為平庸，往往具有滑稽效果的一種突然的、未曾意欲的風格轉換」（參見：http://www.thefreedictionary.com/bathos 。無論參照什麼字典解釋，譯成漢語之後依然很難呈現其原貌，故暫且音譯之。——譯注。

Mere

很多人一見「mere」，就把它譯成「僅僅」或之類的東西，但你看看下面這個能不能這樣：

> But his fiercest intent was to go beyond mere pleasure in painting. (Robert Hughes, p. 151)

怎麼譯？

我是這麼譯的，繞過了「僅僅」之類：

> 但他最強烈的意圖，就是超越繪畫中的小樂小趣。

令我想起中文的「小打小鬧」。

A man of instinct

有時，哪怕一句很簡單的話，也很難譯，如這句：

> However much Gauguin promoted himself as a man of instinct... (Hughes, pp. 151-152)

怎麼譯？

我起先譯成「本能的人」：「無論高更怎樣把自己當成一個本能的人來推廣，……」，但怎麼讀怎麼不舒服。什麼叫「本能的人」。哪怕改為「本能之人」，裡面的意思還是沒有出來。

後來改成這樣：「無論高更怎樣把自己當成一個只講本能的人來推廣，……」，多了兩個字，似乎意思出來了。你覺得呢？也許你會譯得更好。

虎狼之年

今天在為那個研究專案繼續翻譯與「天下第一妓女」的訪談錄，其中有句云：

那時她三十八九歲，正當「虎狼之年」，有時欲火焚身就自己拿個啤酒瓶子捅捅解決。[156]

怎麼譯？

譯「虎狼之年」須記住，要加字，我是這麼譯的：

She was then 38 or 39 years of age, an age known as that of "tigers and wolves" in terms of sex. Sometimes when she was burning with desire for sex, she would solve the problem by thrusting a beer bottle inside her.

好玩嗎？還行。

驢到成功

中文成語的翻譯，一般來說不太難，因為總有某個可以貼上、貼近的英文成語與之對應。這一說大家就知道的，不用舉例。

但是，把成語翻新，比如，把「馬到成功」弄成「驢到成功」，再用那種貼上、貼近法，翻譯起來就比較困難了。下面還是舉該妓女訪談錄的最後一段：

在臨出門的時候，我對琳達說：「祝你馬到成功。」琳達說：「我是驢到成功。從小我媽就罵我是天生的一頭倔驢，不撞南牆不回頭。我做事情就是有一股子倔勁。我認準了的事，八匹馬也拉不回來，我會不惜一切代價地往前衝，直到最後我衝到終點。」[157]

怎麼譯？

要點是：直譯、加字、加解釋。我的譯文如下：

Before I stepped outside, I said to Lin Da, "May you succeed like a horse that arrives." [based on a Chinese idiom, *ma dao chenggong*, succeeding

[156] 參見《我的澳洲，我的情色生活（下）——訪《上帝女神》作者琳達》：http://www.au123.com/australia/story/20140603/139575.html

[157] 同上。

like a horse that arrives—translator's note.], Lin Da said, "I will succeed like a donkey that arrives. When I was a child, my mother would scold me, saying I was born a stubborn donkey that never turns back till it hits the wall. I am a stubborn woman. If I were fixated on something, eight horses wouldn't pull me back for I would rush ahead at all costs till I reach the finish line."

諸位有別的心得、譯得，不妨交換之。

紅墳

學生發來他參加一個漢譯英的翻譯workshop時，他與西方白人合作的英文譯文，其中文原文節選如下：

《紅墳》

葉真路（著）

陽光燦爛。老天爺喜歡和活人過不去，同死鬼們倒是配合得挺默契的，清明前兩天就放晴了，風暖暖地吹著。放風箏的好日子，上墳「做清明」的好天氣。

集體譯文如下：

The Grave with the Red Flowers

Brilliant sunshine. Someone up there seemed to enjoy making things difficult for the living but got along with the dead just fine, so in the days before Tomb Sweeping Day the weather cleared up and a warm wind blew.

我在回信中說：

謝謝分享。只看英文還不錯，但這些字「老天爺」、「死鬼們」、「前兩天」、「做清明」，等，似乎都有點問題。

西方人譯中文，沒有幾個譯得好的。

不過，反正是workshop的活兒，這樣也挺不錯了。

破折號

英文與漢語在標點符號方面的最大不同之一，就是特別喜歡用破折號，當代英文尤其如此。每每碰到這種情況，學翻譯的中文學生——我不叫中國學生，因為他們的背景很複雜，從我教過的學生看，有大陸學生、香港學生、臺灣學生、馬來西亞學生、新加坡學生和澳大利亞的華裔背景學生——就不知所措，採取最簡單的方法來對待之，不是把破折號完全拿掉，代之以冒號，就是把全句重新改寫得面目全非。

現舉剛剛譯到的一個休斯之例：

> Magritte died in 1967, aged sixty-eight, but his work continues to appeal to its modern audience rather as the sultans of Victorian academic painting, the Friths and Pynters and Alma-Tademas, served theirs a century ago—as storytellers. (Hughes, p. 155)

此段中，最難譯的就是結尾處那個破折號。如果譯到最後，也像英文那樣，一個破折號後面接著就是「作為講故事的人」，全句讀起來就很不順。不信你試譯一下？

我的做法是，把破折號換位，並改換成雙破折號，如下：

> 馬格利特1967年去世，享年六十八歲，但他的作品仍繼續吸引著現代觀眾，就像維多利亞時期畫學術油畫的那些「蘇丹王」，那些福里斯（Frith）們、波因特（Poynter）們、阿爾瑪－塔德瑪（Alma-Tadema）們，他們一個世紀前也是這樣——作為講故事的人——以其作品為觀眾服務的。

寫到這兒，想起一件似乎不相干的事。記得那年在北京採訪澳大利亞華人畫家關偉，他提到作家王朔的滿人背景時說，他有一個外號，叫「完顏王」。但我譯「蘇丹王」在前，想起「完顏王」在後，一左一右加上引號，感覺還是對的。

逗號

作為一個英語寫作者，我跟搞翻譯的有個不同的地方，那就是我比較注意英文敘述中標點符號的用法。例如，中文敘述某事如果出現轉折，要用一個「但是」時，句子不會中斷，頂多是在前面加上一個逗號割斷，繼續敘述下去，但在英文中，這個逗號卻要用句號。不信請看下面這句：

> Modern art was well supplied with mythmakers, from Picasso to Barnett Newman. But it had few masters of the narrative impulse, and Magritte, a stocky, taciturn Belgian, was its chief fabulist. (Hughes, p. 155)

這句話如果譯成中文，「But」前面那個句號，就要改成逗號，見我譯文如下：

> 現代藝術從畢卡索，到巴納特……紐曼（Barnett Newman），供應了大量的神話製造者，但有敘述衝動的大師則很少，而馬格利特這個矮壯結實，不愛說話的比利時人，則是一個愛講故事的寓言家。

跟著，我把最後一句稍事修改了一下，改為：「則是一個具有敘事衝動的寓言家」。

可以想見，如在譯文的「但」字前面加上句號，這句話就顯得意未盡，句已斷了。不好。

Double-take

有時英文真難譯啊，比如下面談比利時畫家馬格利特的這句：

> The proper homage to his life and presence, as well as to his art, was the double-take. (Hughes, p. 155)

怎麼譯？

這句話裡面的兩個定冠詞「the」，使得文字有一種斬釘截鐵的意味。如果換成不定冠詞「a」，如「a proper homage」和「a double-take」，儘管意思差不多，但少了那種味道，而最難譯的就是一個字：double-take。

要點：英簡漢繁。

我的譯文如下：

> 若想像像樣樣地向他的生命和實存，以及他的藝術表示敬意，那最好是一看之下沒明白，楞一下之後再細看。

你也許不一定讚同我的譯法？建議去把這本書找來看看吧。

...might as well have been...

英文中有一種奇怪的比較方式。不是A比B如何，也不是A as什麼as B，而是A might as well have been B，用的是虛擬語氣的完成時。

休斯談到比利時畫家馬格利特時，說他這個人太保守，一生就一個女人，一點也不時髦，然後來了這樣一段話：

> ...by the standards of Surrealist bohemia and Surrealist chic, he might as well have been a grocer. (Hughes, p. 156)

怎麼譯？

這句話裡，A是「he」，B是「grocer」，就這麼簡單。即便如此，還是有一個怎麼譯的問題。

我是這麼譯的：

> 按照超現實主義波希米亞人放蕩不羈的生活方式和超現實主義瀟脫別致的標準，他只能算得上是一個開雜貨店的老闆。

Painfully bad

休斯評斷馬格利特早期的畫作時，說這些畫「painfully bad」。好譯嗎？好譯。立刻譯成下面這句：

> 糟糕得令人痛苦……（原文p. 156）

跟著看了幾遍，老覺得似乎缺了什麼。後來想起了我當年的微論：英少漢多或英輕漢重。於是這麼改了一下：

糟糕得令人痛苦不堪。

妥帖了。

你也不妨譯成「糟得一塌糊塗」什麼的，當然也可以，但。

fuzz and...slather

休斯為了說明比利時畫家馬格利特的那種畫好，不遺餘力地「抨擊」了他早期的畫，含譏帶諷地說他後來專畫「現代藝術」中那些「pictures full of impressionist fuzz and expressionist slather」。（Hughes, p. 156）

怎麼譯？

這句話不好譯的地方，在於裡面稍含譏刺的口吻。可採用的方式是加字加意，譯文如下：

……專畫那些充滿了印象主義模糊形象和表現主義大揮小灑的畫。

接著，我又把譯文改動了一個小地方：

……專畫那些充滿了印象主義不清不楚和表現主義大揮小灑的畫。……

暫時ok了。

Context

很多英文詞中，最好譯的是這個詞，可譯成上下文、語境等，但最難譯的也是這個詞。例如，休斯論述馬格利特時說：

Such paradoxes depend on the context of real life. This context included common media imagery as well; (Hughes, p. 157)

思考良久，我這麼譯了：

> 這種似是而非的東西，取決於實際生活中的語境。這種語境還包括共通的媒體形象。

正在這麼譯的時候，腦中飄過一個字：空文本。現在看看這個詞的構成：context，它是由兩個片語成的：con（假、欺騙、反），text（文本）。上下文是什麼？上下文誰看誰得出的結論都不一樣，某種意義上講，是個空的。空，音似「con」。Text不是境，正如境不是text，兩者都不能隨便劃上等號。從音意合譯加直譯的角度來看，不妨譯成「空文本」，於是，我通過加引號和註腳的方式，將上文改譯成下文：

> 這種似是而非的東西，取決於實際生活中的「空文本」。[158]這種「空文本」還包括共通的媒體形象。

Develop

翻譯比較吊詭的地方是，還不能完全一字一句地照譯，因為有時字面下的意思，也得鉤沉出來。比如下面這段，是談馬格利特那部題為《In Memoriam Mack Sennett》的畫作。休斯說：

> ...in which a woman's negligee, hanging on its own in the closet, has developed a forlornly luminous pair of breasts. (Hughes, p. 157)

先看我的譯文，再解釋：

> 畫中，一件獨自掛在衣櫥裡的女便服，居然「發展」出一對孤苦伶仃，泛著光亮的乳房來。

可以看出，我的譯文有兩個多出的地方，一個是「居然」，另一個是發

[158] 英文是「context」，由「con」（假、欺騙）和「text」（文本）兩個字組成，一般譯作上下文、語境等，但都不太合適，思索良久，決定音意合譯成「空文本」。—譯注。

展二字加上的引號。當然，「發展」屬於直譯，有點說不通，但我愛，不想以「生出」之類的字來代替。而「居然」我就居然加了，因為不給它居然一下，字面下的意思出不來。

they were

上來就給你看一段英文，是休斯談到畫家康定斯基時說的：

> Such are the sorrows of no longer believing that art and religion are the same thing.
>
> To Kandinsky, of course, they were. (Hughes, p. 159)

這個「they were」怎麼譯？
要點：重複。
如果我說了你還不清楚，那就讓我把譯文放在下面吧：

> 如果不再相信，藝術和宗教是一回事，就會產生這種悲哀。
>
> 當然，對康定斯基來說，藝術和宗教就是一回事。

當然，如果堅持不重複，那很可能就會這麼譯了：「當然，對康定斯基來說，它們是」。即使這麼譯，也還是不清楚的：「當然，對康定斯基來說，就是一回事」。

Debt

當「debt」不再意味著「借債」，而含有別的意思時，像下面這段文字，你怎麼譯：

> Perhaps the most striking early examples of Kandinsky's power of assimilation were the paintings he did at Murnau in 1900—his jumping-off point into abstraction. In *Landscape near Murnau with Locomotive*, the ballooning shapes of cloud and hill and tree, with the train pulling its scarf of smoke along the valley, are still recognizable, as is their debt to the

Fauvist paintings of Matisse and Derain. (Hughes, p. 160)

要點：譯這句話，特別是「debt」一詞，需要加字，譯文見下：

> 康定斯基的消化吸收力量，也許有幾個極為引人注目的早期例證，那就是他1909年在莫爾瑙畫的幾幅油畫——那是他進入抽象的起跳點。在《莫爾瑙附近帶火車頭的風景》中，雲彩、山巒和樹木等氣球一般吹起來的形狀，沿著山谷拖曳著自己煙霧圍巾的火車，直到現在仍然清晰可辨，從中也可辨認出，這些畫作對馬蒂斯和德蘭的野獸派作品是欠有借鑒之情的。

對，這個「debt」不是欠債，而是欠情，欠的是他借鑒了上述兩位畫家作品之情。

For

不要看「for」這個小字，有時放在一句之先，還很不好譯。字典所給的所有定義，都無法解釋。請看下面這段關於康定斯基後期作品的話：

> It is the exalted and often rather confused polemical severity of the later, abstract paintings that a modern eye has difficulty with. For abstraction did not, in the end, become the universal system Kandinsky believed it would. (Hughes, p. 160)

怎麼譯？

要點：一、「For」前面的句號改成逗號。二、不告訴你，看譯文後再說：

> 正是他後期抽象油畫那種高拔、又常相當迷亂，容易引起論戰的嚴肅性，才使得現代人的眼睛感到難以接受，畢竟抽象藝術最後並未像康定斯基所相信的那樣，成為放之四海而皆準的方法論。

是的，如果用英文來paraphrase一下的話，這個「For」後面，應該跟著

「after all」。這是體會出來的，沒有辦法，你不同意也無所謂。

重複、擴展和重複

這三個詞，是翻譯下列三段談畫家de Chirico的文字時的關鍵字。請你翻譯時留意：

He wanted to become, and almost succeeded in becoming, a classicist. (Hughes, p. 161)

吾之譯文如下：

他想成為古典主義者，而且幾乎成功地成為一個古典主義者。

要義：英文一個「classicist」，漢語兩個「古典主義者」，此謂重複。

再看下面這段文字：

Rejected by the French avant-garde, he struck back with disputatious critiques of modernist degeneracy. (p. 161)

最難譯的就是「disputatious」這個字，不好擺。吾之譯文如下：

他遭到法國先鋒派的拒絕之後，就進行了反擊，擺出一副好爭論的樣子，對現代主義的墮落進行了批評。

此為英文一個字（disputatious），漢語半句話（擺出一副好爭論的樣子），這叫擴展。

下面這句話，也不太好譯：

The sheer scale of his failure—if that is the word for it—is almost as fascinating as the brilliance of his early talent. (p. 161)

主要是中間那段「if that is the word for it」，吾之譯文如下：

> 他的失敗規模——如果能用規模這個詞來形容失敗的話——如此之大，幾乎就跟他早年的才華橫溢一樣令人著迷。

重複了「規模」，重複了「失敗」，重複了上述的重複，故謂重複。呵呵。

寫

翻譯存不存在寫的問題？答曰：存在。首先回憶一段往事。我大學畢業，還在二十歲裡面時，被分配在一家單位工作，當筆譯和口譯。當時坐我辦公桌對面的，是一個俄文出身的老翻譯，我們都叫他周老師。他因曾被打成右派，說話特別小心，總怕因說錯話，無意中得罪他人而惹火燒身。因此，幾乎每句話一說完，就要仔細觀察對方表情，發現對方稍有不悅，就會立刻道歉，不是說「對不起」，就是說「我剛才是開玩笑的。」他有一點很好，即對象我這樣的年輕人，他總是讚揚多過批評，自我批評多於批評別人。偶爾也會給以一點心得。比如有次討論翻譯的種種難處時，他說了一句話，其實就是一個字：寫。也就是說，翻譯到了一定程度，就要靠「寫」了。

嗯，我心裡咯噔了一下。什麼叫「寫」？我們並未就此多談。他也不願就此深談。他當時五十多歲，現在如果健在，應該已經八十多歲了，因為一晃就是三十多年了。就是這個「寫」字，在我腦中也縈回了三十多年。

現在給你看下面一句英文：

> But the richest sources of imagery were Turin, which de Chirico visited briefly as a young man, and Ferrara, where he lived from 1915 to 1918. (Hughes, p. 161)

我翻譯時是這麼「寫」的：

> 但最豐富的形象源泉是都靈和費拉拉，德・契里柯年輕時短期造訪過前者，並於1915到1918年在後者居住。

我並非什麼時候都這麼「寫」，但碰到必要時，我還是會不離原文意思去「寫」的。

不譯

有些英文字很多餘，是可以不譯的，比如「one」字。請看下面這段：

> One can try to dissect these magical nodes of experience, yet not find what makes them cohere. (Hughes, pp. 161-162)

你先試試，看不譯能否成立，體驗一下不譯的感覺，再看我下面這段譯文：

> 可以試圖把這些富有魔力的經驗節點進行解剖，但無論怎樣嘗試，也無法發現是什麼使之連貫一致的。

這也要看具體情況，因為有時「one」要譯成「人們」或「你」的。英文中最難譯的「one」，是這句告別話：Have a good one。你去譯吧。我是譯不了的。

Adore

根據網上詞典《愛詞霸》，adore一字有這幾個意思：愛慕；崇拜；非常喜歡；敬佩，但我一個也看不中。那麼，先請你來譯下面這段德・契里柯的文字吧：

> No wonder the Surrealists adored his early work and adopted its strategies wholesale. (Hughes, p. 162)

我呢，是這麼譯的：

> 難怪超現實主義者愛死了他的早期作品並全盤接受了他早期作品中的各項策略。

是的，我譯成了「愛死了」。還是我那個理論：英輕漢重。漢語只有說重，才能說中。

再說，不「愛死了」，怎麼會「全盤接受」呢？

反譯

我已經點題了，下面這段文字涉及反譯，但具體到翻譯時，還是有個技術問題。先看下面這段關於德・契里柯的原文：

> He believed he got better as he got older. He would have to be a saint of humility not to think so. The worst insult you can offer an atist is to tell him how good he used to be. (Hughes, p. 163)

怎麼「反譯」啊？

那就看譯文吧：

> 他相信，自己年齡越大，畫也畫得越好。除非他是個謙遜到極點的聖人，否則他不可能不這麼想。對一個藝術家最大的侮辱，就是告訴他，他過去曾經畫得有多好，但現在不行了。

這段譯文中，有兩個地方是倒行「譯」施，即反譯的。一個是「他不可能不這麼想」（雙否定，而原文只有一個否定）。一個是「但現在不行了」，那是根據英半漢全的「潛規則」悟出來的，即英語只說半句話，另外半句藏而不露，要到漢語中才說出來。

Agreement

英文最難譯的地方，就是一個既無定冠詞，也無不定冠詞的字，我稱為「裸字」。我發現，要想把裸字也赤裸裸地譯出，幾乎是辦不到的。請看下文：

> He could invoke, but never convincingly evoke, that great still frame of agreement. (Hughes, pp. 163-164)

這個「He」，指的是德・契里柯，而這個裸字，指的是「agreement」。

你說你怎麼譯吧？

當然，我沒有給你上下文，也就是我說的「空文本」，你有理由拒絕翻或拒絕把它翻好。這個空文本很簡單，該文前面的一段文字：「德・契里柯一直都在援引古典模式、寓言和插畫。但他做不了的一件事，就是按照合乎古典藝術的方式，畫出分寸感和確定感來。」

即便有了這一句交代，要譯出「agreement」這一個字來，還是相當困難。且試譯如下：

> 他可以乞靈於那個與古典遙相呼應，偉大而寧靜的框架，但他畫出的那個框架，卻從未達到令人信服的地步。

是的，根據我對「空文本」的理解，我把這一個英文字，譯成了「與古典遙相呼應」七個字。

奇怪嗎？一點也不奇怪。不就是英一漢七嗎？

Peck

小字好譯嗎？例如「peck」一字。如果你覺得好譯，不妨試譯下面這段談加泰羅尼亞雕塑家岡薩雷斯的英文：

> In short, Gonzalez took longer to peck his way out of the egg than any modern artist of comparable stature, and what cracked the shell and released him was his relationship to a fellow Spaniard in Paris, Picasso. (Hughes, p. 165)

怎麼樣？是不是有點難譯。此段文字的翻譯，關鍵在直譯，我的如下：

> 簡言之，岡薩雷斯小雞一般啄破蛋殼，脫殼上道的時間，要比其他地位與之相當的任何現代藝術家都久。使他得以破殼而出的，是他與巴黎一位西班牙同胞的關係，此人就是畢卡索。

Welding and soldering

翻譯是個苦活，往往為了一個字，或兩個字，以及二字之間的差異，要查好半天字典，例如下面這句談畢卡索的話：

> He had never troubled to learn welding, forging or soldering. (Hughes, p. 165)

「Welding」和「soldering」二字，根據英漢字典，都是一個意思。怎麼譯？

即使你去查英英字典，還是查不出個所以然來。只好用我的方式，在網上輸入「difference between weld and solder」幾字，立刻找到了答案。[159]

根據這個解釋，二者之間至少有兩大區別：一、前者是把兩塊金屬熔化後接成一體。後者是用焊料把二者結合起來，但不是一體。二、前者溫度很高，後者溫度較低。有鑑於此，我譯如下：

> 他從沒花心思去學高溫焊接、鍛造或低溫焊接。

直到此時，我因手頭沒有專業詞典，還是不能完全確定這麼譯對不對。到時再細查。

Translating

誰都知道，英文的「translate」一字，還有轉化、轉變之意。前面提到的那位保加利亞詩人，說過類似的意思。

那我問你一句，下面這段英文中的「translating」怎麼譯：

> ...translating "conventional subject matter [a nude, a face, a harlequin] into expressive ciphers or signs." (Hughes, pp. 165-166)

你能把這個字翻譯成「翻譯」嗎？

---

[159] 參見：http://www.answers.com/Q/What_is_the_difference_between_soldering_and_welding

我的回答是，可以，見下：

……把「常規題材〔裸體、臉、丑角〕『翻譯』成富有表現力的密碼或符號。」

這是什麼譯法？還是直譯，只是進入漢語後，反而要加上「引號」，好像不是翻譯了。誰叫漢語「翻譯」二字的詞義如此狹窄呢？

Terse, harsh

把英文翻譯成中文，常涉及選詞。我把選詞稱作三選一、五選一，即想出三到五個字，從中選出最合適的一個字或詞。請看下面這段關於岡薩雷斯的文字：

For the next decade, until his death, Gonzalez went on to create a body of terse, harsh work that would inspire most iron sculpture to come. (Hughes, p. 166)

我承認，這個裡面最難譯的詞，就是「harsh」。根據《愛詞霸》，它至少有這幾個意思：粗糙的、刺耳的、嚴厲的、嚴格的、殘酷的。

從我下面的譯文可以看出，我一個也沒有選取：

在接下去的十年中，直到岡薩雷斯去世，他一直在創作，製作了一批簡約、清峻的作品，激勵了後來大多數鐵製雕塑的產生。

用了「清峻」二字，我有點小得意。根據經驗，一個人只要感到「小得意」，最後都會證明是有問題的。果不其然，下面的文字中，提到了他作品中的「rawness」（生糙）和「directess」（直接）。我知道，應該用什麼字了，而這個字在當時下筆時，就從我腦海閃過，但因為我求雅，選了「清峻」，而沒有選擇「粗礪」。我修改後如下：

在接下去的十年中，直到岡薩雷斯去世，他一直在創作，製作了一批簡約、粗礪的作品，激勵了後來大多數鐵製雕塑的產生。

And

「And」一字小吧，需不需要譯？先看下面兩段文字，你試譯一下：

Gonzalez did not leap into abstraction, and at first his sculpture was permeated with Cubist devices acquired from Picasso...a metal plate with two cuts and a couple of bends would both evoke a face and suggest a "primitive" African mask. (Hughes, p. 166)

依我看，是不需要譯的，看我譯文：

岡薩雷斯並不是一躍而入，進入抽象之中的。起先，他的雕塑滲透著從畢卡索那兒學來的立體主義手段。……一塊金屬板上有兩個切口，兩道折彎，就可喚起一張面部的感覺，暗示這是一具「原始的」非洲面具。

還是前面講過的，有時候，翻譯就是不譯。

鉤沉出新

因為無以名之，我把下面出現的這種翻譯現象，根據推陳出新的成語，暫時改成「鉤沉出新」。請看下面這段談岡薩雷斯一尊雕塑的文字：

The Montserrat is the kind of sculpture that can no longer convincingly be done, or so it seems... (Hughes, p. 166)

我的譯文是：

《蒙特塞拉特》是那種現在再也不可能做得讓人信服的雕塑了，至少現在看起來好像是這樣……

我承認，自己很不滿意這段翻譯。關鍵在於，裡面還有什麼似乎沒有「鉤沉」出來，借用Hughes的話說：or so it seems。

於是改成：

> 《蒙特塞拉特》是那種現在還可以做，但再也不可能做得讓人信服的雕塑，至少現在看起來好像是這樣……

行，我對自己說，妥了。

Carry

最簡單，最難譯，不信給你一句試試看：

> What carries the image is Gonzalez's unerring sense of sculptural form. (Hughes, pp. 166-167)

「What carries the image」怎麼譯？

「Carry」除了別的意思之外，還有「傳送」、「傳輸」之意。有鑑於此，我這麼譯了：

> 但是，該形象之所以傳神，是因為岡薩雷斯對雕塑形式有一種準確無誤之感……

在我這兒，它意味著「傳神。」

Rather

你以為，「rather」這個字「rather」（相當）好譯嗎？那就試著譯譯下面這段吧：

> That Gonzalez should have moved between this and abstraction is not proof of his indecisiveness. Rather, it shows what protean abilities lay beneath his work, when feeling was strong enough to roll back even the data of his own style. (Hughes, p. 167)

這個「rather」是什麼意思？
看我譯文：

> 岡薩雷斯居然會在這個和抽象之間來去不定，這並不能證明他遲疑不決。正相反，它說明，當感情強大到甚至足以把他本人風格的資料都席捲回去時，他的作品下面，潛藏著多麼豐富的才藝。

是的，「rather」就是「正相反。」
再看下面這段關於德國畫家Max Beckmann的文字：

> “My heart beats more for a raw, average vulgar art,” he noted in one of his copious journals, “which doesn’t live between sleepy fairy-tale moods and poetry but rather concedes a direct entrance to the fearful, commonlace, splendid and the average grotesque banality in life.” (Hughes, p. 166)

又有一個「rather」。又怎麼譯？
還是照譯：

> 「我的心為生猛、普通的粗俗藝術而跳動，」他在一本內容豐富的日記本裡寫道。「我的心不在昏昏欲睡的童話情緒和詩歌之間生活，恰恰相反，它承認，它要進入的是生活中那個可怕、庸常、輝煌而又普通的古怪平庸狀態。」

是的，「rather」在有些情況下，就是「恰恰相反」的意思，這是我今天的一個小發現。

In a bad age

下面這句話也簡單：

> Beckmann aimed to be a psychological realist in a bad age: the Courbet of the cannibals. (Hughes, p. 168)

什麼叫「in a bad age」？怎麼譯？

我的譯文如下：

> 貝克曼的目標，是當一個心理現實主義者，但他生不逢時：簡直就是食人族中的庫爾貝。

這就是意譯了，儘管我除非實在繞不過去，否則一般不意譯。

麻木

回中國任教，不知是因為呼吸的空氣不好，還是吃的食物化學物質太多，總的來說有一種感覺，用兩個字概括：麻木。這是後話。

正好今天翻譯朋友John Sheng的一篇小說，其中那位愛上年輕女郎的男子，跟她這麼說了一句：「珊哪，說實話一個男人對已經擁有的情感會變得麻木，對可望不可及的幻情癡迷不已。」

這句話倒挺有意思，但，怎麼譯？

詩人做翻譯，跟別人不同的地方在於，他對文字的敏感，導致他去刻骨地體會，又因他對創新不可抑制的渴求，時時處處都會從那個角度出發，走進那個角度裡。翻譯這句話時，不知怎麼腦海深處冒出了一個從未見過的字：love-numb。於是，有了下面這段譯文：

> Shan, to be honest, while a man can grow love-numb, insensitive to all the emotional attachments he has, he is obsessed with illusions that are beyond reach.

也許你會說，那個「哪」字沒譯，是的。如果你看了全文，就知道為什麼沒譯了。不過，此時我還不想給你看全文呢。對不起。

蠅頭小利

上篇那個小說中，男的有妻子、有小三，還有一個正欲相戀的人。對小三的感情很複雜，剪不斷、理還亂的那種，這時他來了一句：

相處那麼些年，為她付出了不知多少，難道還會為了一點蠅頭小利而欺騙她。（John Sheng）

其中，「蠅頭小利」怎麼譯？

查字典，我很不滿意。關鍵是沒有「蠅頭」二字。那不是牛頭，不是豬頭，甚至都不是蚊頭，也不是蟻頭，而是「蠅頭」，是一個很生動、很形象的比喻，英文是沒有的，憑它那一千年的歷史和對其他外語如法語、德語、阿拉伯語等的廣泛借詞，依然還沒有借到五千年文字形成的「蠅頭」上來。為此，我決定借給他們用用。如拒不接受，那就是他們的問題了。我是這麼譯的：

In all those years when we were together, I had done so much for her. How could I possibly have deceived her for profit margins as tiny as the head of a fly?

就這樣吧。

不是

有時，不譯不是不譯，而是不可譯，比如「不是」這個詞。它就跟英文的「to be」一樣難譯、不可譯。寫到這裡，我第一次意識到，這又是一個反譯的佳例。漢語說「不是」，英文說「to be」，都幾乎無法譯。哈姆萊特那句老話：To be or not to be, that is the question，多少人把它譯成什麼「要死，還是要活，這是一個問題。」可人家從來都沒說「To die or not to die」，也沒有說「To exist or not to exist」。「Be」字之模糊，就跟漢語的「不是」一樣。

這就是我譯下面這段文字（仍來自上面那篇小說）時，產生的一個想法：

有時候我想我真的很過分，就這樣丟下她，她有再多的不是，我也不能這樣傷害她，……（John Sheng）

你說，上面那個「不是」怎麼譯？

當然，字典給出的解釋很多，拿來用就行了，但怎麼都覺著，就像繞不過「to be」一樣，也繞不過「不是」。難道翻譯真是這種東西，一語說A，另一語因為沒有A，但為了貼近A而非說B不可嗎？現在看來，似乎只能如此：

> Sometimes I wondered to myself if I had overdone, leaving her like that. She didn't deserve this hurt even if she had so much to blame.

話又說回來，我對含混不清的「不是」之喜歡，一如我對不清含混的「to be」之歡喜。至少到現在，還找不到這之間暗藏的機關。

情調和情懷

英語喜歡頭韻，如*Pride and Prejudice*，*Moon over Melbourne*和*Being Bernard Berenson*，等。（中間那個是我第一部英文詩集的書名）。漢語又何嘗不是如此，如「情調和情懷」。

這兩個有頭韻的詞，在下面這句裡面就有（還是上面那個故事）：

> 事實上女人只要浪漫的情調，並不需要浪漫的情懷。（John Sheng）

怎麼譯？

拋除一切七七八八的語意解釋，我是這麼譯的：

> In fact, women need romantic feelings, not romantic physics.

「Physics？」你說。

是的，我說，「feelings」和「physics」，頭韻。而且，「physics」還暗含著「physical」（肉體）之意。

就這麼著吧。同不同意由你，譯不譯、怎麼譯由我。

浪漫

英文的「romance」一詞，是可以動詞化的，儘管還動不到漢語那個程度，如做愛。還是上面那篇故事中，就出現了這種意思：

當然，在我的潛意識裡，好像只要彼此浪漫過，就會是人生寶貴記憶的一部分，永遠值得在心裡珍藏。（John Sheng）

這個「浪漫」，怎麼譯？
我是這麼譯的：

Certainly, in my subconscious, once the one had "romanced" the other, it would become part and parcel of one's treasured memory, something always worth storing in one's heart.

你已經看到了，我已經寫完了。

簽（牽）

凡無創者就難譯，凡有創者就不難。下面就是一例：

「一個藝術家，整天被合同牽（簽）著走，有意思嗎？」我有些疑問。（John Sheng）

這個簽和這個牽，怎麼譯？
反正我是這麼譯的：

"Does it make any sense when an artist is led by the nosecontract?" I wondered aloud.

是的，英文只有nose或contract，沒有nosecontract，但當創火來時，俗世的門板是擋不住的。

兩全其美

這個故事講的內容，其實就是下面這句話：

我既保住了自己的形象，又滿足了自己的渴望，真是兩全其美啊。

(John Sheng)

也就是說，男人既保全了臉面，又得到了他想得到的性福。

那麼，這個「兩全其美」怎麼譯？

字典關於「兩全其美」的意思多得很，我一個也沒用，而是創譯之：

> I managed to keep my own image intact while fulfilling my own desire, enjoying one bird for two purposes.

就這樣吧。天氣太冷，直接把取暖器放在胯間，又時時感到太熱。不多寫了。

社會上

新年第一天，正如我對一個朋友所說的那樣，我「新年無感」，不像那些一到年節，就好像遇到什麼不得了的事情一樣，一定要大發感歎一下。我寫小說、寫詩、譯東西，這不，又來譯朋友John的小說了，中有一句說：

> 為了改變社會上假貨成災的狀況，李副市長在一次大型的招商活動中，請來了許多社會達人和知名人士，共同獻計獻策。[160]

這句話中的「社會上」怎麼譯？

我也不知道怎麼譯，但我知道，可以不譯，即採取我說的不譯法。我的譯文或不譯文如下：

> To stop the fake stuff from spreading like a plague, deputy mayor Li invited many a socialite and personality to attend a large investment function in order to jointly come up with new and better ways of doing things.

這個「社會上」無論你怎麼譯，放進去都不是地方。這是我的看法，你怎麼看隨你。

---

[160] 參見John Sheng，《群英會》，未發表短篇小說。

叫花子

在譯John的一篇短篇，其中有句云：

> 於是，有人開始乞討為生，也有人不甘心做「叫花子」，又沒有別的路可走，於是就幹起了結幫偷盜的買賣。[161]

這些人都是些老實巴交的村民，但因為活不下去，就這麼幹了。不過，從翻譯角度講，如何翻譯「叫花子」呢？

我的提示：直譯。那麼，我是這麼譯的：

> Some began begging for a living while others, reluctant to live like "Flower Criers", a reference to beggars, and with nowhere else to turn for help, engaged in the business of gang thieving.

你把「叫花子」一個個字地拆開，是什麼意思？那你就明白了，也不用把「flower criers」去一個個字地拆開了。唯一需要補充的，是加一點小解釋，如「a reference to beggars」。

閒置

John的這篇小說裡，談到盜竊團夥組織裡的一個現象時說：

> 有時領頭的也被抓判了刑了，那閒置的女人也沒人敢動她，有時一閒竟要好幾年的功夫。[162]

這個「閒置」，特別是這個「閒」，怎麼譯？

我是這麼譯的：

> Sometimes when a gang leader got sentenced for a jail term, no one

---

[161] 參見John Sheng，《村莊的故事》，未發表短篇小說。
[162] 同上。

dared put a finger on his woman, laid off but not getting laid, who would sometimes remain not getting laid for a few years at one stretch.

四個字

John在（他未發表的）《死亡預謀》這個短篇小說中，有這句話：

> 醫生很不情願地在一張紙上潦草地寫下「肺癌晚期」四個字。他一眼就看清了這四個字，他愣住了，半晌說不出話，……

怎麼譯？

其實我要問的核心是，那「四個字」怎麼譯？

還記得不，我在《譯心雕蟲》裡面，曾提出過「英三漢四」的微理論。反過來說，這也是「漢四英三」。我的譯文是：

> Reluctantly, the doctor scribbled three words on a piece of paper, "Advanced lung cancer". Struck speechless, he froze at the sight of the three words.

看看吧，漢語的「四個字」，現在成了「three words」。

Make sense？

滅口

還是上面那篇題為《死亡預謀》的小說，譯到下面這一句了：

> 動手是禍，不動手也是禍，動手說不定還能滅口。

「滅口」怎麼譯？

幾乎想都沒想，我採取了直譯（加字）法，如下：

> Whether he took action or not, it would be a disaster. But if he did, he would destroy the mouth that lived to tell the tale.

當然，不交代故事情節，就有點難譯。無非是說，這個餐館老闆，想殺掉那個老是找他敲詐勒索的人。

鄉

今天譯John的另一篇小說《毀滅》，出現了下面這句話：

> 以前鎮裡就是鎮裡，幾十個村一個鄉，十幾個鄉一個鎮，……

鎮好辦，鄉怎麼譯？

建議：音譯加解釋。我是這麼譯的：

> In the past, a town was a town. Scores of villages formed a Xiang, a bit like a shire, sounding like it, too, and a dozen Xiang formed a town.

如果說小說和詩歌有experimental（實驗）〔即實驗小說、實驗詩歌〕的說法，那麼，文學翻譯也應該有實驗翻譯（experimental translation）。我這就是。

當然，葛浩文給我提供了一個邊譯邊寫的「壞」榜樣。也就是說，寫作者寫的時候，並沒有考慮到他的讀者對象很可能是一個說英語的人。翻譯就不一樣了。他需要考慮，他需要補充。於是有了「譯寫」。沒法避免的事。

幹事

幹事不是幹部，也沒有幹部好譯。僅僅譯成「secretary」，像一般字典建議的那樣，好像是不行的，比如下面這句：

> 正好有個遠方親戚在鎮辦裡做事，他有幸到鎮辦裡混了個宣傳幹事。（John Sheng《毀滅》）

怎麼譯？

我是這麼譯的：

It so happened that a remote relative of his had a job working in the town office and he was thus fortunate enough to work there as a propaganda "Do-thinger", a reference to the position of a junior secretary.

我的「do-thinger」來自英文的「do-gooder」。

頂呱呱

John上面那篇小說中，說父親景權不高興生了個女兒，還想生個兒子，甚至替還沒出生的兒子都想好了名字：

雖然吉吉在一天天長大，可他的計劃並沒有變，而且他還給未來的兒子取名叫「瓜瓜」，寓意「頂呱呱」的生活。

頂呱呱怎麼譯？
提示：採取音譯。
閒話少說，我是這麼譯的：

Despite the fact that Jiji was growing bigger each day, Jingquan's plan remained unchanged. He had even reserved a name for his future son: Guagua, meaning that he would lead a "ding guagua" – top – kind of life.

嗯，暫時這樣吧，以後可能會改，也可能不改。

父母官

《落馬》這篇小說中，開篇就說：

前任的市長是工程院士出身，年輕時留學德國，是個治學嚴謹的科學家，自從被調任領導崗位，像所有懷有抱負的知識分子一樣，一心想著為民請命，做一個對得起天下百姓的父母官。（John Sheng）

父母官怎麼譯？

英文沒有的，不妨送給他們一個，但也不能硬塞，比如譯成：father-mother-official。我是這麼譯的：

> The previous mayor had studied in Germany when young and was an academician from the Chinese Academy of Engineering, a man of rigorous scholarship. Since he was transferred to the leading position, he had always wanted to plead the people's cause, like an ambitious intellectual, by playing the role of a father or mother to his people.

至於為何沒有譯「官」，這就obvious了。他不是在leading position上嗎？有必要再畫蛇添足嗎？

心目中

接著來了這樣一句話：

> 在他的心目中，只要經濟搞好了，就萬事大吉了。

心目中，怎麼譯？萬事大吉，怎麼譯？

一個譯者譯東西，不是從字到字典，再回到譯筆或譯鍵下，而是從字回到記憶（我稱字憶）中，再返回來。我先把這段譯文拿出來，再解釋：

> In his heart of hearts, all's well that ends economically well.

我之所以沒有譯成「in his eyes」（在他的【心】目中），是因為就在那一瞬，我想起二十多年前我在La Trobe讀英文博士時，曾跟系主任Dick一起共進午餐，我當時說了一句：「in my heart of hearts」，立刻贏得了他一句讚語：Your English is so good。

為了那段字憶，我就這麼譯了。這是一。其次，All's well that ends well是莎士比亞一部戲劇的標題，拿來加一個字，即economically，竟也似乎很有那麼點意思。當然，你不妨再換個方法譯譯。

Jail

中午開車回家，從收音機裡聽到一個採訪節目，受訪人說起在美國jail和prison二字的區別時說，jail是短期，prison是長期，正式判刑之後才進prison，而尚未判刑時，就在jail，這相當於澳大利亞的remand centre（拘押中心）。

我則想：嗯，jail一詞太像湖北話的「監遊」了，因為漢語的「監獄」，在湖北話裡發音就是「監游」，跟英文jail非常接近。

奉承

英文有個字，跟奉承很接近，叫fawn，也是奉承的意思，而且發音就像「奉」。這種英漢之間的接近，像前面那個jail，其實很多，但得慢慢地等機會冒出來。

不安分

現在譯到上面那篇故事中的這一段，說市委書記馬書記在醫院犯事的事：

> 見到一個四十剛出頭的女護士為其打點滴，馬書記就立馬不安分起來，他左手輸著液，竟三下兩下就解開了那個護士的白大褂紐扣。

不安分怎麼譯？有點難，但我是這麼譯的：

> With his left hand put on drips, he unbuttoned the nurse's white gown in less than three attempts.

至於三下兩下，也難，但還是解決了，似乎還能對付。

重讀這段譯文，我覺得，其實還是可以譯的，改譯如下：

> He was immediately turned on, and, with his left hand put on drips, he unbuttoned the nurse's white gown in less than three attempts.

「Turned on」當然不能跟「不安分」劃等號，但在語感上，似乎很接近。

模擬

說來就來，「模擬」這個字，儘管網上字典不中用，沒有給我，但我突然福至心靈，想起了這個字。它的英文是mock，其前半部分的「mo」，就是模擬的「模」。

靈

在新的這篇John Sheng小說（《還俗》）中，有個掃大街的人想改變命運，對他妻子說了下面這番話：

> 「我今年已經三十六歲了，窮則思變，變則通，通則靈。國家是這樣，個人也是如此。」他堅定地說道。

靈，怎麼譯？

我想到了「make things happen」這句英文。很多年前，大約二十多年前吧，我接到翻譯公司一個小活，就這三個字，要我譯成中文。我想了三天，也沒想出個名堂，最後把那個譯文交上去，也不感到滿意，儘管三個字，他們付了我三十澳元。

沒想到，這次譯文中用上了，如下：

> "I'm 36 now. When you are poor, you think of change. When you change, you make things happen. That's the way with a nation and that's the way with an individual as well," he said, quite firmly.

是的，靈，在這個地方，就是make things happen，我以為。

簿

譯著，譯著，又碰到一個中文裡的英文了。上面那篇文中說到，寺廟裡的主持把他的「功德簿」拿了出來，讓人簽名，等。

我「咦」了一聲，說：這個「簿」，不就是「book」的簿嗎？只不過缺了一個k。

果不其然，字典給的意思就是：merit book。

由此，我想到去掉k後的boo，發音是boo，跟中文的「不」一樣，意思也差不多就是。當說英語的人表示不滿時，他們發出的聲音就是「boo」（不）。

精神多了

還是那篇小說，裡面說過去掃大街的，後來當道士，賺了大錢，回來見到妻子時，妻子「精神多了」。Oh, my God！我想了半天，查了半天，也沒法翻譯這四個字，簡直太難了。

這讓我想起另一次翻譯時碰到的一句話，是五個字：我跟你拼了！也是簡單得不得了，也難譯得不得了。

拿什麼理論都沒用。

後來，我只得變通，這麼譯了。原句是：

> 下了火車，羅漢就見到了久別重逢的妻兒。兒子長大了不少，妻子看起來也比以前精神多了，……

譯文：

> When he got out of the train, Luo Han saw his wife and child. His son had grown up and his wife looked better,..

嫌棄

這個字不好譯，其中既無「嫌」，也無「棄」，意思好像在外面。字典給的一樣也對不上號，不信你查後，翻譯下面這段：

> 以前你窮，我不嫌棄，……（John Sheng，《還俗》）

一切都沒法用，只能從語感這個最不能進入字典的角度來譯了：

When you were poor, I was kind to you.

本想用「I wasn't unkind towards you」，想想還是用了上面那句。
事隔三年，我覺得，這句還是可以另外譯的，如下：

When you were poor, I didn't leave you.

所謂「leave」，就是「嫌棄」中的那個「棄」。

窮日子

何謂語感？我給你一個例子，還是從上面那篇來的，中文如下：

以前你窮，我不嫌棄，可男人有了錢了，就會變壞，如果真的是這樣，我還不如過從前的窮日子。

不信你先試譯一下有「窮日子」幾個字的那段？
這段文字，我譯了又改了，改了又重譯了，如下：

When you were poor, I was kind to you. But when a man gets rich, he becomes bad. If that happens, I'd rather stay poor, living the way I did before.

最後那麼譯，主要憑語感，沒有語法，也不講邏輯，更不用理論。

嫂子千萬別客氣

羅漢發財後，回到從前掃地的肯德基餐館，餐館經理請客，說了下面這番話：

「今天的套餐，我請客，想吃多少儘管拿，嫂子千萬別客氣。」經理對著羅漢的老婆說道。

怎麼譯？

告訴你吧，無論「嫂子」，還是「千萬別客氣」，都沒法譯。只能非常英語地譯，像這樣：

> "The combo meal today is on me. You can have as much as you like. Please help yourself, Mrs Luo," the manager said to Luo Han's wife.

上面那兩句，進入英文時，只有犧牲了。

介紹欄

今天翻譯John的《西門慶街》，說是有人發現了一具宋代棺材，裡面埋的是西門慶和潘金蓮：

> 於是，縣衙門靈機一動，把鎮裡的一條商業街命名為「西門慶街」，並在鎮政府外建了一個露天平臺，上面放著棺槨和介紹欄，四周有鐵柵欄圍住。

介紹欄怎麼譯？

可以事先告訴你，不用查字典了，因為迄今為止的所有字典都不管用，尤其是那個「欄」字。我對屏沉思片刻，想到了「board」一字，腦海中出現了一塊狀如黑板的東西，就在棺槨的旁邊。於是，我給自己來了一個字：board of description，再把這二字輸入Google的Images中查找。無移時，出現了一個印度的圖像，旁邊的解釋是：description board，上面寫的就是關於印度該地一家博物館的介紹。[163]

譯文有了，見下：

> ...the county government had the bright idea of naming a business street in the town after Ximen Qing, calling it Ximen Qing Street on top of building an open terrace outside the town government, with the coffin and a description board placed on it, with iron railings around them.

[163] 該圖在此：http://en.wikipedia.org/wiki/File:Sanghol_India_Museum_Description_Board.JPG

要點：不要依賴字典，而要藉助形象。

藥引子

首先說一下，藥引子三字裡，有一個「引子」。字典裡也說，它是「指某些藥物能引導其他藥物的藥力到達病變部位或某一經脈，起『嚮導』的作用。」

上面那篇小說中，來了這段話，說：

> 從前有人得癆病，盜汗、咳嗽、無力、消瘦，如林黛玉這樣的病，用的處方中就要以女人的底褲檔片著藥引子才有效，否則治不好就會死人。

這段話當然有點語病，例如，那個「否則」是多餘的。但那不是我的問題。我要翻譯這段文字，而「藥引子」怎麼譯？

要點：音譯加直譯。

我是這麼譯的：

> In the past, when someone got the tuberculosis, sweating at night, coughing, feeling weak or becoming emaciated, the way Lin Daiyu, in *Dream of the Red Chamber*, suffered, the most effective treatment would be to combine a Yaoyinzi, a medicinal guide or ingredient, with the crotch patch of a woman's underwear, a treatment that might lead to death if it failed.

當然，除了音譯加直譯之外，還要釋義，如林黛玉那個地方。

金線吊脈

這是過去中醫號脈的一種方式，如下描述：

> 至於號脈，就更神了，不用直接在病人手腕上按脈，只要通過一條紅線，連接閨中小姐的手腕便可，叫「金線吊脈」。（John Sheng，《西門慶街》）

那麼，「金線吊脈」怎麼譯？

每當看見這種很形象的語言，我就感到興奮，覺得機會來了，又能給咱們形象貧乏的英文，白白地送去豐富的形象，而直譯，就是這種輸送的通衢：

> As for the feeling of the pulse, it's even more incredible. You don't even put your hand on the pulse of a patient. Instead, you can do so by using a red thread that is connected to the wrist of a young lady in the boudoir, which has a name for it: Golden Thread Hanging over the Pulse.

接觸

「接觸」這兩個字應該很好翻譯吧，如果你這麼認為，那就請你翻譯下面這句：

> 因為有了幾次接觸，吳警官對趙老頭的學識還是很信服的。（John Sheng，《西門慶街》）

故事說的趙老頭是一個江湖庸醫，但居然「治」好了吳警官老丈人的癌症。不管怎麼說，「接觸」怎麼譯？

簡單啊，但很不好譯，因為任何字典給的意思都用不上。

我呢，還是從語感角度來，是這麼譯的：

> Because he and Old Zhao met a few times, Police Officer Wu quite admired him for his learning.

這個「met」，還真有「接觸」的意思在。漢語說男女第一次相識的「相識」，在英文中就要用「meet」或「met」。道理是一樣的。

就算……

先講昨天一個來求教的學生，關於一個句子翻譯的事，那個英文句子如下：

> This is the point at which boy number two decides that he can't leave the house without the superhero figures that are prohibited by school rules.

前面的情況還得交代一下：這是一個數口之家，早上起來後，男男女女大大小小都要喊叫一番，鬧騰一番，才得以出門。前面已經講了老大，現在這段講的是老二。

那學生覺得特難翻，我就隨口給他翻了，現在變成文字：

> 也就是在這個時候，老二決定，出門之前，非得帶上超級英雄玩具不可，哪怕學校不許帶也要帶。

現在再談正事，是我剛翻譯的一個句子，中文如下：

> 這幾天他又身無分文了，他想著先到回收站去弄點現金，隨後再放一把火，就算他（老癟）命大，也要教他嘗嘗痛苦的滋味。（《暴雨》，John Sheng）

怎麼譯？

本來我後半部分是這麼譯的：

> ...Even if he (Old Flat) managed to survive the fire, ...

但我突然想到了昨天那段，其關鍵處是它的雙重否定，即「can't leave... without...」這種句式。於是，我立刻拿來用了：

> For the last few days, he had been going without a penny again. He was thinking of going back to the recycling centre for some cash before he set fire to it. Old Flat couldn't possibly manage to survive the fire without tasting its bitterness.

我把「couldn't possibly have managed」改成了現在的「couldn't possibly manage」。好了。

花季少女

翻譯不光是技術，也不光是字典，有時還需要碰巧。所謂技巧，也有碰巧的意思在裡面。

現在請大家先看看下面這句：

> 三月間，正是春風徐徐，西門慶街上的桃花盛開，引來一片春色。這天，羊潔跟著她的男友相約來到了趙老頭的診所。要說做這個流產的手術，也有不少花季少女，因偷吃禁果不慎懷孕的，又怕去大醫院，便來診所悄悄解決了事。（《西門慶大街》，John Sheng）

「花季少女」怎麼譯？

首先提醒一下，查閱字典是徒勞無益的，因為我網上網下都查過，查不到，查得到的都對不上號。

倒是可以事先暗示一下，建議大家回想一下A. E. Housman那首英文詩「Loveliest of Trees」[164]中這兩句：「Since to look at things in bloom/Fifty springs are little room」。其中，「things in bloom」就是中國古詩中所說的「花事」。

我的譯文如下，先給第一部分：

> In March, when spring wind came, the peach trees in Ximen Qing Street were in full bloom, putting on display a spread of spring colours. One day, Yang Jie and her boyfriend came to Old Zhao's clinic.

接下來，冒出來那個「花季少女」，怎麼辦，怎麼譯？

其實，前面那個「in full bloom」已經有所暗示，拿過來再用一次就成了，如下：

> When it comes to such abortions, quite a few girls, equally in bloom, had it quietly done in his clinic after they had got pregnant as a result of eating the forbidden fruit and because they were afraid of going to a bigger hospital.

---

[164] 見此：http://www.bartleby.com/103/33.html

是的，就是這樣。

國境和心境

譯完John Sheng的短篇小說後，開始翻譯路也的詩。第一首《玉米田》裡，有這一句：「玉米長到地圖外、畫布外，國境和心境之外」

最後那句的「國境和心境之外」，怎麼譯？

不難，關鍵是要掌握不用定冠詞的感覺。看刀：

> "The corn grown beyond the map, the canvas, the borders of nation and heart"

是的，「the borders of nation and heart」

取得了一種難得的詩味。反正你知道就知道，你不知道說了也還是不知道，就不說了吧。

如我所說，英文中最難掌握的是既無「the」，也無「a」的冠詞。這種冠詞，在英文中叫「zero article」。有興趣的不妨關鍵字一下。

心寬體胖

上述那首詩中還有兩句：

> 這個國家心寬體胖
> 患上一種不治之症叫做：樂觀

那麼，「心寬體胖」怎麼譯？

要知道，翻譯詩歌，最出詩味的是直譯。我是這麼譯的：

> This country, with a wide heart and fat body
> Is suffering a condition, called, optimism

「wide heart and fat body」，我也喜歡這樣一種表述，特別是在英文中。

清虛

路也的另一首詩《山坳》中，有這樣一句：

天是靜止的，雲是清虛的

「清虛」怎麼譯？

我也不知道，我正要查字典，筆下就敲出了「clouds c—」，於是決定，不查字典，就這麼譯了：

The sky still, the clouds clean

是的，「the clouds clean」，用了「清虛」中的「清」，擯棄了「清虛」中的「虛」，而且還是一個「alliteration」（頭韻），即clouds clean。算是打了一個平手。

誰有辦法譯「虛」，誰可以自告奮勇來譯。

恍惚……蹉跎……

還是在上面這首詩中，出現了下面這三句：

那陽光的恍惚，南飛的綠頭鴨的哀愁，石板路的蹉跎和蜿蜒
山那邊傳來一輛拖拉機突突突突的埋怨
我也喜歡。

這些，特別是「恍惚」和「蹉跎」，怎麼譯？

也不難，關鍵不是如何貼近，而是如何出新，看吾拙譯：

The sunlight absent-minded, the green-headed ducks flying south sad, and the flagstone street idling and meandering

A tractor on the other side of the mountain is chugging away, complaining

They, too, are what I like

是的，我用了「absent-minded」和「idling」。諸位有更好的，請拿出來。

白菜

緊接著，她的另一首詩取名為《抱著白菜回家》。這個標題中，「白菜」怎麼譯？

別小看這個，很不好譯。它不僅涉及字與圖畫的關係，也涉及字與英語國籍的問題。

何謂圖畫關係？這麼說吧，「白菜」一詞，至少有Chinese cabbage，bok choy和wonga bok等三種翻譯。如果你僅看字典，你或許會選擇「bok choy」（白菜）。但如果你把這個字輸進Google的Images裡看看，就知道「boy choy」其實是指中國的小白菜。這小白菜是不用「抱」的。

既然是「抱」，那就應該很大，應該是大白菜。再查查「Chinese cabbage」，一看就知道是大白菜。那就用這個唄，就像我一上來就做的那樣。

可是，我很快就把它改成「wonga bok」了。為什麼？

很簡單，我翻譯這首詩時，是在澳大利亞的墨爾本，不在美國，也不在中國。在澳大利亞，對「大白菜」的正式稱呼，沿用的是來自廣東音的「黃芽白」（wonga bok）。

最後，我的翻譯是：「Going Home Holding a Wonga Bok in My Arms」。

還是那句老話：最簡單，最難譯。

The suns

我是快到六十才第一次讀阿多尼斯的詩的，一讀就喜歡，一喜歡就翻譯。到今天為止，已經一口氣譯了四首，這一首是「A Blood Offering」，其中有句云：

In the name of the suns coming toward me[165]

看似很簡單吧？那「the suns」如何譯？請遮住下面我譯的，自己先譯

165 參見*Adonis Selected Poems*, trans. by Khaled Mattawa, published by Yale University Press, 2010, p. 47.

譯看。

我的譯文同樣簡單：

以朝我走來的複數太陽的名義

是的，就這麼簡單，簡單到你都瞧不起我的地步，要的就是這種效果。

Flutter of seconds

阿多尼斯另一首詩，「Labor Pains」中有一句如下：

and tie my life to the flutter of seconds... (p. 15)

前面是指死亡把我的生命拴在「flutter of seconds」上，怎麼譯？分分秒秒？分秒？都不好，都被我棄絕了。我想起了我人生活到五十五歲之後才產生的一個中文字：秒殺。於是有了譯文：

為何把我的生命拴上秒羽？

感謝「秒殺」，使我有了這個譯文。

We have only each other

這年回到墨爾本，又開始翻譯Jack Gilbert了，第一首就是他的《Walking home across the island》，裡面有一句很簡單，很難譯：

...We have only each other,[166]

...

不看全詩，問你怎麼譯，也很難譯。但這是兩人吵架，男人責備，女人哭泣的詩，中間來了這麼一句，你應該知道是怎麼回事。我一上來就譯成：

166 參見*Jack Gilbert Collected Poems*. Alfred K. Knopf, 2013 [2012], p. 68.

……我們只有互相，
……

完了後怎麼看怎麼不像那麼回事，覺得話裡有話，意猶未盡，於是改譯成：

……沒有別人，只有對方，
……

依然覺得不太好，但也沒有別的辦法，只有暫時存疑吧。

Getting

最近，兒子要去英國，有點猶豫何時買票，我用英語跟他說：Just do it and get it done, getting it, getting out, getting there, getting things done and getting what you want.

他點點頭，但他不知道，我這麼用「getting」是有來歷的。二十多年前做博士，曾看過一本關於中國文革的英文書，其中每一章都用「getting」開頭：Getting out, Getting there, Getting in, Getting involved, Getting caught, Getting...。上網查了一下，怎麼也查不到這本書，上面這些「getting」，都是我腦子裡冒出來的，原文可能並非如此。

Gilbert有首詩，叫「Hunger」，其中數句也有「getting」，如下：

Getting to the wooden part.
Getting to the seeds.
Going on.
Not taking anyone's word for it.
Getting beyond the seeds. [167]

這首詩之前講的是他如何用手一直挖到蘋果的核心處。那好，「getting」怎麼譯？

[167] 同上，p. 77.

你不要看中國語言，其實是一種很壓抑的語言。什麼叫大漢？就是以「漢」來壓倒其他的一切。現在可以改為「大京」，即以北京話為基礎的普通話，來壓服其他方言。比如那年我在一篇小說譯文中，不說「放屁」，而說「打屁」，那個編輯居然指責我用詞不當，應該用「放屁」。他其實是一個上海人，一個普通話比別的人說得較為標準的上海人而已。我的家鄉話就是「打屁」。既然他們能夠接受「打的」，為何就不能接受「打屁」？簡直豈有此理。

閒話休提，如何翻譯？

我的翻譯，藉助了我老家的方言，因為湖北人特愛用「搞」這個字：

搞到木質部分。
搞到種子。
繼續搞。
不把任何人的話當回事。
搞到種子那邊去。

不喜歡「搞」的人，可以不搞。但中國人都知道，說到男女關係時，誰都知道說「亂搞男女關係」和「搞女人」這種話。

我喜歡「搞」字，就這麼用了。

Under the wind's labor

Jack Gilbert的「The forgotten dialect of the heart」這首詩中，有句如下：

O Lord, thou art slabs of salt and ingots of copper
as grand as ripe barley lithe under the wind's labor (p. 125)

「the wind's labor」如何譯？

能直嗎？回答是必須滴：

主啊，汝即鹽板，汝即銅塊，
如成熟的大麥一樣宏大，在風的勞動下柔軟綿曲。

否則，譯成什麼「風的吹拂」等，那就俗極了。詩歌只有直譯，才能出新意、出詩意。

Feeble...

Gilbert的另一首詩，也是我現在正在譯的，叫「Finding Eurydice」，中有一句，說Orpheus歌唱了兩個葡萄牙老人，他們：

...show up every year or so, feeble and dressed
as well as their poverty allows.... (p. 135)

其中，「feeble」怎麼譯？接下去的「as well as their poverty allows」又怎麼譯？

按字典譯，當然都好譯，「feeble」是衰弱無力的，等等等等，但跟字典對準了，詩歌就準了？什麼叫詩歌的精準？詩歌是一種精準的東西嗎？

我是這麼譯的：

……他倆每年都會出現，顫巍巍的，再窮
也要盡量穿好。……

可能很不準，我想，因為沒法字典式地準。否則不用寫詩，寫字典就行了。

...in the early evening

在灰色的無雨下午，翻譯Jack Gilbert的一首詩，「Looking away from Longing」，標題未譯，不好譯，留到最後譯。詩中，有一句極為平常的句子，卻很難譯，如下：

...and smoke
Going straight up from large farmhouses
In the silent early evening.... (p. 161)

「early evening」怎麼譯？

如果是early morning的話，一點問題也沒有，那是「清晨」的意思，但「early evening」呢？你總不能照套為「清昏」吧？嗯，有點難。

不過，我還是直譯了，如下：

……煙霧
從大型農舍直接升起
在沉寂的早暮時分。……

是，「早暮」。當然，也可以薄暮。

Looking away from longing

上文說，那首詩的標題很難譯，你看看，怎麼譯？

確實，全詩譯完，我還是沒有譯，最後非譯不可，總不能把英文放在標題上吧，儘管也是一種實驗和嘗試，試譯如下：

《不看渴望，看別處》。

不行，我對自己說，這個2015年2月28日的標題譯文不行。現改如下：

《不渴望，看別處》。

Garnishing

Gilbert的另一首詩，「The Milk of Paradise」的最後兩句是：

...they walk away carelessly
into the garnishing Mediterranean light. (p. 163)

怎麼譯「garnishing」？

這首詩寫的是「他」在看裸體海灘上女人的胸脯，最後有兩個女人爬起來，要到後面懸崖下的餐廳吃午飯。所以這個「they」是「她倆」的意思。

但是，「garnishing」怎麼譯？

有點不好譯，但我的建議是，得與「lunch」聯繫起來，而我，是這麼譯的：

> 她倆滿不在乎地走
> 進地中海彷彿給食物添加配菜的光線之中。

...both of us nursed at her...

Gilbert的一首詩「Moment of Grace」，描寫了偷情，特別是男的摟著剛出生的嬰兒跟女的做愛，結尾來了這兩句：

> ...both of us nursed at her, our heads
> nudging each other blindly in the brilliant dark (p. 169)

怎麼譯「both of us nursed at her」？

應該很好譯，「兩人都吃著她的奶」。但我覺得，太順了，反倒不如倒譯，像這樣：

> ……她奶著我倆，我倆的頭
> 在明亮的黑暗中，盲目地互相推搡。

Eyes wild with love

在吉伯特的「Infidelity」這首詩中，在描寫男的和女的在女的丈夫在家的情況下偷情時，凍得要死的男的，把手放在女的裸體上，女的看他的樣子，說她：「eyes wild with love」。（p. 175）

怎麼譯？

當然，我無法知道你怎麼譯，但我是這麼譯的：

> 眼裡野野的都是愛。……

沒什麼道理，就覺得這麼譯有味道。

接下來那幾個字「the narrow street」，也趁此機會譯成了「窄窄的街道」，跟「野野的」相配。

What never comes

正譯阿多尼斯一首詩，譯到這個地方來了：

《讚美詩》

他來時一無所有，像一座森林，像雲，無可爭議。昨天，他扛著一座大陸，把海從原地移走。

他畫天空看不見的一面，以他的腳步點燃日光，借來黑夜的鞋，and waits for what never comes...[168]

那麼，最後一段英文怎麼譯？

我知道你會說，太容易了，不就是：「並等待永遠也等不來的東西」嗎？你不喜歡「東西」，也可能會更雅一點地譯成「事物」。

You sure？

我沒有，我是這麼譯的：

《讚美詩》

他來時一無所有，像一座森林，像雲，無可爭議。昨天，他扛著一座大陸，把海從原地移走。

他畫天空看不見的一面，以他的腳步點燃日光，借來黑夜的鞋，並等待永遠等不來……

如果是譯詩，那就不如譯得沒有邏輯一點。這是我的想法。

---

168 參見*Adonis Selected Poems*, trans. by Khaled Mattawa, published by Yale University Press, 2010, p. 23.

新馬泰、越棉寮、港澳臺

在譯一篇中文訪談錄，其中，受訪人總是很簡單地捏合式地提到一些地名和國名，如新馬泰、越棉寮、港澳臺，等。

怎麼譯？

Easy, Mate！（太容易了，夥計！）【澳洲英語的說法。「Mate」最好發音成「邁特」，而不是「梅特」。】

我是這麼玩的：

> ...people from Xinmatai [Singapore, Malaysia and Thailand—Oy note], Yuemianliao [Vietnam, Cambodia and Laos—Oy note] and Gang'aotai [Hong Kong, Macau and Taiwan—Oy note],...

好玩吧？跟我一起學翻譯，不必太嚴肅，板著臉咬著牙是不行的，但必須很仔細。

他人之譯

人譯得好不好，常常不需要對照，只需要看中文就行了。我發現，從日文轉譯成中文的作品，往往給人一種譯得不太好，不太暢快的感覺。我懷疑是不是受了日文影響。

現舉一小例：

> 我在不久前戒了煙，但現在仍然經常夢見自己在抽煙。[169]

讀者，你覺得這句要不要修改？

你可能不覺得，但我覺得。我有一個微理論：消滅在，也就是「在」這個字。那麼，消滅後，就成這個樣子：

> 我不久前戒了煙，但現在仍然經常夢見自己在抽煙。

[169] 村上春樹，《碎片》。楊若思譯。南海出版公司，2013年。頁44。

這裡面有三個「在」，依我看，第一個是非得犧牲不可的。

上天無路，入地無門

在譯一個訪談錄。受訪人是曾從柬埔寨逃難到澳大利亞的難民，但他後來成為一位知名的報人和作家。談到他當年在柬埔寨多災多難的生活時，他說：

> 在我最困難的時候，我當時上天無路，入地無門，知道自己百分之百死在這個地方。

「上天無路，入地無門」，怎麼譯？

建議：直譯，因為生動。我是這麼譯的：

> In the hardest time of my life when I, as the saying goes, have no road to go to heaven by and no door to enter the earth through, I thought I'd die here a hundred percent.

嗯，我想，「百分百」這麼譯，不知道英母者（英語為母語者）是否看得懂。

成家

正譯到一個地方，受訪者說，他當時很想自殺。訪談人問他多大了。受訪者說，他三十五六。訪談人問：是否成家。受訪人說：已經成家，有四個孩子。

好，「成家」怎麼譯？

我想都沒想，就這麼譯了：

> Q: Did you have a family?
> A: Yes, a family with four kids.

但是，一這麼譯完，我就覺得錯了。馬上改了一下。

怎麼改？你先想想，別看我的。

我是這麼改的：

Q: Were you married then?

A: Yes, married with four kids.

這就像有一次我在一個醫生那兒做口譯，病人談起他的「小女兒」，我差點譯成了「my little daughter」，但這句話從腦到口的過程中，已經很快地自然譯成了「my youngest daughter」一樣。

簡單

晚上跟朋友吃飯，又談到了我那個微論：越簡單，越難譯。我隨便舉了一個例子：某人叫道：反了、反了！

YF，一個最近剛結識的朋友，來得非常快，他說：那不就是Fuck、Fuck嗎?!

一桌人都哈哈大笑起來。

我也哈哈大笑了，不過心裡在想：這個fuck是fucked呢，還是fuck呢？

我想，可能應該是前者吧。不過，YF的quick wit確實令人驚奇。

時代意義

什麼都好譯，就是字典沒有釋義，但又耳熟能詳的文字最難譯，如「時代意義」，像下面這段中的那樣：

> 《寶馬》一度被文學史研究者冷落，但它在發表之初已引起過頗熱烈的討論，七八十年代以來，評述漸多，對於這部被譽為「給中國史詩塑了雛型」的作品，在時代意義、思想內涵和藝術風格方面的理解自也越趨全面、深入，……（關天林，《史學的詩・詩的史——論孫毓棠《寶馬》及一種節奏形式的探索經驗》，《華文文學》2015年第二期）

怎麼譯？

我分別用significance of time、times significance、epoch significance等直接在英文中搜索，希圖找到現成的用法，可惜沒有。倒是中國人編的很不英文的字典解釋有這種一看一聽就很生硬的譯法：time significance。後面那個「思想內涵」也是如此。

這樣一來其實倒簡單了。不如將計就計，生硬地譯它一下。看得懂的一看就懂，看不懂的就是牛穿鼻子也教不醒。我譯如下：

> Hotly debated when first published but ignored by literary scholars for some time, *Baoma* drew more and more commentaries in the 1970s and 1980s as the interpretation of this work, praised as an "embryo of Chinese epic", grew more comprehensive and deeper in its time significance, thought contents and artistic style.

有時候，硬譯也不失為一種譯法。

國學、四部、百家

把中文譯成英文，一涉及古事就難了，越簡單，越難譯，比如下面這句我正在譯其標題、摘要和關鍵字的文章：

> 錢基博是近代著〔原文如此〕名的國學大師、教育家，著述兼及四部，旁涉百家。……（閻真真，《華文文學》2015年第二期，寫作本條時尚未出版）

其中，國學、四部、百家三詞，都是很難譯的。怎麼譯？

把三詞的意思仔細查對了一番之後，我採取了音譯：

> Qian Jibo, master of *guoxue* (Studies in Ancient Chinese Civilization) and educator, has produced writings that cover *sibu* (four categories of ancient books that refer to the Confucian classics, orthodox histories, the pre-Qin hundred schools of thought and collections of literary works) and the hundred schools in the Spring and Autumn Period.

請有識之士、有「譯」之士觀之、批之。

Mother

「夜」能不能作為動詞？回答是：能。法國有個詩人，名字忘了，以後會回憶起來的（三年後想起來了，是博納富瓦），就把「night」變成了動詞。因為他的詩集在澳洲，而我現在上海，無法取證，只有等下次返回澳洲後再來對證了。我想，其實用中文也可以動詞一下，如：夜了我的心。

中午譯好了一首Adonis的詩，其中有一句云：「Who will let us mother this space, who is feeding death to us?」[170]

怎麼譯那個「mother」？

一般會處理成「像母親一樣對待這個空間」，差矣。我是這麼譯的：

> 「誰會讓我們母親這個空間，誰正把死亡喂給我們吃？」

對這個有疑問的，可參照我前面那句關於動詞的話。

膚淺

如果說當今的中國人是史上、世界上最自戀的人，自戀到微信成垃圾的地步，還有些學者仍舊保留著自謙的風格，比如，稱他們的文章為「淺談」、「簡談」、「拙文」或「膚淺」，如我正在翻譯的這位學者的文章中這句：

> 拙文可能流於膚淺，還有差錯，萬望方家指正。（何與懷，《簡談「澳華留學生文學」的嬗變》，《華文文學》2015年第2期）

容我「淺評」一句：這種自謙是要不得的。如果你是正兒八經的評論家，你就不能搞這種「淺」什麼，否則人家要問：你在這麼嚴肅的雜誌中，弄這麼「淺」的東西，你想糊弄誰呀？

話又說回來，我現在要把它譯成英文，那麼請問，你如何來譯「膚

[170] *Adonis Selected Poems* (trans. Khaled Mattawa). Yale University Press, 2010, p. 50.

淺」？對不起，我要通過譯文，讓另一個文化的人看到不同的文化用詞，所以，我是這麼譯的：

> I am hoping that scholars can correct me if there are any errors in this shallow piece.

也許我的這種譯法屬於「淺譯」？那就由你自己去評判了。

洋插隊

正在翻譯的這篇文章中，突然來了這段文字：

> 在二十世紀九十年代中期，相當多的澳華留學生文學作品熱衷於展示「洋插隊」的傳奇經歷，……（何與懷，《簡談「澳華留學生文學」的嬗變》，《華文文學》2015年第2期）

「洋插隊」，怎麼譯？

要點：先搞清「插隊」的背景，再譯。本人既土插過隊，也洋插過隊，所以是這麼譯的：

> In the mid-1990s, quite a lot of Australian-Chinese student works were obsessed with showing the legendary experience of "yang chadui" (Ouyang's note: a reference to the movement in the 1960s and 1970s involving the educated youths going to the countryside and becoming members of production teams, a movement that subsequently spread overseas, which is why it is called "yang", meaning "ocean" or "overseas")...

順便說一下，我這麼在文中做注，也是因為需要。如果是發表，可能就要做註腳了。

解恨

昨天講英文詩歌寫作，從「負能量」這個關鍵字入手，介紹了一批英美流行歌詞和歌曲，在網上一面看歌詞，一面聽歌曲，有這些：Ellie Goulding的「Love Me Like You Do」，Jason French的「You Just Want My Money」（寫一個男的不要女的，因為她太愛錢），Amy Winehouse 的「I heard love is blind」（跟一個人做愛，心裡卻想著另一個人，以及Simon Curtis 的「I Hate U」（寫一個男的恨一個女的，因為她離他而去）。聽完後，讓學生（都是學翻譯的）用一個字評價，於是都來了：cool、straightforward、direct，最後來了一個，說：解恨。

我立刻問：怎麼譯？

都啞口無言。

我說：兩種方式。一、採取胡錦濤訪美時，翻譯把「不折騰」直接音譯的方式，直接譯成「jiehen」。二、不妨譯成：It gives me a great sense of liberation or release。

回到家後，對我這個翻譯仍不滿意，卻福至心靈，突然想到一解：catharthic。對，解恨，就是catharthic。不妨譯作：It's so catharthic！

Sun spots

太陽黑子，你會說，但是，我說不。那是字典翻譯，不是詩。例如，阿多尼斯下面這句：

Sun spots
and words now, all words
have become Arab. [171]

我是怎麼譯的，你問。是這樣滴：

太陽斑

[171] 參見*Adonis Selected Poems*, trans. by Khaled Mattawa, published by Yale University Press, 2010, p. 192.

而此時的文字，所有的文字
已經成為阿拉伯。

斑，什麼斑？老人斑的斑。

讀

譯一篇中文訪談錄。問受訪者：你除寫作外，還讀書嗎？答：我讀。

「我讀」怎麼譯？

Easy, Mate！我是這麼譯的：

> Q: Apart from writing, do you also read?
>
> A: Yes, I do.

突然，有了新發現？什麼新發現？請大家看看，「I do」的「do」，是不是跟我讀的「讀」發音一模一樣？

加餐

如果說有什麼難譯，「加餐」這個字真難譯。

也是上面那個訪談。受訪人談起了年輕時在部隊的經歷，說男方來時，女方總要給男方加餐。所謂加餐，不過是用煤油爐子給男方煎個雞蛋而已。

輪到翻譯了，怎麼譯？

所查字典都不管用，字典的存在，就是不管用。其他的解釋，又很無厘頭。其實所謂加餐，就是弄點好吃的，平時吃不到又不常吃的東西。現在的人什麼都吃，吃什麼都不嫌多，不存在加餐這個詞，因此從當代語彙中消失了。

我已忘記自己是怎麼譯的了，只好再回去找找。原來，我是這麼譯的：

> ...to prepare something good for him, which is no more than cooking an egg for him... (Lan Zi interview, tr. Ouyang Yu)

直到現在，我還是不滿意，但直到現在，我還是不知道怎麼譯。

功夫

在翻譯一個詩人的訪談錄，說他現在雖然寫詩，但基本只看哲學和歷史。再問下去，他就說：功夫在詩外。

怎麼譯？

回答，不好譯，但還是得譯，我是這麼譯的：

> The thing is *gongfu* [defying translation, roughly, real stuff—oy] lies outside poetry. [from an interview with Gary Fang, unpublished version]

你覺得呢？

轟轟烈烈

開始了另一個訪談的翻譯，這次是對JS進行的。他談到當年那些到澳洲留學的中國留學生，都酷愛文學，大搞文學，「真是轟轟烈烈得比轟轟烈烈還轟轟烈烈」。

怎麼譯？

我想起來，兩年前在墨爾本出版的我的一本當代中國詩歌英譯本中，收入的一個大陸詩人的詩中，也曾出現過「轟轟烈烈」一詞。找到兩個版本對照著看了一下。原來，本少爺的《情人》一詩中，有這樣兩句：

> 她是我的新娘
> 名叫孤獨
> 她存在於我的內心深處
> 絞汁機挖掘機拖拉機轟轟烈烈機[172]

而我的翻譯是：

> She is my bride
> Her name is loneliness

---

[172] 参見該詩此處：http://blog.sina.com.cn/s/blog_4a793dbd0100oxcu.html

She exists in the depths of my heart
A blender an excavator a tractor a *honghong lielie*-r[173]

我對這種音譯的解釋是：

Note: *honghong lielie* is an adjective meaning vigorous or dynamic, not a machine but likened to a machine.

這次，我的譯文如下：

...really *honghong lielie*, more *honghong lielie* than *honghong lielie* [literally, no English equivalent, but roughly meaning vigorous—oy]

寄託

作為訪談者的寫作者說：工作之後，精神需要寄託，所以他才寫作。〔John Sheng interview〕

寄託，怎麼譯？

不好譯。查到的那些詞都對不上號，不好用。乾脆不用，就這麼譯了：

And after working one needed something to rest his mind on.

接著又改成：

And after work one had to find something to rest his mind on.

晚上在床上想到這句，覺得還是可以用entrust一字，似這也：

And after work one had to find something to entrust one's spirit to.

[173] 參見該書：*Breaking New Sky: Contemporary Poetry from China*. Five Islands Press, 2013, p. 20。

也許這樣好些？

走上社會

「走上社會」這個說法有個方向性，它的方向是「上」。不是走「下」社會。還有個動作，不是爬，而是「走」。還有個「社會」，那在英文（society）中的意思，是上流社會。但就是這個方向和這個動作以及這個社會，譯成英文都不好辦。

這時，受訪人談到他曾寫過一部長篇，關於他的童年、讀書時期，以及如何「走上社會」的事。

走上社會，怎麼譯？

譯，在保加利亞文裡，就是變的意思。要譯，就得變。我變了，譯文如下：

> I was writing about my childhood, my school days, <u>my stepping out into the wider world</u>,...

注：打底線的文字，就是我對「走上社會」的翻譯。

改

受訪人在這個地方告知，他的稿子經常修改，同時引用了魯迅的話：寫作的技巧是什麼？改、改、改、改、改。

怎麼譯「改」？

先說一下，「技巧」這個字不好譯成技巧。我的譯文如下：

> Lu Xun said: What is the secret of writing? It is *gai gai gai gai gai* [“gai”, pronounced “guy”, literally, revising—oy]

靈魂出竅、張三、李四

訪談作家時，說話都會比一般人俏皮，比如，談到作家創作時，得進入人物，那種感覺像「靈魂出竅」，寫誰就得進入誰，得像張三、李四。

怎麼譯呀？

我是這麼譯的，請注意後面方括弧中的注釋：

> It feels like *linghun chuqiao* [literally, one's soul goes out of oneself—oy]. Literally, you have to become Zhang San or Li Si [literally, Zhang Three or Li Four, generic names like John or Jack, referring to anyone—oy]

意思意思

昨天那篇訪談譯完，接著譯另一篇。這位是個寫文的畫家，說起他寫的有關自己畫作的文章，被人譯成英文時說，人家譯是有錢，但不多，只是「意思意思」。

好了，怎麼譯？

不難，馬上就想出來了：

> The money wasn't much, just an honorarium

立刻想起，從前有人找我，主要是學校，做什麼事時，會說：報酬不多，只是honorarium。其實就是「意思意思」的意思。

紅顏命薄

訪談中，談起G. E. Morrison於58歲死的時候，他老婆Jenny才20來歲，但她「紅顏命薄，才三十歲就死了。」

怎麼譯？

請注意「顏」。英文也有「顏」的說法，所謂「顏」，是「顏面」的意思，也就是英文的「facial features」，因此，「顏」是「features」。好了，可以譯了，可以直譯了，但須加字並解釋，否則老白看不懂：

> But Jenny died at 30, a typical case of red features with a thin life [a Chinese idiom that means beautiful women are short-lived—oy] (from an interview with Shen Jiawei)

老白，也就是老白人的意思。

Brother

詩歌如何創新？路子很多也很廣，其中之一就是變性，詞變性。例如，把一個形容詞變成名詞，像我教的一個英文不太好的學生有一次形容我的那樣。她說：歐陽老師很fashion啦！其實，這個字系誤用，應該是fashionable（很時髦），但用錯後反而歷經多年，沒齒不忘。

阿多尼斯在「Motion」這首詩中，把「brother」（兄弟）給動詞化了。他說：and the water looks at me and brothers me。[174]

怎麼譯？

我對漢語也來它個動詞化，譯文如下：

> 水看看我，它兄弟了我。

結合標題的「motion」（動），這個動詞化就更有意義了。

Brewing trouble

又接手了一部23萬英文字的長篇小說翻譯稿，這要譯成中文，起碼也得弄到35萬字。譯到第5頁時，有一處難住了我，頗費神思，是這麼說的：

> John's voice carried a warning of brewing trouble. (*The Botany Bay Scourger*[175] by Ian Hayes)

此約翰是警官，他準備跟其他警員講一下就要發生的事，跟刑事有關。

那麼，brewing trouble怎麼譯？

又拉了一泡尿後，腦子中brewing成熟了，我是這麼譯的：

> 約翰的聲音裡帶著警告的口氣，一副山雨欲來風滿樓的樣子。

---

[174] 參見*Adonis Selected Poems*, trans. by Khaled Mattawa, published by Yale University Press, 2010, p. 379.

[175] 該書的中文譯本是《植物灣的鞭子手》，已由上海文藝出版社2016年出版。

嗯，就這樣吧，就算要改，以後再改吧。

Sadistic pleasure

有的時候，我又挺不喜歡直譯，而喜歡不太直，如下面這句：

> Jeffries was notorious for the severity of his sentences and the sadistic pleasure he derived from them. (*The Botany Bay Scourger* by Ian Hayes)

順便說一下，Jeffries是個法官。那麼，怎麼譯，特別是sadistic pleasure？見我譯如下：

> 傑佛瑞斯臭名昭著，判刑極嚴，判得越嚴越喜歡，像個性虐待狂。

跟著，我把「喜歡」改成了「開心」。

Belie

接著上文再說點東西，還是不直譯（我不叫意譯）。描寫那位法官時，作者是這麼說的：

> His wizened, frail body belied his acerbic tongue and manner.（出處同上）

「Belie」怎麼譯？
我是這麼譯的，看貨：

> 別看他身體孱弱，乾巴瘦癟，他那根舌頭卻尖酸無比，樣子老道。

又改，在「老道」後面加上了「得不行」幾字。

Credit

正譯的這本書中，那個名叫傑克的主鞭子手發現流犯偷盜，報告了海軍陸戰隊隊員，他們便過來抓人，文中寫道：

> The marines took over, and though they claimed the credit for the arrest, Jack's part in it could not be devalued. (*The Botany Bay Scourger* by Ian Hayes)

這段（特別是有credit一字的這一段）怎麼譯？

我未拘泥，是這麼譯的：

> 海軍陸戰隊員接管了此事。儘管他們搶了逮捕的頭功，但傑克也功不可沒。

嗯，好了。

Scream

這部寫早期澳洲流犯生活的小說，著眼點是人性之惡和縱情聲色，寫到那個名叫傑克的鞭子手，早上回來之後，總是迫不及待地跟另一個女犯做愛時說，工地上的其他流犯都已耳熟能詳，無需鐘錶就知道又到了早上集合的時間了。這時作者寫道：

> They heard Katie screaming at first light. (*The Botany Bay Scourger* by Ian Hayes)

怎麼譯？

我早就說過，英一漢二，放到這兒還真管用，特別是「screaming」一字的翻譯，我的譯文如下：

> 曙光初露，他們就聽見凱蒂叫春了。

叫（screaming）、叫（screaming），叫春之叫（screaming）。

...stick rather than the carrot

在譯Ian Hayes的那本書，出現下面這段話，是介紹新地區警官傑克上任時說的：

> Jack ordered Smith, the Parramatta lockup keeper, to lock the two drunken constables in the cells. Then he gave the parade a new-broom introduction, emphasising the stick rather than the carrot, and leaving no doubt as to who was in charge. (*The Botany Bay Scourger* by Ian Hayes, unpublished yet)

其中關於胡蘿蔔和大棒的句子，我差點想都沒想就想譯成：「他不想用胡蘿蔔，而想使用大棒云云」，但隨後就決定不這樣了，同時還想起父親曾經提到一位古代的名將對待下屬時的做法，嚴厲地訓過之後，又讓人給他打來洗腳水。「這，」他說。「就叫恩威並重。」從此，這話我就記下了，不想這時出現在腦海，譯文如下：

> 傑克下令，要帕拉瑪打拘留所管理員史密斯，把兩名醉酒警員關進號子，然後新官上任三把火，對接受他檢閱的人員進行了介紹，強調在恩威並重的原則下，他肯定要耍威，而不是施恩，要大家清楚地明白，這兒誰是當家的。

就這樣吧，好久都沒寫一筆，就此打住拉倒。

Squatter

上述那部長篇小說中，有這樣一段話：

> The settlers in the remote parts of the Hawkesbury became Australia's first squatters. That is, they took possession of land without any legal claim or right to it.（*The Botany Bay Scourger* by Ian Hayes）

此話怎譯？

容我慢慢敘來。Squat一字，本意是蹲，也就是蹲著拉屎的蹲。Squatter即蹲著的人。引申為擅自占地者。問題是，如此一譯，「蹲」的意思沒有了，特別是失卻了「占著茅坑不拉屎」那句老話的意味。為了讓味道進入譯文，我是這麼譯的：

> 霍克斯伯裡河遙遠流域的拓居者成了澳大利亞的第一批「占著茅坑拉屎者」（英文叫「斯誇特」），即法律上無權，卻擅自佔有土地者。

「不拉屎」成了「拉屎者」，這行嗎？譯者說：行，又是一個反譯的例子。實際的情況是，那些強佔人家土地者，肯定也是在強佔的土地上拉屎者。

Sociability

要跳出？怎麼個跳出法？試舉一例（英文）：

> Powell didn't have Jack's veneer of sociability, and his ability to project what appeared to be honesty and goodness. (*The Botany Bay Scourger* by Ian Hayes)

怎麼譯？

如果一字一字的對譯，很可能就是你——不管你是誰——此時譯出的樣子，我呢，譯出的是跳出去的樣子，這樣：

> 鮑威爾不像傑克，面上很會做人，很能裝出一副誠實不欺，與人為善的樣子。

容我不細釋。好了，即此。

Or

下面這句話中，「or」字怎麼譯：

Though most of Macarthur's outlets had either been closed or become licensed, Marsden equivocated in his dealings with Jack's report of the still at Elizabeth Farm. (*The Botany Bay Scourger* by Ian Hayes, unpublished yet)

中文有種句式，是重疊式的，有年在La Trobe大學上中文課，教學生時學來的，比如「走路的走路，開車的開車」等。

因為從來沒這麼譯過，今天就這麼譯了：

儘管麥克亞瑟的大多數酒鋪關門的關門，獲證的獲證，馬斯登在處理傑克有關伊莉莎白農場蒸餾器報告的時候，還是表現得態度曖昧。

下次碰到機會了，還會這麼譯的，你就看著好了。

Dignity

上述那本書中，傑克的私生子出現在他家中，令他惱羞成怒，動手打人，但被他妻子擋在中間，挨了不該挨的一擊。於是出現了這段對話：

傑克說：「I'm sorry. Did it hurt you?」

瑞秋說：「No. It's more my dignity. And the surprise of it.」

瑞秋的那句話怎麼譯？

有點小難，因為太簡單。我不是說過嗎，越簡單，越難譯。我呢，是這麼譯的：

傑克說：「對不起。打痛你了嗎？」

瑞秋說：「沒有。你打痛的是我的尊嚴。痛得讓我吃驚。」

即此。相信你們還有別的譯法。

Quiet word

在拘留所，傑克跟另一個警員在交談，他老婆瑞秋這時走進來，對該警員說：

> It's a quiet word with Jack I'm wanting,...

怎麼譯？「安靜地跟他談談嗎？」
我的第一翻譯（反應）就是：

> 「我想跟傑克單獨談談，……」

「單獨」，你會說，原文哪裡有「單獨」這個字？
沒有嗎？你再往context內裡看看，你就會看出來的。何謂翻譯？這就是。

Bent

有時一個字很難譯，有時又很容易譯，比如bent這個字，見下面這段引文：

> Those who knew Jack and his schemes expected that he would be replaced with someone just as bent, and that life would go on much as it had. (*The Botany Bay Scourger* by Ian Hayes)

怎麼譯？
知道這個字讓我想起什麼了嗎？記得從前有部電影中有個角色外號叫「彎彎繞」，不就是「bent」的意思嗎？譯文有了：

> 那些瞭解傑克底細和他種種陰謀詭計的人，都指望會有一個跟他一樣彎彎繞的人來替代他，生活還是照舊跟過去一樣。

至於「底細」怎麼來的，就不用多解釋了。

Polite company

翻譯過程中，出現這樣一句：

To hint at the unjustness of Irish Catholics having to pay a tithe to a Protestant cleric, or to challenge the senseless bigotry of George III and his madness, was sufficient to place an individual outside polite company. (*The Botany Bay Scourger* by Ian Hayes)

最後兩個字「polite company」不好譯。怎麼譯？
我是這麼譯的：

任何人膽敢暗示，說愛爾蘭天主教徒需要向清教神職人員繳納什一稅，或者膽敢挑戰，反對喬治三世毫無理智的偏執和瘋狂行為，那就足以把該人撂到上流社會之外而無人願意與之交友。

是的，英文說得很簡單，漢語卻要譯得很複雜。就這麼簡單複雜。

Destructive skills

蘭姆酒軍團是澳大利亞早期一個維持殖民地秩序的軍團，因倒買倒賣蘭姆酒而在歷史上留下惡名。每來一位新總督，只要跟他們作對，影響他們做生意掙錢，就會被他們搞掉。下面這段英文就是說這個事：

Their destructive skills, honed for nearly twenty years, were now ready to depose a governor if he should dare interfere with their commercial pursuits. (*The Botany Bay Scourger* by Ian Hayes)

怎麼譯「destructive skills」？
好譯，你說或我想像聽見你說。我是這麼譯的，是一種福至心靈的譯法：

他們把「毀」人不倦的技能，磨練了將近二十年，現在又做好準備，一旦新任總督膽敢干擾他們從商，他們就要把他廢黜。

就這樣吧。

Bullying

從前這個字總是譯成「欺負人」，後來音譯成「霸凌」，但下面這句中都不好用：

Bligh's character was flawed by many defects, including his bad temper and bullying. (*The Botany Bay Scourger* by Ian Hayes)

怎麼譯？
看我的：

布賴的個性缺陷很多，其中包括他脾氣壞，很霸道。

Complemented

英文有些地方不太好譯，因為有攔路「字」，就像攔路虎一樣，比如下面這段：

He had a manner that complimented his sharp tongue. (*The Botany Bay Scourger* by Ian Hayes)

怎麼譯？
文中的「He」指Bligh，當年澳大利亞的殖民地總督，為人處事出了名的兇狠。我是這麼譯的：

他為人言辭犀利，做事也雷厲風行。

但仍覺得意猶未盡，因為「complemented」還沒有出來，於是添了一筆：

他為人言辭犀利，做事也雷厲風行，言行一致，相得益彰。

好了，差強吾意吧。

Schemer等

翻譯中的文字提到麥克亞瑟時，說他是「a schemer who quickly became a vicious and malevolent enemy of those he perceived to frustrate or block his pursuits. (*The Botany Bay Scourger* by Ian Hayes)

此段文字怎麼譯？
我的譯法，連我自己也有點吃驚：

> （此人）是個陰謀家，凡是他認為會壞他事或跟他作對的人，他很快就會對之抱有惡意和敵意。

我說「吃驚」，是因為我用了「壞他事或跟他作對的人」，來譯「to frustrate or block his pursuits」，用「對之抱有惡意和敵意」來譯「became a vicious and malevolent enemy of...」。

He knew how to hate！

置頂這句話簡單吧？怎麼譯？
我卻覺得很難譯，第一次譯文我並不滿意，也不記得了。這次，我這麼譯了：

> 他最拿手的就是仇恨！（原文引自*The Botany Bay Scourger* by Ian Hayes）

Pissed homecomings

還是上面那本書（以下不再提了），現在提到了傑克，而且是他每天夜裡喝酒回來後，跟老婆瑞秋和兒子科恩吵架的事。書是這麼說的：

> Coen, by staying away until late, could avoid Jack's pissed homecomings.

怎麼譯？
俺是這麼譯的：

科恩不到深夜不回家，因為這樣才能避開傑克回家發酒瘋。

是的，我譯成了「發酒瘋」，因為沒有什麼比這更接近原意，也沒有什麼比這更不接近原文的字面意思了。

Stumbled over each other

下面這句怎麼譯：

Twenty men stumbled over each other in the small confines of the charge room, forming two lines.

交代一下，這是二十名員警，在警察局的charge room裡。
好了，我是這麼譯的：

二十個人在巡捕房審案間的狹小空間裡，不是你碰我，就是我撞你，紛紛站成了兩排。

嗯，是的，就是這麼譯的。不必解釋了。

Minimize

此處寫到傑克在外執勤時英姿颯爽，有一句話這麼說（我譯的）：

儘管他放縱酒色，但他英俊的相貌並未完全損耗殆盡。

跟著來了一句英文：

Maintaining a good posture, he was able to minimise his growing paunch.

怎麼翻譯「minimize」以及整句？
不行的話，看我這麼譯好嗎？

他保持著良好的身體姿勢，盡量做到使他越來越大的肚子顯瘦。

其實，我想用的就是「顯瘦」這個字，一個女性特愛用的字。

Unobtrusively

文中提到傑克執行公務時，說了一句話：

...he carried out his duties unobtrusively,...

怎麼譯？
建議：歪打正著。
我的譯文是：

他執行公務時很低調。

現在，你去查所有的字典，看unobtrusively是否等於「低調」，但從刻骨的意義上講，兩者很般配。

思想鬥爭

諸多中文詞彙中，可能一個比較難以譯成英文的詞彙，是「思想鬥爭」。我教的一些研究生，即使想用英文直接表現這個意思，也會弄成很彆扭的「struggle with thoughts」等。

正如我在《譯心雕蟲》中所指出，必須通過閱讀英文，來學習中文，以便用英文清楚地進行表達。我在下面這段文字中，就嘗到了甜頭。

科恩是傑克的私生子，他為了保護傑克的妻子不挨打，便挺身而出保護她，卻遭到她的呵斥，很想不通，一晚上都睡不著覺，於是來了這麼一句：

For hours he wrestled with the possibilities.

怎麼譯？

我是這麼譯的：

> 一連幾個小時，他思想鬥爭著，想到各種各樣的可能性。

所謂「可能性」，是指他留下還是走掉的可能性，因為他受不了這種家庭生活。

...cover her with kisses...

兩人吵了架，現在想和好，男的心裡就想著這麼辦，如下所述：

> He wanted to get up and sweep her into his arms and cover her with kisses.

前面好譯，後面怎麼譯，特別是那個「cover」？

其實「cover」就是覆蓋的意思，把某人身體蓋滿唇吻，就是這個意思。哎，寫到這兒，我倒覺得比我翻譯的好，因為我的翻譯是：

> 他想從床上爬起來，把她摟在懷裡，覆她以遍體鱗「吻」。

我想，還不如這麼譯：

> 他想從床上爬起來，把她摟在懷裡，在她身上蓋滿唇吻。

好的，就這樣了。

...reciprocate...

兩人終於開始和好，有（我翻譯的為證）：

> 他起身，跟著走進他們的臥室。她爬上床，轉身背對著他。他也照此辦理。他們之間的距離只夠臀肌相觸。這麼相觸之後，瑞秋也不挪開。傑克感覺出，她的決心已經開始動搖，反而是在越來越攏地蹭過

來了。一分鐘後，傑克靠得更攏。

這時，英文來了一句：「Again, Rachel seemed to reciprocate.」
怎麼譯？
我這麼譯的：「瑞秋也似乎裡應外合起來。」
「裡應」：心裡起了反應。「外合」：身體在配合嘛。

...asserted...

夫妻在聊天，為錢太多而發愁，不知怎麼處理是好。妻子想冒險，丈夫猶豫得很，這時英文來了這麼一句：

"Listen." Rachel asserted, "Listen to me, Jack..."

這句容易，但「asserted」怎麼譯？
好譯。要義是：歪打正著。看我譯文：

「聽著，」瑞秋正色道。「聽我說，傑克。……」

Watch

中文的一個「看」字，在英文中有多種用法，而不僅僅是一個「看」，這是眾所周知的事。是眾所周知的事嗎？那我問你。我上次翻譯的那本澳洲老員警寫的自傳《漸行漸遠》（上海譯文出版社，2015）中，老員警談到，他第一次身為員警上班時，別人以為他看來看去，是在查看有無犯罪之人，但據他自己說，他是在「看女人」。

我的詩人朋友何先生看了這本書，印象最深的就是這個細節。我上次（不過幾天前）跟老員警兼作家見面時，跟朋友講的也是這個細節，然後翻譯給老員警聽了。他說：Yes, watch the girls（看女孩）。

你看，他沒用look at，沒用see，沒用gaze at，沒用其他的任何字，而用watch，這就很地道，而且跟中國人用的一個字很接近，我是說跟重慶人。

那年（應該是前年）到重慶講學，晚上吃飯時，有個朋友告訴我說，重慶因為女人漂亮，男人上街後都喜歡東張西望，這在重慶叫做「打望」。這個詞一聽就忘不了了，因為俺也是一個喜歡打望的人。女人長得漂亮，喜歡被人打望，男人喜歡漂亮女人，喜歡打望，這都是最正常不過的事，只有在澳洲這種政治正確的國家，一個男人如果膽敢用「pretty」來形容女性，就會被斥為男權至上，bla bla bla的。

席間，老員警Ian告訴我說他愛看女人時用的那個字「watch」，就是「望」，而且第一個字母也是「w」，跟「wang」（望）一樣。

Hear, hear

此時翻譯涉及庭審，本來就不夠資格的法官，卻威脅律師，不讓他代理，他說的話得到旁聽席上一夥同夥的讚賞，大家都大叫道：Hear, hear。

這個不難譯，因為字典上馬上就可查到，相當於「好哇、好哇」的意思。我呢，則更願意譯成「好呀、好呀」。為什麼？因為聲音上太接近「hear，hear」了，只要把「hear」這個音發得大舌頭一點就行。

寫到這兒，我倒是想起另一件事。多年前，應該是十五六年前，我寫了一篇文章，言辭激烈，語言鋒利，發到網上去了。南澳一位作家朋友J發信來說：I hear you。簡單吧？特難譯。怎麼譯？

我不譯，譯不了。你來譯吧。

Boos

說英語的表示反對，英文用的是「boo」這個字。那麼，下面這句話怎麼譯：

Sighs and boos came from the gallery.

所謂「gallery」此處不指畫廊，而是法庭中的旁聽席。

那麼，那個「boos」怎麼譯？

我知道，一般人查字典，肯定譯成「噓聲」或「喝倒彩」。但我沒有，我這麼譯了：

旁聽席上發出歎氣聲和說不聲。

是的，「說不」，這個「不」字，發音是不是跟「boo」一模一樣？

不是我迷信，先人——無論英語先人，還是漢語先人——造字時，都是很有心計、很有心機的。寫書的人永遠都輸，因為輸和書同音。寫book的也一樣，因為裡面早就有個boo字了。

Man for all seasons

說誰是「man for all seasons」，一看就懂，一譯就下不了手。請先看下面這句：

> Oakes was man for all seasons. He could be brutal one minute, cajoling the next moment, then meekly cap-in-hand.

好了，怎麼譯？

我查了一下網上，居然有兩個電影名，譯成什麼《日月精忠》和《良相佐國》的，真是爛得掉渣。我故意錯打了一個「多面手」來搜索，結果反倒查到了一個「四季之人」，覺得這樣直譯過來，倒很不錯。於是有了下面的譯文：

> 歐克斯是個所謂的「四季之人」，一會兒兇殘無比，一會兒甜言蜜語，再過一會兒又帽子拿在手裡，一副逆來順受的樣子。

Overawe

碰到這一句，好像很好譯，如下：

> The clerk was hesitant to show it, but Thompson was not one to be overawed in the presence of his betters.

句中的「it」是期票，Thompson找那個「clerk」，就是想要這張期票。好了，怎麼譯？

一般人總會根據字典，把「overawe」譯成「不怕」，我沒有。我是這麼譯的：

文員很猶豫，不想拿出來，但湯普遜即使當著地位比他高的人的面，也不會知強而退。

我的知強而退，是根據「知難而退」改裝的，其根據就是「betters」（即比他強的人）。

歸根結蒂，原文碰到了一個詩人翻譯，就會出現這種詩意的翻譯，沒有辦法，除非解雇我，找個非詩人來詞典地譯吧。

...the hard way...

請看下面這句：

> Harris had learnt about Macarthur the hard way. He had rejected the first approach to do Macarthur's bidding, then learned, to his financial detriment, of his mistake.

哈里斯是殖民地分管進出口的海軍軍官，但麥克亞瑟是地頭蛇，所以老哈跟老麥打過交道後，意識到——好了，我不多說，怎麼譯？特別是「the hard way」怎麼譯？

我是這麼譯的：

> 此前，哈里斯已經吃過虧，領教過麥克亞瑟的本事。麥克亞瑟第一次找他，要他幫忙，遭到了他的拒絕，結果才得知犯了一個錯誤，因為在經濟上遭受了損失。

所謂「the hard way」，我想，應該就是這個意思。

...make good...

麥克亞瑟指責坎貝爾，說他擅自闖入他家倉庫，但坎貝爾反駁說，他並未闖入，而是直接進來，因為門都開著，而且麥克亞瑟當時並不在場。這時，來了下面這句話：

Everyone turned to watch Macarthur make good his allegation.

怎麼譯？

老實說，我有時翻譯得很慢，一個字要查半天，一個意思要在文本中上下求索半天，但這次，我幾乎想都沒想就譯出來了：

人人都轉過身來，看麥克亞瑟如何自圓其說。

翻譯沒有天才，翻譯只是個熟能生巧的活計。「巧」自「熟」來。

Pissant

麥克亞瑟罵布賴總督時，說了這麼一句話：

It's that pissant finally showing his vindictiveness towards me.

怎麼譯「pissant」？

關於此字中英文字典都有解釋，我就不多說了，但我就沒有照那麼譯，而是這麼譯的：

這是那個尿不濕的傢伙，終於要報復我了。

感謝尿不濕，感謝「pissant」中的「piss」。

...ineffectual...

軍法官艾特金斯欠麥克亞瑟很多錢，因此下令逮捕老麥時很沒底氣。上庭審理後，幾位法官又都是老麥的人，無法決定是否逮捕老麥，只好暫時休庭五分鐘，借機對艾特金斯發火了。這時來了一句：

Atkins gave no answer but looked ineffectual, his eyes downcast.

怎麼譯？特別是「ineffectual」這個字？

我是這麼譯的：

艾特金斯不回答，但看起來一副窩囊相，眼睛看著下面。

要點：避免字典翻譯。

三反

麥克亞瑟到軍隊調員，為他修柵欄服務，作為向總督布賴示威的一種舉動，這時，負責軍官威妥爾說了一句恭維的話：

Might I commend you, sir, for your far-sightedness?

怎麼譯？

我已經給你出了一個點子，即「三反」。我是這麼譯的：

先生，你的遠見卓識真是值得點讚啊！

一反：問句變成以驚嘆號結尾的陳述句。二反：從後往前譯。三反：不用舊語「稱讚」，而用新語「點讚」。

有沒有四反？有，那就是連那個「I」也可以休掉。

重口味（2）

前面談過「重口味」的翻譯，那已經是兩年前的事了。回頭來看，覺得似乎仍有改進提高之處，主要是今天看了關於Joris-Karl Huysmans那本*Against Nature*的書介紹時，有了新的認識。

該文說：Huysmans筆下人物Des Esseintes的「tastes are for the quirky, the difficult, the outrageous。」[175]

他的這個「tastes...for...the outrageous」，其實就是「重口味」。說得更

[175] 參見Introduction by Patrick McGuinness，原載Joris-Karl Huysmans，*Against Nature*. Penguin Books, 2003 [1884], p. xxix.

清晰一些，就是「tastes for the outrageous」。

Waste not, want not

也是昨天，我到墨爾本的Hill of Content（中文直譯應該是「滿足山」）書店，買了兩本書。其中一本是Sophie Hannah編輯的*The Poetry of Sex*（《性愛詩歌》）。我邊在廁所小便，邊擇其善者而讀之。其中一首開頭便是這兩句：

> Waste not, want not you say as you
> wring the last drops,......

我雖然並不打算譯這首詩，但開頭那句一看之下就知道，順譯絕對不行，是必須反譯不可的。也就是說，「waste not, want not」，必須譯成：「要想不浪費，除非不需要。」正好是倒著來的。

...momentum...

還是得講故事，無非是把別人的故事轉述一下。且說麥克亞瑟有意激怒總督，故意在他自己的地塊上搭建柵欄，後被中途停下，要求全部拆除，夷為平地，但他執意頑抗，不肯就範，幸好傑克從中斡旋，提醒他說他是保釋之人，若在保釋期間犯事，後果將不堪設想，這時來了一句：

> The realisation noticeably slowed Macarthur's momentum. (*The Botany Bay Scourger* by Ian Hayes)

怎麼譯？特別是「momentum」那個字？

不好譯呀，不好譯，但是，也好譯，如我下面，關鍵是掌握這個要點：不對等。只有詞不對等，字不對等，才能在意思上接近對等：

> 麥克亞瑟意識到這一點後，氣焰明顯緩和下來。

當然你要是譯成：「氣焰明顯沒那麼囂張了」，我也不會有意見。我還是那個看法，在此，「氣焰」不對等了「momentum」。或者說對等了。

...dissociate...

現在故事講到的地方，說的是總督在看請願書，在裡面，那些請願者提到麥克亞瑟時說：

> They disassociated themselves from Macarthur's welcome speech, emphasising that he had not spoken on their behalf. (*The Botany Bay Scourger* by Ian Hayes)

我查了半天「dissociate」的字典意思，也查不到合用的。怎麼譯？

後來，我吃了一個香蕉，外加一個橘子，這個問題就得到了解決，當然都是湊巧：

> 他們把他們自己跟麥克亞瑟的歡迎詞撇清，強調說他並沒有代表他們講話。

是的，我想起了「撇清」一字，而這個字截至今日（2015年7月19日）尚未被字典收進「dissociate」那個詞的地方。

...in this day and age...

剛開車去郵局取郵件，聽到收音機裡兩人對話，冒出一句：「in this day and age」。我一想，這不是「在這個時代」或「在這個年代」，又是什麼？

可是，「age」可以同「代」，但「day」卻不等於「時」，頂多相當於「日」，也就是說：「在這個日代」，「時」字少了一個「寸」字。

行了，思想該到此為止了，否則再鑽進去，不知會鑽到什麼地方了。再說，我已經回到家裡，開始翻譯了。

...in the firing line...

很多年前，還在上海讀研究生時，有個澳洲朋友給我們高度推薦了一本澳洲小說，名字叫*Out of the Line of Fire*，作者是Mark Henshaw。

今天譯到的這個地方，是說傑克喝醉酒後，回來又打老婆，他跟別人生的孩子科恩勸他老婆瑞秋趕快離開他，說了下面這番話：

> "You know what he's like now, Rachel. He'll sleep for an hour or two, then wake full of fight, and you'll be the one in the firing line. He's going to kill you, nothing's more certain."

怎麼譯？特別是那個「in the firing line」，怎麼譯？

我是這麼譯的：

> 你現在知道他是什麼樣的人了，瑞秋。他會睡一兩個小時，醒來後充滿鬥志。到時候你又會躺著中槍。他會殺死你的，沒有比這更確定的事了。

這句的關鍵在於，要用現在的話來譯。再過五十年，碰到這句話會怎麼譯，我不知道，但我知道，我現在這麼譯，二三十年前是不會的，因為那時還不會這麼說。

Spoils

手頭譯的這本書裡，情況急轉直下，軍方謀反，想廢黜總督，現正企圖說服副總督，讓他取而代之，對他實行利誘，告訴他說：

> 一旦你對殖民地進行管理，就會有豐厚的報酬。有贈地，能對蘭姆酒業持續進行壟斷，配給僕人用之不竭，而且，軍需部買我們的牛肉和穀物時，價格也會合理。

跟著來了一句：

With at least an uninterrupted two years of these spoils.

好，怎麼譯？特別是最後那個字：spoils。

這一次，我想都沒想，查都沒查，就譯了：

至少這些橫財可以源源不斷地持續兩年。

是的，我把它譯成了「橫財」。

「傻老婆」

提一個問題：人家花錢請你翻譯他寫的一個短篇小說，小說中有個弱智的女人，被稱作「傻老婆」。你怎麼譯？

我有點犯難，便給作者寫了一封信，通過電子郵件發過去了：

J-你好！

我在翻譯你的《賣血記》。文中提到「傻老婆」，我估計這樣的文字在當今的西方文學，尤其是政治正確的澳大利亞文學中，比較難以為人接受。我如果照譯，很可能到時候投稿發表時容易遭拒。不過，我還是照譯，至於你是否要改，那就由你做決定了。

我記得，當時在一篇英文文章中提到見過的一個女編輯長得很「pretty」，都遭到一個澳洲女權主義評論家的批評，說我用男人欣賞的眼光去看女人。所以，譯到此處，我就有這個小小的疑慮。

祝好，

歐陽（還是請從另一個郵箱發，因為手機發過來，這邊讀不了）

...exchange...

軍隊要叛亂，已經逼到總督府，但叛軍首領約翰斯頓被殖民地秘書長格裡芬擋在外面，兩人爭鋒相對地說了幾句話，無非是一個要見總督，一個攔住不讓，等，這時，來了這麼一句：

During this exchange, Kemp marched a squad onto the verandah and stood beside Johnston, with Minchin at the head of the column. (*The Botany Bay Scourger* by Ian Hayes)

那麼，「during this exchange」怎麼譯？

一般來說，「exchange」不難譯，無非是「對話」，「交談」之類。考慮到兵臨城下的此情此景，也許「對話」或「交談」難以曲盡全貌。我是這麼譯的：

他們這麼一來二去，口頭交火時，肯普已讓一個小隊進入陽臺，站在約翰斯頓身邊，明欽就在隊伍的最前面。

...vindictiveness...

翻譯的故事已經發展到叛軍成功，把布賴活捉，跟著來了一句：

The rebels marked for future treatment those they considered insufficiently enthusiastic towards the rebellion. (*The Botany Bay Scourger* by Ian Hayes)

這不難，但要採用反譯法，我的譯文如下：

凡被叛軍視為對叛亂不夠熱心者，都被記了一筆，以便秋後算帳。

作者跟著來了一句：

This vindictiveness was immediate.

好了，怎麼譯？

好譯，我是這麼譯的：

甚至還沒有等到秋後，就開始算帳了。

當然，如果跟上面斷開，那是不理想的，還必須把句號換成逗號，這樣：

> 凡被叛軍視為對叛亂不夠熱心者，都被記了一筆，以便秋後算帳，甚至還沒有等到秋後，就已經開始算帳了。

好譯，還是好譯文？哈哈，我玩你了，沒有自吹，而是刺激。相信你會比我譯得更好。

模糊翻譯

布賴政權被推翻後，傑克官復原職，而且升了一級，在鎮監獄把從前把他解職的兩名士兵趕了出去，有英文為證：

> The two soldiers stumbled over each other out of the front door. (*The Botany Bay Scourger* by Ian Hayes)

怎麼譯？

我未多想，就這麼譯了：

> 兩個士兵連滾帶爬地從前門出去了。

當然也可以加一個逗號，去掉一個「地」字，割成兩句：「兩個士兵連滾帶爬，從前門出去了。」

但這不是我想說的。我想說的是，翻譯有時能夠字對字的精確，有時卻不能，而只能字對字地不精確，如上面那樣。什麼是「stumbled over each other」，什麼又是「連滾帶爬」？要想喚起形象，可能還是模糊一點好。

於是有了「模糊翻譯」的想法。

Bending

有一句很簡單，同上，是這麼說的：

> Bending the truth a little, Jack answered.

怎麼譯，特別是那個「bending」？

我起先是這麼譯的：

傑克把真相稍微掰彎了一點，回答道。

一看就覺得不行，便又改為：

傑克稍微歪曲了一下真相，回答道。

看來，直譯還是得根據具體情況來。

不過，那段文字翻完後，結合上面「現在誰負責監獄？」這段話，以及下面「行政長官剛剛恢復了國內政權。我剛剛趕走了軍方，叫費夫捲舖蓋走了。」這段話，我發現，我的譯文還得改，改得面目全非了：

傑克沒有正面回答，卻這麼說。

好了，終於舒服了。

前無古人，後無來者

我一上來就要問你：「前無古人，後無來者」這句話怎麼譯？

我從前是這麼翻譯的：

No masters have I seen, will I see
Pre-me and post-me[176]

今天看Huysmans寫的那本*Against Nature*，在注解中看到一句，對他盛讚的他那個時代的一個畫家，Gustave Moreau，是這麼讚美的，說他has「no real ancestors and no possible descendants」。[177]

---

[176] 參見Ouyang Yu (trans), *Classical Chinese Poetry in English Translation*. Macau: ASM Poetry, 2012, p. 13.

[177] 參見*Against Nature*, by Joris-Karl Huysmans, tr. by Robert Baldick. London: Penguin Books, [1884] (first translation in English, 1956), 2003, p. 233.

諸位看看，他這句話不就是前面說的「前無古人，後無來者」的絕妙翻譯嗎？

應該比我譯得好，我想，儘管不是翻譯。

...suffered the silence...

戈爾是憲兵司令。叛軍成功後，告他犯了偽證罪。他不知道為什麼告他，又不肯去問，於是有了這麼一段：

> He was too proud to give legitimacy to the rebel administration by seeking particulars of his crime. Instead, he suffered the silence of not knowing. (*The Botany Bay Scourger* by Ian Hayes)

怎麼譯？特別是第二句。

我是這麼譯的：

> 他生性孤傲，不肯因詢問犯罪的細節而讓叛軍政府具有合法性。因此，他難受就難受在既不知道內情，又不能不保持沉默。

似乎只有這樣，才能曲盡其中的難言之隱。

...source...

下面這句話，有點小難譯：

> Shipping was a source of continual rivalry, jealousy and bickering. (*The Botany Bay Scourger* by Ian Hayes)

怎麼譯？

我這麼譯：

> 航運業是競爭對抗、羨慕嫉妒恨，以及互相紛爭的一個不解之「源」。

是的，正是想到「不解之緣」，我才有了感覺，才創出了那個「源」，即source。

...building up your hopes...

傑克假裝不再飲酒，從而騙取了瑞秋信任，終於把她爭取回家了，但傑克的兒子科恩不相信，因此，當瑞秋對科恩說：「你父親已經完全變了一個人！」時，科恩說了一句：

> “Rachel, don’t be building up your hopes,”...（同前，Ian Hayes）

怎麼譯？

這次我沒有馬上譯，因為的確很簡單但又很不好下筆譯。我甚至還到「愛詞霸」裡查了一下，同時腦子一直在轉、在想。沒查到的同時，我也想好了怎麼譯：

> 「瑞秋，你別想得太好了，」……

雖然沒有了「hopes」，但我想，我的這個「想」取而代之也不錯，吧。

...or...

你別看or這個小字，有時很不好譯。我現在譯到的這個地方，說的是約翰斯頓和麥克亞瑟因新總督上任，馬上要滾蛋了，於是：

> After collecting or hurriedly destroying their personal records and cleaning their desks, they reminisced over the past six months while finishing a bottle of madeira.（同前，Ian Hayes）

怎麼譯？

我承認這個看似好譯，但譯出來「or」之前那段話（「他們把個人記錄收集攏來」）後，我居然不知道怎麼往下譯了，一轉念，我才這麼譯了：

他們把個人記錄該收的收集攏來，該摧毀的摧毀之，然後把桌子清掃乾淨，就一邊喝著一瓶馬德拉白葡萄酒，一邊回憶著過去半年的往事。

嗯，我想，還可以，吧。

Overqualified

澳大利亞有位來自烏克蘭的移民女作家，叫Maria Tumakin的，前不久在網上寫了一篇英文文章，[178]談到不少移民到澳洲來後，都因overqualified而找不到工作。

這篇文章交給我同事的一位副教授翻譯後，他把該詞譯成「過度勝任」。我是這麼回復的：

多謝，那就這樣，我已轉去，不過，overqualify指的是qualifications，即學歷，而不是別的任何東西。在澳洲，一用這個詞，就不是指勝任，而是指學歷，人所共知。不過，都無所謂了。

祝好，

歐陽

隨後，我又發去一信說：

請看這個：https://en.wikipedia.org/wiki/Overqualificatio，也指skills，但Maria這篇文章中，主要還是指受教育程度較高或過高者，如她父親或她本人。

我想，我已經說得很清楚了。

---

178 見此：https://www.themonthly.com.au/blog/maria-tumarkin/2015/06/2015/1430876435/doubly-outside

...fast and loose...

有些話一看就懂，但譯起來卻怎麼也不順暢，加上字典往往很不幫忙，從中作梗，使得翻譯變得更不容易，如這句：

> Corrupt people like Macarthur and Foveaux had a nose for subordinates who were willing to run fast and loose.（同前，Ian Hayes）

最後那句「run fast and loose」怎麼譯？相信你看了字典後，會覺得更難譯。

我去了趟廁所，腦子裡一直在想這事，回來後就譯出來了：

> 麥克亞瑟和福沃這種腐化墮落的人，鼻子特別尖，一聞就能聞出那些喜歡為非作歹的下屬。

...unravel...

如前所說，有時，我真是仇恨查字典，因為不是越查越清楚，而是越查越糊塗。

現在故事已經發展到，殖民地來了一個新「總督」，即派特森，他很想恢復被廢黜的前總督布賴的職位，但他之前的「總督」福沃卻勸他說：

> 「……你看到的悉尼情況是怎樣，你就應該接受之。」

言外之意，不要再節外生枝了。

接著派特森來了一句說：

> "As I said, Joseph, I have no intention to unravel the present situation that I find the colony in."（同前，Ian Hayes）

好了，「unravel」怎麼譯？

我沒查字典，因為我的直覺是只會越查越亂，而是這麼譯的：

「如我所說，約瑟夫，對目前我在殖民地發現的這種現狀，我也不想再去折騰。」

這麼譯的道理，就是根據上下文的意思，像寫作一樣寫。也就是說，假如把全句譯出來，只留下「unravel」一個空白，人們是否能夠根據中文的意思，想出那個應該用的詞。

Physical

請看下面一句：

Rachel ignored Coen's and Mary's repeated warnings that Jack could murder her the next time he lost physical control.

怎麼譯？特別是「physical」那個字？
先說一下，翻譯此句記住一點：反譯。
我是這麼譯的：

儘管科恩和瑪麗反覆不停地警告瑞秋，說傑克下一次失控而動手，可能會要了她的命，但瑞秋還是不聽。

你會奇怪，為何把「physical」譯成「動手」呢？我想，在英文中生活久了，就知道「physical」一定是很實際的一個詞，所謂動手動腳，指的就是「physical」。

這個「physical」也是我們所說的「親」字。不過，那又說岔了，以後再說吧。

...black letter law...back-hander

關於「black letter law」，網上有很多解釋，似乎都不太合適，尤其是在下面這句中（其中的「his」指科恩，也就是傑克的兒子）：

His induction into the ways of police had commenced twelve months

> earlier in Parramatta, not with the black letter law of the courts but into the practice of back-hander.（同前，Ian Hayes）

怎麼譯？尤其是那個「back-hander」。

我採取的是直譯法：

> 他當上員警，熟悉員警工作，已於一年前就在帕拉瑪打開始，不是鑽研法庭的白紙黑字法，而是親身體驗翻手為雲，覆手為雨的賄賂方式。

所謂「back-hander」，就字面上看，還有「反手」的意思。所以，不妨直譯一下。

...opened ranks...

傑克讓兒子科恩在下面警察局鍛鍊了一年後，把他調回到自己的圈內，這時來了一句：

> Because he was Jack's son, this inner sanctum readily opened ranks to accept him.（同前，Ian Hayes）

怎麼譯？

我想了一下，不太好譯，但還是譯出來了：

> 由於他是傑克的兒子，所以圈內的人很樂意地謙讓而接受了他。

這個「opened ranks」就是，大家的行列本來都排得很擠，沒有空檔，但現在由於來了這樣一個人，大家身子挪挪，讓出一個位子，讓他進來了。

高蹈

有一年，我把一部長篇給國內一個寫小說的人看，他評了一個字：「高蹈」。

很多年後，我還在想這個字，也試著翻譯這個字，但是沒辦法譯。頂多只能以直譯應對：high dance。但怎麼個high dance法呢？我不知道。

今天譯到一個地方說，傑克喝酒問題多多：

> Neurological problems caused him, when sober, to high-step and to be unsteady on his feet.（同前，Ian Hayes）

我一看到「high-step」這個字就想：噫，這不是「高蹈」又是什麼？一看這個字就讓人產生一個圖像：一個喝醉酒的人腳高高地抬起來，踩出去，卻像踩著棉花一樣下腳，什麼都沒踩住。啊，原來這就是高蹈！To high-step！

當然，我這只是說說而已，講個笑話。我的譯文如下：

> 神經學方面的問題導致他即使在清醒的時候，走路也高一腳，低一腳，人站著時雙腳也站不穩。

你可以看到，「走路也高一腳，低一腳」這句話，跟我以前的微理論「英半漢全」有關。

Eat humble pie

丈夫跟妻子鬧矛盾了，丈夫有錯，那麼，接下去要恢復關係，我們一般怎麼說？他需要怎麼做？

下面這個講到傑克欺負老婆瑞秋時，是這麼說的：

> If he pushed his aggression too far, he knew he had only to express contrition and eat humble pie for a few days to sweet-talk Rachel into giving him a further chance.（同前，Ian Hayes）

怎麼譯？

> 如果他表現得過於兇狠，他知道，只要表示懺悔，接下去幾天忍氣吞聲，表現好點，就能讓瑞秋心軟下來，再給他一次機會。

不是「表現好點」，又是什麼？我想起一個朋友告訴我的事。他如果欺負了老婆，老婆就不跟他說話，更不讓他做愛。最後只能「表現好點」，她才肯。所謂「表現好點」，不是「eat humble pie」又是什麼？

...revealing...

譯到的故事出現新進展，來了一個名叫比格的大律師，開始進行調查，一段話如下：

> His questions regarding corruption were general in nature and perfunctory, with Bigge showing no sign of knowledge or insight, in contrast with his revealing questions on police administration.（同前，Ian Hayes）

怎麼譯？特別是「revealing」一字。

寫詩歌的人都知道，詩在完成的過程中，會出現意想不到的變化或變故，某個詞的出現，是意料之外，也是意想之中的，但總是意料之外，如果真的是意想之中，那就會遭到詩人的不屑和拒絕。

我是這麼譯的：

> 他關於腐化墮落的問題，都是一般性的問題，而且問得馬馬虎虎。比格一點沒有露出知道詳情或很有洞見的表示，恰恰相反，他關於員警行政管理方面的問題卻很挖人。

「挖人」二字怎麼來的？我也不知道，只知道是天成。反正沒查字典。

叫天天不應，叫地地不靈

在譯John Sheng的一個短篇，是關於人販子販人的故事，題目叫《彩雀》，其中有句云：

> 她本想出來找工作掙點錢，能過上自立的生活，沒想到就這樣被人拐到這個窮鄉僻壤之地，又叫天天不應，叫地地不靈。（中文尚未發表）

怎麼譯？特別是「叫天天不應，叫地地不靈」怎麼譯？

老實講，我也譯不了，因為一來字典沒有，二來網上也查不到（我也懶得去查）。譯這句話，自己也處在「叫天天不應，叫地地不靈」的境地。最後我沒有譯，而是寫出來的：

> She had wanted to find a job and make money so that she could lead an independent life. Instead, she ended up in this hole, shut off from the rest of the world, where not even God could be of any help.

自己覺得還行。反正別人怎麼譯，我也管不了。

Animal

在譯*The Wind in the Willows*，作者是Kenneth Graham。這部一百年前寫的兒童小說真的是妙趣橫生，很有詩意。譯起來也不難，而且很好玩，但有時也有小難的地方，如蟾蜍對水老鼠說的這一番話：

> I'm going to make an *animal* of you, my boy![179]

怎麼譯？

先要明白，這話就像說「make a man of you」或「make a hero of you」等一樣。但無論如何，我一上來就這麼譯了：

> 我要帶你去見世面！我要讓你成為一頭真正*動的物*，夥計！

是的，動的物！這是我一二十年前就寫進詩的拆解文字，居然在這個時候突然福至心靈地來到譯筆下。

1.36pm

剛吃完午飯，是她用剩下的肉湯和飯做成的燙飯，挺好吃的。飯前剛譯

[179] Kenneth Grahams, Walker Books, 2007 [1936], p. 34.

完的那段《柳林風聲》如下：

> 「不，不，我們還是堅持到底吧，」水老鼠耳語著答道。「非常感謝，但我應該守在蟾蜍身邊，直到這次旅程結束。要是讓它一人留下，那就不安全了。不會很久的。它總是沒有長性。晚安！」

我為什麼把這段獨獨挑出來？很簡單，就是因為這個「長性」。英文是這麼說的：「His fads never do」，也就是說：his fads never last long。這句話是水老鼠針對蟾蜍說的。而「長性」，那是我母親在我小時候針對我說的，因為我做什麼都不專心，不專注，很容易轉移興趣。

應該建立一門翻譯記憶學，研究翻譯如何與語言的記憶掛上鉤的。

我會不時把在其他書稿裡寫的有關翻譯的文字放進這兒。這段是今天寫在《無事記》中的文字。

Dusty wake

仍在譯《柳林風聲》，已經是下午了。故事講的是蟾蜍它們駕著馬車上路，漫遊天下，卻遭到一輛摩托車的無意騷擾，把它們的大篷車驚翻到了路邊的溝裡。蟾蜍（也就是下文中的「him」）坐在路當中，出神地看著遠去的那輛摩托：

> They found him in a sort of trance, a happy smile on his face, his eyes still fixed on the dusty wake of their destroyer.

怎麼譯？

提示：要用反譯，特別是「dusty wake」二字。我是這麼譯的：

> 它們走過去看是怎麼回事，發現它神情恍惚，臉上掛著幸福的微笑，眼睛依然盯著摧毀它們的那輛摩托車的後塵。

是的，就是「後塵」二字，即dusty wake。

難

還是那句老話：最簡單，最難譯。請看下面這句：

> ...he's always turning up—and then I'll introduce you. The best of fellows! But you must not only take him as you find him, but when you find him. (*The Wind in the Willows*, p. 46)

怎麼譯？

這段話的背景是，鼴鼠想跟大名鼎鼎的獾交朋友，但水老鼠總是對它潑冷水（英文是put off，而我譯成「潑冷水」），然後就說了上面那番話。

我是這麼譯的：

> 它總在出現。到那時再引薦你不遲。你是所有人中最好的！但你對它的認識，不能只是**如見其人，而要身臨其境**才行。

不過，還是覺得似乎需要修改提高的感覺。再說吧。先就這麼著了。

Nothing can happen to you...

繼續譯*The Wind in the Willows*，其中出現了這麼一句富有哲理的話，是獾對鼴鼠說的：

> "Once well underground," he said, "you know exactly where you are. Nothing can happen to you, and nothing can get at you. You're entirely your own master, and you don't have to consult anybody or mind what they say." (p. 72)

怎麼譯，特別是那兩個「nothing」？

是的，就是這兩個「nothing」的句子，讓我躊躇了很久，覺得真是越簡單，越難譯，最後譯成了這樣，還是覺得有點不那麼回事：

> 「一旦到了地下，」它說。「你就準確地知道，你在什麼地方了。你不可能出事，也不可能惹事。你能完全自己做主，而不必請教任何

人，也不必在乎人家說什麼。……」

...with their thumbs up their butts

今天跟學文學翻譯的研究生講課，用了《紐約時報》的一篇文章，標題是「Actresses on the Stubborn Sexism of Hollywood」（《女演員談好萊塢頑固不化的性別歧視現象》），對許多著名的國際女星進行了採訪。其中，演員Michael Shannon就說，演員閒得沒事幹也不僅限於女演員，男演員也是如此，因為他們「are sitting there with their thumbs up their butts。」[180]

我問研究生們，這句話怎麼譯？

他們什麼樣的回答都有，但一沒有觸及「butts」（屁股），二也譯得太文雅。

我對她們（將近三十個學生，只有一個男的，所以一定是「她們」，而不是「他們」）的解釋是：其實可以譯為「閒得蛋疼」，但是仍有差距，因為原文有個「butts」在裡面。

最後，我把昨夜備課時在網上找到的一個最接近的說法，當作譯文貢獻給她們了：「閒得屁股疼」。

當然，我說，那個大拇指「thumbs」就不得不忍痛割愛了。不過，依我的想法，我真恨不得譯成：「那些人成天拇指插進屁眼裡，閒得沒事幹！」

不，應該是：「那些人閒得沒事幹，成天摳屁眼玩！」

太

英文有幾種說法，譯成漢語後，都要用「太」字，比如這句：

I couldn't agree more.

這是非常贊同他人意見時的一種說法，用的是虛擬語氣「couldn't」，而不是「can't」。譯過來時是：

180 該文見此：http://www.nytimes.com/2015/09/13/movies/female-stars-talk-candidly-about-sexism-in-hollywood.html?_r=0

我太同意了。

英文還有一句話，是這麼說的：

That's not good enough.

初看之下，初聽之下，讓人以為意思是「這不夠好」。其實不對。它意思遠比這重，譯成中文應該是：

這太不好了。

英文還有一個「so」的用法。例如，有一年我在新西蘭開會旅遊，遊覽列車裡有位美國遊客，看見窗外美景時，不斷發出讚歎聲：

So beautiful, so beautiful.

不少人會望文生義，把這個譯成：「這麼美、這麼美。」其實又不對，而應該是：

太美了、太美了。

對，「so」的意思就是「太」的意思。

今天翻譯的有句話，是這麼說的：「how little you realize my condition。」這是《柳林風聲》中，蟾蜍對水老鼠說的話。前者睡懶覺不肯起來，後者讓它起來，它就稱病不起，說了那句話。

怎麼譯？

好譯，關鍵是要記住上面用過的那個「太」字。看譯：

你太不瞭解我的情況了。[181]

這種譯法，又涉及以前說過的反譯，這裡就不贅述了。

[181] Kenneth Grahams, Walker Books, 2007 [1936], p. 105.

架

《譯心雕蟲》（臺灣秀威，2013）中，歐陽昱曾就慕容雪村《成都：今夜請將我遺忘》英文譯本中對「架」字的譯法有個討論，如下：

> 用得最不到位的字，是動詞「架」。在英文中，這被簡單地處理成「dragged」（拽）。一個來自北方的同學說得好。他說：漢文化到了勸架要「架」的地步，那就是差不多要打人的時候了。是的，在文中，那個男的幾乎「立馬就要動用蛤蟆神功」（這個被錯譯成「toad spirit」【蛤蟆精神】），所以才有下句的「我趕緊把他架到一旁」。這個「架」的動作，如果是我來做，我得用右手伸到他右胳肢窩下，半抱住他，把他往外拽。一同學還不完全同意，據他說：所謂「架」，還有個往上的動作，這說明，該人吵架時，應該是坐在麻將桌邊，由勸架的人從後面把他往上往外「架」走。

今天，我譯*The Wind in the Willows*，原文說今後總會把那個逃跑的蟾蜍抓回來，不是用擔架抬回來，就是「between two policemen」（p. 108）。

好了，這個「between」怎麼譯？

我突然發現，英文的生動是動詞，更是介詞，具有動詞意義的介詞，如「between」。簡直是太形象了！實際上，它相對於漢語的「架」。於是，這句話被我譯成了：

> 由兩個員警架著（回來）。

也於是，我想起了《譯心雕蟲》談到的那個「架」字。

Head

*The Wind in the Willows*一書中，談到蟾蜍逃跑後很高興，很得意，說它在路上高視闊步，「his head in the air」（p. 108）。

好了，怎麼譯？

「照直譯就行了，」我聽見你說。

我說：可能不行吧。我提醒大家歐陽昱在《譯心雕蟲》中講到過的「反譯」理論，並這麼譯了：

（它在路上）大步流星地走著，尾巴翹到天上去了。

不是「尾巴翹到天上去了」，難道還是「頭翹到天上去了」不成？

...broken tumultuous water...

*The Wind in the Willow*中，講到兩隻小動物划船，穿過流水時說：它們「passed through broken tumultuous water」。（p. 122）

此句怎麼譯？

難譯的只是一個字，即「broken」（破）。我有點猶豫。查了一下網上，發現古詩中確有「破水」之說，如宋朝陳與義的「破水雙鷗影」，明朝沈明臣的「曙光初破水」，等。於是，我心裡有數了，這麼譯道：它們「穿過破水激流，……」。

隨後又覺得不好，太難聽了，改為：它們「破水穿過激流，……」。始感心安。

香草

我們說「香草美人」，這個「香草」，英文裡也是有的。我譯《柳林風聲》的這個地方，就出現了「scented herbage」（p. 122）二字。我一看：咦，這不是香草又是什麼？

Song-dream

上面這本書中，出現了這個句子：「This is the place of my song-dream, the place the music played to me,...」（p. 122）。

古詩為我們提供了很好的翻譯樣本，我查了一下，有「笙歌夢」的說法，也有「歌魚夢」的說法，還有「歌醉夢」的說法，還有「歌昨夢」等等，[182] 但把「歌」和「夢」這樣直接捏合的例子似未找到。於是，我怎麼譯了：

---

[182] 參見此網頁：http://www.shicimingju.com/chaxun/shiju/%E6%AD%8C+%E6%A2%A6

「這是我歌夢的地方，是音樂為我演奏的地方，」……

我覺得，似乎反譯更好：

「這是我夢歌的地方，是音樂為我演奏的地方，」……

Him、Awe、Presence

《柳林風聲》的原文中，一下子出現了好幾個大寫的字。

一段中這樣寫道：「...here if anywhere, surely we shall find Him!」

另一段中這樣寫道：「Then suddenly the Mole felt a great Awe fall upon him,...」

接下去又寫道：「he knew it could only mean that some august Presence was very, very near,...」（均為p. 122）。

怎麼譯？

我給研究生上課時，也曾提到過類似的問題。有一個學生說：老師，能否用繁體字？」我大讚了這位學生，因我從前遇到此類問題時，抓耳撓腮，怎麼也找不到合適的應對方法。這次，我試了試繁體，但不行，因為這幾個字的簡繁體沒有區別。

最後，我想出了大一號字體的做法，這麼譯了並加了一個注解，分別為：

1. 「……這個什麼地方都不是的地方，我們肯定會找到他的！」[183]……
2. 「……鼴鼠感到一種莫大的敬畏感降臨到它的頭上，……」
3. 「……某種令人敬畏的此在已經離得很近很近了。……」

應該說，這是我有始以來碰到過的最難處理的一個翻譯問題了。

現在我找到了解決方案。我在大學時期寫詩歌，有個加重點的方式，那就是在某字或某幾字下面加點，比如現在這個「情」字。我看《隋唐演義》是三十多年後的事，也發現有這個情況。現在，譯文可以改成下面這個樣

[183] 這一段，以及下面一段中，出現了幾個大寫的英文字，如「Him」、「Awe」和「Presence」，都有著重強調的意思，因為原文不是用黑體，也不是用斜體，綜合考慮下，採取了字體大一號的做法，即從12號調到14號，因為漢語中畢竟沒有大寫的慣例。後同。是否合適，特此就教於有識者——譯者注。

子了：

1.「……這個什麼地方都不是的地方，我們肯定會找到他的！」……
2.「……鼴鼠感到一種莫大的敬畏感降臨到它的頭上，……」
3.「……某種令人敬畏的此在已經離得很近很近了。……」

...between...

《柳林風聲》的原文中，出現這麼一句：

它「saw the stern, hooked nose between the kindly eyes that were looking down on them humorously,...」（p. 123）

我想都沒想，就這麼開始譯起來：它「看見夾在和善雙眼之間那根嚴厲的鷹鉤鼻子，……」。可是，再往下，就沒法譯了。

怎麼譯？

我只得藉助反譯法，才把這句譯出來：它「看見那根嚴厲的鷹鉤鼻子兩邊的和善的眼睛，正很幽默地向下看著它倆，……」。

對付「between」，有時就得這樣。

...broke into a half-smile at the corners...

還是上面提到的那本書，又一次出現了「broke」（破）字。文中說：「the bearded mouth broke into a half-smile at the corners.」

怎麼譯？如果非要譯出「broke」，那「half」又如何解決？

我想到「破顏微笑」這個成語，於是就這麼解決了：

那張長滿鬍鬚的嘴巴破顏微笑，嘴角邊半笑不笑的樣子。

是的，這涉及兩個手法：直譯和加字。

They

《柳林風聲》這本書雖然是寫給小孩子看的，但我覺得，其中的文字超出了給一般十來歲小孩子看的程度，總覺得是一本寫給大人看的童書。比如審判蟾蜍那段：

> 「我認為，」地方法院審案主席興致勃勃地說。「在本來十分清楚的本案中，只有一個*難點*，就是如何把本案做得要被告席上戰戰兢兢的那個屢教不改的流氓，那個狠心腸的惡棍，感到炙熱難當。讓我看看：根據確鑿的證據，它已被判有罪，第一條罪名是偷竊一輛價值很高的小汽車。第二條罪名是不顧公眾安危而開車。第三條罪名是對鄉村員警粗野無禮。秘書先生，請告訴我們，每條罪名最大的處罰是什麼？當然，不能給該犯有假定無罪的權利，因為這種情況根本不存在。」（原文111頁）

關於這個，就不多談了。該書給人提出的諸種挑戰之一，就是如何對付人稱代詞「He」等。所有那些小動物，都是以「he」來指代的。如果全書不涉及人，那提到蟾蜍或水老鼠等時說「他」，也未嘗不可。問題在於，這裡面還有員警，有獄吏，還有獄吏的女兒等。所以，翻著翻著，我發現自己把所有提到動物時用的「他」，都改成了「它」。

這都還比較easy。不easy的是，獄中那段獄吏女兒和蟾蜍對話時，提到兩個時用的是「they」字。這就hard了，如下：

> They had many interesting talks together, after that... (p. 133)

怎麼譯？

譯成「它們」肯定不行，因為裡面有獄吏的女兒。譯成「他們」也不行，「她們」也不行，因為裡面有個公蟾蜍。

最後，我只好這麼解決了：

> 這之後，它和她共同進行了多次很有意思的談話，……

這個事例一而再，再而三地證明，所謂「信」，實際上是找不到的。

...value and...stringency and point...

一般來說，英語有定冠詞或不定冠詞的字都好譯，但光禿禿兩樣都沒有的，就比較難譯。例如，《柳林風聲》中，蟾蜍從監獄逃出來後到車站買票，後面的人等得不耐煩，於是來了這麼一句說，那些排隊的人都

> making suggestions of more or less value and comments of more or less stringency and point... (p. 138)

怎麼譯？

老實說，這句話我一下子還沒明白過來，想了好一會，也沒有想出個譯法來，正好到了吃晚飯的時間，我就決定先吃了飯再說，同時放在腦子裡想一想。

回來後，我譯出來了，是這樣的：

> ……有的提建議，都是多多少少有點價值的那種建議，有的提意見，都是多多少少很有說服力，也很有意義的那種意見。

要是說有什麼方法的話，那就是加字法和重複法。

...generally caressed...

英文有些字不太好譯。例如，蟾蜍來到火車頭旁時，有這樣一番描述：

> ...the engine...was being oiled, wiped, and generaly caressed by its affectionate driver... (p. 139)

這個「caressed」的字怎麼譯？

稍加思考之後，我是這麼譯的：

> ……此時，多情的司機正在給引擎上油、擦拭，做一般性保養工作，……

我知道，這個「caress」跟前面那個「affectionate」是相關的，但是，如果不是我這麼譯，你怎麼譯？我相信你會比我譯得更好，但我得看貨認定才行。

我把這個做法稱為換喻。

But...

把英語說成是個彎彎繞的語言，一點也不為過。請看*The Wind in the Willows*這本書的下面這段：

> To all appearance the summer's pomp was still at fullest height, and although in the tilled acres green had given way to gold, though rowans were reddening, and the woods were dashed here and there with a tawny fierceness, yet light and warmth and colour were still present in undiminished measure, clean of any chilly premonitions of the passing year. But the constant chorus of the orchards and hedges had shrunk to a casual evensong from a few yet unwearied performers; the robin was beginning to assert himself once more; and there was a feeling in the air of change and departure. (p. 148)

這段怎麼譯？特別是中間「although...though...yet」和「But」那幾個字。

這幾個字扭來扭去，好像扭秧歌似的，又好像在墨爾本開車，從大道進入小道，又從小道拐入Lane（胡同），在裡面七彎八拐，拐來拐去，不把你弄糊塗，它絕不甘休。

其實，我的做法比較簡單，採取不譯法，只譯「But」：

> 從外表上看，夏天盛況空前，依然葳蕤無比，處於高潮。耕作的田野裡，碧綠已讓位於金黃，歐洲花椒紅豔豔的，林子裡這兒一塊，那兒一塊，點染著兇猛的黃褐色，光明和溫暖的尺度仍未減半分，過去一年寒冷的預兆早已蕩然無存，但果園和籬笆一刻不停的合唱，早已萎縮成一支隨意的晚禱，只有幾個不知疲倦的表演者還在那兒演唱，知更鳥再一次自我表現起來，空氣中有一種一切即將改變、即將離去的感覺。

其實還是一種反譯，即英文彎彎繞，漢語直來直去，轉一個彎即可。

...real...authentic

《柳林風聲》中，水老鼠跟三隻燕子聊天時，也產生了對南方的渴望。作者是這麼寫的：

> ...what would one moment of the real thing work in him—one passionate touch of the real southern sun, one waft of the authentic odour? (p. 153)

怎麼譯？特別是那幾個字：real...real...authentic。

我是這麼譯的：

> 要是哪怕只有一個片刻，它內心能夠感受到這種貨真價實的感覺——要是真真正正的南方陽光，能夠熱情洋溢地觸摸到它，要是正正真真的氣息，能夠吹拂到它，那該有多好啊！

我承認，我是詩人，所以有「正正真真」。如果換個人，肯定別種譯法。

...steely and chill...

我為什麼強調是「詩人」譯的，好像詩人有啥了不起似的。但相對於那些只搞翻譯理論而不從事翻譯實踐的人來說，強調這一點是很重要的。好了，不多說了，下面這段那兩個形容詞怎麼譯：

> With closed eyes he dared to dream a moment in full abandonment, and when he looked again the river seemed steely and chill, the green fields grey and lightless. (p. 153)

我本來譯成了「剛硬而寒涼」，但修改後如下：

> 它閉上眼睛，大著膽子，完全沉浸在片刻的夢境中，等它睜眼再看時，河水似乎變得鋼硬而寒涼，綠野變得青灰而無光。

是的，不僅這麼用詞，而且要押點小韻：「涼」和「光」。

...the garlic sang,...

大蒜能唱歌嗎？我漢人的思維想：不能，於是，我把這句話「a sausage of which the garlic sang」（*The Wind in the Willows*, p. 160）這麼譯了：「一根裡面有蒜香的臘腸……」。

再往下譯，發現不對了，原話是這麼說的：

> ...a sausage of which the garlic sang, some cheese which lay down and cried, and a long-necked straw-covered flask wherein lay bottled sunshine shed and garnered on far Southern slopes.

怎麼譯？

解釋一下，這是水老鼠為漂洋過海的海老鼠準備的午餐。用的全是比喻。想了一想，我就這麼譯了：

> ……一根大蒜為其歌唱的臘腸，一些躺下來就哭泣的乳酪，以及一只用乾草覆蓋的長頸瓶，瓶子裡面裝著從南面山坡上流瀉並收集攏來的陽光。

翻譯要點：直譯。

...soft thunder...

我總覺得，*The Wind in the Willows*這本書，不是寫給孩子看的書，而是寫給大人看的。其中的語言，應該不是十來歲的孩子可以看得很懂的。至少從我這個翻譯的角度而言是如此。其次，有些用詞頗有古意，如下面這段：

> All these sounds the spellbound listener seemed to hear...the soft thunder of the breaking wave, the cry of the protesting shingle. (p. 162)

我不要求誰來譯了，我只是想說，看到「soft thunder」二字時，我想起了歐陽修的那句：「柳外輕雷池上雨」。我譯如下：

聽得神魂顛倒的那個人，似乎能聽見所有這些聲音，……破浪砸出來的輕雷聲，以及木瓦板的抗議聲。

啊，中國古詩，英語「輕雷」。

...ready money, and a solid breakfast...

《柳林風聲》中，蟾蜍在騎馬逃跑過程中，路遇一個吉普賽人和他的大篷車，沒想到吉普賽人要買它的馬，令一直沒吃上飯，手裡也沒錢的蟾蜍心花怒放。這一段是這麼寫的：

> It had not occurred to him to turn the horse into cash, but the gipsy's suggestion seemed to smooth the way towards the two things he wanted so badly—ready money, and a solid breakfast. (p. 176)

怎麼譯，特別是上面小標題裡那幾個字？

我是這麼譯的：

> 它想都沒有想到，可以拿馬換錢，但吉普賽人的建議似乎鋪平了道路，可滿足它亟需做的兩件事：活錢和正餐。

所謂「活錢」和「正餐」，就是我想說的，它構成了我要說的換喻理論，也就是把「ready money」和「solid breakfast」中的「ready」和「solid」，換成漢語中意思對等，而非字面對等的字。這麼說，最容易遭人詬病，因為你的「意思」是什麼意思，誰的意思才更有意思、也更準確、更正確？可以一直爭下去。還是讓我把上面文字再改改吧：

> 它想都沒有想到，可以拿馬換錢，但吉普賽人的建議似乎鋪平了道路，可滿足它亟需做的兩件事：手里弄到活錢，嘴裡吃到一餐正兒八經的早餐。

你說「像像樣樣的早餐」行不行？當然可以，隨你。反正「solid」的意思是什麼，你的意思和我的意思永遠都不會那麼「solid」的。

翻憶

天氣晴好，左近有鳥叫，就在湖邊。這麼好的地方，日價60元，約合10澳幣，到哪兒去找啊！剛剛翻譯了下面一段：

> 水老鼠伸出一隻乾淨的棕色小爪子，一把緊抓住蟾蜍的後脖頸，用勁地一提一拉，渾身水淋淋的蟾蜍就慢慢地、穩穩地爬進了洞口，最後安然無恙地站在了廳裡，當然，身上是一拉拉的泥和水草，水像小河一樣從身上流下，但仍像從前一樣興致勃勃，十分開心，因為它又回到了朋友家中。（*The Wind in the Willows*, p. 190）

為什麼單挑這一段放進來？這你就不懂了。我看中的不是這一段，而是這一段中含有的那一小段，即「水像小河一樣從身上流下」，因為它使我回憶起一段久已忘掉的記憶，至少離現在有42年。那時我們中學的中文老師彭浩，曾把一個同學的最佳作文挑出來讀，其中有一小段，跟這非常類似，說下雨後，地上的水流成了一條條小河。記得當時聽到這段時有點不以為然，但那顯然是嫉妒在作怪。

這個同學是女同學，後來出事，跟本年級一位比她大很多的老師相愛，鬧得沸沸揚揚，最後被雙雙拆開，分到遙遠的小鎮中學教書。最後還是有情人終成眷屬了。

回到「翻憶」二字。這意思就是說，翻譯翻譯，翻開記憶。

...mutinously...

《柳林風聲》中，蟾蜍經歷千辛萬苦之後，終於脫離險境，回到了水老鼠的洞裡。它把自己的經歷自吹自擂了一番後，水老鼠不僅不以為然，還責怪它不該，這時：

> ...While the Rat was talking so seriously, (Toad) kept saying to himself mutinously, "But it *was* fun, though!" (p. 192)

諸位，這個字怎麼譯？

我譯完後的結論是：第一，字典給出的任何意思都用不上。第二，只能根據意思譯。第三，譯出的那意思，今後可以放進字典，構成該詞的諸個定義之一，最好還配上這個例句。我是這麼譯的：

……水老鼠那麼嚴肅地談事時，（蟾蜍）就很不服氣地自言自語道：「可的*確*就是很好玩嘛！」

...said never a word...

還是《柳林風聲》，蟾蜍聽說它的蟾蜍廳被野獸佔領了後，就去試圖單槍匹馬地奪回，在門口被雪貂攔住：

...The ferret said never a word, but he brough his gun up to his shoulder. (p. 196)

前面那半句如何譯？「太好譯了，」我聽見你說。

我也是這麼想的，於是就譯了：

雪貂一句話不說，就把槍舉到了肩膀處。

這句話還沒譯完，我就立刻把它抹去，改成：

雪貂二話不說，就把槍舉到了肩頭。

是的，「二話不說」才對，而不是「never a word」。這就是我說的另一種英一漢二！

這種英一漢二還有一種變化，如這句。蟾蜍跑回家後，水老鼠勸它別跟那些野獸鬥了。它說：「You must just wait.」（p. 196）

怎麼譯？

我是這麼譯的：

你只能等待，也必須等待。

是的，一個短句，譯成兩個句子。又是一種英一漢二。

...gallant efforts...

水老鼠招待蟾蜍吃晚飯，意識到蟾蜍坐牢時挨餓吃不飽，便「hospitably encouraged him in his gallant efforts to make up for past privations」。（*The Wind in the Willows*, p. 198）

怎麼譯？

還是得通過反譯，也就是，英文用大字，過於文雅的字，漢語則用小字，比較日常的字，於是，就有我這種譯法：

> ……（它）好客地鼓勵它，要它放開肚皮，吃飽喝足，彌補彌補之前的匱乏。

嗯，暫時就這樣吧。

...clever, ingenious, intelligent...

《柳林風聲》中，蟾蜍是個一聽奉承話，就尾巴翹到天上去了的人。這不，鼴鼠看見它回來了，便對它說：「...you clever, ingenious, intelligent Toad!」（p. 199）

怎麼譯？

提示：可以採取歐陽昱「英三漢四」的微理論。我按照它這個理論，是這麼譯的：

> 「……你這個聰明絕頂的蟾蜍！」

解釋：上述三個字：「clever, ingenious, intelligent」，其實都是一個意思，無非加強語氣而已。故譯。

譯著，譯著，又出現一句，還是蟾蜍自說自話，誇它如何有「談話的天才」（the gift of conversation, p. 201），說只要跟朋友見面：「we chaff, we sparkle, we tell witty stories...」（p. 201）

怎麼譯？

提示：仍舊採取「英三漢四」的微理論，只是要有個小變化，即把「chaff」和「sparkle」放在一起譯，而「sparkle」的確有點小難譯，就跟漢語的那個四字詞一樣難譯，如下：

「……我們談笑風生，互相講俏皮故事……」

仔細數數，其實已經不是英三漢四，而是英三漢八九了。看來歐陽昱的那個理論不一定站得住腳。

剛這麼一說，我又覺得有用了，因為又碰到一個英三了。這時，獾在布置大家如何利用祕密通道，帶著武器，進入蟾蜍廳，這時蟾蜍大叫起來：「...and whack ’em, and whack ’em, and whack ’em!」（p. 202）

問題：英文為什麼總要說三次，不是四次，不是五次，也不是兩次呢？

這個問題，似乎只能以那個漢語成語來回答：事不過三。演進一下是字不過三。換句話問：漢語成語為什麼總是四個字，很少是五個字或三個字呢？沒辦法回答，但有辦法翻譯，還是英三漢四：

「……把它們痛打一頓！」

...between clean sheets...

《柳林風聲》中，鼴鼠、水老鼠、獾和蟾蜍勝利奪回蟾蜍的祖屋後，上床睡覺，「between clean sheets」（p. 217）

怎麼譯？

英文有個方位詞最難譯，那就是「between」，它在英文中很邏輯，用漢語說就不邏輯了。必須換防，不，我是說換方位，如下：

（不一會兒就回房休息，）身體上上下下都是乾淨的被單，……

當然，好事者也可以說：難道我不能譯成「鑽進被單下面去嗎？」

誰說你不能呢，但你還是得換防，不，我是說換方位。

校對到這裡，我要說，還可以改成：「身體上上下下都裹著乾淨被單，……」。

翻譯編輯

很多人對葛浩文的翻譯提出質疑，認為有任意發揮之嫌。我也曾撰文（英文）指出過這個問題。現在，我想，我已經至少能夠理解、甚至同情他的做法了。

記得他曾在某篇文章裡談到過中國作家寫東西不嚴謹，缺乏編輯的問題。我很同意。在把作家作品譯成英文時，不時遇到這類問題。比如，我昨天譯完*The Wind in the Willows*後，今天開始英譯John Sheng的短篇《權鬥》，發現一段文字中文本身有問題，如下：

> 說來也怪，每當人們看到那些昔日裡風光無限的有頭有面的人物一旦被抓捕下獄，市民們總會感到歡欣鼓舞似的，好像平日裡過的那些令人抱怨的生活，只要把那些黑社會分子統統抓起來，社會的治安就會好起來，而且財富的分配也會得到改善。

怎麼譯？或者換言之，怎麼「編輯」這句話？

我在動筆之前決定，拿掉了這一段「平日裡過的那些令人抱怨的生活，」，包括其中那個逗號，然後翻譯如下：

> It is strange to say that citizens were overjoyed when they saw the luminaries who had seen better days now arrested and put in prison, as if public order and distribution of wealth would improve if all the "Black Society" elements were caught.

實際上，《柳林風聲》中，也有類似的「編輯」，如原文有錯、破折號太多等情況。由於該書是兒童讀物，我抑制了自己想做註腳的衝動，直接「譯編」了。好在這種情況不太多。

要強

John Sheng的短篇小說《權鬥》〔尚未發表〕中有一段，提到市委書記和公安局長的情人互相鬧了起來，是這麼說的：

那次這兩個都要強的女人都喝酒喝過了頭，隨後就彼此鬥起嘴來。

怎麼譯？尤其是「要強」兩個字怎麼譯？

所謂「要強」，就是誰也不服誰。所謂「要強」，就是誰也不想讓對方高一頭。從理論上講，這屬於反譯的範疇。但具體來講怎麼譯呢？

我是這麼譯的：

On that occasion, the two women, neither wanting to be outdone by the other, started a war of words after they both had overdrunk themselves.

...vaginal dryness...

最近《紐約時報》有篇文章，介紹法國小說家Michel Houellebecq的新小說*Submission*，提到他頗受女權主義作家的攻擊，其中有一個地方就指責他說，他筆下的女人不是躺在床上，就是死掉，而且經常有「vaginal dryness」的問題。

兩個字，怎麼譯？

我教的這個文學翻譯班，共有26個研究生，中含一名男生。我便請這位男生翻譯。他譯成了：「陰道乾燥」。

我不滿意，因為我知道，這是個無關痛癢的翻譯。我已經想好了怎麼譯，但我不太好意思當著全班女生的面說出來，因為它太形象了。一看譯文，就會聯想到自身，以及相關的事情。

我的譯文是：「陰道發乾沒水。」還可以更簡單：「陰道沒水。」

一念之差

報告：John Sheng的短篇小說集已經譯完，現正著手翻譯的，是樹才的一本詩集《節奏練習》（尚未發表）。其中一首長詩《窺》中，有這樣兩句：

我穿過一條街道，順便買好蔬菜
活下去和怎麼活，不全在一念之差

怎麼譯？

順便說一下，昨天給本科生上英文寫作課時，講到了一篇文章中出現的一個慣用語：along the way，居然沒有一人知道它的意思。其實就是「順便」，給我在下面這段譯文中用上了。我不滿意的是，字典關於「一念之差」的解釋，很不令人滿意，無法借用。我只好採取以詩制詩的方法，這麼譯了：

I cross the street and buy the vegetables along the way
The difference between how to keep living and how to live is but a mere thought

此時城市上空霧霾嚴重，左近的湖上聽得見鳥鳴。自然環境壞得還算可以。

大碗公

此時譯的這首詩，是樹才的《刀削麵》，中有兩句如下：

這時過來一位粗辮子丫頭，
用大漏勺往鍋裡那麼一攪，

撈滿了麵條，再往上一抖，
順勢就送進了一隻大大碗公，……

怎麼譯？特別是「大碗公」二字。

根據字典解釋，「大碗公」是「a big bowl」，但那是「大碗」，不是「大碗公」。大碗公之所以不是江碗、湖碗、河碗、溪碗、天碗、地碗，就在於它是「大碗公」，中有一個「海」字。

建議：採取直譯。

我是這麼譯的：

When a girl, with thick pigtails, comes over
And stirs inside the wok with a huge strainer

Scooping a full scoop of the noodles and, with an upward shake

Delivering the whole thing into the ocean of a bowl along the way

最後想想，還是把「the ocean of a bowl」改成：「an ocean-bowl」。

近在眼前

現在譯到了樹才《去九寨溝的路上》，中有一句云：

山腳看不見了。
山頭近在眼前。

怎麼譯？

根據字典解釋，一般「近在眼前」無非是「close at hand」（近在手邊）或「under one's nose」（近在鼻子底下），但就是沒有「眼」這個字，好像英語沒有眼似的。

對不起了，請讓我把中文的眼睛，輸入到英文中去：

The foot of the mountain is invisible
Its head, though, is right under my eye

其實，我還想譯成「is close at eye」呢。畢竟翻譯不是翻役，而是創新、創譯。英文沒有的，正好適合我來創譯。

大姑娘、小夥子

腦力勞動看似不累，像坐在那裡無所事事一樣。一個明證就是，老婆總是罵我說：你看你一整天坐在那裡一動不動，什麼事都不幹。我不僅洗了衣服、曬了衣服、給花澆了水，連晚飯都做好了！

哪裡有她說得那麼輕描淡寫。昨天譯詩，譯到中飯後，已經譯了十來首，再就怎麼也譯不下去了，感到疲倦已極，這才第一次，其實是第不知多少次地意識到：腦力勞動真累！翻譯還不僅僅是腦力勞動。它是腦力和體力的結合，腦子動，手也在動。最累的是屁股，這話我似乎以前在什麼地方說過，就此轉到正題。

今天譯的樹才這首詩，標題是《旅行》，其中有兩句云：

有位大姑娘羞得漲紅了臉
有個小夥子猛推她的後腰

怎麼譯？

翻譯中，我極少碰到繳械投降的情況，但今天，我只能繳械投降了，承認我無法翻譯這兩句中的「大」和「小」。我把這種現象歸類為「不譯」，因為沒法譯。譯成英文後不僅不能增色，反而只能害意。

A girl was so shy her face turned red
As a young man gave her a rough shove at the back

只能這樣了，對不起。讀者有好的建議，給我看看，參考參考，謝謝了。

西三旗，清河鎮，馬甸橋……

《旅行》這首詩不太好譯，因為有很多象聲詞，得一個個去找、去譯，但都解決了。現在碰到下面兩行，說人們都上了車，車開著，經過了：

西三旗，清河鎮，馬甸橋……
太陽曬燙我的半邊臉和一隻耳朵

怎麼譯？

我才譯了開頭：Xisanqi，就改變了主意，這麼譯了：

West Three Flag, Clean River Town, Horse Pasture Bridge...
The sun hot on my cheek and ear

沒想到，這兒又出現了一個「不譯」的情況：「半邊」和「一隻」，在英文中都是不用說的。只要後面不加複數的「s」，那就是半邊，那就是一隻。

心裡有怨

今天仍在譯樹才，譯到這一句：「心裡有怨」。

怎麼譯？

好譯。為什麼？因為有個英文字，跟「怨」這個中文字我家鄉話（黃州話）的發音很接近，即「rancour」。我的譯文如下：

> There's rancour in the heart

好玩嗎？好玩吧？好玩吧。

明姬

現在譯到了樹才的《北園》一首，是獻給「明姬」的。我想都沒想，就譯成了「Ming Ji」。譯了幾段後發現，此人可能是個歷史人物。一查發現，果然晉時有這麼個人，因避司馬昭諱，改字「文姬」。於是改譯成「Princess Ming Ji」。

但在查找過程中，又發現了一個明姬，卻是韓國人，而且還是藝術家，畫過一幅題為《北園》的作品。

此時，我有些糊塗了，便給樹才寫了一封電郵問：

> 請問你的這個「明姬」，是當代韓國的那個明姬，還是晉時的明姬，或者是實有其人？
>
> 歐陽

接著往下一直譯完，才吃驚地發現，該詩最後有一條注解，說：

> 注：明姬，韓國大畫家。《北園》是她的一幅5米× 5米的巨畫。

這等於解答了我的問題。現在剩下的問題是，我得找到「明姬」的英語拼音。這個不難，很快就找到了。她叫：Kwai Fung Hin。跟中文一點都不像，而且還多出一個音節來。

這，就是一次翻譯經歷的實錄。

Damn

有時候一個字忘卻很多年，在我而言，至少三十多年，卻會由於某件事的觸發而從腦的深淵浮現出來。

下午上研究生的文學翻譯課，一同學挑了《麥田的守望者》施咸榮譯本中的問題並拿出了她自己的譯文進行對照。其中一句英文我記得，說他花了「damn near 4000 bucks」，買了一輛「Jaguar」。這位同學把這句改譯成「花了他媽的差不多4000塊大洋」。

該我點評時，我指出了「damn」一字的翻譯，說：這個字使我想起了一個故事。當年我給加拿大代表團翻譯完後，加拿大代表團的一名高級工程師對我說：You did a damn good job！我當時很疑惑：他這是誇我，還是罵我呀？以至於我馬上問他：damn？這是不是abused（罵）我呀？他笑著說：不是罵你。「Damn」不是罵人的話，而是盛讚你。

所以，我對學生說，這個「damn」不能譯做「他媽的」，而很可能要譯成「都快花了4000塊錢」。

Jaguar

還是這天的學生「講課」，談到施咸榮《麥田的守望者》譯文中有一句（根據我的記憶，因手頭沒有譯本）說：他買了一輛「美洲豹」。同學把這句改成：他買了一輛「捷豹」。

我提出兩個疑點。一個是：當你買了什麼車或什麼品牌的東西，你需要把那樣東西加上引號嗎？比如，你對朋友說，我買了一輛賓士，還是我買了一輛「賓士」？其次，在中文中加引號，給人一種好像是假的感覺：「賓士」？不是真的賓士車吧！

我還就此提出，常有人提到名著重譯，這是很有必要的，因為語言在變化。施譯1998年出版，到2015年不過才17年，現在的學生就把「美洲豹」提前到當代語言的「捷豹」了。

一學生更提出，其實這個車是完全不用翻譯的，直接放英文Jaguar就行，如：他買了一輛Jaguar。因為現在你到賣車的地方，直接說Jaguar人家都懂。

我評論道：隨著中國逐漸步入雙語時代（學生們笑），或半雙語時代，有些字的確是可以不譯的。下課回來後，我寫了上面那條，但沒有寫現在這條，因為覺得意思不大，直到電視新聞中一個幹部跟群眾說話時，直接用了「pos機」，我才「啊」了一下，產生了寫這段的想法，隨後就寫了。

是的，Jaguar的例子，就跟「pos機」是一樣的道理，完全可以不譯，也跟「hold不住」、「喝high了」的道理一樣。

難度

有天我在路上走，突然想起翻譯之難計有兩種：十九世紀之難和二十一世紀之難，一個是難之難，一個是簡單之難。

讀大學時，看過狄更斯的*David Copperfield*和塞克雷的*Vanity Fair*，覺得最大的特點之一，就是句子老長老長，有時整整一個段落，只有一個句號，如*David Copperfield*這部長篇第一章的第二段：

> In consideration of the day and hour of my birth, it was declared by the nurse, and by some sage women in the neighbourhood who had taken a lively interest in me several months before there was any possibility of our becoming personally acquainted, first, that I was destined to be unlucky in life; and secondly, that I was privileged to see ghosts and spirits; both these gifts inevitably attaching, as they believed, to all unlucky infants of either gender, born towards the small hours on a Friday night.[184]

這個傳統一直持續到二十一世紀，哪怕是報上的一篇英文文章，也能經常找到類似的長句，這也就是為什麼我講翻譯時，一再強調斷句的意義所在。

第二種難，從語法角度講其實一點都不難。難就難在內容上，因為它對視覺道德產生了強大衝擊。例如，在法國作家Michel Houellebecq的長篇小說*Platform*中，一開篇的頭兩段，就來了這麼一段話：

> Father died last year. I don't subscribe to the theory by which we only become *truly adult* when our parents die; we never become truly adult.

[184] 原文出自此處：https://www.gutenberg.org/files/766/766-h/766-h.htm#link2HCH0001

As I stood before the old man's coffin, unpleasant thoughts came to me. He had made the most of life, the old bastard; he was a clever cunt. "You had kids, you fucker..." I said spiritedly, "you shoved your fat cock in my mother's cunt." Well, I was a bit tense, I have to admit; it's not every day you have a death in the family. I'd refused to see the corpse. I'm forty, I've already had plenty of opportunity to see the corpse; nowadays, I prefer to avoid them. It was this that had always dissuaded me from getting a pet.[185]

請允許我翻譯如下：

父親去年死了。我從來不買那種理論的帳。這種理論認為，只有在父母去世後，我們才真正成人。我們從未真正成人。

我站在老頭子棺材前時，滿腦子都是不舒服的想法。他幾乎充分地利用了他的一生，這個老婊子養的。他是個不傻的傻逼。「你有孩子，你這個狗日的……，」我狠狠地說，「你把你的大雞巴，捅進我母親的屄裡。」嗯，我有點緊張，我承認。家裡有人死去，這並不是天天都會發生的事。我曾拒絕看屍體。我今年四十，已經有過很多看屍體的機會了。如今，我有屍體也寧可不看。正是因為這個原因，我才總是不想養寵物。

這段話裡，我所說的「難」，指的就是那些不堪入耳的字：「cunt」（屄）、「cock」（雞巴）、「fucker」（狗日的），等。

這還算是好的。後面還有很多描寫做愛的場景，描寫得十分露骨、露皮、露肉。我不知道這部小說如果翻譯成中文，要被大陸的編輯刪改、刪削到何種程度。

此所謂二十一世紀的翻譯之難也。反正那個雞巴國家，什麼事都做得，就是說不得、寫不得、發表不得。

185 摘自Michel Houellebecq, *Platform*. London: Vintage Books, 2003 [2001], p. 3.

反譯

這個標題，已經給了你一個idea。那麼，我們直接進入主題。先翻譯龍泉這首詩，《畫瓷像的人》的前三句：

快要死的人
已經死去的人
在你這裡排隊等候

怎麼譯？

當然順著往下譯哦，我聽見你說。實際上，我就是這麼譯的：

Those about to die
Or the dead
Are queuing up here for you

這有問題嗎？這不是挺好嗎？我又聽見你說。不好，你聽見我說。不好，你又聽見我說。為什麼？我聽見你說。待我簡述一下。

語感，尤其是英語的語感，不是一朝一夕建立起來的，得到英語國家長期生活，得用英語長期寫作，還得用英語長期寫詩，非此三項基本原則而難以獲得，光靠背字典是不行的，也是不幸的。我一下筆就覺得不對，再讀之下仍覺得不對，跟著我就發現，原來，是這兩句的問題，必須顛倒次序，才能還其正身，英文的正身，於是我就顛倒了，所謂反譯是也：

The dead
Or those about to die
Are queuing up here for you

就此打住，不多說了。

疼我

正在翻譯的龍泉這首詩，題為《與妻書》，末二句云：

你疼我，愛我，包容我
——你是我老婆

怎麼譯？

最難譯的，是「你疼我」。我們老家更誇張，說：你痛我。把它譯做「you pain me」，行嗎？應該是很有創意的直譯，但因有歧義，可能與原文意思相左。

怎麼辦？查字典。網上那個「愛詞霸」一般來說還行，能解決大部分問題，但輪到「疼我」，它竟然給出了「hurt me」這樣的解釋。垃圾。

當然，它還給出了「to have a soft spot for someone」，這也行，但在「你疼我，愛我，包容我」這樣的句式中，未免顯得累贅有餘了。

最後，我還是選擇了創譯，這麼譯了：

You soft-spot me, you love me and you tolerate me
—you are my wife

最後是否能為地道的講英文的詩歌編輯收編，還要看他們是否有足夠的「包容」心。

壁虎、叫春

在譯龍泉一首詩《聲音收集者》，中有一句如下：

牆上壁虎的聲音，公園裡老貓叫春的聲音

怎麼譯？

當然我們知道，「壁虎」是gecko，「叫春」是catawaul。但這樣字典式的對應，有意思嗎？有意義嗎？從前我還見過英文版的《中國文學》中，把「叫窮」譯成「crying poor」的呢。

對不起，我直接譯了，我是說直譯了，把「壁虎」譯成了「wall tiger」，把「叫春」譯成了「cry spring」：

The sound of a wall tiger (gecko) or that of an old cat in the park, crying spring (catawauling)

怕人家看不懂，我還是做了一點小處理，如你在括弧中看到的那樣。

「我是文人和商人的雜種」

上面打引號的，是我正在翻譯的龍泉的《雙面人》這首詩中的一句。
怎麼譯？
我是這麼譯的：

(I'm) a hybrid man of letters and businessman

但是，我覺得不夠勁，不夠味，於是修改成下面這樣：

A hybrid businessman of letters

世間自有公道，優劣任人評說。
話到此處，我又改了一下：

A hybrid business man of letters

生不帶來，死不帶走

這八個字，是中國人勸誡人不要太貪的一句話。
怎麼譯？
提示：英半漢全。

還是不知道怎麼譯？那就跟我一起，翻開澳大利亞的這本雜誌，名叫《新哲學家》（*New Philosopher*），其中有篇文章引用了一句英語的俗話說：「you can't take it with you」。（見該刊Nov-Jan, 2016, p. 75）。

這是什麼意思？這就是「死不帶走」的意思，但英文中，是不需要說「生不帶來」的。說了這一半，另一半就像影子一樣自動地出現了。

雁過留聲，人過留名

那麼，上面這八個字，怎麼譯成英文呢？

筆者發現，漢語的常言道或成語，幾乎都能在英文中找到對應的詞或話來說。比如上面「生不帶來，死不帶走」那句。可以這麼說，英漢或漢英，都互為陰影，沒有在一種語言站起來，而不在另一種語言中倒下一個影子的。

這方面沒有捷徑可循，例如，查字典立刻就查到。要緊的是多看書，看到對應的就記下來，比如讀上面提到的那本《新哲學家》雜誌，看對美國攝影家Henry Benson的一個訪談時，就發現他關於人人都想出名的現象，是這麼說的：「No one wants to pass this way unnoticed。」（見該刊Nov-Jan, 2016, p. 35）看到這兒，我細細品味了一下，覺得這句話說得好怪，但又在情理之中。是「this way」，而不是「that way」，是人人都不想「unnoticed」（不被注意），而出名，不就是為了被注意嗎？

再套用歐陽昱「英半漢全」的微理論，這句英文不提「雁過留聲」，而只提「人過留名」，且用的是雙重否定，又進一步印證了歐陽的「翻譯即反譯」的理論。

斗酒

在譯龍泉詩，已經譯到了第39首，即《詩，酒，李白和油菜花》，有這麼幾句：

> 不會喝酒，還能寫詩
> 他們中許多人提出質疑
> 並說李白，鬥酒詩百篇
> 而你滴酒不沾，似乎還討厭

其中，最難譯的是「鬥酒」。怎麼譯？

我查了字典，查不到。我從「角力」入手，只得到「wrestling」，不合適。我再查「鬥智」，查到了：a battle of wits。

好了，有了，可以譯了：

If you don't drink, how can you possibly write poetry?
That's a question many of them ask and they say
If Li Bai could write hundreds of poems when engaging in a battle of spirits
How can you if you never touch a drop, detesting it even, it seems...

拒人於千里之外

「千里之外」是多遠？中國人說話，簡直是誇張得可以！

那麼，龍泉這首詩中，「繼續拒酒千里之外」這句話，怎麼譯？

其實不必誇張，運用歐陽昱關於「反譯」的微理論就行。他是這麼譯的：

(And you) continue to keep the spirits at arm's length and keep writing

是的，「at arm's length」（拒人於一臂之外），就是這個意思。它給人的感覺，就是拒人於千里之外。簡單說來，漢語之遠，即英語之近。此中真意，毋需深辯。

心旌

碰到這一句（引自龍泉《詩，酒，李白和油菜花》一詩）：

春風裡的油菜花心旌搖盪

怎麼譯？

提示：直譯。

好吧，我就譯了：

The canola flowers are waving their heart banners in the spring wind

老實說，「心旌搖盪」這種詞，屬於陳詞濫調，但是，妙就妙在，陳詞如果直譯，就能出新意，如「heart banners」，這是英文中所沒有的。免費送它一個吧。正如我在譯他《一塊石頭的硬和冷》這首詩「濡濕了我的手心」這一句時，也這麼直譯了「手心」這個陳詞和腐詞：「Wetting the heart of my hand」。

是的，「手心」，即「the heart of my hand」。譯不譯由你。不敢這麼譯拉倒，那是因為你怕。那就譯成「palm」（怕蹣）吧。

無創意者，不恥與之交。

意境

我在臺灣出版的《譯心雕蟲》中，曾談到過「意境」一詞的難譯，建議使用「mind state」，甚至「the spirit of the moment」，[186]今天譯龍泉，又遇到這個問題，如下面這句：

> 浪漫主義和現實主義的意境裡

怎麼譯？

這一次，我本想用「mind-state」,但還是覺得「state of mind」更好，而且，中文拼音的「yijing」也不能丟，於是就這麼譯了：

> in the state-of-mind *yijing* of romanticism and realism...

我沒把這段文字斜體，是因為有「yijing」這個詞，並且已經斜體了。否則就要把整句斜體，讓它正身，如下面這樣：

> in the state-of-mind yijing of romanticism and realism...

兩種都行，就看編輯知不知道。

譯增

我一向不同意Robert Frost那句話：Translation is what is lost in poetry。

---

[186] 參見該書435頁，在此：https://books.google.com.au/books?id=URP1uP_JcMkC&pg=PA435&lpg=PA435&dq=意境+mind-state&source=bl&ots=xmuYBxrx-0&sig=_WxNJe03w9uECI8zuJAhqQSWH80&hl=en&sa=X&ved=0ahUKEwj9hcP-tNXJAhXCFJQKHb-wA84Q6AEIGzAA#v=onepage&q=意境%20mind-state&f=false

哦，對不起，原來原話是：「Poetry is what gets lost in translation.」[187]

我必須改寫這句話，把它改成：「Poetry is also what gets gained in translation.」

比如龍泉《石榴》一詩，是這麼結尾的：

並等她靜靜地和月亮一起墜
落
墜
落

而我，是這麼譯的：

While waiting for her to quietly fall with the
m
o
o
n

把「墜落」的「落」感，改寫、改譯成了「moon」。是否「增」了原文的況味，讀者自有各自的「公」論。不是母論，呵呵。

其實，母論也未嘗不可。

腹地

又見腹地。那年（應該是2012年），我請樹才來澳大利亞。我們驅車進入維多利亞州的鄉間。說著、說著，談起了腹地，因為我們當時所處的，正是卡素棉一帶，從前是淘金地，現在是腹地。樹才說，他在寫一本書，名字就叫「腹地」。我立刻反應說：好標題。

今天（2015年年底）譯龍泉，《肚臍眼，第三隻眼》這首詩時，中有一句云：「任你急切地進入她的腹地」。

怎麼譯，特別是「腹地」二字，而且不能用字典的意思？

[187] 見此：http://www.brainyquote.com/quotes/quotes/r/robertfros101675.html

字典至少有二字可用：「hinterland」（內地）和「heartland」（心臟地帶）。都不好，都不會令我叫好。蓋因沒有「肚腹」的感覺。比如，如果把「腹中空」照套，譯成「心中空」，那會是什麼感覺？不能因為英文沒有，我們就把已有的好東西割捨掉。

我的譯文是「And she lets you enter, in a hurry, into her bellyland」。

是的，「bellyland」，一個英文沒有的詞。英文：你應該感謝我填充了你的貧乏。

逗號

翻譯不僅僅是一個文字問題，還是標點符號的問題。有鑑於此，最近給本科生講英語寫作課，就專門講了這個問題，因為他們寫英文，常常會一句話寫完，卻沒有句號，或一句話寫完，有句號卻沒有逗號。比如，有人就這麼寫：The birds chipr chirp chirp。或者：He always talks about money money money。

那麼，現在翻譯的這首龍泉詩（《父子》），第一闕是這樣的：

錯
錯錯
錯錯錯
錯錯錯錯
錯錯錯錯錯
錯錯錯錯錯錯

怎麼譯？

按照他們那樣來，就應該是這樣的：

Wrong
Wrong wrong
Wrong wrong wrong
Wrong wrong wrong wrong
Wrong wrong wrong wrong wrong
Wrong wrong wrong wrong wrong wrong

這沒問題吧？這沒問題嗎？這多準確呀！跟原文簡直如出一轍。

這裡，我想到二十年前譯柳宗元《江雪》最後一句「獨釣寒江雪」的情況。初譯時，是這樣的：

Fishing alone in the cold snow

過了若干年後，我又修改了一下，加了兩個逗號：

Fishing, alone, in the cold snow

發表後（應該是在《原鄉》1999年第五期上，但因東西在墨爾本，人在上海，所以無法對證），在*Australian Book Review*（《澳大利亞書評》）上，被一個書評者注意到了，特別提到了最後一句的起伏和流動之感。

不多說了。上面那闕我是這麼譯的：

Wrong
Wrong, wrong
Wrong, wrong, wrong
Wrong, wrong, wrong, wrong
Wrong, wrong, wrong, wrong, wrong
Wrong, wrong, wrong, wrong, wrong, wrong

從這個角度講，又是一個「反譯」的例證。

乾坤

龍泉《6和9》這首詩，結尾幾句比較難譯：

一個乾，一個坤
一個陽，一個陰
天地人同道
6和9合一

怎麼譯？

翻譯不是解釋，不能解釋，註腳也要盡可能少用。那麼，碰到這種需要大量注釋，人家也不一定看懂的文化現象，怎麼辦？

我只能採取加行的辦法，見下：

one being Qian and the other, Kun
both part of the Eight Diagrams
one being Yang and the other, Yin
the heaven, the earth and the wo/man in the same track
6 and 9 merging into one

一望而知，我多加了一行，即：「both part of the Eight Diagrams」，這也是前面說到的翻譯之「增」，增殖、增值。

其實最難的還不在此，而是「天地人」的「人」。英語中，「人」從來都不是這種沒有性別，以一個字就能指代的，除了「person」或「individual」之外。一般非「man」即「woman」。如果譯成「man」，在女權主義已成大勢的西方和英語世界，就難免不遭非議。我只好二者全含，因為本來「woman」一詞中，早已含了「man」，而且指代女性的「wo」，還是在「man」之前。所以就有上述倒數第二行那種譯法了。

力氣輕

龍泉的《坐在雲端上的二伯父》一詩中，有這樣一句，說他「點子多，力氣輕，肯幫人」，我是這麼譯的：「He got lots of ideas, didn't have much physical strength but was ready to help」。

譯完後，我不大確信，便給他發信請教。他回覆說：「力氣輕」是「肯幫忙的意思～樂意助人。」

這一句，原來是江西的說法。看來得修改了。下次吧。

這、那

你不要看「這、那」二字很簡單，真要譯起來，還不太易。我也懶得一一敘述，不如用詩來說明問題。關於翻譯的詩，我還寫了不少，下面丟出一首：

《這、That》

「這」，是中文的「這」
「That」，是中文的「那」
「這」和「that」
聽起來還很相似
不信你在舌尖上咂咂看

但在意思上
兩者南北兩端
「這」是這，「that」是那
什麼這那、那這
其實都是那那這這

比如漢語惱到極處
就會說：他怎麼這樣啊！
你用英語說這話
就得用「那」：
How can he have done that?

又比如漢語惱火時還這麼說：
我真不喜歡這樣
那麼英語呢？
也得用「that」：
I don't really like that

最後再比如漢語結束時會說：
那就這樣吧
那英語是這，還是那？
那肯定是那那，而不是這這：
That's it

這那、那這
學說紅毛話的人
你給我聽清楚了
你要走這，就先去that
反其語而行之：那，就是這

格式

先看澳大利亞華人土著女作家Alexis Wright的長篇小說*Carpentaria*的第一章中的第一段：

Chapter 1:
From time immemorial

A NATION CHANTS. *BUT WE KNOW YOUR STORY ALREADY.*

THE BELLS PEAL EVERYWHERE.

CHURCH BELLS CHALLING THE FAITHFUL TO THE TABERNACLE. WHERE THE GATES OF HEAVEN WILL OPEN. BUT NOT FOR THE WICKED. CALLING LITTLE INNOCENT BLACK GIRLS FROM A DISTANT COMMUNITY WHERE A WHITE DOVE BEARING AN OLIVE BRANCH NEVER LANDS. LITTLE GIRLS WHO COME BACK HOME AFTER CHURCH ON SUNDAY. WHO LOOK AROUND THEMSELVES AT THE HUMAN FALLOUT AND ANNOUNT FACT-OF-FACTLY. *ARMAGEDON BEINGS HERE.*

〔…〕

李堯的譯本《卡彭塔利亞灣》的譯文如下：

第一章：從遠古時代開始

一個部落齊聲呼喊：我們已經知道你的故事了。
鐘聲到處迴響。

教堂的鐘聲呼喚信徒們到泰布倫克爾。天堂之門將在那裡打開，但是對壞人大門緊閉。鐘聲召喚天真無邪的黑人小姑娘從一個遙遠的村落走來，在那裡，叼著橄欖枝的白鴿永遠不會落地。星期日，從教堂回家的小姑娘們環顧四周，語氣平淡地宣布：阿邁戈登來了。[188]

今天下午研究生的文學翻譯課，我讓她們（只含一男，因此用「她們）對比譯本和原文，找出問題來。

她們找出的問題如下（包括標點符號），我開一張清單（正確的答案在方括號裡）：

部落〔國族〕
齊聲呼喊〔反覆吟誦〕
：〔刪去冒號，改為句號〕
你的〔你們的〕
泰布倫克爾〔教堂〕
村落〔社區〕
環顧四周〔人類的毀滅〕
：〔刪去冒號，改為句號〕
阿邁戈登〔世界末日〕
虛線：〔需要加上〕

這都還是次要的。最主要的問題有三：一、全文用的是大寫。二、頭句末和尾句末用了斜體。三、第一段下面，用虛線與下面的文字隔開【虛線此處從略】。

這，就是我最前面說的「格式」問題。如此在譯文中破壞原文的格式，這是我第一次看到，但肯定不是最後一次。我只能毫不遲疑地向研究生們指出。

此前，我也討論過類似的大寫問題，認為最簡單，但最難譯，因為漢字可以斜體、可以加粗、可以底線，但就是不可以大寫。我也曾採取大一字型大小的做法，但擺上去很難看。最後一個學生提議說：老師，可不可以用繁

[188] 參見：http://www.amazon.cn/卡彭塔利亞灣-亞曆克西斯·賴特/dp/B007F4V83W/ref=sr_1_1?s=books&ie=UTF8&qid=1449918313&sr=1-1

體呀？我當時便表示稱讚，這次就這麼譯了，如下：

> **第一章：自遠古以來**
>
> 一國的土著人反覆吟唱。*但我們已經知道了你們的故事*。
> 處處傳來轟鳴的鐘聲。
>
> 教堂的鐘聲召喚信教的人去教堂，天堂的大門會在那兒開放，但不會為惡人開放。它召喚天真爛漫的黑人小女孩，從遙遠的社區而來，帶橄欖枝的白鴿永遠也不會在那兒停落。這是星期天做完禮拜儀式後回家的小女孩，她們環視四周，看著這塊人類毀滅之地，不動聲色地宣布。*世界末日就從這兒開始了*。
>
> 【下文從略】

緊接著，問題來了，也就是，如果此譯本在臺灣出版，那繁體就不起作用了。怎麼辦？「用簡體，」一學生說。這，當然也不失為一種辦法。

當然，也有另一種辦法。有個學生說：改換字型。這個做法，正是我所做的，如下：

> **第一章：自遠古以來**
>
> 一國的土著人反覆吟唱。*但我們已經知道了你們的故事*。
> 處處傳來轟鳴的鐘聲。
>
> 教堂的鐘聲召喚信教的人去教堂，天堂的大門會在那兒開放，但不為惡人開放。它召喚天真爛漫的黑人小女孩，從遙遠的社區而來，帶橄欖枝的白鴿永遠也不會在那兒停落。這是星期天做完禮拜儀式後回家的小女孩，她們環視四周，看著這塊人類毀滅之地，不動聲色地宣布。*世界末日就從這兒開始*。
>
> 【下文從略】

關於頭句和尾句末尾的兩段斜體文字，還需要講一下。為什麼不用冒號？這是因為作者有意不把事情講清楚，有意產生不確定的感覺，有意模棱兩可。例如，第一句末尾的斜體文字，很可能是作者想像的讀者反應：你不用跟我講土著人的故事了，我們早就知道了。末句則可能暗示並強調：這就是世界末日開始的地方。也很可能是作者想像的讀者反應。

譯生二

老翻譯，新問題，這次在翻譯趙川的《廢物冊子》中，就碰到了。《廢物》是他主持的草台班，2015年與德國藝術家Kai Tuchmann合作演出的一個文獻戲劇專案。

在討論這個劇的演出時，演員之一的吳夢援引了德國詩人霍爾德林的兩段詩文，第一段如下：

> 「當生命充滿艱辛，／人或許會仰天傾訴：我就欲如此這般？／誠然。只要良善純真尚與心靈同在，／人就會不再尤怨地用神性度測自身。／神莫測而不可知？神如蒼天彰明昭著？／我寧願相信後者。神本人的尺規。／劬勞功烈，然而詩意地，／人棲居在大地上。／我是否可以這般斗膽放言，／那滿綴星辰的夜影，／要比稱為神明影像的人／更為明澈潔純？／大地之上可有尺規？／絕無！」

這一段我在網上查來查去，尋尋覓覓，好歹不算太難，查到了兩種譯本，但都在無法複製粘貼的文本中，只好靠手打字了，其譯文如下：

> May a man look up
> From the utter hardship of his life
> And say: Let me also be
> Like these? Yes, as long as kindness lasts
> Pure, within his heart, he may gladly measure himself
> Against the divine. Is God Unknown?
> Is he manifest as the sky? This I tend
> To believe. Such is man's measure.
> Well deserving, yet poetically

Man dwells on this earth. But the shadow
Of the starry night is no more pure, If I may say so
Than man, said to be the image of God.
Is there measure on earth? There is
None.[189]

這一段比較容易解決，但下一段就不容易了：

「當人的棲居生活通向遠方，在那裡，在那遙遠的地方，葡萄閃閃發光。那也是夏日空曠的田野，森林顯現，帶著幽深的形象。自然充滿著時光的形象，自然棲留，而時光飛速滑行。這一切都來自完美。於是，高空的光芒照耀人類，如同樹旁花朵錦繡。」

翻來覆去查了半天也沒查到，只好寫信求告趙川，我們的電郵通信（由下往上），如下：

沒問題。在這樣也好，我可以把它譯回去，造成一種二次文本，肯定跟原英文譯文有出入，也會跟德文譯文更有出入，譯生二、二生三，三生萬物嘛。

Date: Tue, 22 Dec 2015 14:05:01 +0800
From: zhaochuan_8@aliyun.com
To: ouyangyu@hotmail.com
Subject: 答覆：吳夢引霍爾德林

他說是百度出來的，不知道原文。

From: ouyangyu@hotmail.com
To: zhaochuan_8@yahoo.com.cn

189 參見其詩"In Lovely Blue"：http://www.worldliteratureforum.com/forum/showthread.php/55760-Friedrich-Hölderlin〔accessed 22/12/15〕

CC: zhaochuan_8@aliyun.com
Subject: RE: 吳夢引霍爾德林
Date: Tue, 22 Dec 2015 02:42:34 +0000

兩句，前一句英文查到，後一句，如下，怎麼也查不到：

〔引文略〕

請問她是否有原文？

歐陽

————————————————————————————————

全文譯完後，我就按照譯生二，二生三，三生萬物的自定原則，把那段話譯成了英文：

When man's dwelling extends into the distance
Grapes glitter there, in a faraway distance
That is also the empty fields of a summer day
Where a forest appears, with deep images
And Nature is filled with the imagery of time
When Nature remains
And time slides at a flying speed
All this comes from perfection
Thus, the light from the sky shines over humanity
Like the brocade of flowers by the trees.

該文中，另外還援引了一段羅蘭・巴特的文字，也無法查到原文或英文譯文，於是，我又把它「譯生二」了。巴特文字如下：

「但我倘若不是伐木工人，我也就不再能說樹木，我只能說關於樹木的話；我的語言不再是直接作用於樹的工具，而是別的讚美樹木的話成為了我的語言的工具；我和樹木之間只有不及物的關係；這樹木不

再具有人類行為那樣的真實意義，它只是受人擺佈的形象而已」——羅蘭巴特《神話學》

我的譯文如下：

"But if I am not a lumberjack, I can't talk about the trees any longer. I can only say things about the tree. My language is no longer a tool that can directly apply to a tree and the other words in praise of the trees have become my language tool. There is only an intransitive relationship between I and the trees. These trees no longer have the real meaning like human acts as they are mere images manipulated by man." (from *Mythologies* by Roland Barthes)

順便說一下，巴特的《神話學》，倒是一查就查到了，即*Mythologies*。

這次實踐又讓我想起初到澳大利亞時碰到的一件事。那時，一位來自冰島的翻譯家讓大家玩了一個翻譯遊戲，想出一句話，讓一人譯成英文，然後逐個地接力賽跑一樣譯下去，等所有語言都譯完後，再譯回來，看意思是否還相等。那個遊戲只是開了頭，還沒有等到結束，他就離開澳大利亞回冰島了。

這一天

今年研究生的最後一節文學翻譯課，我讓她們（只有一個男的），翻譯今年《悉尼晨鋒報》（*Sydney Morning Herald*）推薦的2015年十佳書的推薦語。篇幅不長，文字簡單，但譯文卻問題多多，比如澳大利亞女詩人Jennifer Maiden的這一句：

As usual, I've not read all of this year's enticing poetry collections.[190]

這句話中有兩個字「this year」，一個四人小組，把它譯成了「這一

[190] 原文參見：http://www.smh.com.au/entertainment/books/a-year-of-reading-wonderfully-what-writers-recommend-for-the-holidays-20151206-glfjkp.html

年」。我讓她們的做法是：A譯，完後自校，再由B校、C校、D校，最後由大家選出一個總校對再校一次。

她們把譯文通過投影機打出來，讓那個下面的同學提問、評論。這句全部議完後，我問：還有問題，有沒有看出來的？一個沒有。於是我說：「這一年翻得對嗎？」

這時大家才如夢初醒，說：是啊，應該是「今年」。

該組一名一向喜歡爭論的學生說：老師，我們這邊做一年的政治報告時，不也總是用「這一年」的說法嗎？

我不客氣了，說：不要把一個簡單得不能再簡單的問題複雜化。我問你，如果你今年買了房、結了婚、出了國，你會跟你認識的人說「我這一年買了房、結了婚、出了國！」如果你把中文的「今年」譯成中文，你不用「this year」，你又用什麼詞彙呢?!

一女生說：老師不要生氣。

我說：不是我生氣，而是我覺得這個問題是一個很成問題的問題。我們的翻譯，已經不說人話，連中國話都不會說了。今年就是今年，而不是「這一年」。

今天（不是「這一天」）下午，我跟何老師電話，又談起此事。他說：其實說「這一年」的報告中，是性質根本不同的東西。

無論如何，把「今年」（this year）譯成「這一年」，所有學生看不到問題，我第一次遇到這種問題，還有人提出問題，這在我一生，還是第一次，值得記取。

Raw

還是昨天那堂課，還是昨天那些人，只是換了一個組，因為她們翻譯的問題，都被其他同學挑了，但「raw」字我認為譯得不好，就進行了單挑，結果引出了一場佳話或故事。

我說：長期以來，最難譯的一個英文字，就是「raw」。大家都知道，它的意思是「生的」，生魚的生、生肉的生、生菜的生，就這麼簡單，但你譯「raw candour」[191]時，那它是什麼的「生」呢？

---

[191] 原文參見：http://www.smh.com.au/entertainment/books/a-year-of-reading-wonderfully-what-writers-recommend-for-the-holidays-20151206-glfjkp.html

有說「原生」，還有說七七八八對不上號的字詞，看看已經山窮水盡了，我就說：1999年，我的《憤怒的吳自立》在北京出版，沈浩波看後只說了一個詞：生猛！一提到你們的譯文，就覺得不生猛。

女生回答說：因為我們是女生，不敢那麼去譯。

我說：人家已經「生猛」了，你卻要給她淡化，那你這還能叫翻譯嗎？是柔和的就柔和，是生猛的，就要生猛！否則怎麼譯出原汁原味?!

有數

「有數」或「心中有數」這個詞，恐怕是最難譯成英文的，因為英文中似乎沒有對應的詞。

「似乎」？那只是因為你沒有碰到、字典裡沒有，或你看書不仔細而漏掉了。

比如說，你想把人家對你有種種看法，你心裡都有數這種意思，用英文表達出來，特別是「心裡都有數」這個意思表達出來，怎麼表達？

我每天看英文小說，會時時處處把與漢語表達不一樣的地方打底線，以時時刻刻提醒我，以後碰到同樣的地方，一定要以比較地道的英文方式來表達。例如，說誰誰誰長得不美，不說她或她「not beautiful」。我在Gissing的書中，看到關於一對長得不美的姐妹，是這樣描述的：

> They had no beauty, and knew it; neither had received an offer of marriage, and they looked for nothing of the kind.[192]

上述這段翻過來就是：

> 她們都長得不美，而且也都清楚。兩姐妹都無人向她們提親，也根本不指望人家做這種事。〔歐陽昱譯〕

現在再來談「有數」這個詞的翻譯。

該書中，女主人公是Alma，很有音樂天賦，但年紀輕輕，才二十來歲，就嫁了一個40來歲的富翁，於是放棄了她的小提琴事業。後來遇到從前

192 引自George Gissing, *The Whirlpool*. Penguin Classics: 2015 [1897], p. 197.

曾追求過的一個男子，一直還單身著，心裡便泛起了一種很複雜的微瀾。這時來了這樣一段話：

> ...and if he paid homage to her beauty, to her social charm, to her musical gifts (all of which things Alma recognised and tabulated),... (p. 199)

就是「tabulate」這個字，讓我突然停下，認定這個字就是漢語的「有數」或「心裡有數」，過後還查了一下字典，發現它的第一個定義就是：「把（數字、事實）列成表」。[193]

現在來讓我把它翻譯出來：

> ……而如果他〔即該男子Redgrave先生－譯者注〕讚美阿爾瑪的美色、讚美她的社交魅力、讚美她的音樂天賦（她對所有這些都意識到了，也都心裡有數），……〔歐陽昱譯〕

是的，這個「tabulate」，就是「有數」的意思，一下子就解決了我幾十年沒有解決的一個重小（我根據「重大」而改編的一個字）問題。

Hot & Spicy

昨天是大年初二，我倆到NGV（維多利亞州國家畫廊）看了Andy Warhol & Ai Weiwei畫展。之後，她說肚子餓極了，我們便去附近一家KFC吃飯，這是今天第二餐，因為我們出來時決定，今天只吃兩餐。

到了KFC，她叫了一個Meal，我則叫了一個捲筒，名叫Hot & Spicy。我們找了一個窗邊座位坐下，她背靠窗，我面對窗，隔桌而坐。我吃著、吃著，突然「嗯」了一下，因為我想起了吃的這個捲筒的叫法。

我問她：知道「香辣」怎麼說嗎？

她想了想後搖頭說：Spicy，嗯，不是太清楚。

我告訴她：就是我手中吃的這個：hot & spicy。

她「哦」了一聲，繼續吃她的炸雞。

---

[193] 參見《愛詞霸》該詞條：http://www.iciba.com/tabulate

她並不是學生，因此並沒問：「怎麼這兩個字好像是倒反過來的嘛」這樣的問題，而我是老師，一直關心的都是這種問題：我們說「香辣」，他們說「hot & spicy」，正好相反，就像我們說「新鮮」，他們說「fresh & new」等一樣。

這方面的例子太多了，只不過昨天又新吃出來了一個而已。

龍飛鳳舞

常說誰誰誰寫起字來「龍飛鳳舞」。

怎麼譯？

說起這個，還得從別的地方說起。字典我是肯定不去查了。昨天買了一本書，是談西方文人寫作時的一些怪癖。例如，德國戲劇家席勒為了怕睡著，常常把雙腳泡在冷水裡，還喜歡聞爛蘋果的氣味，而且特煩別人不事先預約，「while his pen flew」的時候，就在他門口出現。[194]

啊啊，我停下來了。他的「pen flew」。這是什麼意思？這不是跟中國的什麼話很相似嗎？

對，這個「flew」，就是龍飛鳳舞的「飛」呀。我寫這一段時，我的pen也在flew。不，不對，我沒用「pen」，我用的是「keyboard」。不過，用「龍飛鳳舞」還是可以的。

有點筆走龍蛇的意思，但那是「走」，不是「飛」。

Failing upwards

也是在上面那本書裡，Erica Jong提到在美國男女作家之間的差別。女作家越寫越失敗，而男作家是這樣：「They just keep failing upwards」。

這句話好玩。一般「failing」（失敗），都是向下的動作，失敗就會失落，失落就會墮落。可那些男作家，都是「keep failing upwards」。[195]

怎麼譯？

提示：英簡漢繁。我譯為：「人越失敗，事業反而越蒸蒸日上。」

---

[194] 參見Celia Blue Johnson, *Odd Type Writers*. New York: Penguin Group, 2013, p. 3.

[195] 引自Erica Jong, *Seducing the Demon*. Penguin Books, 2007, p. 226.

隨遇而安

「隨遇而安」怎麼譯成英文？我想不用我解釋，大家查查字典都行，但我不相信字典，尤其不相信中國人編的漢英字典。

我更相信向英文原著小說學習。

最近看Alice Munro的小說集*Dear Life*（老實說，這部小說集我看不下去，從2014年2月3號買下來，一直看到2016年2月11號，才勉強湊數地看完，實在太不好看了！），我就發現其中有句話，停下來對自己說：哎，這不就是「隨遇而安」嗎？

在那篇小說裡，「我」提到她父親時說，他的「philosophy」就是，「to welcome whatever happened」。[196]

這個「to welcome what happened」，在我看來，就是中文「隨遇而安」的意思。

船到橋頭自然直

上面這句話怎麼譯成英文？

還是得向小說學習，比如我看的這篇Alice Munro的短篇小說「Corrie」。裡面有句話說：「I'll cross that bridge when we come to it」。[197]

咦，我說，這不就是中文「船到橋頭自然直」的意思嗎？

接地氣

又有「地」，還有「氣」。怎麼譯？

不好譯，也從來沒有遇到要譯的機會，儘管中國人，特別是大陸人，現在特別喜歡用這三個字。其實中國的地氣真那麼好？土壤都壞掉了，因為化學物質太多！

如果要翻譯，還是一句話，向小說學習。這兒，我要補充一句：向非小說學習！

Erica Jong的《勾引魔鬼》這本書裡，開了一張寫作規矩清單，共有21

---

[196] 引自Alice Munro, *Dear Life*. London: Vintage Books, 2013, p. 94.
[197] 同上，p. 162.

條，其中第18條寫道：「Remember to be earthbound。」[198]

哈，抓住你了！我一看「to be earthbound」，就對自己說：這不是中國人愛說的「接地氣」，又是什麼？

攪屎棍

那麼「攪屎棍」怎麼譯呢？

從前，我都譯成「a shit-stirrer」。看了上面提到的那本Jong的書後，才知道還有另一種說法，如她所說：「I had always been a shit disturber。」（p. 7）

對，「攪屎棍」就是「a shit disturber」。當然，這個是有褒義的，有點那種「路見不平，拔刀相助」的意思，因為這個「shit」，就是不公正的現象。

厚道

「厚道」怎麼譯？

看看我這段描述就知道了。

Erica Jong談她年輕時參加紐約的一個「flash...dinner party」，認識了美國名導Robert Redford，結果喝醉了酒，大出其醜，以後不僅沒人再邀請她，而且還在小報閒話欄說她笑話。這時，她來了一句，說這種做法was「Hardly kind of them」。[199]

什麼意思？

不就是「他們不太厚道」嗎？

看法、想法

學翻譯的人，從事翻譯的人，還是得不停地看書。我這麼講很說教，但是針對自己，還是很有用的。

一向以來，有兩個中文詞，即「看法」和「想法」，一直是我覺得不好譯成英文的。不信你試試。怎麼譯？

---

[198] 引自Erica Jong, *Seducing the Demon*. Penguin Books, 2007, p. 4.

[199] 引自Erica Jong, *Seducing the Demon*. Penguin Books, 2007, p. 118.

今天吃中飯時，在翻看昨天陳中——一位澳大利亞華人藝術家——送給我的一本十分厚重的書，其中有一篇關於澳大利亞畫家Jason Benjamin的文章。文中，他說：「language + experience = essence」（語言 + 經驗 = 精髓）。[200]我覺得說得不錯，在下面打了一道底線，跟著就看到他說的另一句話：「That's how I saw it.」

嗯，我停下來，稍事思索，便得出結論：這就是「看法」，而不是我原來想的「perception」等。

那麼，「想法」怎麼譯呢？

我想，照此類推，但不要「it」：That's what I think或That's what I thought。沒錯，就是這樣。

只能……

先看下面這句中文：

> 娜需要更多的衣物和生活用品，我只能抽空去波那兒一點一點地把東西帶給娜。（John Sheng尚未發表的短篇小說《異國的戀情》）

怎麼譯？

怎麼譯都不好譯，因為沒譯出那個「只能……」的味道，除非採用雙重否定法，像下面我的這個譯例：

> Although Na needed more clothes and articles for daily use, I could not take them to her bit by bit without finding time to visit Bo from time to time.

順便解釋一下，「娜」是「我」的男友，被抓進黑民拘留中心，「波」是娜的室友。

陰差陽錯

趕緊把這句中文放在下面：

---

[200] 引自Ken McGregor, *Unfinished Journey*. Macmillan Art Publishing, 2009, p. 19.

一切是陰差陽錯的結果。……（John Sheng，《異國的戀情》）

怎麼譯？

上面這個成語的核心詞不是陰、不是差、不是陽，而是錯，也就是下文中的「mistake」，就這麼簡單。這麼算清楚後，就好譯了：

Everything seemed to have worked out except by mistake...

我加了一個「except」，這句就妥當了。

反著來

懶得用「反譯」這個字了。凡是碰到需要反譯的地方，我就說：「得反著來了。」

所以，這句我就不問你「怎麼譯」，因為已經告訴你，是需要反著來的。請看這句文字的中文：

不過我倒是有種隱隱的擔憂，如果她一年半載不能獲取回澳的簽證，而我和順會不停地幽會，這樣長期下去，誰也不能保證自己的情感世界會發生什麼樣的變化。（John Sheng，《異國的戀情》）

怎麼譯？

這句話起先我覺得有點不好譯，但把自己腦子反轉了一下之後，就覺得不那麼難了，譯文如下：

I, though, was slightly worried about the change that might happen over time in our own emotional life if I kept meeting Shun and she was not able to gain her visa for returning to Australia.

看到沒有？我是從「變化」開始譯起的。至於那個「she」，指的是「我」的另一個情人，已被作為難民，遣返回韓國了。

修改期間，我還把「our emotional world」改成了「our own emotional life」，因為前者聽起來好像不是那麼回事。

破財消災

多年的翻譯使我明白了一個簡單的道理，那就是字典是不可靠的，甚至無法使用的。我的悲劇在於，我購買了過多的字典，可能已經有上百本了吧，但歷史發展對我的懲罰就是，最近幾年來，我幾乎從來沒有查過字典，而是直接通過上網來找的。這就好像一個購買了過多膠捲的人（我就是如此）一樣，一旦進入手機照相時代，所有的膠捲便在一夜之間成為廢品，跟柯達公司的遭遇一樣。

不多說了，先引用這一段：

> 雖然破費不少，可比起那些出意外事故的人還是很幸運，就當是破財消災吧，而且還得到了甜蜜的回報。（John Sheng，《異國的戀情》）

故事的內容是，「我」跟那個長得很漂亮的韓國女性發生了關係，結果有點失望，因為「破費」了很多，云云。

怎麼譯？特別是「破財消災」怎麼譯？

我參照了網上字典，但發覺都很無用，因此很無奈，就這麼譯了：

> Even though I lost a fair bit of my money but, in comparison to those who had experienced losses in unexpected incidents, I was lucky enough to have sweet returns. Money lost means disasters warded off. That's how I looked at it.

null...和never-warm

已經接手勞倫斯的詩歌翻譯。在「The Man Who Died」這首詩中，有這樣三句：

> You were many men in one;
> But never this null
> This never-warm! [201]

[201] 引自*The Complete Poems of D. H. Lawrence*. Wordsworth Poetry Library, 2002 [1994], p. 23.

怎麼譯？

我是這麼譯的：

你曾經是多個男人的組合，
但從來都不是這個歸零
從來都不是這個不暖！

可以看到，這個譯法基本上是直譯，而直譯，是需要勇氣的，就像講直話需要勇氣一樣。

自評

書寫到這兒，想引入一個新的概念，題為「自評」。作為一個譯者，無人可以交流，從來翻譯，都是在絕對孤獨的狀態下進行，譯得好沒人說好，譯得壞總有人叫罵，這個世界真他媽的混蛋！趁著自己還沒死掉，如果對自己翻譯的東西，覺得還有至少令自己滿意的地方，那就來個自評，即便以後發表了人家不認同，一是隨它去，二是我也不會認同它的不認同（不是他，也不是她，而是它）。

我譯的還是那首「The Man Who Died」的詩，其最後一段是這麼說的：

Is this the sum of you?
Is it all naught?
Cold, metal-cold?
Are you all told
Here, iron-wrought?
Is this what's become of you? [202]

我是這麼譯的：

難道你加起來就是這樣的總和？
難道這一切都是零的紀錄？

[202] 同上，p. 23.

寒涼、金屬般的寒涼？
難道你全部算在一起
就是這兒的一堆鐵物？
你要成為的難道就是這？

我估計，如果不看我的這個譯本，不會有人這麼譯的。那就對了。

Keep the bastards honest

這是一句澳大利亞英語。怎麼譯？

我因為明天講寫作課，採用的一篇文章中有這個用法，就把它單挑出來講。中文沒有這種說法，但要是譯成中文怎麼辦？

我在腦中轉了一轉，很快就有了譯文：「不要讓那些混蛋犯下作亂。」

這句話的原意，是老百姓針對政府高官所說的。澳大利亞是個民主國家，從政府最高首腦，一直到最底層當官的，都是「bastards」。他們是不能騎在人民頭上作威作福的，因此，老百姓活著的一個根本要義，就是「keep the bastards honest」（讓那些混蛋老老實實辦事）。

說到底就是，「不要讓那些混蛋犯下作亂。」是的，不是犯上作亂，而是「犯下作亂」。因為，在一個民主國家，犯下遠比犯上糟糕。

The foremost

勞倫斯「Letter from Town: The Almond Tree」這首詩中，最後一闕中第一句說：「You, my love, the foremost」，[203]我昨夜是這麼譯的：

你，我的愛，我的初戀，……

今天早晨醒來，想到「foremost」這個字，覺得不那麼簡單，應該有最初之意，也有第一的意思，於是，我修改為：

你，我的愛，一切都放在第一的那個人，……

---

[203] 引自 *The Complete Poems of D. H. Lawrence*. Wordsworth Poetry Library, 2002 [1994], p. 25.

好了，妥了，似乎妥了。

...laid still and plain...

勞倫斯的「Wedding Morn」這首詩中，有幾句這麼說：

My love, that spinning coin, laid still
　　And plain at the side of me[204]

其中，「plain」一字如何譯？
我沒有按字典釋義去譯，那就太乏味了。我是這麼譯的：

我的愛，那只旋轉的錢幣，在我身邊
　　一動不動，平鋪直敘地躺著

好，謝謝你看到了別樣的譯法。

...fluttering...

勞倫斯的「Baby Running Barefoot」一詩中，有一句形容她的白腳在草中跑時是這麼說的：「Is winsome as a robin's song, so fluttering」（p. 31），我不知道你是怎麼譯的，也不想知道你是怎麼譯的，但我是這麼譯的：

好迷人，就像知更鳥的歌聲，那麼飄逸

我用「飄逸」這個字，真是空穴來風，因為就在看到「fluttering」的時候，我想起了「飄逸」二字，同時想起了多年以前，我在墨爾本跟一個姜姓的文學博士聊天，聽他大贊某人文字時，用了一個詞「飄逸」，說：那東西寫得很飄逸。從這個文學造詣很高的朋友那兒，聽他用這個詞來描述，可見他多麼欣賞其人的文字，但我已經忘記被讚揚的人是誰了。

---

[204] 同上，pp. 25-6.

I follow her down the night... (p. 33)

上面這句，出現在勞倫斯「Aware」這首詩中。有點不太好譯，我是這麼譯的：

> 我沿著夜的方向跟隨著她，……

Nullify

勞倫斯的「Repulsed」這首詩最後一句說：「The female whose venom can more than kill, can numb and then nullify」（p. 63）。

怎麼譯？

我一直想找機會，譯一點不像中文的中文。「nullify」給我提供了一個機會，它讓我想起法國詩人Yves Bonnefoy曾在一首詩中，把「night」作為動詞的用法，給我留下了深刻印象。

我的譯文如下：

> 這個女的，她的毒汁比殺更能殺，能麻木人、能無效人。

然後，我又改成：

> 這個女的，她的毒殺比毒更能殺，能麻木人、能無效人。

但最後還是用原來那個，即「這個女的，她的毒汁比殺更能殺，能麻木人、能無效人。」

總比「能使人無效」更不規範吧。你知道，對我來說，不規範才是正道，而不是相反。

喜歡上了

英文的「愛上了誰」，用的片語是「to fall in love with someone」，但「喜歡上了誰」，英文卻沒有這種說法，不能說「to fall in like with someone」。

我翻譯John Sheng的一個中篇小說時，就把其中這句「很快我就喜歡上了她」譯成：「soon, I fell in like with her」。

果然不出所料，Bruce，我們請的一個英文編輯對此提出了質疑，說是不是換成「grew fond of her」更好。

是的，我也覺得更好，如果僅僅是為了讓讀者覺得更符合英文語法習慣的話。不過，翻譯畢竟不是用譯入語創作的，而是用外語寫成。如果用外語寫成的，卻不帶絲毫外國語的特徵，那譯入語也就沒什麼可學的了。

我對編輯提出的問題，是這麼回答的（見電子郵件的第二段）：

> Thank you, Bruce.
>
> Regarding the 2 questions, the second one, "somnambulism", is actually John's own wording which I directly translated and found not to be referred to again in the story, so I'm not sure what to do.
>
> The first one is a Chinese way of putting things. That is, in Chinese, we say fall in love with someone, and we also say fall in like with someone, one step lower than fall in love. Before someone actually falls in love he or she falls in like. I'm taking a risk in translating thus, I know, even when it sounds odd. If you think no readers will accept this "foreigness", I'm fine with anything that's "Englished".
>
> Best,
>
> Ouyang

我不知道他最後決定如何解決，但我拭目以待。

永居異鄉

《永居異鄉》是我多年前在澳洲寫的一首中文詩，全文如下：

《永居異鄉》

我又做了一個夢
在不再多夢的時節

我擁有了一切
除了我和我自己

我在夜間開出一種奇花
到了白天卻見銀絲點點

我和我的故園
常在電視上見面

而我未來的家園
是飄浮在空中的城堡

我沒有自己的土地
我只有一廂情願

世紀末後是世紀之初
我不在時又有誰來神遊

今夜最後的雨聲
彷彿是春天的哭泣

我遂將大片的憂鬱
無聊地記入電腦

後來，也就是2015年，一家出版社想出我一本中文詩集，就用這個做了書名。進入2016年3月，一切都很順利，中間他們還讓我把英文書名給他們。我考慮了一個，即：「Permanently Resident in an Alien Country」。同時上網查詢了一下，發現沒有「alien country」，但有「strange country」的說法，而且還不少，如有篇文章標題就是「Portraits of Resilience: Alone in a Strange Country」（http://www.worldsciencefestival.com/2012/06/a_portrait_of_resilience_rosa_montesinos/），等。

但就像天氣一樣，如果數日晴天大太陽，那你就知道，肯定會變天的。果不其然就變了天。編輯部通過微信來電告知，那家要出版的出版社有位編輯指出，我的這個譯法從英文上講，是有語法錯誤的。

現在停下來講點別的。我在教本科生和研究生的英文寫作過程中發現，他們至少有兩大特點：一、一年看書為一本的占大多數。不少每年看書記錄為零，或即使看書，也只看中文，不看英文原版書，或即使看英文原版書，也不看當代的英文書。二、他們筆下的英文充滿語法錯誤，到了慘不忍睹的地步。即使半年教下來，也沒有太大長進。為此，我一直想放棄教學。

設想一下，這樣不看書的學生，將來到出版社當英文編輯，可能語法說得頭頭是道，但並沒有英文原創的經驗，甚至根本寫不出好的英文，很可能把好的東西看成壞的，而把壞的看成好的。我的第一感覺就是：秀才遇到兵，有理講不清，因為這些人對我來說，就是手拿刀槍，橫衝直撞的兵！

我給該書編輯的信如下（以「關於英文標題」為題）：

××你好！

謝謝你告訴我他們的挑錯。如我個人所說，我是完全不能同意的，除非該人有過大量在英語世界發表英文原創的經歷，否則，哪怕就是國內大學的什麼什麼教授，我對其英文也是信不過的。

為此目的，我與澳大利亞一位經驗非常豐富的老編輯聯繫了（此人不是一般的編輯，只要經他過手，幾乎沒有不得文學大獎的，我的第一部英文長篇，經他過手之後，就得了一個大獎，這不是說得獎重要，這說明的是眼光），他的回覆如下：

Yes, that sounds like a fine title: enigmatic yet strong.

關於這個英文標題，我堅持用我的，如果他們非要堅持用他們的，那只能是拿到國際上惹人笑話。而且我堅決不同意。那還不如不用的好。

其他任何英文方面的，都不要輕易用國內任何中文編輯的，包括英文編輯的。直說了，我絕對信不過。除非拿業績來證明。其他一切說了都沒用。

祝好，

歐陽

她沒回覆，估計我的打擊面太大，傷著她了。但我即使「說不清」，也要把這個道理講明白。再說，也不是針對她的。

今天，我收到另一位澳大利亞朋友的信。據他說，如果能改成「Permanently Resident in a Foreign Country」，那就似乎更「English」了。我感謝他，但同時說「I'll think about it」。可以看出，我是持有保留意見的。道理前面那篇文章的標題已經講得很清楚了。

我想，如果此事再生出事來，我就乾脆改成：「Permanently Living in a Foreign Country」拉倒，但它實在是沒有澳大利亞「permanent resident」的意思在。那是「永久居民」的意思。

Mutter

勞倫斯的一首詩：「At the Window」中，有兩句是這麼說的：

The pine trees bend to listen to the autumn wind as it mutters
Something which sets the black poplars ashake with hysterical laughter; (p. 68)

好了，怎麼譯？尤其是那個「mutters」？

我是這麼譯的：

松樹彎腰，聽秋風之聲，秋風罵了
一句什麼，黑楊樹笑得歇斯底里，渾身顫抖起來

怎麼譯成「罵」了呢？我聽見你說。這裡有個小故事，需要講一講了。二十年多前，我在墨爾本跟家博－一個原籍美國的澳大利亞教授——合譯《我的財富在澳洲》這部長篇小說，別的都不說了，因為這個合作過程不

是很愉快的，只記得有個細節，即「mutter」這個字，當時他建議用來譯「罵」字。我不同意，因為覺得它並不是「罵」的意思。家博為了說服我，還用了很多例子，說在英文裡，它就是「罵」的意思。我勉強同意了，但後來，我越來越覺得他是對的。所以今天一看這個詞，我第一時間譯成了「罵」。

你還別說，這個英文字的前半部分，聽起來就像「罵」。不信你自己念著聽聽？

Pale-passionate

勞倫斯的詩，時有佳句，如這兩句：

The pageant of flowery trees above
    The street pale-passionate goes. (p. 71)

怎麼譯啊？

想了一會，我這麼譯了：

頭頂花樹的選美大會
    招搖過市，蒼白中滿是激情

還是覺得難以傳達出那種況味。

Load

勞倫斯有句云：

And never a blossoming woman will roam
    To my arms with her welcome load. (p. 71)

怎麼譯，特別是那個「load」？

開始時，我是這麼譯的：

決不會有一個鮮花怒放的女人會走著走著
　　就走進我的懷抱，還表示歡迎，以她的負荷

但細想之後，我就這麼譯了：

決不會有一個鮮花怒放的女人會走著走著
　　就走進我的懷抱，還表示歡迎，以她肉身的負荷

雖然可能有「添足」之嫌，但我覺得好像不嫌多。

Probe

勞倫斯「Dolour of Autumn」這首詩中，末尾兩句是：

A newly-naked berry of flesh
For the stars to probe (p. 73)

他這是自比，但怎麼譯最後那個「probe」？
我是這麼譯的：

一株新裸的肉漿果
讓星星來鉤沉。

是的，「鉤沉」二字是福至心靈，不是字典給的。字典永遠不能給福至心靈的東西，因為它是僵死的。

Spy

勞倫斯的「The Yew Tree on the Downs」中有一句云：「Here not even the stars can spy us」。（p. 79）
怎麼譯？
我是這麼譯的，你不妨對照一下你自己譯的：

這兒，就連星星都別想間諜我們

當然，有人會說，這誰看得懂啊？用「監督」不就行了嗎？對不起，詩歌不是為大眾寫的，詩歌要出新意，要讓人感到突兀，感到奇怪，感到生澀，甚至感到不舒服，否則，看詩幹嘛?!

順便說一下，這個還是很簡單，即直譯。不僅是直譯，而且把「間諜」當成動詞用了。始終記住，既然人家法國人能夠把「night」當動詞用，古人能夠把「魚肉」當動詞用，我為何不能把任何東西都當動詞用呢？

Mate

勞倫斯有一首寫性愛的詩，題為「These clever women」（p. 83），有這樣一句：「Am I doomed in a long coition of words to mate you？」

怎麼譯，特別是那個「mate」？

我是這麼譯的：

難道我命定只能通過長長的文字交媾來侶你嗎？

是的，把「侶」當動詞用，它使我想起了古人的「梅妻鶴子」那句。

Sin

勞倫斯的「Snap-dragon」這首長詩中，有三行中的最後一行，特別是最後二字特難譯：

...I did not dare look up,
Lest her bright eyes like sparrows should fly in
My windows of discovery, and shrill "Sin!" (p. 87)

怎麼譯？

我也不知道怎麼譯，但我採取了自己的「不譯法」，譯文如下：

……我不敢抬頭看

怕她明亮的眼睛像麻雀，飛進
我的發現之窗，發出「Sin」的一聲銳響！

哈哈，還有比這更簡單、更不簡單的嗎？

Fiery coldness

勞倫斯的「Tarantella」一詩中，有這樣三句：

...I tingle
To touch the sea in the last surprise
Of fiery coldness, to be gone in a lost soul's bliss. (p. 95)

怎麼譯？特別是「fiery coldness」，怎麼譯？

把兩個極端的東西捏合在一起，是詩人慣用的伎倆。我二十來歲讀大學時，就曾說過，要寫就寫「六月下大雪」這樣的詩句，才過癮！

中文有「火熱」的說法，有「熱鬧」的說法，但沒有「火冷」和「冷鬧」的說法。這就對了，就可以這麼譯，勞倫斯已經給了我們榜樣，我譯如下：

……我興奮地
想去摸海，在火冷的最後的
驚異中，乘著失魂的賜福而消失。

所謂「fiery cold」，就是火冷的意思。

Crowds of things

勞倫斯的「The Shadow of Death」（p. 97）這首詩中，有這樣三句云：

I who am substance of shadow, I all compact
Of the stuff of the night, finding myself all wrongly
Among crowds of things in the sunshine jostled and racked.

怎麼譯？特別是「crowds of things」？

譯詩如寫詩，是需要創新的。比如我們有成語說「芸芸眾生」。換了英文，那應該是「crowds of people」。好了，能譯了：

我，本質是陰影的人，我，整個都被
夜的材料夯實，發現自己完全錯誤地
置身於芸芸眾物，在擁擠而痛苦的陽光中。

諸位可能注意到了，我創新了「芸芸眾生」，把它譯成了「芸芸眾物」。有人又要說了：成語怎麼能這麼改？

我不屑於回答，更不屑於解釋。

Husk

勞倫斯的「Grey Evening」（p. 99）這首詩中，有兩句云：

As farther off the scythe of night is swung
Ripe little stars come rolling from their husk.

確切點，「husk」怎麼譯？

我想到了「豆莢」，但否定了，我是這麼譯的：

更遠處，夜的巨大鐮刀正在揮舞
成熟的小星星正從星莢中滾出。

是的，「星莢」，像小豆子一樣的星莢。

Reproach

勞倫斯的「Seven Seals」（p. 117）這首詩中，有這麼一句：

I will not again reproach you.

這個「reproach」怎麼譯？

這個問題，其實是一個如何用小字，而不用大字的問題。明眼人一說就明白，日常口語就是檢驗。有些人一上來就開始裝了：哦，reproach這個字好厲害，查查字典看，哦，原來是這樣，那我就把它譯得更厲害些、更文雅些、更——夠了！我不想聽了。我只想問你，當一個男人老是責怪一個女人時，不耐煩的女人還嘴時會說什麼，會用中文說什麼？

她會用一個簡單得不能再簡單的字：說。例如，她會說：你怎麼老是說我呀?!

這個說，如果譯成英文，是得換一個別的字的。好，說多了，說岔了，我的譯文如下：

> 我不會再說你了。

做翻譯，就這樣。記得吧，這是我學金星那句：做女人，就這樣。

詩歌的倒反

既然我已提前洩露天機，我在這篇中就不問「怎麼譯」了。只舉例。

勞倫斯的「On the March」（p. 126）一詩中，有一個stanza，是這樣寫的：

> For something must come, since we pass and pass
> Along in the coiled, convulsive throes
> Of this marching, along with the invisible grass
> That goes wherever this old road goes.

這一段我本來是順譯，結果譯到最後，卻把它翻了個過，見下：

> 我們沿著行進之路彎曲、痙攣的產痛
> 沿著無論這條舊路通向哪裡
> 看不見的草都在跟著它走
> 而通過、通過時，一定有什麼事會出現。

最後一段的英文如此：

If so, let us forge ahead, straight on
If we're going to sleep the sleep with those
That fall for ever, knowing none
Of this land whereon the wrong road goes.

此段翻譯，也出現了先順譯，後反譯的情況，舍此似乎別無他法：

即使我們要去睡，那些永遠倒下者
睡的覺，在這條錯誤的路通向的
那片土地上一個人也不認識
即使如此，我們也要繼續向前，一直向前。

介詞

最愛說大話的，可能非中國人莫屬。或者換句話說，非漢語莫屬。這導致的一個直接問題就是，用英文寫作，常常以漢語先入為主，把大的照樣說得大，結果那英文，簡直難以卒讀。而要想英文好，必須知道一個簡單的道理，即漢語說大話時，英語要說小話，而介詞，就是一個途徑。這，就是我今天下午跟學英文寫作的研究生介紹的一個觀點。

怎麼講？隨便說一句中文：「法律面前，人人平等」。我讓一個研究生翻譯給我聽聽。她想了一會兒便說：Everyone should be equal before the law。（這是我說的，她說的比這還中文）。我點評說：要用介詞above，要反著說，即：No one is above the law。

那麼，我繼續說：「我對此事一竅不通」怎麼說？被我叫到的女生不知道怎麼說，但坐她前面的女生小聲耳語她道：「beyond」。於是她說「Beyond」。我笑笑說：「簡單，即This is beyond me。」

接下去，我又問了其他人一句：「這人旅行時，用的不是真名。」回答得不夠好，或者說太複雜。我答道：「He travelled under a false name。」又是一個介詞，即「under」。

最後我問了一個問題，說：「我從來不求人，因為我不屑於求人」怎麼說？這大家就沒轍了。我說：還是一個介詞，即「beneath」。然後我譯說：「It is beneath me to seek help from people」或「It is below me to ask favours from people.」

儘管我上的是英文寫作課，但我想，這跟翻譯（尤其是中譯英），還是很有關聯的。

Awkward

勞倫斯的「Sunday Afternoon in Italy」（p. 174）中有兩句，如下：

> And his hands are awkward and want to hide,
> She braves it out since she must be seen.

這裡有個故事，講的是一男一女在路上並排走著，男的怕別人看見。

那麼，怎麼譯？

最難譯的就是「awkward」這個字。中國人譯英文，總愛把最口語的，譯成文縐縐的。我不，我是這麼譯的：

> 他的手不知怎麼放才好，想藏起來
> 她大膽地揚出去，生怕別人看不見。

當然還有後面那句，「must be seen」，我也是這麼處理的。

To-do

勞倫斯寫於義大利San Gaudenzio的一首詩「Spring Morning」（p. 190）有一句說：

> See the bird in the flowers?—he's making
> 　　A rare to-do!

那麼我問了：「to-do」怎麼譯？

一查字典，我激動了，就像我讀到英國詩人A. E. Housman的那詩「Loveliest of trees the cherry now」詩中「things in bloom」一樣激動，因為它正是中國古詩中經常見到的「花事」二字的英文翻版（things in bloom）。

我立刻就想到了「紅杏枝頭春意鬧」這句。網上查查就發現，這個

「鬧」字，被拙劣地譯成了「awaken」。差矣。

其實就是「to-do」。

最有意思的是，勞倫斯這首詩寫的也是杏樹。我的譯文如下（標黑的是有「to-do」的一句）：

《春晨》

啊，穿過敞開的門
有一棵杏樹
花開火了！
　　——咱們別再吵了。

天上和杏花的
粉色和藍色中
一隻麻雀在跳。
　　——我們已是過來人。

這真的是春天了！——看
他覺得自己孤獨時
對花特別凶。
　　——啊，你和我

我們會非常幸福的！——看見他了？
他那麼魯莽
猛擊一簇簇花。
　　——但你夢見

它會這麼苦？無所謂了
都過去了，春在這兒。
我們要夏天幸福
　　夏天好心對待。

我們死了，我們殺了、被殺了

不再是從前的自己
我又煥然一新，又急著想
　　重新開始。

生活著、忘卻著，這感覺多麼美妙！
而且還感覺相當新穎。
看見花中的鳥了嗎？——**它難得地**
　　在那兒鬧。

他以為整個碧空
要比那點藍蛋小得多
他鑽進了他的小窩——我們會幸福的
　　我和你，你和我。

再沒有什麼要吵的了——
至少心裡沒有。
看，門外的世界
　　要多美妙有多美妙！

回過頭來，我要自問一句：那你怎麼翻譯「紅杏枝頭春意鬧」呢？如果不譯全詩，只譯這一句的話，我可能這麼譯：

The spring is making a rare to-do amidst the almond branches.

就這麼簡單。為此，我賞了自個一根煙，現在早已抽完了。

The gap of your shirt

勞倫斯「She Said as Well to Me」（p. 198）這首詩中，一開頭就有兩句，是這麼說的：

That little bit of your chest that shows between
the gap of your shirt, why cover it up?

怎麼譯？尤其是那個「gap」。
提醒：要用反譯。
俺是這麼譯的：

你的襯衣口子，露出的那一點點
胸脯，幹嗎把它遮掩起來？

Blow your own trumpet

上午上本科生的翻譯課，要他們、她們翻譯「Boasting vs. humility: which one wins？」（鏈結在此：http://www.smh.com.au/small-business/managing/work-in-progress/boasting-vs-humility-which-one-wins-20160317-gnln6f.html ）這篇文章，譯到第一段的最後一句，如下：

> Of all the management clichés I detest, and there are many, the most nauseating would have to be "toot your own horn" or its Australian manifestation: "blow your own trumpet".

不少學生都譯成「自我吹噓」或「自我炫耀」。這沒錯，教授講，但不準確，畢竟原文用了「trumpet」這個字，是很具體的一個詞。有學生小聲說：「喇叭」。

對，教授說，譯文選詞，要採取三選一的方法，即在「自我吹噓」、「自我炫耀」、「自吹自擂」三個詞中，挑選一個最合適的詞。又有學生小聲說：「自吹自擂。」

是的，教授說。英語只說一半的地方，漢語要說全，這就是所謂的英半漢全原則。英語只說「自吹」，漢語不僅自吹（喇叭），還自擂（打鼓）。就這麼簡單。

All of a piece

還是勞倫斯「She Said as Well to Me」那首詩，其中有一句（p. 199），是這麼說的：

And I love you so! Straight and clean and all of a piece is the body of a man

怎麼譯，特別是「all of a piece」？
還是前面的那個提醒：反著譯。看，我是這麼譯的：

我真是太愛你了！男人的身體挺拔、乾淨，無一處不完整

當然可以來一個「完美無缺」或「十分完整」之類的，但來個雙重否定，似乎更「完整」。

Clean sweep

還是上面那首詩，譯到這句：

I admire you so, you are beautiful: this clean sweep of your sides,
this firmness, this hard mould! (p. 199)

這句中，最難譯的是「clean sweep」二字，我是這麼譯的：

我太欽佩你了，你真美：你的兩側如此一掃而空
如此堅實，這模子如此硬挺！

如有更好的譯文，我想見教一下，互相切磋嘛。

Think twice

還是上面那首詩，現在譯到這句：

You would think twice before you touched a weasel on a fence
as it lifts its straight white throat (p. 200)

怎麼譯？
還是要反著譯，而且是三反，見下：

黃鼠狼在柵欄上，伸直白脖子時，你即使想去摸它
至少也要三思。

「黃鼠狼」提前，這是一反。「think twice」後置，這是二反，然後變成「三思」（而不是英文的「二思」），這是三反。

最後一句還可以再改一下，像這樣：「至少也要三思而後摸。」這是兩年多後，本書要出版時，校對過程中發現的。

You who...

「You who」聽上去像「悠忽」，反過來就是「忽悠」了。這種句式，近來在我翻譯的勞倫斯的詩中，出現得比較頻繁。在「Evening Land」（《向晚的國土》）這首詩中，有一段是這樣的：

You who in loving break down
And break further and further down
Your bounds of isolation,
But who never wise, resurrected, from this grave of
 mingling,
In a new proud singleness, America.

怎麼譯？

要義：反著來。

我的譯文中，你可以看到，「你」到了最後，是「悠忽」，還是「忽悠」？反正肯定是「You who...」：

在愛中感情失控，進一步、進一步
失控，你孤立的邊境
但不可能再從交融的墳墓中，在美國
一個新的、驕傲的單一中復活、崛起的你。

Demo

到美國去12天，一首勞倫斯沒譯，一回來就開始譯了。譯到這一段（取自《赤裸裸的無花果樹》，p. 236），出現這兩句：

Demos, Demos, Demos！
Demon, too,...

怎麼譯？

這裡我要提醒一下，可以採取不譯法，我是這麼譯的：

民眾、民眾、民眾（Demo）！
也是Demon（魔鬼）

沒有完全採取「不譯」，而是採取了不譯和行內解釋。

Oh

在勞倫斯的「Almond Blossom」（p. 241）這首詩中，有一句是「Oh, give me the tree of life in blossom」。

怎麼譯？

這個，又要用反譯原則了。我是這麼譯的：

給我開花的生命之樹吧

是的，「Oh」成了中文的「吧」，而且從最前面，跑到最後面去了。Dig that！容我不解釋。

Gorging

勞倫斯的《蚊蟲》一詩（p. 266）中有幾句云：

Such silence, such suspended transport,

Such gorging,
Such obscenity of trespass.

其中，「gorging」怎麼譯？
我是這麼譯的：

這麼沉默，這麼心醉神迷，而且帶著懸念
這麼暴飲暴吸
這麼猥褻地非法侵入。

是的，我把「暴飲暴食」的成語給改了。就這麼簡單。

Mosquito

勞倫斯的《蚊蟲》這首詩有一句最有意思，是這麼說的（我還是把整個stanza放進來吧）：

Can I not overtake you?
Are you one too many for me,
Winged Victory?
Am I not mosquito enough to out-mosquito you？

我說的最有意思的那句，就是最後這句。怎麼譯？
我是這麼譯的：

你這展翅的勝利之神
我能否追上你？
你是否只一個，我就嫌太多？
我能否蚊蟲到足夠的地步，而足夠蚊蟲你？

Present

勞倫斯的「How beastly the bourgeois is」這首詩裡（p. 348），有這樣

兩句：

Presentable, eminently presentable—
shall I make you a present of him?

其中，「present」一字怎麼譯？

顯然，這個字是接著上面那個「presentable」來玩的，但意思已經發生了變化，我是這麼譯的：

體面呀，多麼體面呀——
要不要我來給你體面他一下？

原來的字沒變，只是重複了一下。這從反譯的角度，也是講得通的。

換位

還是上面那首，現在只有一句，如下：

Touch him, and you'll find he's all gone inside

怎麼譯？特別是，怎麼處理那個逗號？

我是這麼處理的：

摸摸他你就會發現，他早已縮進去了

看了嗎，逗號已經換位。

校對時，我又這麼改了一下：

摸摸他，你就會發現，他早已，全部縮進去了

High and dry

勞倫斯的「Ships in a Bottle」（p. 454）這首詩中有兩句，如下：

Nipped upon the frozen floods of philosophic despair
high and dry

第二句怎麼譯？

如果僅僅譯成「孤立無援」，那「high」和「dry」就沒了。這真是一翻譯，就丟字。為此目的，我試譯如下：

在哲學絕望的冰凍洪水中凍傷
高而乾，孤立無援。

「高而乾」？能這樣譯嗎？我聽見你問。且聽我問你一句：那「high and dry」，能這麼說嗎？

喜歡較真的人可能會說，照你這麼說，中國人形容慷慨而說的「大方」，是否也能譯成「big and square」呢？

我的回答是反問：為什麼不能呢?!

Loins

一譯勞倫斯的「Andraitx—Pomegranate Flowers」（p. 499）這首詩的第一句：「It is June, it is June」，我立刻想起，這是我30多年前讀研究生時，就翻譯過的一首詩。譯文現在雖然找不到了，但我還記得其中有個字，叫「loins」。果不其然，譯著、譯著，這個字就出現了，它出現的句子如下：

only, from out the foliage of the secret loins
red flamelets here and there reveal
a man, a woman there.

記得當時，特別令我煩惱的，是手上的任何英漢字典，都查不到這個字的準確意思。那麼我問了：怎麼譯？

其實我當時沒有多個心眼，從英英字典中去查，現在為時已晚，但現在早已知道，它並不是腰子或腰部，而是害怕人體生殖器官的中國字典沒有收進去，人類直到以後很多世紀，仍要靠其生育的那個東西，譯文如下：

只是，從祕密下體的葉隙中
這兒那兒的紅色小火焰
露出一個男的、一個女的。

是的，它的意思就是「下體」，說得不客氣點，是「生殖器」。該字前半部分的發音「luo」，跟我家鄉對「屌」的發音幾乎一模一樣。

unloving...living-dead...

且看勞倫斯「We Die Together」（p. 522）這首詩中的這兩句：

I know the unloving factory-hand, living-dead millions
is unloving me, living-dead me,...

怎麼譯？
提示：要直譯。我譯如下：

我知道，沒有活氣的工廠幫工，活死人的成百萬人
沒有活氣了我，活死人了我。

漢語是一個不太會動的語言，要使它動起來，就要使它這麼動起來，這麼不顧語法地動起來。

almost thunderous

勞倫斯的長詩「The ship of death」（p. 603）中，說蘋果掉下地來時，聲音「almost thunderous」。那兩句是這樣的：

The grim frost is at hand, when the apples will fall
thick, almost thunderous, on the hardened earth.

那麼，這「almost thunderous」怎麼譯？
我是這麼譯的：

猙獰的霜就在手邊，一個個蘋果會在這時，密密麻麻地
掉落，聲如輕雷，落在凍硬的土上。

這麼譯時，就想起，好像「輕雷」二字出自古詩。一查，原來古詩中的輕雷不少，如秦觀的「一夕輕雷落萬絲」。

sideways

勞倫斯的「The ship of death」（p. 603）這首中，有這樣兩句：

darkness at one with darkness, up and down
and sideways utterly dark,...

這裡面的「sideways」怎麼譯？
它不是「左左右右」，又是什麼呢？我的譯文如下：

黑暗與黑暗打成一片，上上下下
左左右右，全部都是黑的，……

是的。

Meet和reluctant

最近澳大利亞出了一個文學新星，男性，才31歲。我把該文發給學生翻譯，其標題為「Meet Australia's reluctant new literary star, Jack Cox」，作者是Jeremy Story Carter，鏈接在此：http://www.abc.net.au/radionational/programs/booksandarts/meet-australias-reluctant-new-literary-star-jack-cox/7404432

一學生上來，就把標題翻成了「與……見面」，而且還漏掉了「reluctant」一字。我在建議把前面進行加文書處理，如「快來與……見面」後隨便點了一個人問，他的回答令我驚異。他說，他翻譯成了「走近……」。我對此表示點讚。

對於「reluctant」一字，我也作了同樣的現場調查，得到的回答也很突兀、可喜。這位女學生說，她把「reluctant」譯成了「低調」。我也予以表

揚，因為比我「不願拋頭露面的」譯文更好。

學翻譯的學生雖然從整體上說，對文字的把握總是顧此失彼，但有時在個別字的處理上，倒很能別出心裁，貼切到位，值得老師學習。

Difficult

還是上面那篇文章，其中出版社的編輯提到，由於小說手稿品質過高，導致他覺得可能有欺騙性質，於是有了下面這番話：

> "The reason I thought it was a hoax was that it seemed too good to just appear like that. I was doubting my own taste. You often do that with difficult literature."

最後提到的「difficult literature」，怎麼譯？

學生譯得並不好，於是我啟發引導他們，逐漸想出同義詞，如困難、晦澀、難度、艱澀、難懂，等。我稱這為五選一，從五個詞中選出最相宜的那個詞。

同時，這句話還有一個小難點，即「You」怎麼譯？

我告訴他們，這個「you」是泛指，可與「人們」對應，甚至不譯，如：「碰到艱澀難懂的文學時，就會這麼做。」

光和陰

在英譯哈薩克斯坦詩人Ardak Nurgaz已經譯成漢語的詩，其中有一句，我覺得幾乎無法翻譯，如下：

> 光和陰在時間的靜點盤旋

我在覺得這句很好之餘，感到很難下手，先是這麼譯的：

> Time and tide are encircling around the quiescent point of time

想想還是不行，因為句中有兩個「time」。隨後做了一點處理，改成下面這樣：

Ti/me and t/i'm/e are encircling around the quiescent point of time

分別讓「time」一字，呈現了「me」和「i'm」。是否可行，只能詩了。

神傷

又回到了寒冷寂寞的墨爾本。在譯李朝君的《鍾馗外傳》（未發表），其中鍾馗有句云：

恨秋風無情，
卷走了碎片殘章，
黯然神傷！

怎麼譯，特別是「神傷」二字？

我想到了「heart-broken」，但我從它的窠臼中跳了出去，這麼譯了：

I hate this senseless autumn wind
That sweeps away all the poetic fragments
Leaving me mind-broken!

是的，「mind-broken」。

心相知

上面那出劇本中，鍾馗唱詞中有這樣兩段：

兩情相悅心相知，
休管是人還是鬼！

怎麼譯，特別是「心相知」這三字？

我查了一下「兩情相悅」的譯法，認為都不好，關鍵是沒有照顧到其中的「兩」字。於是，我就乾脆自翻自譯了：

If we two are delighted with each other and heart-know each other
Who cares if one is a ghost and the other a man?

其中的這個鬼，指的是劇中從墳墓裡走出來的無瑕，一個早夭的才女。

虎

在譯朋友一首詩，《養一隻老虎》。昨晚想下筆翻譯，一看全詩，竟然覺得無法下手。這首詩如下，作者是吳素貞：

《養一隻老虎》

它的確成年了！我承認自己就是那個
多年用心插柳的人。現在我乘涼，人群與我
一虎之距。我不必憂慮
人世是否安好，一聲叫嘯
也足以後無來者。閒人免入
或者領一張免死牌
它也有收斂，會帶著一副墨鏡招搖過市
像貓咪一樣時，我會接著用耳語
讓它突奔人群
喜歡它傷害事物到極致，渾身綿軟到極致
我喂它食肉，讓它活得比我長，毛尖
漾起斑斕；我讓它跑，帶著電
讓每一顆在暗夜裡浮動的野心，剛好
與虎親
習相近

既然不能下筆，就得請教詩人了。其實不是不能下，但如果把虎譯成「it」，在一切講究政治正確的西方，恐怕也是犯錯誤的事。評論一定會說：怎麼？就許你人類有男女之別，不許我獸類有雌雄之分，就簡單一個「它」字處理了？

我發的信中問：「另外請問，『養虎』一詩中，『虎』是雌性還是雄性？因為在英文中，是得有性別的，否則用『它』，也是帶有歧視性的。」

她遲至第二天的回覆很簡單，就兩個字：「雌虎。」雖然簡單，但還是解答了我的疑問，因此，這首詩的英文翻譯很快就搞定了。但不想馬上拿出示人，我還沒自戀到什麼東西都拿出來給人看的地步。

八字

吳素貞的《素素》一首詩中，一上來第一句就是：「從春天開始，我願意被改，去姓去名，改八字」。

「八字」怎麼譯？

老實說，我很煩中國的這些東西，什麼八字生辰等等，本來西方就沒有的東西，除非重造一個字典，否則到哪裡去找對應物？還葦應物呢！我無可奈何地查了一番網上字典後，決定，就這麼譯了：

> From this spring, I'd like to be revised, with my first and last names removed, my *bazi* birth changed,...

是的，就這麼音譯了。

（2016年7月20日星期三3.02pm寫於金斯勃雷家中）

素素

「素素」是吳素貞一首詩的標題，其中有幾句云：

> 改內心的波瀾與海嘯。素心，素手，素顏
> 親愛的，東風吹
> 南風吹，喊一句素素
> 我有時光之停頓，大江之不悔

哈，標題，以及這幾句中的「素」怎麼譯？

我是這麼譯的，即音譯加注：

Susu

the waves and tsunami in my heart of hearts changed. Su heart, Su hands, Su features

My dear, the east wind blows
The south wind blows, just yell: Susu
I have the stoppage of time and the non-regrets of the river

(Translator's note: the Chinese character "素", one of the poetess's two-character given name, "Suzhen", means, among other things, something vegetarian, plain and neat, as well as pure)

酒令

吳素貞的《花間詞》這首詩中，有二句云：

如果你正好撞見我擇花
樹下寫酒令

怎麼譯？特別是「酒令」二字，怎麼譯？

譯詩也是寫詩，得要有靈感，特別是文字靈感。我放棄了查字典的願望，徑譯如下：

If you bump into me as I'm picking and choosing my flowers
And writing my wine words under a tree

是的，「wine words」，當然不是「酒令」，但是alliterative，讀起來英文也很上口的。No？

切膚

吳素貞在她《堂妹》這首詩中，有一個詞用得不錯：「我的切膚親人」，在這三句中：

沒有想過
會在鎮子的十字路口遇見她
我的切膚親人

但，怎麼譯，特別是「切膚親人」幾個字？

翻譯不是在文字之間劃等號，最重要的是創、創譯。直譯未嘗不可：「skin-cutting」。音譯也不是不能考慮：「qiefu」。但是，還是得創。

英文有個詞，叫「close to home」，意思是「affecting one personally and intimately」（參見The Free Dictionary：http://idioms.thefreedictionary.com/close+to+home）。

但若譯成：my loved one close to home，就顯得太一般了，而且沒有「膚」（skin）。

好了，可以創了，見我下面的翻譯：

I had little expected that
I would meet her, my loved one, close to skin
at the crossroads in the town

嗯，沒人這麼用過？那正好由我來創。

鼻酸

譯到吳素貞的《堂妹》這首，其中三句，特別是「鼻子一酸」，讓我頗費時間：

一股惡臭迎面撲來，我鼻子一酸
走上前
扶著她，像牽著迷路的女兒
邊走邊拈下她頭髮上的蛇皮袋碎屑

怎麼譯？

字典給出的意思是：an irritating sensation in the nose。沒用。還有一些七七八八的，都對不上號，如：a sour smell in the nose，a sting in the nose，

等。只要上網用英文一查，就明白不是那麼回事。

當然，我也可以這麼譯：my nose soured。但這可能誰也看不懂。

我通過一種查法，居然查到了。標題是：「Why does my nose burn when I start to cry?」問這個問題的人說：

> For example, I'm watching a sad movie... and instead of first crying, my nose does has [sic] this deep burn and then I cry. Sometimes I stop myself from crying because I don't want my nose to hurt. Any idea?

人家怎麼解答的，就不去說它了，看這兒就可：https://answers.yahoo.com/question/index?qid=20091211203425AAIvO6h

但我的答案已經得到了，譯文如下：

> a foul smell came right in my face. My nose had a deep burn
> and I went forward
> to support her by the arm, as if I were taking my daughter who had got lost
> and picked the fragments of the snail-skin bag off her hair as we went along

雖然「酸」沒了，但代之以「burn」也不錯。就像漢語的豬，在英文中的叫聲是「oink」一樣，沒法對等的。

髮髻

懶得一條條地這麼寫了，今天換了一種寫法，用詩的形式，見下：

《綰》

首先告你
此字不讀「官」而讀「wan」

然後告你

這是一句詩

這麼說的：
「她不繡花，總是綰著小小的髮髻」[205]

好，該你譯了
怎麼譯？

我呢，是這麼譯的：
No embroiderer, she, a bun tied up in her hair

但是，對不起
我還是不大確信

我的這種譯法
是否地道

或像我家鄉話說的
是否道地

跟著我就
按自己的搜索方式

（這是行業機密
不能分享的）查到

原來應該這麼說才地道或道地：
With her hair tied up in a bun

啊，跟中文的語序
還有點相似

[205] 參見吳素貞，《薊草花開》。

這首詩已經譯完
要看譯文，等發表後再說吧

...wanted to stop watching...

開始翻譯Eve Herold的*Beyond Human*一書，中有一句，看似好譯，其實有點小難譯，尤其是「He wanted to stop watching」這五個字，如下：

> He wanted to stop watching life pass him by and become active and engaged once again.[206]

怎麼譯？
我想了想，這麼譯了：

> 他不想再當一個旁觀者，眼巴巴地看著生活從身邊流過，而想再度積極參與之。

其實，「He wanted to stop watching」這五個字，就是「他不想再」如何如何的意思。

又詩了

實在不想寫八股文的說教，哪怕翻譯也是一樣，於是就詩了，又詩了。請看今天寫的一首：

《反》

下面這段英文的翻譯
真是煩死我了
它是這麼說的：

206 參見Eve Herold, *Beyond Human*. New York: St. Martin's Press, 2016, p. 6.

Many people alive today will be able to take advantage of an array of medical technologies taking shape at the nexus of computing, microelectronics, engineering, gene therapies, cognitive science, nanotechnology, cellular therapies, and robotics.[207]

我上來就是，這麼翻譯的：
今天仍然健在的許多人，都可利用
大量的醫療技術

但那個「at the nexus」
我怎麼也譯不下去
網上的字典，也很不幫忙

這段時間我沒急
跟人，不同的人
雌雄都有，發了幾個微信

涉及詩
涉及書
還涉及，erotic flora

跟著就來神了，用了自創的
翻譯法和查找法（對不起，不能分享此處）
譯文如下：

電腦、微電子、工程技術、基因療法、認知科學、納米技術
細胞療法和機器人技術等的交匯地帶，正在形成的大量醫療技術
今天仍然健在的許多人都可利用

上面那段中文翻譯
真是反死我了

[207] 同上，p. 8.

你說是不是？

（2016年7月29日星期五12.02pm於金斯伯雷家中）

又濕了？是的，又詩了。

...prolong the dying process...

在譯*Beyond Human*，作者是Eve Herold。其中有句說，病人使用了心臟起搏器，就會出現這種現象，即：「a functioning pacemaker can prolong the dying process—and the suffering—long after the patient would have naturally died.」[208]

怎麼譯？

別說你，我自己也譯錯了，也就是說，把「prolong」譯成了「延長」。這麼一來，就成了「延長死亡過程」。好玩不？

後來改正，譯成這樣：

> 一個功能很好的起搏器，就能大大減緩死亡過程——和痛苦過程——否則病人早就自然死亡了。

注意，後面那個「long after...」，也是不太好譯的。

Game

翻到一個地方，被一個字停了下來，有這個字的這句話說：

> but what regulations are in place to protect the privacy and security of our health information by law-abiding entities who nevertheless want to legally game the system?[209]

這個字就是「game」。

---

[208] 同上，p. 43，歐陽昱譯。

[209] 參見Eve Herold, *Beyond Human*. New York: St. Martin's Press, 2016, p. 94.

怎麼譯？

先通過英文查查是啥意思。原來「gaming the system」是一種說法，相同的意思有很多，相當於「gaming the rules」，「bending the rules」和「abusing the system」（見此：https://en.wikipedia.org/wiki/Gaming_the_system）。

我的譯文如下：

> 但目前設置了何種規章制度，來保護雖然遵紀守法，但又想在法律上忽悠制度的實體，所提供的我們健康資訊的隱私和安全呢？

我也沒有多想，這個「忽悠」就這麼出來了。可能把我自己也忽悠（game）了。

A hair's breadth

為了舉證人工四肢的好處，我譯的這本書杜撰了一個名叫莎拉的傷者，說她恢復之後，情況是這樣的：

> To see her walking down a busy sidewalk, one would never know that only a few months earlier, she had been a hair's breadth from death.[210]

怎麼譯「a hair's breadth」？

我先沒看清楚，譯成了「僅一呼一吸之遙，」但馬上意識到是「hair」，而不是「breath」之後，便這樣譯了，因為我想到了「間不容髮」這個成語：

> 看著她沿繁忙的人行道走去，誰也不會知道，不過幾個月前，她離死亡僅間髮之遙。

我用「間髮之遙」，顯然有改裝之嫌，即「間可容髮」，但還是不太確定。上網輸入這個自創的詞後，也沒發現有重樣的。於是就決定這麼譯了。

---

[210] 參見Eve Herold, *Beyond Human*. New York: St. Martin's Press, 2016, p. 99.

最後想想，還是改成「她離死亡僅隔一根頭髮之遙。」

if they haven't already...

所譯書中出現這樣的句子：

> Most military medical technologies will be quietly integrated into civilian health care, if they haven't already, without any controversy.[211]

怎麼譯，特別是「if they haven't already」？
我第一次是這麼譯的：

> 大多數軍事醫療技術，都會悄無聲息地整合到民用醫療保健中，而不會引起任何爭議。

我這麼譯，是因為我覺得，「if they haven't already」這句話簡直多餘，是廢話。但多方查詢之後發現，還是可以譯的，於是改譯如下：

> 大多數軍事醫療技術，如果還沒有悄無聲息地被整合到民用醫療保健中的話，都會這麼做的，而且也不會引起任何爭議。

忽然想起錢歌川，不禁歎到：現在還有誰看他的東西啊？我這麼想，是因為一旦我的書出版，今後也許會面臨同樣的困境，因為時代發展得實在太快了。

Fine line

譯啊譯，譯到此處，竟讓我三思而後停譯、改譯，原文如下：

> It's a fine line that women, in particular, have to walk these days between being pretty enough for social acceptance and going 「too far」 with

[211] 同上，p. 105.

things like liposuction, lip jobs, and face-lifts.[212]

怎麼譯？

我第一次譯，不滿意，懶得拿出來獻醜了。第二次譯才發現，不重複還真不行，否則無法譯出那個「between」來，試求教於高人：

> 女人，特別是女人，得走漂亮到足以讓社會接受和走得「太遠」之間那條細線，要麼足夠漂亮，要麼走得太遠，做脂肪抽吸術、唇活和整容手術。

能否不譯得這麼累贅呢？我問自己，那就拋棄那個「between」吧：

> 女人，特別是女人，要麼漂亮到足以讓社會接受，要麼走得「太遠」，做脂肪抽吸術、唇活和整容手術，她得在兩者之間尋找平衡才行。

be seen as having done so

譯文中，Fukuyama說了一句這樣的話：

> The normal, and morally acceptable, way of overcoming low self-esteem was to struggle with oneself and with others, to work hard, to endure painful sacrifices, and finally to rise and be seen as having done so.[213]

請問，這句英文最後一句怎麼譯？

譯者或讀者可能注意到，這句話在英文中聽起來簡直太輕描淡寫了。如果譯成中文也那麼輕描淡寫，如：「被人看做是這麼做了」，那簡直不像是翻譯。

怎麼譯？

我是這麼譯的：

---

[212] 參見Eve Herold, *Beyond Human*. New York: St. Martin's Press, 2016, p. 117.

[213] 同上，p. 139.

（福山斷言：）「克服自卑的正常而又能從道德層面為人接受的方式，就是與自己、也與他人鬥爭，努力工作，忍受痛苦的犧牲，最後崛起，並因此而得到重視。」

所謂「重視」，裡面也有一個「視」，也就是「be seen」。但「重」從何而來？這就要回到我最初的反譯理論了。英文沒說的，漢語得說出來、鉤沉出來。

Dubious norms

書中又出現一句話，這樣說：

> Next there is the objection that cognitive enhancements enforce「dubious norms.」（同上，139頁）

怎麼譯「dubious norms」？
建議：反譯，如下：

> 接下來的一個反對意見認為，認知增強加強了「標準規範的不確定感」。

你會說：英文才兩個字，為什麼漢語有那麼多？我提醒你回憶一下我的「英簡漢繁」理論。謝謝。

Arguably

譯途中，出現這句話：

> While these institutions have arguably done a good job of directing traditional medical innovations, they are not equipped to grapple with the exponentially more powerful technologies brought about through converging technologies.（同上，144頁）

怎麼譯？

我一開始是這麼下手的：

> 儘管這些機構是否做了很好的工作還有待爭辯，……

但覺得不行，就這麼改了一下：

> 這些機構做的工作，是指導傳統的醫療創新，儘管工作做得是否好，還有待爭議，但他們並沒有足夠的裝備，來對付綜合技術帶來的更加有力的技術。

說到底，還是一個反譯的問題。

Her

請注意下面這句中的「her」：

> Informing a patient about the ramifications of neuroenhancement can't be done satisfactorily by the doctor handing her a one-page, or even a multi-page, consent form during an office visit.（同上，144頁）

如果是中文，在任何情況下提到任何人，不管他是病人還是客戶還是學生，肯定第一時間和地點，要用「他」，這是連想都不用想的。但是，英語語境中，由於當前的女權主義及其帶來的政治正確，這個過程已經顛倒，就像上述那個「her」一樣。因此，我只能這麼譯了：

> 僅憑醫生在病人看病時，交給她一張單頁紙或多頁紙的同意表格，向病人介紹神經增強的後果情況，就不可能做得讓人滿意。

Question

下面這一句的頭半截，怎麼譯：

> One question that focuses the issue like no other is the question of whether to equip children with neuroenhancing treatments.（同上，144頁）

是不是有點太簡單，也太難譯了？
我譯成了這樣：

> 一個不像任何一個能夠膠著問題的問題是，……

把我笑壞了，而不是壞笑。
後來改成這樣：

> 有一個問題不像其他問題，因為它重點突出，即是否也能給孩子施以神經增強治療。

Conformity

1986年，整整30年前，我隨代表團，當隨團翻譯，去加拿大蒙特利爾。在那兒，中國代表團的成員不太懂當地文化，也不太遵守，到人家家裡做客，剛吃完飯就要談工作，我覺得應該暫緩，想徵求加方意見。加方的頭頭說：That's fine. You conform, that's good. But.

我始終覺得，「conform」或「conformity」，是最難譯的一個英文詞。可能是個橡皮詞，放什麼地方，就譯成不同的樣子，如果譯不好，還會多少帶上一點消極的意思。比如：You conform。是不是有點說我「隨大流」？（隨加拿大流。）

今天譯到一個地方，出現這段文字：

> Will the collective consciousness lead to such extreme conformity that individuality becomes nonexistent?[214]

怎麼譯，特別是「conformity」這個字？
我沒多想，也沒查字典，就譯了：

---

214 參見Eve Herold, *Beyond Human*. New York: St. Martin's Press, 2016, p. 151.

> 集體意識會不會導致極端求同，以至於個性不復存在了？

完了後，覺得「譯」猶未盡，不妨造字，把「求同存異」改寫一下，就這麼譯了：

> 集體意識會不會導致極端的求同而不存異，以至於個性不復存在了？

就這樣吧，一個字，居然說這麼多，有意思嗎？

The difference between...

來看下面這句英文（我正在譯的）：

> The difference between accessing the Internet on a handheld device is that our consciousness, privately enclosed within our brains, enables an active buffer of thoughts between us and the technology.（同上，152頁）

怎麼譯？

我的回答是：無法譯，因為原文有語病。書已經出版了，但語病已根深蒂固地存在於書中，再也無法修改了。找原作者？太花時間了，要寫信給中國的出版社編輯，編輯要寫信給美國，美國那邊不知何時回信，也許書翻譯完了還沒回信。拉倒吧！還是自己將錯就錯地譯吧：

> 從手持裝置上網的不同在於，我們的意識本來是私有地密封於我們的大腦內部，現在卻把思想在我們和技術之間進行了積極的緩衝。

但是，我還是不滿意。要是編輯拿到我的譯文，責怪我譯得不好怎麼辦？我總要給自己preemptively留個解釋的空間吧？我留了，見下：

> 從手持裝置上網的不同在於，〔此句英文有語病，「between」有前而無後—譯注〕我們的意識本來是私有地密封於我們的大腦內部，現在卻把思想在我們和技術之間進行了積極的緩衝。

嗯，心裡稍感安適。

Without a fight

看下面這段原文：

> ...and by all indications, they don't intend to go down the road of old age without a fight.（同上，164頁）

這個「they」，說的是「baby boomers」，前面提到的這些人現在都已進入六十。

我是這麼譯的：

> ……而且，看樣子要想沿這條老年的路走下去，非得打一場硬仗不可。

當然，我可以按以前的方式譯：

> ……看樣子，他們要想沿著這條老年的路走下去，不準備戰鬥是不行的。

但我還是覺得，前面的那種譯文較為幽默，也未害意，所以就那麼譯了，而且是一上來沒多想的譯法。

混亂的現實生活

上面那本書昨天停譯，因為7月25日寄到中國北京的合同，直到今天仍未收到。如果這樣，繼續譯下去，即使譯完，可能也是沒有意義的。

也巧，昨天晚上刊物來信，讓我翻譯今年第五期的目錄和摘要。我所譯的第一個人的摘要中，出現了這樣一些字：

> 〔該書〕「表現了混亂的現實生活與渴望秩序的精神生活之間的對立」……
>
> 〔馮新平，《個人生活和精神的困境——論薛憶溈長篇小說《遺

棄》，原載《華文文學》2016年第5期》

怎麼譯「混亂的生活」？

本想一個「confused」就解決了，想想又覺得不行。就像英文中稱「he」的時候，總要把它平衡一下，說成：「he or she」或「him or her」一樣，這兒恐怕也得這樣：

> [the book] in its expression of a confused or confusing real life in opposition to the desire for order and a spiritual life,...

是的，生活不僅是「confused」（糊裡糊塗的），也是「confusing」的。這樣的生活，咱們大家都過過，用不著我多說。

「小詩磨坊」

正在翻譯的這篇文章標題是：《文化身分的建構與漢語小詩的歷史書寫——論泰國「小詩磨坊」詩人群的創作》〔作者：熊輝，《華文文學》2016年第5期〕。

怎麼譯，特別是「小詩」二字？

太好譯了，我聯想都沒想，就這麼譯了：

> Construction of Cultural Identity and the Historical Writing of Small Chinese-language Poems: On the Literary Creation by the Group of Poets, Known as the "Small Poetry Mill", in Thailand

品味了一下，覺得味道有些不對，主要是英文的味道。中文可以說「小詩」，一點關係都沒有，但英文好像很少聽人這麼說？

現在網上用「"Small Poetry Mill", in Thailand」做關鍵字查查，看有木有同樣的英文說法。結果沒有。但我觸到了一個字：short。馬上反省，改為：

> Construction of Cultural Identity and the Historical Writing of Short Chinese-language Poems: On the Literary Creation by the Group of Poets, Known as the "Short Poetry Mill", in Thailand

我想起，英文的「short poems」，就是中文的「小詩」，而廣東人說「少少的」，在我耳朵聽來，也像「小小的」，把二者在聲音上結合得那麼無縫。

Deal breaker

從前從澳大利亞寄一封航空信到中國，最多10天就到，而這次，*Beyond Human*這本書的合同，我7月25日航空寄往中國，出版社那邊8月26號才收到！這簡直是澳大利亞航空史上的盛事！

由於合同沒到，一次次問，一次次沒到，我本來進展速度很快的翻譯工作（每天至少6000字）乾脆就停了下來。試想：如果合同沒有了，即使當天譯完，又有何意義呢？於是就停了下來，直到數天前告知收到，才於今天重新開始翻譯。

一上來就遇到這樣一句：

> This could have been a deal breaker for Novartis to continue to develop the drug as an antiaging medication,... [215]

前面需要簡要介紹一下。瑞士的諾華（Novartis）公司開發了一種抗衰老藥，雖然很好，但遇到了抑制免疫系統的問題，於是就來了這段話。怎麼譯？特別是「deal breaker」？

我上網查了一下，沒有太好的譯法，倒是看見有人說「致命傷」，一下子觸動了我，便這麼譯了：

> 諾華要想把這款藥，當成一種抗衰老藥來開發，前述情況可能就是一個硬傷。

是的，硬傷。我是這麼譯的，你呢？

---

[215] 參見Eve Herold, *Beyond Human*. New York: St. Martin's Press, 2016, p. 173.

Bimagrumab

現在譯到一個地方，原文如下：

> The drug bimagrumab targets the muscle loss and general frailty that comes with old age, and it is now undergoing clinical trials.（同上，p. 174）

怎麼譯，特別是bimagrumab這個字？

老實講，我也不知道怎麼譯，因為到處都查不到，但既然做了翻譯，就總能找到辦法。我譯文如下：

> 丙麻葛蘭麻（bimagrumab）〔注：翻譯本書時，該藥尚無中文譯文，特此音譯之〕這款藥，針對的是隨著老年而來的肌肉損失和全身衰弱，現在也在進行臨床實驗。

有意思的是，第一眼看到這個字，竟然讓我想起一個人，名叫Himmelfarb，是德國的一個猶太教授。我認識他，是通過Patrick White的*Riders in the Chariot*這本小說。其德文意思是：sky colour，亦即漢語的「天色」。

反（1）

反譯是有道理的。即使不翻譯，進入寫作狀態，如我那樣，語言也在反。僅舉一例。我的英文長篇*Billy Sing*中，有一句話說：「kicking my feet and pedaling my hands」。出版社約請的編輯看完稿後建議，把這句改成「my feet kicking and my hands pedaling」，與我這個在中國製造的腦瓜裡想出的英文正好相反，而她的，應該是正確的。

是這樣嗎？

這是一個跟翻譯無關，但在更深層次上很有關的問題。我沒有時間細說，留待以後讓別人去細說吧。

反（2）

隔不多久，又出現了這樣一個例子。我筆下的人物Billy說：「Who

knows if I might not get lucky?」

我的編輯質疑說：「do you think “might” would work better here?」

我反說，她正說，或者說我正說，她反說，但她肯定是對的。於是，我修改為：

> “Who knows if I might get lucky?”

想到這整個過程，我不停地搖頭，無語。

At the expense of

我們來看下面這段英文：

> This is based on the widespread misconception that our aging population is growing old at the expense of more disability, that old age is a time of loneliness and unhappiness, and that cognitive decline is inevitable. [216]

怎麼譯，特別是到「at the expense of more disability」？
仔細看看，有沒有問題？問題何在？怎麼解決？
不妨參照一下我的譯法：

> 它所基於的是廣泛傳播的一種錯誤觀念，認為我們日趨老齡化的人口，年齡日益老化，能力愈加降低〔譯注：這段英文原文有嚴重語病，是這樣的：「our aging population is growing old at the expense of more disability」，實際上改正後，應該是這樣的：「our aging population is growing old at the expense of more ability」。〕，並認為老年是寂寞不幸的時候，而認知衰落也是不可避免的。

這段英文的「aging population...growing old」也很成問題，但就懶得去計較了。

---

[216] 參見Eve Herold, *Beyond Human*. New York: St. Martin’s Press, 2016, p. 187.

...mainly due to...

翻到一個地方，是這樣說的（見我譯文如下）：

> 研究已表明，從醫藥角度講，生命的最後幾個月花費最昂貴。人們在生命最後幾個月中的醫療花費，可能會比一生的總和都要多，……

接著，出現了下面這段文字：

> and this is mainly due to heroic, technology-intensive efforts to keep them alive for a few more days, weeks, or months when they are critically ill.[217]

好，怎麼譯？（請你別看我下面的譯文，先自己譯出，然後對照一下好嗎？）

我的譯文如下：

> ……這主要是因為他們病危時，為了能讓他們多活幾天、多活幾周、多活幾個月，而要做出技術強化的英勇努力。

發現這段譯文與原文最大的不同在何處？一個「反」字可以道盡矣。

...the most obvious example...

來看這一句：

> He cites cardiovascular conditions as the most obvious example.（同上，189頁）

怎麼譯？

提示：還是「反」它一下，像這樣：

[217] 同上，p. 189.

他舉的最明顯的例子就是心血管疾病。

Pregnant

現在翻譯到這一段：

> One of the great plagues of life for the older person is that awful, pregnant pause when trying to remember a person's name.（同上，193頁）

怎麼譯，特別是「pregnant」這個字？
我是這麼譯的：

> 老年人一生深受其苦之一的經歷就是，那種想回憶一個人的名字，卻又回憶不起來，可怕而又似乎充滿了什麼的停頓。

從我個人的理論講，這段話的後半段至少符合兩個理論：一、反譯：先譯「trying to remember a person's name」。二、添加：即「卻又回憶不起來」，這是原文說沒有，但卻又必須在譯文中說出來的。其次，「充滿了什麼」。充滿了什麼？只知道充滿了什麼，不知道充滿了什麼。那就是「pregnant」的意思。

原文錯誤

又發現了一個原文錯誤？怎麼辦？怎麼譯？請先看原文：

> When trying to recall a word, the older test-taker must search through a hugely increased mental "database" that includes synonyms, words with a similar meaning, experiential associations, words that sound like the word searched for, words with a similar spelling, types of words and concepts that are somehow related, and a more finely tuned sense of the nuances of words.（同上，p. 194）

請問你能看出原文錯在什麼地方嗎？先找找吧，努力找找。

我譯的是這樣：

受試的老年人在試圖回憶某個詞時，必須搜索大大增加的大腦「資料庫」，其中有同義詞，意義相近詞，經驗相關詞，聲音類似查找詞的詞，發音近似詞，種類有關聯的詞和概念，……

但我譯不下去了，應為接下去談的不是「words」，而是「sense」。這難道沒有問題嗎？

我覺得有，便這麼改譯了一下，然後加注：

受試的老年人在試圖回憶某個詞時，必須搜索大大增加的大腦「資料庫」，其中有同義詞，意義相近詞，經驗相關詞，聲音類似查找詞的詞，發音近似詞，種類有關聯的詞和概念，以及詞義差別進行過更加微調的詞。〔譯者注：此句英文表述有問題。「a more finely tuned sense of the nuances of words」，似應為「words with a more finely tuned sense of the nuances」。〕

Until

請看下面這段話：

In fact, we will not know what the true limit to the human life span is until medicine has exhausted all of its alternatives.（同上，p. 203）

怎麼譯？

我最先是這麼譯的：

事實上，我們依然不知道，人類生命期限真正的限度何在，一直要到醫學窮盡了所有替代方案之後。

再看之下，決定反其序而譯之：

事實上，我們要到醫學窮盡了所有替代方案之後，才會知道人類生命期限的真正限度何在。

是否

凡是帶有可以正說，也可以反說的詞，英文只說其一面，而不像漢語那樣，把兩個極端綜合在一起，如：上下、左右、高低、美醜、正反等。

先看下面這段文字：

> ..."there is no obvious correlation between length of life and satisfaction with life,"...（同上，p. 204）

怎麼譯，特別是「length」和「satisfaction」？
我是這麼譯的：

> 「生命是否長久，生活是否滿意，二者之間並無明顯的相關關係，」……

對，也就是上述的每個詞，都含有一個否在裡面。

Beings

終於找到了一個「being」（複數是「beings」）的譯法了。先看下面這段原文：

> There could be centuries of continual adjustment as "personhood" is bestowed legally, morally, and socially to an ever-increasing variety of beings, or such emergences...（同上，p. 207）

這段話有兩個字比較難譯，一個是「personhood」，另一個是「beings」。怎麼譯？

我先把「personhood」譯成了「人之為人的狀態」，但再譯下去，特別是譯到「bestowed」時，又覺得不太合適。最後全文譯完，把它改過來，同時也把「beings」譯出來了，算是創了一個新詞，而且也有我的理論。見譯文如下：

> 可能還會有幾百年的持續調整，把「人的稱號」，在法律、道德和社會的意義上，授予給越來越多的「丙」〔即英文的「beings」的音譯。假如人類是「甲」，動物為「乙」，那麼，新出現的生物，就可以是「丙」——譯注。〕或這類新出現的生物，……

Blend in

下面這段話中的「希爾達」，是一個機器人：

> Hilda was just human enough to blend in while still letting you know she was the electronic marvel that she was, and not a real person.（同上，p. 208）

怎麼譯，尤其是「blend in」二字？

我譯到這兩個字時，突然產生了一種距離現象，也就是腦子裡出現的字，居然與原文發生了隔離，卻又在那一剎那，與之發生了契合：

> 希爾達人性得足以亂真，同時又讓你知道，她不是真人，而是她本來就是的那種電子奇跡。

對，就是「亂真」二字，它的到來出其不意，它的貼近，也不意出其。

Age in place

先看下面這段原文：

> ...the vast majority of older people want to stay in their homes or “age in place,”...（同上，p. 216）

怎麼譯，特別是「age in place」？

我想都沒想，就這麼譯了：

> 大量老年人都想待在家裡或「就地老去」，……

這種速度，有點像寫詩，一出口，一下筆就成，不容再思，所謂一思可矣。不用三思、不用再思。

Brothers

先看下面這句：

> However, given the established trajectory of robotic technologies, it's likely that in time robots will even take over the manufacture of their robot brothers.（同上，p. 217）

這次我不想問「怎麼譯」，而是想問：這句英文有沒有問題？

在你回答之前，我先把譯文給你看看：

> 不過，鑒於機器人技術地位已經確立的發展曲線，很有可能在某個時間，機器人甚至可能取代人，來製造機器人的兄弟了。

這句話沒有問題嗎？沒有政治方面的問題嗎？沒有性別政治方面的問題嗎？問到這裡，估計你大約已經明白我的意思了。

寫這本書的作者是個女的。她一般提到泛指的某人時，女性意識至上，總是用「她」字。如她想說有個醫生做了什麼手術，她就說「她做了一次很成功的手術」，而不會像男權至上的華人作家、用漢語寫作的寫作人（包括女性），一上來就會說：「他做了一次很成功的手術。」

但在上面那句中，她卻犯了一個常識性的錯誤。現在讓我來修改一下：

> 不過，鑒於機器人技術地位已經確立的發展曲線，很有可能在某個時間，機器人甚至可能取代人，來製造機器人的兄弟姐妹了。

難道今後的機器人跟現在的電腦一樣，都是沒有性別的嗎？如果沒有性別，那幹嗎稱兄道弟呢？既然有男性機器人，也當然應該有女性機器人，甚至中性機器人，不是嗎？

不過，我還是沒有把修改後的譯文放進書稿中，因為畢竟原文中沒有「sisters」。

Promise

給你看一句簡單的，看好不好翻：

> Robots promise to be life changing,...（同上，p. 217）

怎麼譯？

老實說，不太好譯。以前我總是譯成這樣的句式：「機器人許諾會……，」但我很不滿意。不過，今天譯到這裡時，突然腦子裡冒出了兩個字，於是就譯了：

> 機器人有望改變生命，……

這兩個字就是「有望」。也不知怎麼來的，就是那麼冒出來的。不知以後的機器人是否也會這麼隨機地「冒」字。

...it became more and more apparent...

請看下面這句英文：

> During this interview, it became more and more apparent why Apple has taken such an interest in the small robotics company.（同上，p. 219）

怎麼譯？應該不很難，對吧？然而，我一上來，卻譯成這樣：

> 這次訪談中，越來越清楚蘋果為何對小機器人公司發生如此興趣的原因了。

停鍵一看，越看越不舒服，決定把「越來越清楚」後移，譯成這樣：

> 這次訪談中，蘋果為何對小機器人公司發生如此興趣的原因變得越來越清楚了。

又是一個「後移」。時時處處字字都反映出翻譯是個反譯的問題。

口語化的翻譯

先看下面這句：

> ...there seems to be a limit on just how human people want their robots to look.（同上，p. 224）

怎麼譯？

老實講，怎麼譯都行，但我有一個小原則，那就是，口語化的文字，也要譯得口語，我的譯文如下：

> 不過，人無論多麼想要機器人長得像人，好像也還是有個限度的。

我沒有仔細地一個個字去對照，但就這麼譯了。挑錯去吧，由你。

Flexible

先看下面這句：

> Both groups were pretty flexible in their preferences for robots meant to perform household chores such as mopping the floor or unloading a dishwasher.（同上，p. 225）

怎麼譯，特別是「flexible」一字？

我沒有用「靈活」，而用了別的字：

兩個組別的人對機器人幹什麼活，如拖地還是往洗碗機裝碗碟等，要求很隨便。

不是說我沒有想到「靈活」二字，實際上第一個想到的，就是這兩個字。

Eyes and ears

先看下面這句：

> This talking robot with camera eyes is three feet tall and is programmed to be the eyes and ears of family members who can't be personally present, and...（同上，p. 227）

怎麼譯？應該很好譯嗎？有什麼新發現？
我的新發現，就在譯文中：

> 這個有照相眼，會說話的機器人，身高三英尺，程式設計後可成為不在身邊者的耳目，……

對，就在最後兩個字。我不用多言，細心者比較之後，自然會得出結論。

...in a relationship...

先看下面這句：

> No matter how friendly the robot is programmed to be, the user will not be in a relationship with a real person,...（同上，p. 228）

你是不是覺得，從「the user」到「a real person」，這話有點怪怪的？
那怎麼譯？

我既然這麼問，就是覺得有點怪怪的，如果直譯成「用戶就不會與真人形成一種關係」，不僅看不懂，而且有害原意。

我的譯文如下：

無論你把機器人程式設計得如何友好，用戶與之形成的關係總與真人有別，……

可能有人會說，好像這句再譯回到英文，會與原文有別，是的，的確有別，但原文的意思不在字面上，而在字面下。具體的就等你自己去捉摸了。

Trial and error

先看下面的英文：

Robots' abilities to learn from observation and trial and error will make them seem intelligent and authentic.（同上，p. 229）

怎麼譯「trial and error」？

老實說，這個詞挺煩的，每次按字典上的釋義，總要說一大堆話，而原文只有三個字！

今天我這麼譯了：

機器人因能通過觀察和有錯就改而學習，反倒顯得智慧和真實。

這倒與我之前提出的「英三漢四」理論相符了。

Expendable

先看下面這句：

But one of the chief reasons for using robots rather than humans in dangerous situations is that robots are considered expendable.（同上，p. 236）

怎麼譯，尤其是「expendable」這個字？

我沒有馬上譯，而是查了一下，然後決定這麼譯：

但在危險情況下用機器人而不用人的主要原因之一，就是據認為機器人屬於耗材。

是的，「耗材」的翻譯，屬於我說的「詞變性」，即人可以變性，詞也是可以變性的，在這個情況下，它從形容詞變成了名詞，而且還有一個個人記憶。1999年9月到12月，我在Asialink（當時叫Asia-link）獲得一筆基金，到北大當駐校作家。離開中國很多年後再去，發現有很多話都聽不懂了。比如，到中關村常聽到一個詞，就是「耗材」。現在用上了，在澳大利亞。

Substrate

看下面這句：

Human enhancement is welcomed by a virtually universal psychological substrate that prods us toward continual improvement.（同上，p. 240）

怎麼譯？

老實講，這句話怎麼譯怎麼不好譯，關鍵是那個「substrate」，但意思一看就明白。有興趣者不妨試試，把這句話用口語方式轉述給別人，看是否能說清楚。

我呢，最後乾脆不譯那個「substrate」，就這麼譯了：

向善心理，人皆有之，人類增強因此廣受歡迎，正是這種心理促使人人都希望生活繼續改善。

當然，這個「向善」，已經與傳統的那個意思有別了，就跟現在所說的踩點，跟我還是下放知青時用的那個踩點有根本不同的意思一樣。

Uphill struggle

請看下面這句：

This is going to be an uphill struggle in and of itself;...（同上，p. 245）

怎麼譯？

平心而論，這句話最難譯的還不是「in and of itself」，而是「uphill struggle」。直譯成「一場上山之戰」，還會讓人產生是否有「下山之戰」的說法，顯不出其難度。

我先試譯了一下：

這本身就將是一場逆流而上的鬥爭。

忽然想到，這又是一個反譯的例子，英文說「hill」，漢語就要說「流」了。

想想又改成這樣：

這本身就將是一場逆水行舟之戰。

如何求簡

下面這句話譯成中文，存在一個「如何求簡」的問題，先看：

It also illustrates how, when choosing between privacy and convenience, we seem to be much more inclined to go for convenience, and this could be our Achilles' heel when it comes to being cautious about new technologies.（同上，p. 255）

怎麼譯？怎麼求簡？

提示：就是那個「convenience」。

我是這麼譯的：

它還說明，在隱私和方便二者之間做出選擇時，我們似乎更傾向於舍前求後，而一旦涉及需要對新技術保持謹慎態度時，它就可能成為我們的軟肋。

對，就是「舍前求後」。我在這兒採取了避免重複。這也是一時福至心靈的結果。

清冷冷的

清水的一首散文詩，《黑夜走了》，結尾有兩句：

> 而你，這清冷冷的，讓我心碎了的
> 這一刻的，一點點的光亮。

那個「清冷冷」怎麼譯？

我呢，先譯了一個「冷」，跟著就想，為什麼不能兩個呢？於是譯成了這樣：

> But you, the littlest of the light, at this very moment
> That is cold cold, and that breaks my heart.

昨天譯完，今天看書，看到一個地方，停了下來，「咦」了一聲。為什麼？因為有一句，是這麼說的：

> Felix's dark, dark eyes watched her.[218]

彷彿為我的做法，提供了一個印證似的。一個「dark」不夠，還要加一個「dark」。就是在英文中，也不大常見。唯一的不同，是插入了一個逗號。

秒殺

幾個月前，我在微信上發了一張我住賓館外面的湖景，立刻有一個童年的朋友（現在早已過60）說：我們這兒的遺愛湖立刻秒殺你的！

我看了後很生氣，好像沒說什麼，說了也忘了。

---

[218] 引自Elizabeth Harrower, *The Watch Tower*. Melbourne: Text, 1966 [2012], p. 258.

最近看澳大利亞女作家Elizabether Harrower的長篇小說*The Watch Tower*，看到一段，那個來自荷蘭的難民Bernard，被Felix的家人帶到外面去玩，看了澳大利亞的風景之後，說了一句：

> Well, does this beat the Mediterranean hollow or doesn't it? Leaves Capri for dead, I'd say. [219]

看了這句後，我知道怎麼用英文說「秒殺」了？你知道嗎？你知道以後怎麼學習中譯英了嗎？

現在再回到最先說「秒殺」的那個人那兒，譯成英文便是：

> Our Yi'ai Lake leaves your lake for dead this very second.

是的，我加了「this very second」，以示「秒」。

看人的樣子

英文小說中，描寫看人的樣子，跟中文小說中，有著很大的不同。先引一段上面提到的那本小說中的話：

> She (Clare) had an unfunny sensation of having to haul her eyes up to Bernard's face by a series of detours. (p. 278)

這句話怎麼譯？

不好譯，試譯一下：

> 她（克雷爾）有一種不好玩的感覺，覺得好像非得繞一系列彎子，才能把自己的目光拽起來，舉到伯納德的臉上。

幸好就這一句。再說，這本書早就有譯文出版，我就勉為其難了。

---

[219] 同上，p. 274.

譯後記

最近給《華文文學》副主編莊園，編譯了一期中詩英譯特刊。她讓我寫個譯後記，我剛剛寫好。由於跟「怎麼譯」有關，就順便放了進來，如下：

《譯後記》

《翻》，正如楊邪在該網站（http://blog.sina.com.cn/yangxieouyangyu）發刊詞所說，「得益於歐陽昱於2013年愚人節當天的一個提議，由我操辦上半截，由歐陽昱操辦下半截，」但平心而論，所有的工作，都是他做的，我無非敲敲邊鼓而已，例如，時不時地往他那兒推薦一些稿子，他每稿必看，但並非每稿必用，退稿量大大多於用稿量，這也說明他是很用心、很認真的。

進入2016年下半年，「求證不知道口炮協會」微信群，在楊邪提議開創之後，「翻」又上了一個臺階。該會會員中，有一位便是莊園。通過莊園之手，籌辦了這份特刊，又經過楊邪編輯，加上我本人的翻譯，「翻」中的詩歌，終於升堂入室，進入英文。

這些詩人中，從50後以降，一直到90後，各行各業、各種身分的人都有，如澳洲文學博士、中國文學博士、新西蘭在讀博士、中國在讀碩士、某地兩位作協副主席、某地詩社副會長，以及一位同性戀詩人。

這些對我來說，一點都不重要，因為楊邪一選之後，發給我的都拿掉了姓名，我只能根據作品本身來選擇譯還是不譯。現在收譯的，就是我盲選時看中的。

由於中英兩種語言的差異，有些中文能夠玩味的，英文難以盡意，如小林東秀詩中的「馬上馬下」，英文可譯出意思，但無法譯出「馬」，難以曲盡「馬」味，即便採取直譯，在這一例上，也無法做到。

不過，有些詩人的詩中，還是能夠通過直譯來創新的。比如江非《坐在牢房裡的人摳著牢房的皮》這首詩中，有句云：「牙床裡」。按照字典，「牙床」是「gum」。我不滿意，而直譯成了「in the bed of his teeth」。

翻譯是件難事，不修改，往往會錯，哪怕看似很簡單的也如此。

例如，木人的《毛蟲》一詩中有幾句云：「我知道這樣做是為了什麼／不讓這個春天／再少一隻蝴蝶」。我第一稿是這麼譯的：「I know I did so/because I did not want this spring/minus another butterfly」。第二稿再看，就發現這似乎對應，但從英語角度看並未譯出其味，故改譯之、反譯之：「I did so because I know/I did not want this spring/minus another butterfly」。

走筆至此，該收官了。是為譯者說。

Hers, Not Mine

上述幾字，是我一首英文詩的標題，收在我的英文詩集*Reality Dreams*裡，多年前出版，現在都忘記出版年代了，可以查到，但不想查了，除非有人問起。

我目前教的一位翻譯研究生，對該詩感興趣，翻譯了下來，全文如下：

《她夢，我沒夢》

她醒了
我也醒了

她說做了個夢
我聽著

我給他洗澡
突然，雞巴在我手裡

我嚇了一跳
打算把它裝回去

手裡滿是血
我到處找你

找爸爸，找你們每一個人
找到很晚

我們回到那個場景
男孩卻消失了，連同他的雞巴

風乾了

我看後，覺得還不錯，但讓她把原文發過來，原文如下：

Hers, not mine

She woke up
I woke up

She said she had a dream
I listened

I wash him, his dick
& all of a sudden, it's in my hand

I get such a fright
I try hard to fit it back on

My hand covered in blood
I go everywhere looking for you

For dad, for everyone
Till it's too late

When we come back to the scene
The boy's gone & the thing

Wind dried

看過之後，我提出了問題，讓她修改一下。她修改後發來：

《她夢，我沒夢》

她醒了
我也醒了

她說做了個夢
我聽著

我給他洗澡，洗他的雞巴
突然，雞巴在我手裡

我嚇了一跳
打算把它裝回去

手裡滿是血
我到處找你

找爸爸，找你們每一個人
但已經晚了

我們回到那個場景
男孩卻消失了，連同他的雞巴

風乾了

我還是覺得有問題，便點了幾點：一、不要那個「也」。二、不要第二個「洗」。三、譯成「……場景時」。四、不要「卻」。五、the thing：那東西。

最後改好後，如下：

《她夢，我沒夢》

她醒了
我醒了

她說做了個夢
我聽著

我給他洗澡，他的雞巴
突然，雞巴在我手裡

我嚇了一跳
打算把它裝回去

手裡滿是血
我到處找你

找爸爸，找你們每一個人
但已經晚了

我們回到那個場景時
男孩消失了，連同那東西

風乾了

這個看後，我說：「嗯，這就好了，不錯，以後翻譯，也得這麼細，謝謝。可發，不要放名字，不要放國別，但要說你譯的。」

最後，我又建議，標題翻譯有問題，並解釋了原因，她定稿為：

《她的，不是我的》

×××（著）
李璐（譯）

她醒了
我醒了

她說做了個夢
我聽著

我給他洗澡，他的雞巴
突然，雞巴在我手裡

我嚇了一跳
打算把它裝回去

手裡滿是血
我到處找你

找爸爸，找你們每一個人
但已經晚了

我們回到那個場景時
男孩消失了，連同那東西

風乾了

發到群上後，他人評論如下：

小林說：「太厲害了誰寫的。」又：「歐陽？」
朵而：「太過分了。」又：「不好意思，看不懂。」又：「中間的那個『我』是她在說的自己。」

楊邪：「厲害。那個『他』是夢中的男孩。」

成倍：「雞巴可以再考慮。」

張萌：「有點血淋淋的意思，讓我想到了《割下體》。語言乾淨，夢境交錯，小雞不見，誰的小雞，有點繞彎。」又：「上次是割下體，這次是拔下體。」

漫塵：「我覺得可能是戰爭造成的戕害。」又：「可能是中東地區的兒童，被炸，留下的噩夢。」

成倍：「夢境分不清。也許使用引號或者斜體會好很多。」

揭底後，把英文本放上去，朵而立刻說：「英文很好，簡單，有意境。」然後由譯者自述：

翻譯這首詩是因為，這首比較大膽，口味略重。我想讓中國讀者看到，不要被埋沒了。其實在處理dick時，我也想過要不要譯得稍微雅一點，但既然原文本身就重口味，我何必破壞那種風格呢，於是譯成了「雞巴」。另外，這首是寫夢的詩，本來我把標題譯為《她夢，我沒夢》，可老師說太直白了。我想也是，夢還是得朦朧點。翻譯時，有極個別地方用詞有點累贅，聽取老師意見後，把那些詞去掉了，所以這首整體語言顯乾淨了。謝謝老師指導，謝謝大家欣賞點評。

又由我自評：

我想已經說得很清楚了，就不贅言了。這首詩，收在我的英文詩集：*Reality Dreams*裡，已經是多年前的事了。至少有一點，大家可以看到，我英文詩歌的內容，可能跟我中文詩歌的內容和寫法，是有一些不一樣的。這個你們還可以有更多可談。

又有些評論：

潞：謝謝老師的詩歌，英文詩跟中文詩確實很不一樣。

潞：這書封也很「夢」。（對我放上的書的封面的評論）

葦歡：這本書我讀過，有一陣子了，裡面的詩，詩意跳動而陡峭，傳統的解讀方法，進入不了任何一首詩。看到這個譯本覺得眼熟，現在明白原因了。

見微知著

先看下面這首我要翻譯的詩，其作者是楊邪：

《見微知著》

最近我每天的早課是吃三顆
來自雲南大山深處的薄皮核桃

剛才，我吃到第二顆
妻子來了客廳
向我伸手
我取出殼裡僅剩的四分之一顆核桃仁
放入她手心

拿鉗子剝第三顆時
妻子去了廚房
我享用完畢
咂嘴一想
破例又掏出了第四顆

幾分鐘後我去餐廳早餐
妻子漲紅了臉
我說，幹嘛呢
她那副眼神看起來挺遙遠
她說，你是個自私的人

我怎麼就是個自私的人了呢
好不容易問出答案
原來不關第四顆核桃的事兒
妻子說，我吃東西的時候

不是經常都送一份到你書桌嗎
我說，是啊，怎麼啦
妻子說，那你怎麼只給自己剝核桃

我無言以對
我想說，我沒時間
我想說，你可以去剝十顆
可我沒有
我只是承認，說是啊，我是個自私的人
且又重複一句，說對呀，我就是個自私的人

吃完早餐我照例撂筷去書房
出餐廳的一剎那
想起我已經好多年沒洗過碗了
略一沉思，繼續邁步
我對自己說，對呀，我就是個自私的人

標題怎麼譯？

老實說，我還真不會譯，不是說沒有對應的成語或諺語，而是說凡是有的，一樣也對不上號，用不上，最後我只能暫付闕如，以幾個問號代替，像這樣：《？？？？》，一邊譯，心裡一邊還想著怎麼譯，譯到「第四顆」時，我小聲叫了一聲，說：有了。又去網上查了一下，果然有，於是就用了「The Little Things」作為標題，全詩譯文如下：

The Little Things

For morning prayers, I now eat three
Thin-skinned walnuts that come from the depths of mountains in Yunnan

Just now, when I got to the second
My wife came to the sitting-room
Her hand held out to me
I took out the remaining one fourth of the kernel

And put it in the heart of her hand

When, with a pair of pliers, I cracked the third
My wife went into the kitchen
Finishing it
I had a think, smacking my lips
And, breaking my own rules, took out another one

A few minutes after, when I went into the kitchen for breakfast
My wife's face was flushed red
I said: What's the matter?
She looked remote
And she said: You are selfish

How can I be selfish?
I managed, though, to extract an answer
For it had nothing to do with the fourth walnut
She said: When I eat something
I always take it to your desk
I said: That's right. What's wrong then?
She said: But why did you crack the walnuts only for yourself?

I was speechless
I had wanted to say: I had no time
I had wanted to say: But you could crack ten
But I didn't
I just had to admit, saying: Yes, I'm selfish
And I repeated, saying: Right, I really am selfish

After breakfast, I went to my study, putting down the chopsticks as usual
But in the instant in which I went out of the kitchen
The thought came to me that I had not done the dishes for years
After dwelling for a bit, I continued to step out

And said to myself: Right, I really am selfish[220]

現在我可以解釋一下，為何這麼翻譯？

我當時想到的是這句話：「Little things reveal a lot about a person」（小事很能說明一個人）。上網核實之後，我就採取了英文只說半句話的潛規則，用了「the little things」，意即「the little things that reveal a lot about a person」。

危如累卵

這首中文詩，也是楊邪的，我今天剛剛翻譯好了：

《危如累卵》

閱讀分析課上
碰到這生僻的成語
我覺得有必要做一番解釋——

舉起雙手比劃出一大堆東西
我說假若把一塊塊鵝卵石
這樣地疊起來，疊得高高的
然後大家來想像一下
它們將會有，怎樣的結局

——幾乎所有孩子都眼睜睜看著
我比劃出的這麼一大堆東西
可是他們流露出的表情
沒有達到我所預期的效果

此時此刻，一臉疑惑的我
目睹了一臉疑惑的一位女生

[220] Written in Chinese on 1/12/2016, tr. in English, 16/12/16, 3.08pm, 308, hubinlou, suibe.

她怯怯地說出了自己的疑惑——
「老師，卵不是鵝卵石啊！
這裡的卵，應該是蛋吧？」

這位小心翼翼的女生
她沒說到一半，我就不由得暗自驚呼
驚訝於自己的如此昏聵了

「對對對！這裡的卵指的就是蛋
——真是見鬼，我怎麼扯鵝卵石去了？」
我大笑，告訴這些可愛的孩子們
老師之所以出現如此低級的口誤
是因為他們經常在作文裡寫到鵝卵石
而又老是把卵字寫錯或把它的聲母搞錯
但同時，也因為我的年紀和滿頭的白髮

我用兩個手指頭，對著自己的腦袋
敲了又敲，我告訴他們
到我這個年紀，這玩意兒裡面
早已經是——
危如累卵

請問怎麼譯？尤其是怎麼譯標題？

老實說，同樣的情況出現了，也就是，標題翻譯又一次暫付闕如。而且這首詩從標題一直到最後，玩的都是一個「卵」字，還用帶「卵」的「鵝卵石」來添亂。不過，譯著、譯著，我找到了解決的辦法，不是通過強行、硬性地翻譯那個成語，也不是通過對「鵝卵石」加以注釋，如我心中想做的那樣，而是採取了「不譯」之法，也算是創譯吧。我的譯文如下：

Luan

In a class about reading and analysis
When this strange idiom, “as dangerous as stacked eggs”, came up

I found it necessary to explain——

Holding up my hands in a gesture indicative of a heap of things
I said that if one stacked up goose-egg pebbles
Like that, to a great height
What sort of an end it would come to
Can anyone imagine?

——Nearly all the kids were staring
At the heap I gestured about
But the way they looked
Was not what I had expected

At that moment, I, with a puzzled look
Witnessed how a girl student, also with a puzzled look
Timidly offered her own bewilderment——
"But, Teacher, *luan* are not pebbles!
Here, aren't they eggs?"

Even before the careful girl finished
Half of what she had to say, I had suppressed a cry of surprise
As I was shocked by my own stupidity

"Right, right, right! The *luan* here refers to eggs
——Bloody hell! How could I have possibly talked about pebbles?"
I burst out laughing as I said to those lovely kids
The reason their teacher had made such a low-level slip of tongue
Was that they'd often written about pebbles in their homework
And had always got the word "luan" or its initial consonant wrong
But, at the same time, it was also because of my age and my headful of white hair

I knocked at my head, with two fingers

And knocked at it again, telling them
That, at my age, it was
Long——
Full of *luan* [221]

Evoke

幹了三十四年的翻譯工作，但有些英文字，每次碰到，都要查字典。Evoke就是其中一個字，已經到了非寫不可的地步了。

此時，我手頭正在翻譯以色列詩人阿米亥詩歌全集的前言，其中有一句話，我是這麼譯的：

> 但是，阿米亥的很多詩歌中，有些元素超越了僅僅是自傳的內容，以及以色列的地方情況，儘管這二者在詩中都有生動的描繪。[222]

我對「描繪」二字很不滿意，因為原文用的是「evoke」，它是這麼說的：「...even as both are vividly evoked。」隨便查查字典，無論英漢還是英英字典，就知道，「evoke」有引起、激起、喚起、產生等意思，但這些意思沒有一樣能放在上句中還能說過去的，不信試試看：

> 儘管這二者在詩中都有生動的喚起。

如果用「交代」行嗎？覺得好像也不行。最後還是勉強用了「描繪」一詞，算是充數。

不過，我最後還是用了「喚起」一詞，儘管覺得有些牽強，因為我覺得阿米亥譯者這段話有道理。他說：

> 我把這些不同的譯本收集在一起，同時翻譯自己的譯本時，試圖記住一點，那就是盡可能避免把英文譯文譯得比原文更不費力、更順暢，或比原文更斷然、更地道。當然，一首翻譯的詩進入目的語言後，總

---

[221] Written in Chinese on 23/4/2014, tr. in English, 16/12/16, 4.55pm, 308, hubinlou, suibe.
[222] 譯自 *The Poetry of Yehuda Amichai*, ed. by Robert Alter. New York: Farra, Straus and Giroux, 2015, p. xvii.

應該可讀才行。我在尊重這個合理要求的同時，在編輯選擇和譯文中，試圖傳達出希伯來文中充滿藝術感的分崩離析和有意為之的混淆視線等現象。（p. xxi）

與其求順而失真，不如求實而不順。這，就是我翻譯中的一個原則。

Spring was upon us...

我在翻譯以色列詩人阿米亥的全集，其中有一首有這樣兩句：

Like the taste of blood in the mouth,
spring was upon us...suddenly. [223]

好，怎麼譯？

我一下鍵，就從「like」開始，但立刻改變了主意，轉而從「spring」開始，譯成了這樣：

春上了我們的身——突然上的，
宛如口中嘗到了血。

這麼看一下，覺得似有詩味，反著譯，詩味似乎更濃了。

Go-between

在譯以色列詩人阿米亥的詩歌全集，其中有一首的一段這麼說：

...the way a father passes down
the features of his dead father's face to his son
though he doesn't resemble either of them:
he's just a go-between. [224]

---

223 同上，p. 12.

224 譯自 *The Poetry of Yehuda Amichai*, ed. by Robert Alter. New York: Farra, Straus and Giroux, 2015, p. 77.

怎麼譯？尤其是最後一句，怎麼譯？

我是這麼譯的，因為先在腦子裡排除了其他的譯法：

毫無意識地，像父親把他死去父親
的容貌傳給自己的兒子
儘管他不像父親、也不像兒子：
他是二者，但不居其一。

是的，我反其道而行之地用了「二者必居其一」的成語。

Holding air

阿米亥詩中有一句說：「Curved hooks holding/air.」[225]

怎麼譯？

現在我要改變一下問話方式：怎麼不譯？

是的，在這樣一個日益雙語的時代，有些英文字已經成了中文字，比如show恩愛，比如hold不住，比如word天，等。

這麼一來就好辦了，這句話可以採取不譯法，譯文如下：

……彎鉤子hold住了
空氣。

Stamen, Amen

阿米亥有一首長詩，題為「Jerusalem 1967」，該詩結尾處有三句：

My God.
My stamen.
Amen.

怎麼譯？很好譯，如下：

---

[225] 同上，p. 86.

我的上帝。
我的雄蕊。
阿門。

很好譯？能這麼譯？那「stamen」和「Amen」這二字中的「men」，「stamen」裡面，還含有一個「amen」。如何在中文中反映出來？

若在以前或平時，我會忽略這一點，而且肯定是有意忽略。但現在我不會這樣，原因很簡單，翻譯可以「不譯」，也可以把「不譯」的部分原封不動地保存下來，讓人看到原樣，如下面這樣（也如上面那樣）：

我的上帝。
我的雄蕊（stamen）。
阿門（Amen）。

Innocent

阿米亥的一首長詩「The Travels of the Last Benjamin of Tudela」中，形容橘子時說：「The whole innocent orange。」（p. 107，出處同上）

怎麼譯？

個人寫詩時，有一個潔癖，那就是討厭在詩中使用成語，因為成語在我看來是陳腐之語，應該力避之，不僅在原創詩中，也在翻譯詩中。

那麼好了，上面那句中的「innocent」，本來可以很不動腦筋地譯為「天真爛漫」，但我決定不用，而是這麼譯了：

一整只爛漫的橘子。

避免了用「天真爛漫」這個腐爛的成語。

不動腦筋時，成語是最好的垃圾。

Forbidden

阿米亥在上面那首長詩中，用了這兩個字：the 「forbidden bookshelves。」（p. 107，出處同上）

怎麼譯？

應該很好譯，不是譯作「遭禁的書架」或「禁止接觸的書架」就行了麼？

我沒有這麼譯，因為我是詩人。那一整句：「in vain I stretched up to the forbidden bookshelves」，（p. 107）我是這麼譯的：

> 我徒勞地伸長手，去碰上面的禁臠書架。

Them

阿米亥這首長詩裡，有兩句很有意思，是這麼說的：

> Slowly and in great pain "I" turns into "he" after
> resting a little in "you." You into them.（p. 111，出處同上）

怎麼譯？其實我最要問的是，那個「them」怎麼譯？

我就不多說了，是這麼譯的：

> 緩慢地、帶著巨大疼痛地，「我」變成了「他」，在「你」
> 身體裡休息了一會兒之後。你變成了them。[226]

Many等

阿米亥有句詩說：

> ...My blood flows in many colours and puts on
> red when it bursts out.... (p. 113)

怎麼譯？尤其是最簡單的字「many」和「puts on」，怎麼譯？

我本來想，可以這麼譯：

---

[226] 此處採取不譯法，因為英文的「them」一詞三義，意義豐富，既指「他們」，也指「她們」，還指「它們」。——譯注。

……我的血以許多色彩流動，湧出來時

帶著紅色。……

但我立刻否定了這種俗氣的譯法，而是改為如下：

……我的血以多色流動，湧出來時

穿紅。……

是的，我用了「穿紅戴綠」的一半，而且我覺得，原創詩中的求簡原則，放到翻譯詩中，也是很有必要的，此為一例。

生雞勃勃

昨日有人把一幅慶祝雞年到來的年畫放在朋友圈上，被我直接拿來，放到了群裡。這幅畫題為「生雞勃勃」，描繪了一個豐乳女人，很色相地「四足」朝地，欲望終止於她腳上穿的一雙大紅色的高跟鞋上。群裡立刻有人批評不該放這種東西上去，但我不管，因為我想看到他們的英文翻譯。

有人譯成：「hot chick for your vibrant new year。」有人譯成：「Fresh Young chicken make you hot，」等。

看看再無人試譯，我就把我自己的放了上去：

Raw chicks for erection。

得到了其中一個譯者豎起的大拇指。

Glaci

阿米亥一首詩寫著寫著，就突然來了兩個外文字，放在括弧中：「（glaci frutti）」。（p. 141）

怎麼譯？

我查了半天，也查不出「glaci」的意思，只好就範於該字，平生頭一回，做了一個注，承認自己不行：

「frutti」在義大利語中有「水果」之意，但「glaci」查了很多地方，依然找不到意思，只好存疑。——譯注。

The Milky Way

關於「銀河」是「牛奶路」，還是「牛奶路」是「銀河」，中國的翻譯界已爭論了幾十年，我一點興趣都沒有。今天正好譯到阿米亥的一句詩，是這麼說的：

The red stars are my heart, the Milky Way
its blood, my blood... (p. 126)

怎麼譯？特別是「the Milky Way」，怎麼譯？

我是這麼譯的：

紅色的星星都是我的心，「牛奶路」[227]
是我心的血，我的血。

是的，看我的註腳，就知道我為何這麼譯了。

Khamsin

這個詞一查字典就知道，是「非洲熱風」的意思。一開始，我也是這麼譯的，但第二次出現時，就不想這麼譯了，因為畢竟它的叫法是不一樣的，於是，我把阿米亥的這一句詩：「The hot khamsin/breathes in huge lungs」，這麼譯了：

炎熱的「炕辛」[228]
以巨大的肺部在呼吸，……

[227] 即英文的「the Milky Way」，國內通常譯為銀河，但英文直譯過來就是「牛奶路」，雖然意思是「銀河」。本人覺得應該讓這個詞物歸原主、物歸原詞。——譯注。

[228] 英文原文是「khamsin」，意即「非洲熱風」，此為音譯。——譯注。

對的，依然請參見註腳。

Home-sick

對這個詞的把玩，就我說讀到的詩歌中，恐怕非阿米亥莫屬。請看下面幾句：

The house is sick. The English call a man "home-sick"
who longs for his house. The house
is man-sick. I am home-sick... (p. 130)

怎麼譯？
我是這麼譯的。請注意，關鍵字是「直譯」：

……有人渴望房子了
英國人就形容這人「家病了」。[229] 這房子
人病了。我家病了。[230]……

Pregnant

阿米亥有一句詩說：「Today is pregnant with the future.」（p. 133）
怎麼譯？
我是這麼譯的：

今天懷了未來的孕。

[229] 英文是「homesick」（該詩用的是「home-sick」），意思是思鄉，但直譯是「家病了」，跟前面的「房子病了」形成呼應，是一種詩歌對文字的玩法。——譯注。
[230] 「人病了」指房子想人。「家病了」，指人想家。這種詩句，不直譯難以曲盡其妙。即使直譯，也很可能受到「看不懂」的質疑。對於我，肯定直譯為先。——譯注。

Bitterness

這個字，是最難譯的，比如下面這幾行阿米亥的詩：

...And bitterness will come and close
your mouth like stubborn, unyielding spring
so that it will fly wide open, wide open, in death. (p. 138)

怎麼譯這個「bitterness」？
我是這麼譯的：

而苦而又苦的苦會來、會閉上
你的嘴巴，就像執拗、壓不服的彈簧
又會大開、大開，在死亡中。

是的，我把「苦」字重複了三次，讓苦更像苦，而不是別的什麼。

Nothings

英文的「sweet nothings」有「甜言蜜語」之意，那麼：「murmuring nothings of pink or blue」（p. 169，同上）呢？
怎麼譯？
我先譯成：

喃喃地說著粉紅或藍色的小話。

但不滿意，就改成了這樣：

喃喃地說著無事生紅、無事生藍的話。

先這樣，估計到了編輯那兒，肯定會遭到質疑。第一時間遭到質疑，這就是獨創的定義。

Wildpeace

阿米亥有一首詩中，出現了這樣兩個字：「wildpeace」和「wildflowers」（p. 184），如下面這幾句中：

like wildflowers,
suddenly, because the field
must have it: wildpeace.

怎麼譯？

我採取了「不譯法」，是這麼譯的：

就像野花（wildflowers）
突然而至，因為田野
必須有花：野和平（wildpeace）。[231]

細想起來，我還不是完全「不譯」，而是譯與不譯相結合，如上所示。

成語

1980年代，亦即30多年前，我在翻譯時就意識到一點：儘量避免用成語。

剛才，我譯了一段阿米亥，覺得有必要寫下來，原文是這樣的：

but we had no time to cover our faces
so they are naked in the grimace of sorrow and the ugliness
　　of joy. (p. 205)

怎麼譯？

[231] 此詩中，「wildpeace」和「wildflowers」都是一反英文語法規則，故意捏合的生造字，本來應該是字與字分開的wild peace和wild flowers。如果拿中文打比喻，那「野花」就要分開寫成「野 花」。為了讓中文讀者能夠欣賞到翻譯前的風格，故保持了二字的英文原生態。——譯注。

我是這麼譯的：

但我們沒時間覆蓋我們的臉
因此，臉在憂傷的鬼臉和醜陋的歡樂中
　　赤身裸臉著。

是的，成語是「赤身裸體」，但由於我厭惡用成語，認為成語即陳腐之語，必欲改造之，所以有「赤身裸臉」之譯。

逆向行駛

反譯現象，我過去叫「反譯」或「開倒車」（小倒車或大倒車），等，現在叫逆向行駛。剛又找到一例，是阿米亥的，兩行如下：

Nineteen years this city was divided—
the lifetime of a young man who might have fallen in the war. (p. 208)

怎麼譯？
我這麼譯的：

這座城市分裂了十九年——
那是戰爭中可能已經陣亡的年輕人的一生。

仔細看，是從最後一個字往前面推移的，除了外加的「那是」之外。

they

中文的人稱代詞很模糊，主要是口語上，如說Ta時，聽上去如果語境不明，就不知道說的是男是女還是動物。清代以前（包括清代）的文字中，甚至女性都用「他」來指代。楊憲益和戴乃迭翻譯古代文學作品，在這一點上不夠敏感，竟然直接譯成了「she」或「her」。不能讓西人從譯文中看到從前的文字特色。

英文雖然指代分明，但也有其模糊之處，比如「they」。哪怕寫出來，你也不清楚說的是「他們」、「她們」，還是「它們」。

今天上午翻譯阿米亥，遇到幾句，就頗覺棘手，特別是其中的那個「they」，如下：

And I didn't have miraculous visions
of hands stroking heads in the heavens
as they split wide open. (p. 246)

怎麼譯，特別是最後一行中的「they」？

我是這麼譯的：

我並沒有產生奇跡般的願景
看見手在天空撫摸頭
而頭裂得大開。

顯然，我把「they」理解為「heads」，而不是「hands」，也不是「heavens」。詩人已故，無從諮詢，估計換一個譯者，也可能譯成別的。不過，上面三段譯文，我覺得還是可以稍微改一下：

我並未產生奇跡般的幻覺
看見手在天空撫摸頭
而頭裂得大開。

簡與繁

關於英簡漢繁或漢簡英繁等，已經談得很多了，也不想再多談，只舉一個剛剛碰到的阿米亥的例子：「food for the birds。」（p. 247）

怎麼譯？

我是這麼譯的：「鳥食。」

英文說那麼多，漢語兩個字就解決了。

重複

阿米亥有幾句詩這麼說：

You are so small and slight in the rain. A small target
for the raindrops, for the dust in summer,
and for bomb fragments too... (p. 260)

怎麼譯？

我想，關鍵字在「重複」（亦即「repetition」）。我是這麼譯的：

你在雨中那麼小、那麼微。雨滴的
一個小靶子，夏塵的一個小靶子，
也是彈片的一個小靶子。

high shoes

有高跟鞋之說，那是「high heels」或「high-heeled shoes」，但如果不是這些，而是「high shoes」呢？

比如，阿米亥兩句詩說：

With her black, high shoes, she leans
On the cabinet... (p. 263)

怎麼譯？特別是「high shoes」，怎麼譯？

我想起一個故事。有一年在上海教書，走過社區花園，經過幾個閒聊的女性身邊時，聽見其中一個顯然比較土氣的女人，用發音不太準的普通話，說了「高高鞋」幾個字。我想我沒有聽錯，但我一聽就覺得不錯：高高鞋，而不是高跟鞋。多有意思的創新！

譯這兩行時，我就想起了這個故事，於是，我的譯文是這樣的：

她穿一雙黑色的高高鞋，俯身在

櫃子上。……

我還記得，當年買來Tracey Emin的畫冊來看，她就有「high shoes」的用法。果不其然，一上網就查到了：http://www.traceyeminstudio.com/artworks/2000/02/self-portrait-sitting-in-high-shoes-2000/

所謂詩意

詩意是什麼？所謂詩意就是——好，我不說了。先請看阿米亥的兩行詩：

You are young and I am very much older than you,
you're a fresh person and I'm a man from the freezer. (p. 285)

怎麼譯？

我是這麼譯的：

你還年輕而我，年紀比你大得多，
你是很新鮮的人，而我，是從冰櫃裡出來的。

本來我不是這麼譯的，但譯到「而我」時，頓生詩意，尤其是斷行處產生的詩意，於是就有了上述那種自以為是詩人才有的譯法和譯相。

A day after

現在，我從簡單的事物或文字中，得到的發現，遠比貌似複雜的東西要多。比如阿米亥的這一句：「A day after we left, thousands of years had already passed」。

怎麼譯？尤其是，怎麼譯「A day after we left」？（p. 286）

我之所以提到「a day after」，是因為進入中文後，「a day」就不是「a day」了。不信你試試：「我們離開後的第一天」。行嗎？

我的翻譯是：「我們離開後的第二天」。這倒蠻符合我以前講的「英一漢二」的原則了。

yes and no

正譯到的阿米亥這首詩有兩行，是這麼說的：

I've wasted my last
yes and no.（320頁）

好，怎麼譯？
而我要問我自己的問題是：怎麼不譯？
我採取的對策，即我的strategy，就是不譯。我的譯文如下：

我浪費了我最後的
yes和no。

make

「Make」一字有時難譯，不信給你一行剛剛譯到的阿米亥詩，說一個男人需要：

to make love in war and war in love (p. 323)

怎麼譯？
我先是這麼譯的：

在戰爭中做愛、在愛中作戰。

馬上便改了一下，為：

在戰爭中作愛、在愛中作戰。

把「做」改成「作」，一字之差而已。同時想起了一句反戰口號：Make love, not war。這句要譯的話，我現在就要這麼譯：「不打仗，要打愛。」在我的語彙中，「打」就是做愛的那個動作，比「做愛」更好。

Wolf down

正翻到的阿米亥這一句說：

they wolf down my memories. (p. 328)

怎麼譯？

一般人可能會譯成：「他們狼吞虎嚥了我的記憶。」

我不這麼譯，因為，詩歌語言講究的是不忘出新，如果充滿成語，那就乾脆不要寫詩了。因此，我這麼譯了：

他們狼吞我的記憶。

我甚至還想譯成這樣：「他們虎咽我的記憶。」

最後還是決定用「狼吞」。

One

昨天譯阿米亥，有兩句說：

而所有正在崩塌的事物
都在走向重新成為完整的路上（p. 358）

接下來出現一句：

like the long resounding「One」

所指的是《聽啊，以色列》這首歌末尾那個拖長的「One」的尾音。

怎麼譯？

我是這麼譯的：

就像《聽啊，以色列》這首歌末尾

那聲拖長的、響亮的「One整」[232]的音。

我這麼譯，可能首先就會遭到編輯質疑。但我是詩人，就這麼譯了，也覺得這麼譯更好，更有詩味，也更符合這個時代的雙語精神。

Mine

阿米亥一首詩中說，他只剩下兩個朋友，一個是「geologist」，一個是「biologist」，然後說：「The terrain between them is mine.」（p. 358）

怎麼譯？

這句貌似簡單，實則不然，因為「mine」一字，一語三關，既有「我的」之意，也有「地雷」和「礦藏」的意思，但漢語難以曲盡這個英文字的妙處，只能將就譯成「他們之間的地帶是我的。」

這句剛說完，我就想到了一種譯法：

他們之間的地帶是我的雷礦區。

一次性把三種意思都包含了進來。

Taste of pain

阿米亥有一句詩說：

the taste of sweet wine on his lips, and the taste
of pain between his legs. (p. 360)

解釋一下，第二行是指割禮。

怎麼譯？

我本來是這麼譯的：

[232] 這一句詩原文是：「like the long resounding “One”」，因「One」的發音，跟「完整」的「完」一模一樣，故創譯之。——譯注。

他的唇上嘗到了甜酒味，他的胯間
嘗到了痛味。

又改成：

他的唇上嘗到了甜酒味，他的胯間
嘗到了痛苦味。

最後改成：

他的唇上嘗到了甜酒味，他的胯間
嘗到了痛的苦味。

前兩次改都發生在大腦中，因為下筆時，已經成了最後一改。

自由戀愛

從前教學生，讓他們翻譯「自由戀愛」這個詞，都翻成「free love」。那在英文中的意思其實不是「自由戀愛」，那是「自由亂愛」。

今天譯阿米亥，譯到這句詩：說童年一起上教堂的那些女人都是「free in their love，」（p. 417）我立刻想起了「自由戀愛」，覺得這似乎才是比較合適的翻譯。

wish and would

有沒有譯不了的？有，下面就是一句，還是阿米亥的，他說：

a lace curtain white and soft as summer dresses, swaying
on its rings and loops of wish and would,... (p. 417)

這個「would」用得真好，可我就怎麼也譯不了。告饒，只能將就譯成：

一襲花邊窗簾，白色而柔軟，就像夏天的連衣裙，隨著它意願的圈子和環子擺動，……

過後又改了一下：

一襲花邊窗簾，白色而柔軟，就像夏天的連衣裙，隨著它
意願和假定的圈子和環子擺動，……

turning, returning

阿米亥有首詩中描寫太陽時說它「always turning, returning」。（p. 419）
怎麼譯？
應該是很好譯的，對不對？不就是「總是旋轉，又回來」嗎？
但「returning」中的那個「turning」怎麼譯呢？
我是這麼譯的：

總在旋轉，轉著轉著又轉了回來。

現在校對，想改一個字：「總在旋轉，轉著轉著又轉回來了。」

Truth and Ruth

「Truth」和「Ruth」之間有什麼關係？
有。阿米亥有首詩中有句云：

...The truth is,
Otherness killed Ruth. (p. 419)

怎麼譯？

我承認，這也是一個不可譯的例子。我不想挖空心思地在中文找一個對應的，就這麼譯了：

事實真相是，

其他殺死了魯斯。[233]

請見註腳。

Torah

翻譯阿米亥，因為忙著上課，總是三天打、兩天曬的那種做法，今天周日，找到一點時間，一上來就遇到這一段：

Torah, Torah, rah, rah, rah! (p. 424)

所謂《妥拉》，是指猶太教的《五書》，又稱《摩西五經》。好了，怎麼譯？

我是這麼譯的：

Torah、妥拉、rah、rah、rah！[234]

也就是說，我半譯了。

Two of a kind

阿米亥詩中有一句說：

I am two of a kind, male and female (p. 425)

它雖令人聯想起最近詩人常說的那句「雌雄同體」的話，但落實到翻譯，你還是得譯出來。怎麼譯？

我是這麼譯的：

---

[233] 事實真相的英文是「truth」，其中含一個人名，即「Ruth」，所以下文有「Ruth」之說。這種文字的詩意生髮，無法進入漢語，只能註腳之。——譯注。

[234] 一種典型的阿米亥玩字法，寫到Torah（妥拉）時，能看出其中的「rah」字並加以發揮，相當於「啦、啦、啦。」當然也可以譯成「拉、拉、拉」，但可能帶上原文沒有的粗俗的「拉」意。——譯注。

我是獨一有二：既男又女，……

你可能會問：我為何不譯成「雌雄同體」？我的回答是：免俗。那麼「獨一有二」呢？回答：也是免俗，而且創新，把成語翻新了。

順便說一下，英文有「one of a kind」（獨一無二）的說法，但沒有「two of a kind」的說法，這又是詩人獨創的一個例子。

tamarisk tree and risk tree

譯阿米亥，譯到一句，如下：

there I saw tamarisk tree and risk tree,... (p. 452)

怎麼譯？

我是這麼譯的，還加了一個注：

在那兒，我看見撐柳和撐傘柳，[235]

stream...streaming

阿米亥有句云：

the stream at the edge of the garden still streaming (p. 486)

怎麼譯？

我是這麼譯的：

---

[235] 還是阿米亥典型的玩文字的寫法。撐柳的英文是「tamarisk tree」，該字有個「risk」（風險）在裡面，於是下句直接就是「risk tree」（風險樹），一種並不存在的樹。我在鍵入「撐柳」時，電腦給了我一個錯詞，即「檉柳」，於是我就用了這個詞，但查圖後發現，這種「檉柳」還不如「撐柳」撐得大和開，想想覺得不如將錯就錯，因為網上查圖看到的「撐柳」，樣子很像撐開的傘，便譯成「撐傘樹」。詩人的創意往往來自文字，來自文字的錯誤，給詩人翻譯也提供了無限的創意，亦可將錯就錯地玩它一把。有人又要說，那「風險」的意思沒了，我的回答是，那原文也沒有「撐傘」的意思。這就是我過去所說的，詩歌不僅是翻譯失落的那部分，也是翻譯增益的那部分。正所謂有所失必有所得，有所詩必有所得。——譯注。

花園邊的溪流還在溪溪地流，……

這時，我想起昨天給詩人朋友朗誦我翻譯的堂恩的「Going to Bed」這首詩中為他們稱道的那句：「解甲歸床」。

寫詩要出新，翻譯也要出新。

Mulberry等

剛譯完的阿米亥這句，是這麼說的：

Here grandmother the girl picked mulberries and raspberries.
Someday, in another faraway time, these may be new names
for new children: Mulberry, Mulberella, Raspberry, Raspberitte. (p. 487)

怎麼譯？

我的建議：採取不譯法並加註腳，如下：

當年還是少女的祖母，曾在這兒採摘桑椹和山莓。
總有一天，在另一個遙遠的時光裡，它們可能成為新兒童的
新名字：Mulberry、Mulberella、Raspberry、Raspberitte。[236]

「Speak O my soul」（p. 488）

英文的「O」能否與漢語的「哦」或「噢」等劃一等號？

怎麼譯？

我是這麼譯的：

我的靈魂，說話吧，……

是的，不僅要反譯，而且不是「噢」或「哦」。可以譯成「吧」。前面

[236] 桑椹的英文是「mulberry」，而山莓的英文是「raspberry」，故有下面詞義的引申。——譯注。

已有數例說明。

weeping willows

英文中，「weeping willows」指「垂柳」，而且還很有頭韻味，如阿米亥下面這句：

> 夜裡，我又沿著那行哭柳散步（原文p. 488）

但接下去，又出現這句：

> If there are weeping willows there ought to be
> joyful willows and hoping willows too... (p. 489)

怎麼譯？
實際上，如果把「weeping willows」直譯，就應該是「哭泣的柳樹」。
我是這麼譯的：

> 夜裡，我又沿著那行哭泣柳散步
> ……
> 如果有哭泣柳，那就應該也有
> 歡樂柳和希望柳，……

是的，是這樣的。

Yehuda

阿米亥有首詩我譯得很慢，看了下面引文就知道：

> My name is Yehuda. The stress on the *hu*,
> Yehu, yoo-hoo——a mother's voice calling her little boy in from play,
> who who, a voice that crieth from the wilderness, who who,
> a voice that crieth unto the wilderness. A surprising yoo and a

surprised hoo,
a long-drawn-out who of the loves of my life. (p. 494)

對這些hu啊who的，怎麼譯？
老實說，我也很煩，但還是想出了一個辦法，譯文如下：

我名叫耶胡達（Yehuda）。重音落在「胡」（hu）上，
Yehu, yoo-hoo——一個母親的聲音叫他孩子回家，別玩了，
誰（who）誰（who），從野地裡呼喚的一個聲音，誰（who）誰（who），[237]
一個向野地呼喚的聲音。一個驚人的yoo和一個
受驚的hoo，
我生命諸愛人中那位拖長聲音的who。

只能暫時這樣了，優劣與否，待人評說。

人

最簡單，最難譯。比如，「人」怎麼譯成中文？尤其是下面這段文字：

詩人作為「人」，在現代社會中被消解了。人失去了自己，失去了人的尊嚴與人的驕傲，失去了「人的完整性」。詩的困境背後是人的困境。在現代化的大潮流中，詩人需要「挺住」，不做潮流中人，只作潮流外人。[238]

怎麼譯？

...the poet as a human being has been dissolved in modern society, in which the human being has lost himself or herself, he or she has lost his or her dignity and pride as well as his or her "totality as an individual", with

[237] 英文「who」，意思是「誰」，發音與「hu」一樣。——譯注。
[238] 參見劉再複，《米家路詩學序》，原載《華文文學》2017年第3期，因寫作此文時該刊尚未出刊，故無頁碼。

the human predicament lying behind the poetic predicament. In the tide of modernity, the poet must hold his or her own ground by not being part of the tide but someone external to the tide.

是的，那個把「man」（男人）作為所有人的指代的時代，已經一去不復返了。

利徐

先看下面這個標題，以及文章摘要：

利徐翻譯《幾何原本》與中西數理思想之會通

王宏超

摘要：以利瑪竇為代表的耶穌會傳教士應用當地語系化的「適應」傳教策略，把「學術傳教」作為基本途徑，除了傳播天主教教義，他們所帶來的西方科學，給中國傳統學術帶來了深刻變革。本文通過簡要回顧中西數理思想產生期的不同文化、哲學背景，指出以古希臘為代表的西方數學思想以演繹性和抽象性為基本特徵，而中國古代數學，由於受到儒學的影響，形成了實用性和具象性的特徵。利瑪竇、徐光啟翻譯《幾何原本》，對中國人傳統的世界觀和思維方式產生了巨大衝擊。以徐光啟為代表的中國士人試圖以西方數理思想來改造傳統儒學，儘管由於種種歷史原因，中西之間的文化交流隔絕，但西方數理思想對於中國傳統思維的衝擊和中國士人會通中西的努力對於明清以降的思想界影響深遠。[239]

怎麼譯？尤其是「利徐」如何譯？

老實說，我和你一樣，也不知道怎麼譯，因此一上來就到網上關鍵字搜索「利徐」，卻怎麼也找不到，看了這篇文章（此處從略），也找不到。但猛然頓悟了，「哦」了一聲，於是就翻譯了（此處僅翻譯標題）。

---

239 原載《華文文學》2017年第3期，因寫作此文時該刊尚未出刊，故無頁碼。

Euclid's Elements as Translated by Matteo Ricci and Xu Guangqi and the Convergence of Mathematical Thinking between China and the West

是的，所謂「利徐」，就是利瑪竇和徐光啟兩位名字的簡縮，但如此簡縮，我在翻譯生涯中還是第一次碰到。

doesn't know a thing about

剛譯到這一段阿米亥的文字：

And whoever laughs at the story of a generation gap like that,
whoever even cracks a smile, doesn't know a thing about
wild horses or the names of the land of Canaan or Disapora names
or the hills of Galilee or women
or women's garments, either under or over,
or the land of Israel, or the history of the people of Israel. (p. 498)

怎麼譯？
這裡面的關鍵字就是一個：重複。我是這麼譯的：

誰要是嘲笑這樣的代溝故事，
誰要是哪怕膽敢微笑，那他就不知道野馬
的厲害，不知道迦南大地的名字或流散地名字的厲害
不知道加利利山或女人的厲害
不知道女人上衣或下衣的厲害，
也不知道以色利國土或以色列人民歷史的厲害。

riots of color

剛翻到阿米亥的這一句，說耶路撒冷的情人，給她留下了各種東西，其中包括「rings of gold and silver, riots of color」（p. 504）。

怎麼譯？特別是「riots of color」這三字。

我當然知道這個詞的詞典意思，但一個翻譯，如果拘泥于詞典，成為詞

典的奴隸，那當然不關我事，我是這麼譯的：

金環和銀環、形形和色色。

做舊

在譯龍泉的詩《做舊》。網上一查，並無滿意的。

這標題，怎麼譯？

我想到了「make new」，就像「make love」（做愛）、「make war」（作戰、做戰）。我還想到了Ezra Pound。他不是說過「make new」（創新）的話嗎？一查，我錯了，他說的是：「make it new」。好了，有了。先看下面這幾段：

把房子做舊
修舊如舊
他的想法是
把自己也做舊

怎麼譯？

我是這麼譯的：

Making the house old
Repairing it to look old
But his thought was
That he'd like to make himself old

標題的《做舊》，則是這麼譯的：「Making It Old」。

心病

在譯龍泉的詩，中有一句云：「四嫂的心病好了。」

怎麼譯？

我想到了「heart condition」。我看了一些字典解釋，如「anxiety」，

等。但我不滿意。我甚至還想到了反譯，如：ill heart或illed heart，同時仍在搜尋，但。我找到了方法，於是這麼譯了：

Fourth Sister-in-law, sick at heart, is now cured

是的，我看到的是英文「sick at heart」的這個說法，其實也是一種反譯，也就是「心裡有病」、「有心病」的意思。

補償

龍泉在一首寫男女分手費的詩中，讓男的這麼跟女的說：

說吧，怎麼補怎麼償？

怎麼譯？

真還不好譯，是嗎？回答：不是的。我的譯文如下：

Tell me how to compen you and how to sate you?

對，我也同樣拆解了。你會問：那老外看得懂嗎？我的回答是：看不懂是他們的問題，不是我的問題。誰叫他們不懂中文？

有待、無待

在譯《華文文學》2017年第4期的目錄。有位作者文章的「關鍵字」中，出現了「有待」和「無待」二詞。我查了一下，那是莊子《逍遙游》中用的字，但網上給出的翻譯卻不靈：pending，not pending。

怎麼譯？

最笨也最花時間的方法，是把這位作者的全文看一遍，再把莊子的《逍遙遊》找出來重看一遍，但我有那個時間嗎？答曰：沒有。即使有，也不可能找到合適的字來譯。我採取了最簡單的辦法，如下：

youdai (have-wait), wudai (no-wait)。

至於人們怎麼理解，那就只能見人見字了。

“sleep late and hard”

一接手翻譯海明威的《老人與海》，就發現問題來了。一是之前已經至少有三個譯本，現在又有一個浙江的譯本。我都決定不看一字。二是由於名聲大了，網上評價對照的言語頗多，幾乎是拿著顯微鏡在那兒一個個字地放大再看。這就煩人了。推想海明威寫此書時，肯定沒想那麼多，不會一個個字地精雕細刻，否則，文中就不會有一些並不那麼完美無缺的地方。上次找到一兩個，忘了錄下。我以前說過，翻正確的好翻，翻錯誤的最難。第三個問題最大，那就是，我從英國the book depository買來的2013年版本，居然是一個垃圾本，上面除了文字之外，排版幾乎一塌糊塗，揉成一堆，只好對照網上找到的另一個版本（在此：https://la.utexas.edu/users/jmciver/Honors/Fiction%202013/Hemmingway_The%20Old%20Man%20and%20the%20Sea_1952.pdf ）參照著譯。

說了這麼多，還是回到文字本身。昨天譯到這一句，說：「young boys sleep late and hard。」[240]

怎麼譯？

「Sleep late」好說，那是愛睡懶覺的意思，但「hard」呢？總不能譯成「睡得很硬」吧？

我是這麼譯的：

「小男孩總愛睡死、睡過頭。」

次日，也就是今天，我修改成：

「小男孩總愛睡懶覺，而且睡得很死。」

隔了將近一年，現在再看那個「hard」，甚至產生懷疑，是不是指小男孩的雞雞睡得很「硬」。

---

[240] Ernest Hemingway, *The Old Man and the Sea*. Enriching Classics, 2013, p. 12.

the dying moon

《老人與海》原文中有句話，是這麼說的：

> ...the old man could see him clearly with the light that came in from the dying moon. (p. 13)

怎麼譯？尤其是，怎麼譯那個「dying」？
我是這麼譯的：

> 「老人憑著照進來的殘月月光，能清楚地看見他。」

不出新，毋寧詩

以上六字，是我發表於《華文文學》（2017年第4期）的一篇文章標題。
怎麼譯？
不好譯，也好譯。我的譯文如下：

> Creativity or Death詩。

本來我想譯成「Creativity or Dea詩，」但想想還是改成了「Creativity or Death詩。」
最後想想，還是改回去：「Creativity or Dea詩。」

悟善歸道、天人合一

又在翻譯《華文文學》（2017年第4期），其中有篇文章，提到了上述八字。
怎麼譯？
因為在網上沒有找到，我就這麼譯了：

> One must realize that goodness is all and one has to return to the Dao in a way that sky and man are combined in one.

今天是2017年端午節，我仍在工作。就說這麼多吧。

Tile

《老人與海》的英文原文中有一句，是這麼說的：

> ...he dropped his oars and felt tile weight of the small tuna's shivering pull as he held the line firm... (p. 20)

這段不難譯，但其中的一個字「tile」卻很難譯。怎麼譯？

我找了中英文的字典，都沒找到除「瓦」之外別的意思，也查看了網上一個不是正規的譯文，把「tile weight」譯成「分量」。最後，我是這麼譯的：

> 「他放下槳，緊握魚線，能感到小金槍魚顫抖著扯動時瓦片般的重量，……」

同時，我還是不放心，便給澳大利亞的一位白人詩人朋友Steve Brock發了一條問詢微信。他不久回信了，讓我吃了一驚，說：

> It's a tricky one. "Tile" is a small fish so I think he means that he can feel the weight of a small fish on the line. Probably nothing to do with a bathroom tile. It would be a firm pull on the line but nothing too heavy. A lovely novel to be translating, cheers.（2017年6月3日星期六晚9點20分微信）

我馬上查了一下，並回信給他：

> It's a瓦魚，tile fish, a fish that is shaped like a tile, quite fitting, actually.（當晚微信）

現在，該我來改譯一下了：

> 「能感到小金槍魚顫抖著扯動時像瓦魚般的重量……」

我感謝他之後，說了一句話：

It's a short book but much harder to translate because of the multiple pre-existing translations of published version.

老虎

下午譯路也一首詩，題為《山中信箚》，裡面有四句云：

我要向你彙報
至今還沒有遇見老虎
如果萬一相遇，我會送它一塊松香
跟它討論一番蘇格拉底

其中，「送它」怎麼譯？

我想了一下，譯成了「present him with...」，但，我還是不太確信。正如以前譯那個江西女詩人的一首老虎詩時，我覺得應該譯成「she」後，也還是跟她核對了一下。

過後，我發了一條微信給路也：

請問你詩中所說的「老虎」，是想用雌虎，還是雄虎呢？

她回覆說：

《山中信箚》裡的麼？我寫時沒有考慮過老虎的性別。您根據上下文酌情來譯吧。謝謝！

我說：

一般進入英文，涉及動物，都是有性別的，不像漢語，一個「它」就管總。我譯時，用的是「he」，但覺得還是跟你確認一下比較好，謝謝。

她說：

嗯，就用「he」吧。那句寫到要跟老虎談一下蘇格拉底，似乎覺得跟公老虎談哲學更合適些。

我說：
嗯，我想也是，謝謝了。
我的譯文並沒改，因為之前我就是這麼譯的：

I shall report to you that
I still haven't encountered a tiger
and, in the event of meeting one, I shall present him with a piece of resin
discussing Socrates with him

a man's hand with his fingers spread

海明威的《老人與海》原著中，有這麼一段話，是形容魚身上條紋寬度的：

...the stripes...were wider than a man's hand with his fingers spread... (Exciting Books, 2016, p. 52)

怎麼譯？
這句話的關鍵在於，英文比漢語囉嗦，見下譯：

……條紋比男人的一拃還寬，……

這麼一看，還需要翻譯「hand」和「with his fingers spread」嗎？

...he fought...

《老人與海》中有一句話，是這麼說的：

> But by midnight he fought and this time he knew the fight was useless.[241]

怎麼譯？

我的反應是：頗難譯。第一眼看到時，覺得好像有錯，因為海明威的英文版的書，有很多舛錯，這個有時間再談。我覺得應該是「thought」。對照了另外兩個版本後，發現是「fought」。

但這個「打了」（fought）因為太簡單，反而很難譯。想了一下之後，我這麼譯了：

> 但到半夜時，戰鬥又打響了，這一次他知道，再鬥下去已經無濟於事了。

中間加了很多字，如「又」、「再」、「已經」等，因為這不是一個字一個字地對等，而是文字上的接通。

正如美裔法國作家Julien Green所說：「A good translation is not a glove turned inside out; it is another glove。[242]（一篇好的翻譯，不是一隻手套從裡到外翻過來，而是另一隻手套。——歐陽昱譯）

你們……你們

正在翻譯澳大利亞華人小說家John Sheng的一個短篇，中有一句，是市長對老百姓講話的開場白。他對那些在外打工的人說：

> 你們背井離鄉在外面常年從事打工，為這個城市的發展做出了很大的貢獻，我代表全市人民感謝你們。

怎麼譯？

估計假如我不說，大多數人都會順著從頭譯到尾。事情如果這麼簡單就好了。我呢，看完全句後，還是採用了反譯法，從尾到頭譯回來：

---

[241] Ernest Hemingway, *The Old Man and the Sea*. Exciting Classics, 2013, p. 12.

[242] 英文引自Julian Green的*Diary: 1928-1957*. Harcourt Brace Jovanovich, Inc./Harville Press, 1964 [1961], p. 183。中文譯文是詩人翻譯的。

On behalf of all the people in this city I thank you for the great contribution you have made to its development by working in other places than your own for many years.

如我以前所說，要我解釋為何必須反著譯，才能譯出原汁原味，我只能抱歉說我不知道，這是一個很神祕的東西，可能花一整本書也不一定能說得清楚。

a thousand times

The Old Man and the Sea翻譯完了，接著翻譯Animal Farm（《動物農莊》）。出現這一段話：

No, comrades, a thousand times no![243]

怎麼譯？

還是運用我的英半漢全原則吧，即英文說一半，漢語說全的原則。我譯如下：

不是的，同志們，說一千道一萬都不是的！

對滴，「說一千道一萬都不是滴！」

There

《動物農莊》中，又有一段話，是這麼說的：

There, comrades, is the answer to all our problems. (p. 4)

怎麼譯？

提議：採取我的反譯法，而且要反兩次。我譯如下：

[243] George Orwell, *Animal Farm*. Penguin Books, 2003 [1945], p. 4.

同志們，我們所有問題的答案就在這兒。

第二個「反」在哪兒？就在「there」。不是「那兒」，而是「這兒」。

Man

《動物農莊》中，還有一段話，是這麼說的：

> It is summed up in a single word—Man. Man is the only real enemy we have. (p. 4)

怎麼譯？

在譯這段之前，想講個相關的故事。昨天晚上，我的編輯突然發微信來，對我翻譯的D. H. Lawrence的一首詩「Things Men Made」提出質疑，認為其中的「men」，應該指「廣泛的人」。同時，她把我譯的那首放在下面：

《男人做的東西》

男人用清醒的手做的、輸入了生命的東西
再過多少年也是醒著的，手感會繼續轉移，再過多少漫長的歲月
　　也會繼續閃光。

正因如此，一些老舊的東西可愛無比
親手製作者雖已被遺忘，舊東西依然帶著生命的暖意。

我立刻回覆說：「這是複數的men，不是單數的man，後者指廣泛的人，而前者的確指男人。」又說：「這個肯定是指男性，尤其是勞倫斯不是一個女權主義者，而恰恰相反，他很在乎男性和男性的能力。語言層面上講，這也是指男性。我跟一個本地的朋友也check過了，他的第一感覺就是『男子』，而不是女子。儘管女性可能接受不了，但那與勞倫斯無關，我的理解即如此，事實也是如此。如果你不相信，可以再找人check。謝謝。」

她還是不信，又找來我譯的另外一首勞倫斯的詩，即「Whatever Man Makes」，我譯文如下：

《無論人製作什麼》

無論人製作什麼，只要能使之有生命力
那東西就能存活，因為輸入了生命。

一碼印度平紋細布，活躍著印度人的生命。

納瓦霍女人用夢的圖案編織地毯
織到邊邊時，必須把圖案織斷
靈魂就會出來，回到她身邊。

但在那奇怪的圖案上，靈魂會留下軌跡
就像沙地上的蛇跡斑斑。

然後我告訴她說：

對了，第二首是單數的「man」，所以譯成「人」。第一首的確是特指男人。

跟著又說：

其實，第一首按今日的觀點，是會遭到攻擊的。你想想，把「男人」換成「人」、換成「女人」，意思上都可以說得過去，但只說「男人」，就有歧視女人之嫌，就像說最好的廚師都是「men」一樣。不過，說句實話，世界的頂級廚師，的確也只有男人，這可能是不爭的事實，而那些男人做的工藝品，是不是也有這個意思在裡面呢？畢竟，我們不能以今日的觀點，去要求當年的勞倫斯吧。

這之後，她就沒再繼續談這件事了。
現在回到《動物農莊》那句話，我譯文如下：

用一個詞就能總結——人。人才是我們唯一的真正的敵人。

「紅顏禍水」

在翻譯路也的一首詩，題為《在增城吃荔枝有感》，其中談到古代皇帝為討好妃子而花重金弄荔枝的事，然後有三句雲，這：

是一個生活奢侈豪華的故事
是紅顏禍水的證據
被看成亡國的原因之一

怎麼譯？特別是其中第二句？

我曾發現一個有趣的事實，即「禍水」中的「禍」字，與英文的「whore」發音完全相同。沒想到，在這個地方用上了，我是這麼譯這三句的：

A story, too, of luxurious extravagances
Evidence of whorishly disastrous pink features
That's regarded as one of the leading causes for the fall of a nation

至於為什麼把「紅顏」譯成「pink features」，而不是「red features」，則是根據我對英漢顏色不對等的理解而來。

knee-cheek

我的編輯今天發來微信，對我翻譯的阿米亥的這兩段文字，提出了質疑，譯文如下：

她呼喚她的兩條大腿返回彼此，
膝蓋臉蛋貼著膝蓋臉蛋，……

她把原文發給我，並提出了她的看法，覺得所謂「knee-cheek」，指的是膝頭或膝蓋上那塊光溜溜，頗似面頰（或臉蛋）的地方，同時，她還把自己的膝頭照片拍了發來。

我現在把我微信的回覆，一條條放在下面：

剛又查了一下knee-cheek，還真沒這個字，顯然是阿米亥生造的一個詞。

我還剛剛查過陸谷孫的2500多頁的大字典，也沒有這個字，一定是詩人生造的詞，故此這麼翻譯的。

關於「膝蓋臉蛋」，我還是覺得這麼譯不錯，有創新，因為從來沒人這麼說過、敢這麼說。

我們的詩歌太規矩，我們的譯詩也太規矩了。

那兩句的英文是這樣的：

She called her thighs to return to each other,
knee-cheek to knee-cheek,...

如果把「knee-cheek」譯成「膝蓋」或「膝頭」，就把本來有的新意給弄沒了。

「我在這世上已經太孤單了，但孤單得還不夠」

路也有一首詩中突然冒出了上面這句話，我是這麼譯的：

“I’m so lonely in this world but not lonely enough”

事後她看稿後指出，這是引用了「里爾克的詩句」，並把該詩句的「英語的通行版本」給了我，如下：

I am much too alone in this world, yet not alone enough

我查了一下，但發現她並不完全對，其實還有一個版本：

I am too alone in the world, and yet not alone enough[244]

遇到這個情況，怎麼譯？

我的做法是這樣。

我現在要給她發一條微信，講講為何我還是堅持用我那個，以及如何處理她的那個建議，這條等會發出去的微信如下：

> 關於詩中引用的里爾克詩句，因為該詩並未說明，所以我也不知道，因此照譯。即使你說明了，我還是堅持用我的譯文，這在翻譯中叫做二次翻譯（我自己的說法，也特別喜歡）。比如，有誰把德里達的某段話譯成了中文，但我不知道其英文原文，我就會直接再把它譯成英文，這就使這段話經過兩次翻譯，呈現了原來沒有的語義、寓意和語感。實際上含三個人，第三人即那個隱身的原翻譯。我的一部已出版的英文長篇中，就這麼做過。現在你這首詩中出現的引文，就是這麼處理的。至於你所說的里爾克原話，我也去查對了一番，發現其實還有另一個文本，是這樣的：「I am too alone in the world, and yet not alone enough」。我的做法很簡單，譯文保留我的，原文放進註腳，可以做文本對照進行互證。特此說明一下。

臉上有光

剛接到新活，遇到新問題，於是，本來決定不寫了，又繼續寫下去。

在John Sheng的這篇新小說《美人盂與紅鉛丸》中，有一段話是這麼說的：

> 誰家的「美人盂」美麗動人，主人臉上也就越有光。

怎麼譯？

首先說一下，上句後半段有點語病，需要拿掉「越」，加上「誰家」，像這樣：

---

[244] 該文鏈接在此：https://www.goodreads.com/quotes/235176-i-am-too-alone-in-the-world-and-yet-not

誰家的「美人盂」美麗動人，誰家主人臉上也就有光。

我到網上查了一下「臉上有光」的說法，查不到，但我知道英文有誰誰誰的臉被lit up的說法。漢語說「有光」，而沒有說有什麼光，但那不外乎是delight、joy或pleasure的光。最後我決定用joy，譯文如下：

Whoever owned a moving and beautiful "Beauty Spittoon" would have his face lit up with joy.

考慮了一下改為：

One's face would be lit up with joy if one owned a moving and beautiful "Beauty Spittoon".

看你能怎麼樣

在翻譯John Sheng一個短篇，《美人盂與紅鉛丸》，中間談到，崇禎皇帝為了防禦李自成攻擊北京而籌款，但手下大臣宦官捐款不力，還弄虛作假：「這一切都是在告訴皇帝：我真的沒錢捐，看你能怎麼樣。」

譯到後半句，我停了下來。有點不好譯。怎麼譯？

很快，我就找到了解決辦法，如下：

all this a defiant message to the emperor that they really didn't have anything to donate.

對的，就是這一個「defiant」，同時反過來也說明，我那個英文一字，相當於漢語一句或半句的理論不是沒有道理的。

砍偏了

還是上面John Sheng那篇小說，其中說到崇禎皇帝死前殺死王妃時有這一段，說：

> 對自己最喜歡的年僅15歲的常平公主，崇禎還是有點心軟，他向她連砍了兩劍都砍偏了。

這句話，前面都好譯，最難譯的是「砍偏了」。怎麼譯？

我查了好半天也不得其解，最後還是通過反譯解決的，如下：

> However, when faced with Princess Changping, aged 15, his most favourite one, he softened his heart, and did not even hit the target in two attempts.

讀者也許注意到，這段譯文中，還有一例也是反譯的，那就是「心軟」。英文雖有「one's heart softens」，但並無「one softens one's heart」的說法，而在這段中，只有這麼說似乎才比較合適。

也許別人還有更好的譯法吧？

冤家路窄

在譯John Sheng的另一個短篇，題為《最後的早餐》，其中談到江青和她製造冤案的冤魂一起，埋在北京福田公墓時，說了這麼一句：

> 她曾經製造過許多的冤魂，現在那些冤魂和江的鬼魂在這裡也成了冤家路窄了。

怎麼譯？

我查了一下，網上給的譯例都不好，想到了in good company這個表達方式，同時查了一下in bad company的說法，發現有，就自己這麼譯了：

> As she was the one who had manufactured many innocent souls, her soul now is in bad company with the other wronged ones.

至少從語感上講覺得尚可，期待高人的高譯吧。

太便宜他們了

上面那篇小說裡那個名叫王佳的角色，計劃刺殺員警，曾在一念之間，想放棄這個計劃，但想到惡警的種種所作所為，決定還是不放棄，因為：

> 自己如果放棄了這個計劃，他們照樣每天吃吃喝喝，草率公務，老百姓有冤無處伸，讓他們這樣活著真是太便宜他們了。

怎麼譯？
我是這麼譯的：

> If he gave his plan up, they would continue eating and drinking every day, doing their work carelessly and making it impossible for the ordinary people to have their wrongs redressed. That would be too much of an injustice.

嘴硬

上述那篇小說中，一個員警教訓王佳說：

> 「到這裡來的人，一開始都是嘴硬的，不過最後都是認罪的……」

怎麼譯？
剛才上廁所，一邊拉，一邊就想好了，是這麼譯的：

> "Those who are brought in here always start off by being hard-mouthed but end up confessing their crime..."

鄉愿

上篇小說中談到王佳看譚嗣同的《仁學》時，說了下面這番話：

> 他曾在清朝維新派譚嗣同《仁學》中讀道：「二千年來之政，秦政也，皆大盜也；二千年來之學，荀學也，皆鄉愿也。惟大盜利用鄉

愿，惟鄉愿工媚大盜。」

怎麼譯？特別是「鄉愿」，怎麼譯？

我查了一下，「鄉愿」的意思很豐富，不是一言能蔽之的。本想音譯成「xiangyuan」，但還是放棄了，只能這麼譯了：

> He once read in *An Exposition of Benevolence* by Tan Sitong, one of the reformists in the Qing dynasty, that goes, "Governance for two thousand years remains that of Qin, a great thief, and studies for two thousand years remain those of Xun Zi, a hypocrite. Great thieves use the hypocrites the same way the latter flatter the former."

It didn't go well

前天晚上給翻譯研究生上課，用了一篇文章，標題是：「An Audi commercial in China compared women to used cars. It didn't go well.」（鏈接在此：https://www.washingtonpost.com/news/worldviews/wp/2017/07/18/an-audi-commercial-in-china-compared-women-to-used-cars-it-didnt-go-well/?utm_term=.d06fdc21fdfa ）

他們的翻譯五花八門，都不太好，你怎麼譯？

我是這麼譯的，第一稿是：

> 《中國一則奧迪廣告因把婦女比作二手車而不得好報》

跟著又改了第二稿：

> 《中國一則奧迪廣告因把婦女比作二手車而效果不佳》

放了放之後，覺得意猶未盡，好像還有什麼沒說出來，上廁所拉尿時還在想，突然來了感覺，改成第三稿：

> 《中國一則奧迪廣告把婦女比作二手車，結果適得其反，弄巧成拙》

這才有點「始心安」的感覺。

這叫做英文一句話（It didn't do well），漢語兩句話（結果適得其反，弄巧成拙）。

由此，我想到英文的這個說法：to name and shame。漢語有「當眾批評」或「當眾指責」的說法，但那個「name」呢？

根據我上面這個原則，即英文一句話，漢語兩句話，這個就比較容易解決了，即「指名道姓，公開羞辱」。

【此書已經寫了將近五年，不準備再寫了，今天，也就是2017年10月31日星期二晚上9.30分，我開始通讀此稿，隨時修改，完後就把它出版了它。湖濱樓×××，suibe】

【此時是2017年11月6日星期一下午1.50分，因為又有人找我翻譯，又遇到新的問題，就又添加了一點內容。湖濱樓×××，suibe】

Ideal Life

這是我最近給《翻》（二）譯的一首詩的標題，作者是陳劍冰，如下：

理想：
王田土
木目心

生活：
牛一
水千口

■**理想生活**

即是：
有田
有牛
有樹木

有水井
眼亮
心臟
好

（2017）

怎麼譯？能夠譯嗎？

回答是：能夠譯。知道如何寫英漢雙語詩的，就更能譯了，無非譯成一首英漢雙語詩。我的譯文如下：

Written in Chinese by Chen Jianbing
Translated into English by Ouyang Yu

Ideal理想：
King王field田earth土
Wood木eye目heart心

Life生活：
Cow牛one一
Water水thousand千mouth口

An Ideal Life

Means：
There is a field
There are cows
There are trees
There is a water-well
The eyes are bright
And the heart

Good [245]

這首詩最難譯的不是詩本身，而是其標題，因為它在詩的中間。這就造成了一個問題，即作者和譯者的署名放何處的問題。如果放在該詩頂端，勢必造成砍去腦袋的光禿感覺。如果放在中間黑體標題處，又似乎成了該詩的一個部分。

最後，我選擇了前者。

呼之欲出的記憶

還是上文提到的《翻》（二），裡面有首成倍寫的詩，題為《一個想像的下午》，中有一段云：

我把洗衣機
的鐵銹色清洗槽
填滿黑乎乎，呼之欲出的記憶

好的，那麼，如何譯「呼之欲出的記憶」？

「呼之欲出」不好，是成語。詩歌要的是新鮮的語言和創新的語言，與陳腐語（成語）是水火不相容的。但既然該詩已入選，翻譯工作已安排，那就得正式對付，我的譯文是：

I fill the rust-coloured rinse tank
Of the washing machine
With blackness, and with memory trigger-call-happy

實際上就是，「with memory that is trigger-call-happy」，「trigger-happy」，中間插了一個「call」而已。

[245] Please note that this poem is based on the dismantling of each Chinese character into its basic elements, further interpreting them, with the title, highlighted in bold, in the middle of the poem. translator's note

Though we die before it break

在譯奧維爾*Animal Farm*（《動物農莊》）中，《英格蘭的野獸》那首歌的歌詞，其中兩句云：

For that day we all must labour
Though we die before it break

第二句，怎麼譯？

網上有人譯成：「儘管死亡仍不可避免」或「為自由務須流血」，等。

但我依然覺得，這句詩的意思好像並沒有懂。從虛擬語氣角度理解，就好懂了，把它再稍微擴展一下，應該是這樣的：

For that day we all must labour
Even though we might die before the day breaks

這麼一解，就解決了，意思是「儘管可能會在這一天尚未來到之前就已經死了」，而且跟古代的一句老話接上了氣，但我怎麼也想不起老話，只想起「身先死」。於是就用「事業未竟身先死」來百度了一下，結果查到了「出師未捷身先死」的杜甫句子。於是便有了下面的譯文：

大家必須為這一天努力工作，
哪怕出師未捷而身先死。

These two disagreed...

我越來越不想按常規來翻譯了。總記得35年前和我共事的那位老翻譯的話：翻譯不是翻，而是寫。

現在看*Animal Farm*中一段話：

These two disagreed at every point where disagreement was possible. (p. 34)

其中，「These two」指雪球和拿破崙兩人。怎麼譯？

我是這麼譯的：

> 這兩個人只要有可能意見相左，就絕對不可能意見相右。

起初還有點為自己這麼翻譯而感到吃驚，跟著就決定，就這麼譯了。

Commissions

*Animal Farm*裡有一段話，是這麼說的：

> Mr Whymper... (was) sharp enough to have realized earlier than anyone else that Animal Farm would need a broker and that the commissions would be worth having. (p. 48)

怎麼譯？特別是「commissions」這個字？
我是這麼譯的：

> 溫帕先生……非常精明，比任何人都更早地意識到，動物農莊需要一個掮客，拿點「康蜜馨」也是值得的。[246]

對的，我這麼譯，就是為了拯救或挽救一個很值得重新啟用的一個詞，即「康蜜馨」。

兒子和父親

翻譯會不會出錯？會不會出簡單的錯誤？出了錯後會不會修改？修改後會不會向世人出示？

對上述所有問題，我的回答都是：Yes。

下面就把我出的汗顏錯出示一下，畢竟失敗才是人生的本色。我想讓我自己在全書的最後失敗一次。

---

[246] 即英文的「commission」，中文意思是「傭金」，但譯者在此有意採用了該字最原來進入中文時的音譯，即「康蜜馨」。——譯注。

昨天我翻譯的阿米亥全集的編輯，發來兩張微信圖片，指出我翻譯的一個錯誤，我今早就把錯誤匡正了，寫了一封回文如下：

關於阿米亥譯文（原書不知何頁，下次請注明頁碼，以便以後對照）的修改（2018年2月4日星期天上午於Kingsbury）：

關於下面這段英文的翻譯，原文是：

Three sons had Abraham, not just two.
Three sons had Abraham: Yishma-El, Yitzhak and Yivkeh

我直譯了，想譯出原文的倒裝味，但顯是誤譯，汗顏，改譯如下：

亞伯拉罕有三個兒子，不僅僅是兩個兒子。
亞伯拉罕有三個兒子：以實馬利、伊紮克和伊維克。

我是怎麼「直譯」的呢？請看下面：

三個兒子才有了亞伯拉罕，不僅僅是兩個兒子。
三個兒子才有的亞伯拉罕：以實馬利、伊紮克和伊維克。

大媽，等

一上來就讓你看一段文字：

祝大媽今年六十六歲了，她的身體還算不錯，除了血壓有點高，基本上就沒有什麼毛病了。她的精神很好，自從她退休後，……（引自John Sheng未發表短篇小說《紅袖章》）

怎麼譯？

首先是「大媽」這個詞，已經進入英文（見此鏈結：https://en.wikipedia.org/wiki/Chinese_Dama ）。懶得多說。

到「自從她退休後」前的文字，我是這麼譯的：

> Dama Zhu is 66 years of age now. She is in good spirits and relatively good health despite her slightly high blood pressure.

至少有兩個地方是反向的：一、Dama Zhu，而不是Zhu Dama。二、In good spirits，跑到in good health前面去了。

這第二個反，in good spirits，本來是在in good health後面的，像中文那樣，但總覺得不順暢，放到前面後，雖然似乎與中文順序相逆，但反而更順了。不信你讀讀。

everyone

早晨。一個人。在修改我翻譯的《動物農莊》。外面天黑下來，其實才早上8.54分。刮起了很響的狂風。我看到了這句話，覺得有問題：

> 那些毫無價值，寄生蟲樣的人走掉之後，人人都有更多東西吃了。

其英文原文是這樣的：

> With the worthless parasitical human beings gone, there was more for everyone to eat. (*Animal Farm*, p. 20)

現在我對自己提出的問題是：「人人」嗎？動物農莊人都走光了，只剩下動物，怎麼可能還「everyone」（奧維爾的問題）和「人人」（歐陽昱的問題）呢？換用「獸獸」可能不行，沒有這種說法。最後只能勉強為之，但也比「人人」好，如下：

> 那些毫無價值，寄生蟲樣的人走掉之後，大家都有更多東西吃了。

mouths to feed

奧維爾的《動物農莊》中有一句話，是這麼說的：

> There were many more mouths to feed now. (p. 81)

怎麼譯？

關鍵就是那個「mouths」。是直譯成「嘴」呢，還是別的什麼？

我的譯文如下：

現在要餵飽的肚子更多了。

在這裡，「mouths」成了「bellies」。我稱換喻，翻譯中要經常使用的一種方法，比如，「恨之入骨」，進入英文，就要變成「恨之入肚」了（hate someone's guts）。

實驗翻譯

這個想法是今晨產生的。奇怪，做法老早就有了，想法卻等了這麼多年才出來。很多年前，在一個澳大利亞詩人（此人名字不提，因我們早就不再來往了）家裡，我看到他拿給人看的一本詩集，是他與人用英文合譯的一本日文詩集。據他說，他們一句日文都不懂。這種做法當時給我的衝擊比較大。

另一種做法，是澳大利亞詩人John Kinsella做的，記得在《譯心雕蟲》中提到過。他不懂中文，卻翻譯我的中文詩歌，而且譯文似乎非常到位。他的做法很簡單，要我提供三樣東西：一、中文原文。二、中文原文的拼音。三、該詩的英文大意。

在其他創作領域，如詩歌、小說、戲劇等，都有實驗性的東西，如實驗詩歌、實驗小說、實驗戲劇等，但似乎唯獨沒有實驗翻譯。剛剛（2018年2月22日星期四）在谷歌網上查了一下，的確沒有，而前幾樣都有。

其實，我這二十多年做的幾種翻譯，都可歸類在這個「實驗翻譯」的名下：一、自譯。二、回譯。三、合作翻譯。四、譯評，如在《譯心雕蟲》和《譯想天開》中所做的那樣。五、翻譯詩或翻譯教學詩。六、人機合譯，等，需要專門再寫一本書來談了。

尚未做的是，對完全不懂的語言進行翻譯。其實，這個是可以做到的。既然Kinsella可以做，為什麼我不能？

【2018年4月29日4.37pm，一校結束於湖濱樓×××，SUIBE】

國家圖書館出版品預行編目

譯想天開：一個詩人的翻譯實踐和翻譯觀 / 歐陽昱著. -- 臺北市：獵海人, 2018.06
面； 公分
ISBN 978-986-96227-5-2(平裝)

1. 翻譯

811.7 107007732

譯想天開

——一個詩人的翻譯實踐和翻譯觀

作　　者　歐陽昱
出版策劃　獵海人
Otherland Publishing
製作銷售　秀威資訊科技股份有限公司
114 台北市內湖區瑞光路76巷69號2樓
電話：+886-2-2796-3638
傳真：+886-2-2796-1377
網路訂購　秀威書店：https://store.showwe.tw
博客來網路書店：http://www.books.com.tw
三民網路書店：http://www.m.sanmin.com.tw
金石堂網路書店：http://www.kingstone.com.tw
讀冊生活：http://www.taaze.tw

出版日期：2019年6月　二刷
定　　價：660元
【限量100冊】